Reader
培文读本丛书

丛书策划
高秀芹 于海冰

编委会

曹卫东	陈 来	陈晓明	陈永国	戴锦华
邓正来	董 强	高旭东	高 毅	龚鹏程
顾 铮	刘北成	刘象愚	陆建德	罗 钢
罗 岗	马海良	孟 悦	陶东风	万俊人
汪 晖	汪民安	王炳钧	王 宁	王晓明
王岳川	余 虹	乐黛云	杨恒达	杨慧林
杨念群	叶舒宪	赵敦华	赵汀阳	张 法
张隆溪	张文定	张旭东	朱苏力	

(按姓名拼音排序)

Theories of World Literature:
A Reader

世界文学理论读本

[美]大卫·达姆罗什　刘洪涛　尹星　主编

图书在版编目（CIP）数据

世界文学理论读本 /（美）达姆罗什（Damrosch, D.），刘洪涛，尹星主编 .—北京：北京大学出版社，2013.8

（培文读本丛书）

ISBN 978-7-301-22852-4

I. ①世… II. ①达… ②刘… ③尹… III. ①世界文学－文学理论－研究 IV. ① I106

中国版本图书馆 CIP 数据核字（2013）第 158080 号

书　　　　名：	世界文学理论读本
著作责任者：	[美] 大卫·达姆罗什　刘洪涛　尹星　主编
责 任 编 辑：	于海冰
标 准 书 号：	ISBN 978-7-301-22852-4/I·2655
出 版 发 行：	北京大学出版社
地　　　　址：	北京市海淀区成府路 205 号　100871
网　　　　址：	http://www.pup.cn　新浪官方微博:@北京大学出版社　@培文图书
电 子 信 箱：	pw@pup.pku.edu.cn
电　　　　话：	邮购部 62752015　发行部 62750672　编辑部 62750112
	出版部 62754962
印　　刷　者：	北京楠萍印刷有限公司
经　　销　者：	新华书店
	720 毫米 ×1020 毫米　16 开本　19 印张　328 千字
	2013 年 8 月第 1 版　2013 年 8 月第 1 次印刷
定　　　　价：	58.00 元

未经许可，不得以任何方式复制或抄袭本书之部分或全部内容。

版权所有，侵权必究

举报电话：010-62752024　电子信箱：fd@pup.pku.edu.cn

目　录

导言：理论与实践中的世界文学 …………………… [美国] 大卫·达姆罗什　3

一 ｜ 世界文学的起源 ……………………………………………………… 1
　　歌德论世界文学 ……………………………………… [德国] 歌德　3
　　世界文学的出现：歌德与浪漫派 ………………… [美国] 约翰·皮泽　6
　　世界文学 …………………………………… [英国] 哈奇森·波斯奈特　30
　　世界文学 …………………………………… [丹麦] 乔治·勃兰兑斯　17
　　世界文学 ………………………………………… [印度] 泰戈尔　53
　　文学的统一观 ……………………………………… [中国] 郑振铎　65

二 ｜ 全球化时代的世界文学 ……………………………………………… 77
　　世界文学的语文学 ………………………… [德国] 埃里希·奥尔巴赫　79
　　是否应该修正世界文学的概念 ……………… [法国] 勒内·艾田伯　90
　　作为一个世界的文学 …………………… [法国] 帕斯卡尔·卡萨诺瓦　106
　　世界文学猜想/世界文学猜想（续篇）……… [美国] 弗朗哥·莫莱蒂　123
　　文学的世界体系 …………………………… [美国] 艾米丽·阿普特　143
　　后经典、超经典时代的世界文学 …………… [美国] 大卫·达姆罗什　159
　　东方主义与世界文学机制 ………………… [美国] 阿米尔·穆夫提　171
　　翻译研究与世界文学 ……………………… [美国] 劳伦斯·韦努蒂　203

三 ｜ 世界文学与中国 …………………………………………………… 213
　　"世界"文学经济中的中国文学 ……………… [美国] 安德鲁·琼斯　215
　　前进与后退："世界"诗歌的问题和可能 …… [美国] 宇文所安　233
　　世界与中国之间的文化翻译：
　　　　有关诺贝尔奖得主高行健定位的问题 …… [美国] 张英进　247
　　反思世界文学中的"世界"：
　　　　中国大陆、台湾、东亚及文学接触星云 …… [美国] 唐丽园　262

结语：世界文学观念的嬗变及其在中国的意义 …… [中国] 刘洪涛　280

CONTENTS

Introduction: World Literature in Theory and Practice ········· David Damrosch *3*

Part One: Origins ··· *1*

Conversations on Weltliteratur ······················· Johann Wolfgang von Goethe *3*
The Emergence of Weltliteratur: Goethe and the Romantic School ·········· John Pizer *6*
World Literature ·· Hutcheson Posnett *30*
Weltliteratur ··· Georg Brandes *47*
World Literature ··· Rabindranath Tagore *53*
A View on the Unification of Literature ······················· Zheng Zhenduo *65*

Part Two: World Literature in the Age of Globalization ······················· *77*

Philology of Weltliteratur ····································· Erich Auerbach *79*
Should We Rethink the Notion of World Literature? ············· René Etiemble *90*
Literature as a World ··· Pascale Casanova *106*
Conjectures on World Literature; More Conjectures ············· Franco Moretti *123*
Literary World Systems ·· Emily Apter *143*
World Literature in a Postcanonical, Hypercanonical Age ········· David Damrosch *159*
Orientalism and the Institution of World Literatures ············· Aamir Mufti *171*
World Literature and Translation Studies ····················· Lawrence Venuti *203*

Part Three: World Literature in China, China in the World ················ *213*

Chinese Literature in the "World" Literary Economy ············· Andrew F. Jones *215*
Stepping Forward and Back:
   Issues and Possibilities for "World" Poetry ················· Stephen Owen *233*
Cultural Translation between the World and the Chinese:
   The Problematics in Positioning Nobel Laureate Gao Xingjian ··· Zhang Yingjin *247*
Rethinking the World in World Literature:
   East Asia and Literary Contact Nebulae ····················· Karen Thornber *262*

Conclusion: The Conceptual Changes of World Literature and
   Their Significance in China ································· Liu Hongtao *280*

导　言
理论与实践中的世界文学

[美国] 大卫·达姆罗什

导读

　　大卫·达姆罗什 (David Damrosch) 于 20 世纪 70 年代就读于耶鲁大学比较文学系，其间对文学理论、圣经研究和古代、现代文学发生了浓厚兴趣。在本科的一门艺术史课上，他偶然接触到了阿兹台克艺术，这让他开始着迷于中美洲和墨西哥殖民地研究，为此他学习了那瓦特语，这也是他后来研究和工作使用的十二种语言之一。1980 年获得博士学位后，他就任于哥伦比亚大学，讲授英语和比较文学，直到 2009 年调入哈佛大学比较文学系，担任系主任。1987 年发表第一部研究宗教叙事近东起源的专著《叙事盟约》(The Narrative Covenant, 1987) 之后，相继出版了两部有关学术文化的著作《我们学者》(We Scholars, 1995) 和《思想的交汇》(Meetings of the Mind, 2000)。他与十一位编者合作出版了六卷本的《朗文英国文学作品选》(The Longman Anthology of British Literature)，2012 年已刊印至第五版。

　　达姆罗什着手编选《朗文世界文学作品选》(The Longman Anthology of World Literature, 2004) 的时候，开始思考一个问题：究竟什么是"世界文学"？这也成了《什么是世界文学》(What is World Literature, 2003) 一书的主题，他通过一系列文学作品的生产、翻译和流通的个案研究，考察作品在超出本土文化范畴外的流通，及其变化方式和翻译中的获益。在比较文学和世界文学领域还出版了《怎样阅读世界文学》(How to Read World Literature, 2009)，《新方向：比较文学与世界文学读本》(2010，与陈永国、尹星合作主编)，《劳特里奇世界文学指南》(The Routledge Companion to World Literature, 2011) (合编者西奥·达恩 [Theo D'haen]、杰拉尔·卡迪尔 [Djelal Kadir])。达姆罗什还创办了世界文学研讨会，每年聚集世界各地的学生和学者探讨世界文学的理论和实践问题，第一届研讨会于 2011 年在北京大学成功举办。

在任何人想要为其提出一种理论、甚至为其命名之前,世界文学早就作为一种实践形式而存在了。历史上,几乎很少有哪些文学能够脱离邻邦、或者更遥远的民族的创造活动而兴起。五千年前,苏美尔人和埃及人同时创造了世界上最早的文字体系,两者并行发展,并通过美索不达米亚和埃及的商贸往来相互影响。当然,故事伴随着贸易而来,伊塔洛·卡尔维诺(Italo Calvino)在《看不见的城市》(*Invisible Cities*)中惟妙惟肖地描述了这个过程。小说以马可·波罗的印度和中国游记为蓝本,在卡尔维诺的描述中,波罗是忽必烈汗的使臣,他为帝王描述了广袤疆域里一座座遥远而又奇异的城市,其中就有"贸易之城"欧菲米亚,来自七个国家的商人每到春分、秋分、夏至、冬至都会聚集在这里。波罗告诉可汗:

> 到欧菲米亚来绝非只为做买卖,也为了入夜后围着集市四周点起的篝火堆,坐在布袋或大桶上,或者躺在成叠的地毯上,聆听别人所说的诸如"狼"、"妹妹"、"隐蔽的宝藏"、"战斗"、"疥藓"、"情人"等词语以及他们自身经历的这类故事,……你知道在归程的漫漫旅途上,为了在驼峰间或平底帆船舱内的摇摇晃晃中保持清醒,你会再度翻出所有的记忆,那时你的狼会变成另一只狼,你的妹妹会变成另一个妹妹,你的战斗也变成另一场战斗。[1]

世界文学最初的形式很可能就是在这种贸易路线上互相讲述的故事,而这种形式比文字的发明要早得多。

一旦诗人和讲故事的人能够用文字加以记录,文学作品就变成了商品,就可以真正地放进鞍囊,装入船舱,进行买卖和交易。巴比伦、埃及和希伯来文明传统的相似性表明,古代近东的不同地区之间存在持续的文学交流,诗歌本质的相似性从美索不达米亚向东一直延续到伊朗和印度。长久以来,世界不同文学通过多种传播和影响的途径保持联系。丝绸之路等贸易路线、印度洋和地中海的海运航线构成了有效的传播网络,又在佛教、伊斯兰教、基督教的传播过程中得到进一步强化。这些世界宗教的兴盛也产生了大量文字资料,常常将读写本身引入先前的口述文化。帝国的兴衰也是刺激跨文化文学关系的因素,有时会压制地方文学传统,有时也通

---

[1] 伊塔洛·卡尔维诺:《卡尔维诺文集:命运交叉的城堡等》,张宓译,南京:译林出版社,2006年,第161页。

过新的创造性方式激发这些传统。

  汉字在东亚的传播使中国诗词成为跨民族文学体系的中心。尽管相对而言中国作家不太关注他们作品所处的更广阔的语境，韩国、日本和越南的作家却清楚地意识到自己所参与的区域文学世界。一千年前紫式部用日语创作的《源氏物语》包含了很多来自中国古典文学和历史的典故，在第一回当中，向源氏父皇献计献策的人就有（很可能来自印度的）占星家和韩国的相面术士。至少从唐朝早期开始，中国诗人自己也熟悉了更为广阔的文学环境。玄奘在 7 世纪中叶将印度佛教经文引入中国的同时，他的"西行之旅"带回了大量手稿，引发了一次翻译和改写的热潮，文本的来源远远超出了中国的边界。新儒学思想家陆象山（1139—1192）早在 12 世纪就表达了一种真正世界性的义学视角，"东海有圣人出焉，此心同也，此理同也；西海有圣人出焉，此心同也，此理同也"[2]。

  玄奘和他的后继者们从印度带回来的手稿并非都是经文。这里仅以一部早期重要文献，也就是梵语的民间故事集《五卷书》为例。这些著名的动物寓言有时传达一种宗教教义，但更多时候讲述一个狡猾的家伙如何用智慧甚至骗术胜过对手的故事。这些故事译成汉语和藏语后，又在东亚进一步流传，译成蒙古语、爪哇语、老挝语。这些故事也在很早的时候就从印度传向西方。《五卷书》动物寓言的一些不同版本也出现在希腊的伊索寓言里。公元 570 年，《五卷书》被译为波斯语，750 年又转译成阿拉伯语，成为阿拉伯世界里的第一部重要韵文故事《卡里来和迪木乃》（*Kalila wa Dimna*）。在穆斯林占领时期的西班牙，《五卷书》又在 11 世纪从阿拉伯语译成希伯来语，接着又从希伯来语译成拉丁语。拉丁译本在欧洲传播又引发了更多的翻译；1483 年古登堡出版社出版的德语版本是早期的大众读本之一，17 世纪法国作家拉封丹也改写了一些《五卷书》的寓言。同时，阿拉伯商人把这些故事带到东非，之后又通过西非的黑奴传到美国。19 世纪作家乔尔·钱德勒·哈里斯（Joel Chandler Harris）笔下的老奴雷木斯大叔将这些故事娓娓讲来，一代又一代的美国儿童都在聆听《五卷书》的寓言故事，虽然他们对这些故事的古印度渊源一无所知。正像卡尔维诺的马可波罗告诉忽必烈汗的，一只狼变成了另一只狼，一个妹妹变成

---

[2] 陆象山：《陆象山全集》，北京：中国书店，1992 年。转引自 Zhang Longxi, "Qian Zhongshu as Comparatist", in Theo D'haen et al., eds., *The Routledge Companion to World Literature* (2011), pp. 81—88, p. 81。

了另一个妹妹，一场战斗也变成了另一场战斗。

因此，世界文学的现象比当今作为大多数文学研究基础的现代国别文学早好几个世纪。但说来矛盾的是，恰恰是现代民族-国家的兴起促使19世纪的学者开始直接思考跨民族文学的关系并成为新兴的比较文学学科的核心主题。这种比较研究常常涉及相对而言有限的两三个民族传统，这些相对自主的实体根植于一种民族语言，只在一定程度上才参与到文学的跨国贸易中来。但同时也有一些思想家开始用真正的全球视野看待世界文学及其相互关系。歌德（Johann Wolfgang von Goethe）推广了德语的"Weltliteratur"，他思考这个概念的时候正在读一本中国小说，同时也在读波斯诗歌和法国诗歌。本书收录的歌德同其学生艾克曼（Johann Peter Eckermann）的对话就记载了这一事实。本书还收入了哈奇森·麦考利·波斯奈特（Hutcheson Macaulay Posnett）在他的先驱性著作《比较文学》（*Comparative Literature*，1886）中探讨世界文学的篇章。波斯奈特是位爱尔兰学者，这部书是他去新西兰任教之前发表的，书中他广涉中国、日本、印度、中东和欧洲文学，并指出世界文学早在现代国家诞生之前的古代帝国就已经出现了。

19世纪以来，作家逐渐开始将自己的作品置于世界舞台，进入20世纪，中国批评家开始探讨世界文学概念。随着国别文学与跨国文学研究的紧密关联，汉语的"世界文学"这一概念第一次出现在首部现代中国文学史——黄人（1866—1913）1907年出版的《中国文学史》。同年，这个概念也出现在从日语转译的马克思和恩格斯的《共产党宣言》当中，马克思、恩格斯的"Weltliteratur"术语通过日语转译为"世界之文学"（literature of the world）[3]。五四作家通过旅行和国外学习（比如胡适）或者翻译，推动了中国文学的国际化，其中以鲁迅翻译的日语和德语作品最著名。

从那时起，全球化的迅速发展为世界文学研究注入了全新的动力。当代作家可以面向全球市场写作，早期作家也可以出现在新的、有时甚至难以置信的全球语境；世界文本涌入本土市场的时候，作家在本国也会发现自己加入了意想不到的行列。本书扉页的照片就是一个生动的例子。2011年3月我在河内的胡志明博物商店拍下了这张照片。商店橱窗里同时出售一本介绍胡志明的汉语书、一本有关亚伯拉罕·林肯的儿童读物和一本动物故事集——它可能是《五卷书》的后代。尽管故事本身是

---

[3] 黄人也将"世界文学"和"中国文学"作为词条一起收入《普通百科新大辞典》（1911）的教育章节。感谢北京师范大学博士生张珂提供的这一信息。

越南河内胡志明博物馆商店橱窗，2011年3月

越南语写的，但书的封面却印着迪士尼动画的维尼熊。相反，林肯传则没有想象中的那么美国化，却表现了东亚区域内持续的文学流通：这部讲述林肯生活的越南语儿童读物译自韩语，其内容以日本漫画的形式呈现。

胡志明出现在这个组合中乍一看会觉得奇怪，但这实际上是他一生都积极参与的文学全球化进程的逻辑结果。封面的照片里，胡志明正在奋笔疾书，他没有坐在简朴的室内办公室，而是像古代诗人一样坐在花园的竹椅上。胡志明生活在传统的东亚文学世界走向新的全球性革命行动主义的过渡时期。他用古汉语做诗，用越南语写当地使用的演讲稿，用法语撰文参与欧洲的反帝运动。这本书由世界出版社出版也恰如其分。

过去二十年来，文化和政治的重组为越来越多的作家和国家打开了世界文学之门。过去，作品通常从帝国中心向边缘区域扩散（从中国到日本和越南，从伦敦到澳大利亚和肯尼亚），但越来越多元化的文学景象让小国作家迅速获得了世界声誉。诺贝尔文学奖获得者奥尔罕·帕慕克（Orhan Pamuk）在他五十多岁的时候，作品已经被翻译成五十六种文字，他在外国的读者比在土耳其的读者多得多。旅行、移民、出版等日趋复杂的情形使得"民族"语言和文学的特征也越来越国际化。2000年诺贝尔文学奖得主高行健长期生活在法国，也成为法国公民，但他一直用汉语写作。文化混杂性也表现在中国自身的边境内，中国西藏作家扎西达娃（Tashi Dawa）的汉语作品就融合了西藏民间传说和国际魔幻现实主义的因素。小说家哈金在中国出生成长，但后来在美国生活执教几十年，用英语创作。他的作品在美国多次获奖，包括国家图书奖，但他的创作主题却一直都围绕中国。或许应该把他看做美国和中国作家，而不仅仅是其中之一。

从中国和越南到罗马尼亚和土耳其，教师和学者无不思考、探索和呈现世界文学关系的新方式。全球化的聚合力进一步加剧了世界不同民族间的交往和冲突，世界文学课程的视野也不断扩张，超越了传统西欧核心或前殖民地及其殖民者关系的范畴。世界文学过去属于低年级本科课程，现在有关世界文学的考察和争论已成为研究生比较文学课程设置的主要部分，也构成了世界文学暑期研讨课程的主要内容。第一届世界文学研讨会已于2011年在北京大学成功举办，日后还会在伊斯坦布尔、哈佛大学等地继续举行。

这些发展也提出了严肃的理论和方法论问题。世界文学视野的迅速扩张也造成了极大的混乱，两种截然相反的观点都对它进行了批判：一种认为世界文学真正的全球研究是不可能的，另一种认为这种研究轻而易举。所有世界文学的学者和教师都必须面对方法、方式和视角的问题。我们如何在一两种文化中找到充分的证据？对于这些可供阅读的文化传统，我们如何进行明智的选择？相反，一旦选定了阅读对象（大多时候依赖于翻译）我们又该如何避免对复杂作品的肤浅浏览？如何避免将本国文化价值简单投射到广阔的世界？如何面对作品流通和我们自己所处的不平等的文化、政治、经济环境？歌德的"Weltliteratur"的内涵并非一成不变（它包含哪些文学？什么样的世界观？），我们该如何理解它在不同语言中的变体，孟加拉语的 vishwa sahitya，俄语的 mirnaia literatura，土耳其语的 dünya edebiyati 和汉语的"世界文学"？

本书收录了十八篇探讨这些问题的重要文章。第一部分"起源"包含了歌德与艾克曼就世界文学概念的影响深远的讨论，以及约翰·皮泽近来的一篇文章，回顾歌德对"Weltliteratur"的理解及其所处时代。接着是两篇写于19世纪末探讨世界文学定义的重要文章：波斯奈特的选篇表达了他的世界文学的广阔视野，丹麦比较文学学者乔治·勃兰兑斯（Georg Brandes）则忧心忡忡。他从北欧边界的小国出发，提出了世界不同国别的作家面临的不平等待遇：来自小国的、特别是没有用主要世界语言写作的作家，要获得世界声誉会面对更大的困难，而来自法国等文化政治强国的作家，即使不那么出色，在世界舞台上也比较容易获得成功。波斯奈特和勃兰兑斯的文章已经预见到全球化喜忧参半的后果和权力与影响力的差异性，这些讨论一直延续至今。第一部分最后收入了两篇亚洲学者撰写的具有开拓性的世界文学宣言。亚洲首位诺贝尔文学奖得主泰戈尔在文中谈到世界文学代表的普世价值——这一观点符合以服务地方为目的的策略，反对英国通过分化和征服的方式实现对在印度的殖民占有和统治。五四知识分子郑振铎在1921年发表的《文学的统一观》一文中强调要研究超出国家甚至区域边界的文学的必要性。

本书的核心部分包含八篇论全球化时代世界文学的文章。第一篇是著名比较文学学者埃里希·奥尔巴赫（Erich Auerbach）在二战后写的一篇探索性文章。他逃出纳粹德国后，一直在伊斯坦布尔任教，战后移居美国。奥尔巴赫在文中思考的问题是：面对周围兴起的大众消费文化，歌德提出的精英作品在全球流通的设想会发生怎样的变化。第二篇是法国汉学家、比较文学学者艾田伯（René Etiemble）写于20世纪70年代中的文章，考虑到战后世界格局的重组，特别是东亚越来越强大的经济力量和文化影响，艾田伯对重新思考文学研究的可能性持比较积极的态度。

之后的三篇文章从系统论的角度考察世界文学。著名法国批评家帕斯卡尔·卡萨诺瓦（Pascale Casanova）的论文建立在其著作《文学的世界共和国》的基础上，她借用社会学家皮埃尔·布迪厄（Pierre Bourdieu）的理论来描述国际竞争的过程。在这个过程中，作家和民族都置身于世界文学的地图，边缘区域的作家必须通过文化中心传播自己的作品。意大利/美国文学理论家弗朗哥·莫莱蒂（Franco Moretti）在达尔文进化论和伊曼纽尔·沃勒斯坦（Immanuel Wallerstein）开创的"世界体系理论"基础上探讨小说在全球的传播。同卡萨诺瓦一样，莫莱蒂认为当今的文学世界是"整一的不平等"体系。第三篇是艾米丽·阿普特（Emily Apter）广受关注的论文，她探讨了前述以及其他世界体系理论应用的价值和局限。

随后收录的我自己的论文考察了当前文学经典的不平等体系。我在文中指出，文学研究范畴的拓展没有消除传统的文学经典（或不同国家的不同经典），相反，以多种方式强化了这些经典，但同时也介绍了大量"反经典"的人物。其中一些作家进入了新的超经典范畴，正如富人在全球市场上变得更加富有一样。阿米尔·穆夫提（Aamir Mufti）的文章考察了后殖民研究和世界文学的复杂关系。他认为，东方主义学说首次将世界文学纳入帝国试图了解和掌握非西方世界这一宏大计划的共同视野当中，世界文学学者必须与其东方主义传统达成共识。第二部分的最后一篇收入美国杰出的翻译理论家劳伦斯·韦努蒂（Lawrence Venuti）论翻译研究的论文。比较文学曾忽视翻译学科,因为原则上比较文学学者只研究他们能够阅读原著的作品,但现在世界的文学种类已经远远超出任何人的语言能力,翻译就成为不可或缺的核心。

本书的最后一部分转向亚洲在当今世界文学经济中的地位——正如安德鲁·琼斯(Andrew Jones)所说,在文学和文化政治方面,中国都处于模棱两可的位置。在接下来的文章当中,宇文所安考察了"世界诗歌"的当代概念,并用商场里的美食广场作为类比,着重探讨了翻译中的中国诗歌在海外的传播。在这些宏观讨论之后,张英进的论文具体研究高行健翻译的传播问题,特别是当出版商和支持者把他推举为诺贝尔文学奖候选人之后。唐丽园(Karen Thornber)在本书的最后一篇文章中研究现代东亚密切的跨文化交流。该文基于她的著作《运动中的文本帝国》(*Empire of Texts in Motion*)。这部专著获得了比较文学和亚洲研究领域的国际大奖,为超越比较文学和区域研究间的严格界限,为世界文学在民族、区域和世界的层级上和层级之间的新型研究提供了可供借鉴的模式。

刘洪涛在结语部分综合分析了世界文学概念的历史演变,及其与当代中国的相关性。可以说,作为中美两国编者共同合作的产物,这部文集本身就是世界文学在学术界的对等物,而中国和美国也是当今世界文学发展最为活跃的国家。本书出版之际,编者希望它能满足读者的理论兴趣,为教学提供有价值的参考,并在未来引发持续的探讨、争论与合作。

(尹 星 译)

一 | 世界文学的起源

- 歌德论世界文学
- 世界文学的出现：歌德与浪漫派
- 世界文学
- 世界文学
- 世界文学
- 文学的统一观

歌德论世界文学

[德国] 歌德

导 读

歌德（1749–1832）是世界文学的伟大代表，也是系统表述这个概念的第一人。尽管同时代的赫尔德和斯塔尔夫人等人也都研究过世界文学的不同方面，但"世界文学"（Weltliteratur）这个术语却是歌德首创的。歌德之所以能够提出世界文学观念，得益于他广博的兴趣和天才的洞察力。作为如饥似渴的读者和富于创造力的作家，歌德早年学习罗马风格创作过情爱组诗《罗马哀歌》（1798），晚年又模仿波斯诗人哈菲兹的风格创作了组诗《东西诗集》（1819）。他应用几种语言广泛阅读，并更广泛地借助译本阅读。他着迷于文学的国际流通。

因为在四分五裂的德国写作，歌德强烈地意识到，德国缺乏其主要对手法国和英国具有的统一的文化和政治力量；而通过流通，他自己的作品，像小说《少年维特之烦恼》和诗剧《浮士德》，能够到达远比国内众多的读者手中；同时，阅读外国作品能给一位作家以新鲜的刺激。歌德意识到，对于缺乏悠久、伟大民族文学传统的德国作家，这些是尤为重要的。

歌德从未就"世界文学"观念发表过长篇大论，但在生命晚年，他在不同语境中一再提及它。本书选录了他关于世界文学的最重要的言论，其中最意味深长的是他对秘书艾克曼阐述的世界文学观念。艾克曼在1837年出版了记录有这些言论的《歌德晚年谈话录》（1837），这部著作在随后的数十年间被翻译成多种语言出版，它本身也成为一部世界文学名著，使世界文学观念引起了全世界的注意。

一、我在法国报刊上介绍的那些情况，其目的绝不仅仅是回忆我的过去，回忆我的工作，我是怀着一个更高的目的，现在我想谈的就是这个目的。人们处处都可以听到和读到，人类在阔步前进，世界关系以及人的关系前景更为广阔。不管总体上这具有什么样的特性,而且研究和进一步界定这一整体也不是我的职责,但我仍然愿意从我这方面提醒我的朋友们注意,一种世界文学正在形成,我们德国人在其中可以扮演光荣的角色。所有的民族都注视着我们,它们称赞我们,责备我们,它们吸收和抛弃我们的东西,它们模仿和歪曲我们,它们理解或误解我们,它们打开或关上它们的心。凡此种种我们都必须冷静地接受,因为整体对我们具有巨大的价值。

(1827年)

二、我相信,一种世界文学正在形成,所有的民族都对此表示欢迎,并且都迈出了令人高兴的步子。在这里德国可以而且应该大有作为,它将在这伟大的聚会中扮演美好的角色。

(1827年)

三、现在,民族文学已经不是十分重要,世界文学的时代已经开始,每个人都必须为加速这一时代而努力。

(1827年)

四、其次,这里应当指出,我所说的世界文学将会顺利形成,假使一个民族内部的分歧能够通过别的民族的见解和判断予以化解的话。

(1827年10月)

五、那些读者会慢慢地越来越多的杂志,将会最有效地为促进众望所归的世界文学作出贡献。我们想只重复这么一点:这并不是说,各个民族应该思想一致;而是说,各个民族应当相互了解,彼此理解,即使不能相互喜爱也至少能彼此容忍。

(1828年)

六、我们大胆宣布有一种欧洲的,甚至是全球的世界文学,这并不是说,各种民族应当彼此了解,应彼此了解它们的产品,因为在这个意义上的世界文学早已存在,而且现在还在继续,并且在不断更新。不,不是指这样的世界文学!我们所说的世界文学是指,充满朝气并努力奋进的文学家们彼此间十分了解,并且由于爱好和集体感而觉得自己的活动应具有社会性质。

(1828年)

七、现在一种世界文学已经开始,在这一时刻,如果仔细观察,德国人失去的最多，他们将会认真思考这一警告。

（1828年）

八、在巨大而又宽广的巴黎，戏剧必须夸张，而这种夸张对我们只会带来坏处，因为我们还没有发展到感到有此需要的地步。但是，这种情况是正在阔步前进的世界文学造成的后果。所以，人们只能这样来安慰自己，假使一般进行的不顺利，个别反倒会由此而得到好处；有关这方面的情况，现在我手中有很多很好的证据。

（1828年）

九、当然，世界文学之间的相互作用是非常灵活而又奇妙的。如果我没有弄错的话，谨言慎行、高瞻远瞩的法国人从中得到最大的好处。他们已经有一种充满自信的预感，他们的文学将在更高的意义上对欧洲产生像在18世纪上半叶产生过的那种影响。

（1829年6月）

十、已经有一段时间，人们在谈论一种普遍的世界文学，这并不是没有道理。所有在最可怕的战争中被弄得神魂颠倒，但不久又一一恢复了常态的民族，都必然会觉察到，它们发现并吸收了一些外来的东西，有时还感到有一种前所未有的精神需要。由此就产生了一种建立睦邻关系的感情，人们不再像到目前为止那样把自己封闭起来，而是精神逐步提出了这样的要求，把它也接纳在或多或少是自由的精神的商业交往之中。

（1830年）

十一、别人说了我们些什么，这当然对我们极为重要，但对我们同样重要的，还有他们同其他人的关系，我们必须密切汪视他们是如何对待其他民族的，如何对待法国人和意人利人的。因为只有这样，最终才能产生出普遍的世界文学；各个民族都要了解所有民族之间的关系，这样每个民族在别的民族中才能既看到令人愉快的方面也看到令人反感的方面，既看到值得学习的方面也看到应当避免的方面。

（1830年）

（范大灿 译）

世界文学的出现：歌德与浪漫派

[美国] 约翰·皮泽

导读

约翰·皮泽（John Pizer）在华盛顿大学西雅图分校学习德语和比较文学后，在德国图宾根大学从事德法文学研究并获得博士学位。皮泽谙熟19、20世纪欧洲文学和文学理论，出版过德国诗歌、思想史和文类史的专著。他现任路易斯安那州立大学外语和文学教授，2000年初开始参与该校的世界文学专业设置，并获得了美国政府资助，设置了亚洲文学的相关课程。皮泽将他对理论和教学的兴趣融入《世界文学的观念：历史和教学实践》（*The Idea of World Literature: History and Pedagogical Practice*, 2006）一书当中。他指出世界文学课程应当介绍这一概念的发展历史和当前持续的争论。以下选文出自该书第二章。皮泽在文学和政治的层面上，将歌德的世界文学概念置于德国的语境。

当歌德于19世纪20年代开始发表有关世界文学的言论时，曾在19世纪初为抵御拿破仑而造势的统一德国的梦想只剩下遥远的记忆了。德国当时并不是一个统一的国家，统一是在1871年才最终实现的。当时它是由一些称作"Kleinstaaten"的大多独立的政治实体或小国家组成的松散联盟。海涅（Heine）称之为"浪漫派"的早期德国浪漫主义者已经丧失他们的理想。在拿破仑彻底失败后的1815年召集的维也纳会议决定维持一个依然分裂、破碎的中欧。人们相信，只有保持这一地区政治力量的极端分化，才能重现欧洲的稳定局势。德国的民族主义者当然反对。弗雷德里希·路德维希·雅恩（Friedrich Ludwig Jahn），也就是人们更为熟悉的"图恩瓦特·雅恩"（"Turnvater Jahn"）在盛怒之下公开宣扬统一德国的事业，在奥地利首都引发了轩然大波。然而，在人们对他哗众取宠的行为从一片惊愕转变为不解的轻视后，民族主义的热潮在19世纪20年代陷入停滞，而青年德意志运动就在这时发生了。歌德的故乡缺乏政治统一，这与世界主义精神在欧洲的复兴、交流媒介和交通基础设施的进步，以及越来越多的翻译活动相伴共生。

在王政复辟时期，知识分子和新闻记者们都坚信书写文字可以相对直接地传播到西欧的任何一个角落。政治压制时期的审查制度越来越严格，但审查人员本身又往往不能胜任这项工作。他们常常不能甄别巧妙掩盖的异议，无以应对技术进步带来的印刷文字的迅速传播。或许这也是为什么维也纳会议复辟措施的主要制定者克莱门斯·梅特涅（Clemens von Metternich）王子对复辟政体的长期可持续性表示非常悲观的原因。出版技术和交通状况的进步使得国际对话和欧洲大陆文学的接受范围日趋扩大。这些情况都为世界文学的诞生提供了绝佳的知识氛围。正如歌德本人在1830年所说，所有（欧洲）国家在经历战争的动荡、经过自主发展后，都意识到自己已经受到外国的影响，这一事实使得关于一种普遍的"世界文学"的说法具有了合理性。同时也激发了同邻国交流、自由交换思想的更加强烈的愿望（14：934）。[1]

民族主义激情与种族敌意并不是聚集在维也纳会议的知名人士们所关心的问题。用"复辟"（"Restoration"）来描述1815–1830年代是恰当的。那些集结在奥地利首都的人们从根本上希望重获革命前的政治稳定，回到由审查与制衡所维系、民众情绪几乎没有意义的君主制。哈根·舒尔茨（Hagen Schulze）把这个时期描写为："政治家们在欧洲历史上最后一次站在寻求理性政策的立场上，试图权衡各方利益，维持和平，而不考虑大众情感和民族之间的仇恨。"[2] 尽管20世纪80年代末和90年代初苏联解体、"新的世界秩序"诞生的时候，并没有出现像维也纳会议这样规模的事件，但欧美政客仍然相信他们能够就后苏联的欧洲局势做出合理的假设，而这些假设同样没有将民族情绪考虑在内。正如我们现在所知，经济自身利益而不是民族自尊决定民族情绪的主观臆断远比1815年地缘政治的猜想更具危害性，并且是更直接的危害。21世纪，全球化的文化和全球化的经济与各民族休戚相关，世界人民都似乎比以往更加坚定地固守民族团结，至少部分是出于应对全球化以及随之而

---

[1] 文中的这类注释皆出自《歌德著作、书信、谈话集》（Johann Wolfgang Goethe, *Gedenkausgabe der Werke, Briefe und Gespräche*, ed. Ernst Beutler. 24 vols. Zurich: Artemis, 1948–1954）。

[2] Hagen Schulze, *States, Nations and Nationalism: From the Middle Ages to the Present*, trans. William E. Yuill (Oxford: Blackwell, 1996), p.198. 舒尔策有关图恩瓦特·雅恩的描述参见199页。

来的特定身份的丧失。[3] 这也说明了为什么我在本书前言中勾勒出的亚民族-跨国辩证关系（也就是作为歌德的世界文学范式之基础的辩证关系）与思考当今世界文学状况以及如何在世界文学的课堂上探讨世界各民族文学和广义的世界文学是密切相关的。

当然，过分地强调歌德时代的文化政治气候与我们时代的平行关系是危险的。马丁·艾尔布劳（Martin Albrow）将社会全球观念作为分析当代世界的核心要素，在考察其潜在的可能性时，回顾了歌德的世界文学概念。他强调了歌德的积极态度，歌德认为世界主义者与民族主义者的冲突在他的时代可以得到有效而积极的控制。艾尔布劳指出歌德构想的世界文学具有两个核心思想。一是各民族文学表现出的人类存在的不同形式可以通过世界文学的对话体系相得益彰。这种对话会产生世界文学的第二个核心理念，即各民族为共同目标而奋斗。艾尔布劳在现在的全球化时代并没有看到这种乐观主义。歌德将世界文学与人类交流的无限潜能关联起来，而当今全球化的概念恰恰强调全球主义对我们行为的**限制**。当今的全球化与歌德设想的世界文学范式之间的另一个主要区别是维度的区别。歌德强调的是社会群体间的相互交流，无论是民族的还是国际的，而我们今天的全球化在艾尔布劳看来却建构了**所有**的社会关系[4]。这种情况必然会减弱我们对社会和文化他异性的意识和理解。歌德及其所处时代并没有受到这一问题的困扰，这本身就更加凸显了今天考察世界文学概念的意义和潜力。

歌德的世界文学概念在19世纪初的欧洲得以流行，不仅仅因为当时世界主义的政治气候和技术进步为其创造了丰饶的土壤。歌德自身崇高的政治声望也是他吸引受众的重要原因。歌德首先通过书信体小说《少年维特之烦恼》名扬欧洲。18世纪末，许多人都把公认为冷静的理性与主导的启蒙哲学等同起来，西欧的很多年轻人都为此烦恼，主人公由于时运不济而最终自杀的故事令他们着迷。的确，很多年轻人都步维特这一致命的后尘，拿破仑远征途中就总是携带着这本小说。尽管歌德后来的作品都没有这部早期作品这样流行，但他晚年定居魏玛后，却在欧洲艺术家、知识分子和名人中获得了更高的声望。大批英国旅行者们都去那里拜见歌德，这种

---

[3] 关于全球化与部族主义相互关联的两级对抗参见 Benjamin R. Barber, *Jihad vs. McWorld* (New York: Times Books, 1995)。

[4] Martin Albrow, "Auf dem Weg zu einer glabalen Gesellschaft?", trans. Ilse Utz, in *Perspektiven der Weltgesellschaft*, ed. Ulrich Beck (Frankfurt: Suhrkamp, 1998), pp. 428–432.

个人交往非常有利于促进世界文学成为世界主义的交流模式。[5] 尽管歌德有关世界文学的谈话散见于他的通信、文章和与艾克曼的公开对话中,但把它们联系在一起的一个核心动机是:经历了拿破仑战争分裂和毁坏后的欧洲各国都有建立富饶和平的共存关系的愿望。这种兄弟友爱的呼唤飞越欧洲,激励《西东诗集》的创作,尽管外国影响贯穿了歌德整个诗歌创作生涯。托德·康杰(Todd Kontje)在总结世界文学与歌德自己创作生涯的关系时说:"歌德19世纪20年代末有关世界文学的言论为他一生的诗歌创作实践提供了理论支持。歌德从一开始就呈现出自己介入外国文学形式的能力;《诗集》中的仿波斯诗歌只是歌德创作生涯中一个阶段的作品,该时期的作品还包括莎士比亚式的戏剧、品达体颂歌和罗马体挽歌。"[6] 歌德对外来影响的接受反过来提高了他在外国记者和知识分子中的声誉,进一步使世界文学在歌德有生之年就作为一种跨国理想而被接受。

当然,歌德宏大的审美观点并没有囊括所有的国家和文化。康杰把歌德称作"一切与印度有关的东西的直言不讳的敌人"[7],歌德的确憎恶印度雕像的多神教再现形式,视之为偶像崇拜,他强烈反对印度宗教将神灵描述为各种动物的做法(I: 615, 618),甚至赞赏中世纪一个穆斯林教徒加斯那的默哈穆德(Mahmud of Gasna)毁坏这种宗教艺术的行为。歌德在魏玛做卡尔·奥古斯特公爵(Duke Carl August)的私人顾问时,强烈支持镇压与法国革命有关的民主理想。他帮助制定了政策,企图扼杀萨克森-魏玛-艾森纳赫公国的农民、学生及教授们追求这种理想的积极性。因此,他的世界主义并不是无所不包的,而他的政治态度也表现出强烈的偏执倾向。[8] 这说明了民族社会主义的宣传者们为什么对歌德的世界主义感到窘迫,因而强调歌德忠诚地为专制主义的德国效劳。这也说明了为什么年轻的德国作家路德维希·波

---

[5] Karl S. Guthke, "Destination Goethe: Travelling Englishman in Weimar", in *Goethe and the English-Speaking World: Essays from the Cambridge Symposium for His 250th Anniversary*, ed. Nicholas Boyle and John Guthrie (Rochester: Camden House, 2002), III–42, esp. pp.117–120.

[6] Todd Kontje, *German Orientalisms* (Ann Arbor: Univ. of Michigan Press, 2004), p.132.

[7] Ibid., p.123. 康杰在这里有些夸张,歌德十分欣赏迦梨陀娑的梵文戏剧《沙恭达罗》。参见 Dorothy Matilda Figueira, *Translating the Orient: The Reception of Sakuntala in Nineteenth-Century Europe* (Albany: State Univ. of New York Press, 1991), pp.12–13。

[8] W. Daniel Wilson, *Das Goethe-Tabu: Protest und Menschenrenchte im klassischen Weimar* (Munich: dtv, 1999).

尔内（Ludwig Börne）在歌德去世三年后称他为"王子的侍从"[9]。但这些事实都不能磨灭歌德通过世界文学范式对跨文化理解做出的贡献，这是在世界文学的课堂上应该充分肯定的一种贡献。

在1827年10月12日致祖尔皮茨·波伊塞内（Sulpiz Boisserée）的信中，歌德写道，当民族特性通过国际交流得到平衡和解决的时候，世界文学就会实现。[10]歌德反对他称作"无短裤主义"（"sansculottisme"）的全球文化的一致性[11]，研究歌德世界文学概念的学者们逐渐阐明它在全球文学语境中与"文化跨国主义"的内在相关性。歌德是在1827年在《艺术与古典》（*Über Kunst unde Alertum*）杂志上回应法国报纸对他作品的讨论时提出世界文学这一术语的。巴黎《全球报》（*Globe*）曾刊登了一篇赞誉歌德《托夸多·塔索》（*Torquato Tasso*, 1790；被改编成了法语）的文章，在翻译这段文字后，歌德指出大段的引用不仅是为了提醒读者这是他的原作：

> 我是怀着一个更高的目的，现在我想谈的就是这个目的。人们处处都可以听到和读到，人类在阔步前进，世界关系以及人的关系前景更为广阔。不管总体上这具有什么样的特性，而且研究和进一步界定这一整体也不是我的职责，但我仍然愿意从我这方面提醒我的朋友们注意，一种世界文学正在形成，我们德国人在其中可以扮演光荣的角色。

歌德新文学范式的构想形成于日益加强但又零散的民族交流过程中，这种构想折射出了浸透在自然科学中的整体视角。[12]然而，尽管歌德个人的权威性强烈地反映在他的科学著作中，但他借助主格和非人称代词"es"和"man"刻意掩盖了有关世界文学言论中的离题的主观的部分。**作为个体的歌德并没有意识到他所描述的东西**，但却能看到和听到正在经历的全球化进程，并在各地经历着这个趋势。即使歌

---

[9]　W. Daniel Wilson, "Goethe and the Political World", in *The Cambridge Companion to Goethe*, ed. Lesley Sharpe (Cambridge: Cambridge University Press, 2002), p.217.

[10]　Goethe, cited in Strich, *Goethe und die Weltliteratur*, p.398.

[11]　有关歌德对这一趋势的拒绝以及当前通过大众媒体的传播，参见 Ulrich Weisstein, *Comparative Literature and Literary Theory: Survey and Introduction*, trans. William Riggan and Ulrich Weisstein (Bloomington: Indiana Univ. Press, 1973), p.19。

[12]　歌德世界文学观念与他自然科学原则的关系参见 A. R. Hohlfeld, "Goethe's Conception of World Literature", *Fifty Years with Goethe, 1901–1951* (Madison: Univ. of Wisconsin Press, 1953), p.343。

德用第一人称表达普遍的世界文学正在形成的时候,他也是用间接引语的主格形式 sei 来强调这一信念。歌德似乎希望隐退到背景之中,这样,世界文学的公正和普遍的性质就能突出出来。这是"作者"作为独立的文学"代理者"已经死亡这一观点的最初的微妙暗示,歌德或许无意中宣布了世界媒体(引申意义上的世界市场)将会把作家的产品融入一个超个体的、跨国的网格,歌德称之为世界文学的一个网格。

诚然,歌德发现正在兴起的世界文学并非旨在宣告独立的民族文学的死亡。他的确在陈述这个新观点的同一句话中指出他相信德国人在其形成过程中会发挥积极作用。然而,他接着说德国文学由太多的相冲突的异质因素组成,以至于只有一种共同语言才能使它成为一个连贯整体。认为德国文学缺乏整体性和连贯性的观点与歌德在另一篇早期文章《文学上的无短裤主义[13]》(1795)中的说法一脉相承,他指出德国破碎的政治建构,其小国状态(Kleinstaaterei)导致德国缺少"经典"作家。一个真正的经典作家必须浸透民族精神,而内部宗派纷争和同时出现的过多的外国影响使得这种浸透在德国无法实现。然而,歌德并不希望可以促成这种古典主义的政治动荡,而只是惋惜德国作家们缺少一种政治文化中心,一个能使他们摆脱形形色色古怪想法和各家乡影响的中心(14:179—185)。考虑到德国当时缺少强大的、内在的、稳定的民族身份,歌德特别注重并倡导超越民族的文学形态的做法也就不足为奇了。也许在歌德看来,当时无法构建德国古典民族文学,这一看法使得世界文学的理想成为文化分裂唯一的理想替代品。[14]

歌德世界文学概念中的另一个明显的政治因素是他在拿破仑战争中的经历。正如勒内·韦勒克(René Wellek)所说,歌德相信对伟大文学流通的渴求源自战后"对纷争的厌烦"。[15] 当然,歌德的年代与我们的时代一样,全球化趋势导致了激进的

---

[13] 无短裤主义,这是法国大革命时期贵族对激进共和主义的蔑称,当时贵族穿短裤,民众穿长裤。歌德把它用在文学评论中意指那些缺乏文化修养和文学见识的低劣之作,把这种刊发粗野之作的行为斥之为"这种做法是真正的无短裤主义"。参见歌德,《论文学艺术》,范大灿等译,北京:世纪出版集团;上海:上海人民出版社,2005 年,第 12 页。——译注

[14] Peter Weber, "Funktionsverständnis in Goethes Auffassung von Weltliteratur", in *Funktion der Literatur: Aspekte, Probleme, Aufgaben*, eds. Dieter Schlenstedt et al. (Berlin: Akademie, 1975),歌德发展的世界文学概念特别对抗民族文学而来。韦伯认为歌德将民族特性视为他所呼唤的普遍人类形态的掩饰。(pp.131—135)

[15] René Wellek, *A History of Modern Criticism: 1750–1950*, vol.1. (New Haven: Yale Univ. Press, 1955), p.221.

民族主义，歌德对世界文学的关注恰恰表现了他对德国政治和文化仇外势力的对抗。[16] 然而，维也纳会议之后和 19 世纪 30 年代新的民族主义爆发之前，欧洲人自然察觉出孤立的民族-国家的意义和自治性在逐渐衰落，正像苏联社会主义解体后的"新世界秩序"已经导致经济、政治、文化的全球化一样。因此，如果说歌德的世界文学概念预示了当前文化跨国主义，那么，歌德时代最后阶段的地缘政治与当今时代的地缘政治之间就存在着某种相似，尽管歌德时代的这些趋势仅限于欧洲。歌德的确将世界文学等同于"欧洲文学"（14: 907）。但他同时也认为世界文学的场域是由越来越迅猛的跨国交流和流通所构建的。他进一步指出，大众中流行的东西将拓展到所有区域和地区，这是严肃的思想家竭尽全力但又无法抵制的一种倾向。这些个人必须形成自己的质朴"教会"（14: 914–15），大概是为了获得玛莎·伍德曼西（Martha Woodmansee）所说的"审美自治"，在歌德的时代，它正是作为对新生的文学大众市场策略的批评抵制而构建的。[17] 再者，歌德的言论同时预示了后现代大众全球文化市场和抵抗这种趋势的保守势力，尽管歌德这个想法也主要局限于欧洲而并非真正的世界趋势。

歌德用隐晦的副标题"欧洲，也即世界文学"首先简要论述了世界文学形成初期欧洲一些国家文学的优劣（14: 907），我们直觉的反应是提出一种欧洲中心主义的视角。盖尔·芬妮（Gail Finney）指出，"对歌德而言，世界文学只意味着欧洲文学，这一事实将他的事业与当今比较文学学科区别开来"[18]。本书第五章会探讨比较文学与世界文学的关系，但芬妮的观点或许会让我们质疑歌德的世界文学与当今世界文学课堂的相关性，这种狭隘的跨国文化地理显然已经过时了。摩洛哥出生的德语专家法齐·波比亚（Fawzi Boubia）在 20 世纪 80 年代发表的两篇文章奠定了歌德世界文学设想的真正的全球维度，并强调了这些维度在世界各种文学的阐释对话中对他异性的最初和早熟的接受。波比亚认为，歌德的构想试图找到一种方法来强调外国文学作品中真正的"他者"，从而怀着真正的尊重和开放的心态接触这种他异性。

---

[16] Strich, *Goethe und die Weltliteratur*, pp. 46–48.

[17] Martha Woodmansee, "Aesthetic Autonomy as a Weapon in Cultural Politics: Rereading Shiller's *Aesthetic Letters*" in *The Author, Art and the Market: Rereading the History of Aesthetics* (New York: Columbia Univ. Press, 1994), p. 57–86. 关于歌德预示世界文学年代将带来大众文化在世界范围内的主导，Bollacher, "Goethes Konzeption der Weltliteratur", pp. 183–185。

[18] Gail Finney, "Of Walls and Windows: What German Studies and Comparative Literature Can Offer Each Other", *Comparative Literature* 49 (1997), p. 261.

本书的基本主题是指出世界文学的介绍性课堂应该认识这种他异性、鼓励这种开放性，而且，在英文翻译课上讲授世界文学的元理论方法是实现这一目的的最有效途径，下面有必要按顺序来深入思考波比亚的文章。

在《歌德的他异性理论与世界文学观念：对当今文化争论的贡献》（"Goethes Theorie der Alterität und die Idee der Weltliteratur: Ein Beitrag zur neueren Kulturdebatte", 1985）一文中，波比亚提出了在20世纪80年代就已备受关注的一个问题：跨文化交流存在着偏向于对话之一方的霸权影响的危险，这是在我们当前全球化时代愈演愈烈的一种危险。因此，我们必须意识到这个"他者"历来都在自己的文学传统中有所表现，只有在那时才能建立承认真正互惠关系的框架。当人们思考如何在世界文学课上讲授英美义学的问题时，这一观点就证明是有价值的。黑格尔和马克思都设想消除不同文化的差别，通过辩证进化使各种文化趋于同一，波比亚认为歌德与他们不同，歌德从来没有忽略不同国家和民族的独特性。的确，歌德在阐述世界文学这一观点时指出根深蒂固的民族特性将在彼此交往中吸引或排斥其他民族（14：913）。这种心理生物学今天看来也许已经过时，但却有助于说明歌德何以没有表现出黑格尔的同化倾向。这并不是说歌德没有意识到不同文化出现的趋同倾向。波比亚认为，正是因为这一意识才促使歌德提倡他异性原则，即有必要深入探索他者的合理的特殊性和身份。[19]

波比亚在《歌德的他异性理论》中强调说，歌德是在思考亚洲诗歌创作时最早提出世界文学范式的，他尤其关注中国文学，认为欧洲人还在森林里游荡的时候，中国就已经享有繁荣的文学文化了。的确，歌德和少数其他人一样，把"'被忘却的大陆'看做自己诗歌创作的重要组成部分。"[20] 在此，若参照波比亚对这一情形的独特见解，我们就会发现歌德将欧洲与世界文学等同起来是基于他在自己时代看到的欧洲内部的深切交流，如果非欧洲世界尚没有参与到世界文学的对话中来，那只是因为这样一个事实，即改善的交流网络、跨国的媒体交换和大量的翻译活动仍然局限于欧洲大陆。歌德对滋生世界文学的条件的深入思考基于他所处时代的环境。只

---

[19] Fawzi Boubia, "Goethes Theorie der Alterität und die Idee der Weltliteratur: Ein Beitrag zur neueren Kulturdebatte", in *Gegenwart als kulturelles Erbe: Ein Beitrag der Germanistik zur Kulturwissenschaft deutschsprachiger Länder*, ed. Bernd Thum (Munich: iudicium, 1985), pp. 269–282.

[20] Ibid., pp. 282–293.

有在20世纪末,科技基础才首次延伸到允许产生真正全球性质的而不是歌德所理解的欧洲的世界文学的程度。在这个意义上,歌德的世界文学范式并不是欧洲中心主义的,而恰恰反映了他所处时代的国际文化中介的现实和可能性。

波比亚在《歌德的他异性理论》中最后探讨了世界文学中他异性的跨文化和社会维度,以及这些维度与传统的关系。因为作为文化间学习与认可过程的世界文学久已存在,歌德认为有必要建立同传统原则的批评关系。这使歌德能够揭示出历史上根植于这个范式中的交流和社会互动本质,从而使其在当代具有能产性。波比亚认为,与浪漫派不同,歌德拒绝把自己固有的因素和文化史上外来影响的渗透区别开来。这种区别将消除传统的多义性。对歌德而言,身份与他异性在历史中相互交织,使得文化的自生性划分,也就是民族自我和外来他者的两极划分成为不可思议的了。为了强调这种不可能性,歌德不得不明确指出,在文化方面,各民族间世界文学能产性的融合是根植于历史的,并且是由传统构建的。[21] 在这个意义上,世界文学并不是19世纪20年代的新的副产品,歌德只是意识到了它的存在。

波比亚的另一篇文章《普世文学与他异性》("Universal Literature and Otherness", 1988)不过重述了《歌德的他异性理论》中的一些鲜明观点,但为探讨歌德所定义的世界文学中的反沙文主义和对话目的开辟了新的路径。他引用了歌德在《艺术与古典》杂志中阐述的观点,即必须警惕那些使各民族形成同一思维方式的倾向;波比亚强调歌德的世界文学是"没有盲目局限于欧洲中心主义的一个观念。相反,它考虑到他者性,因此也考虑到民族特性和身份"[22]。如果世界文学课上学习歌德范式的学生能够理解并赞赏这一点——诚然,这绝非易事——那么这门课的经历将使他们终身受益。波比亚进一步探讨了世界文学中的对话因素;在某种程度上,可以把这一范式定义为理想上导致更大包容性的对话。在引用歌德前言中的三分翻译模式时(本章结尾将回到这个话题),波比亚指出世界文学是以"他者"为导向的。也就是说,歌德相信翻译在其最高也即第三阶段必须接近源语言的韵律和语法差异,这表明歌德范式的最高理想也是自我向他者的运动,并不是对他者的统治或消灭他

---

[21] Fawzi Boubia, "Goethes Theorie der Alterität und die Idee der Weltliteratur: Ein Beitrag zur neueren Kulturdebatte", in *Gegenwart als kulturelles Erbe: Ein Beitrag der Gemanistik zur Kulturwissenschaft deutschsprachiger Länder*, ed. Bernd Thum (Munich: iudicium, 1985), pp. 290–298.

[22] Boubia, "Universal Literature and Otherness", trans. Jeanne Ferguson, *Diogenes* 141 (1988), p. 81.

者。对他异性的这种接受基于一种独特的疏离原则,即迫使自我对自身感到陌生,能够满足文化间对话和尊重外来影响的双重目标。波比亚在这方面的洞见再次证明,如果世界文学课上能够培养对他异性的理解,那么阐明翻译理论之重要性的意义就不言而喻了。

尽管歌德似乎对世界文学的大众性并无好感,但总的来看他对他所阐述正在兴起而又无法避免的范式持积极态度。1828年,注意到世界文学概念在国外受到赞誉后,歌德倡导的理论构建开始形成,这要归功于当时动荡局势中日益增强的民族间的交流。歌德阐明了这种民族间的文学交流将带来的益处:"如果没有外来文化的影响,每一种文学都将自我消解。哪个探索本质的研究者不会为他的发现所折射出的伟大事物而倍感欣喜呢?"这段话除了证明歌德的科学视角已经渗透于他的世界文学观念这一倾向外,还表明了世界文学范式固有的动态性质,而没有这种动态性质,个体即民族文学就会自然消解。韦勒克在谈到这段话时,将世界文学定义为"把所有文学统一为一种文学的理想,其中每个民族都将在整体协作中发挥自身作用。"[23] 这番描述抓住了歌德创造世界文学这个术语时魏玛古典环境中的世界主义精神,同时也强调了它作为一种目的论的投射、一个未来目标的地位。当然,在19世纪初,歌德还无法预测如今全球范围内多元文化交流的潜在结果,但他提到的各自独立的民族-国家内部的"外来参与"必将以无限的规模在霍米·巴巴(Homi Bhabha)所说的印刻在后殖民文学中的"混杂文化空间"中繁衍。[24] 正因如此,巴巴才赞赏歌德的世界文学是一种极具价值的范式。

维也纳会议之后出现的地缘政治的同质化通过大众文化体系的诞生、翻译活动的增多和跨国媒体的覆盖面而与文学文本的国际化相伴共生。这些发展使歌德察觉到了世界文学的到来,同时他当然也认识到,这个由真正的跨国文学构成的星群,以来自世界各地的主题、文体甚至语言特征为标志,而不受个体民族-国家传统的影响,充其量不过是韦勒克所说的"遥远的梦想"[25]。尽管他把世界文学和欧洲文学合并,尽管他认为埃及、印度和中国文学的早期作品只能看做是"珍奇之物",缺

---

[23] Wellek, *A History of Modern Criticism*, p. 221.

[24] Homi K. Bhabha, *The Location of Culture* (London: Routledge, 1994), p. 7. 巴巴特别用这个术语探讨巴鹏·欧梭里欧(Pepon Osorio)的作品(pp. 7–8)。

[25] Wellek, *A History of Modern Criticism*, p. 221.

少促进现代欧洲道德和审美教育的潜质,[26] 但歌德自己的诗歌创作已经接近了世界文学的混杂理想,在他阅读中世纪波斯诗人哈菲兹(Hafiz)之后创作的《东西诗集》中这种混杂性体现得尤为明显。《诗集》借用波斯诗歌的主题和结构特征,甚至试图挪用一些语言特征,代表了歌德为"实现和确立"诗性自我而进行的尝试,正如爱德华·萨义德在《东方主义》中所阐述的那样,这种自我通过"回归"东方(作为差异和源起之地的东方)而得以实现。[27] 因此,人们可以看到作为跨国交流形式的世界文学之所以吸引歌德的另一个原因:它使得诗性自我最大限度地发展,促进个人整体性的实现,并在一个普遍化的诗歌框架中找到其客观结果。

除了对世界文学的全球大众市场的反感,还有什么可以解释歌德对世界文学时代所持的模糊态度呢?他为什么要在1827年对助手艾克曼(Johann Peter Eckermann)说如果不试图放宽眼界,超越狭隘的地理界限,宣扬"跨民族文学",加速世界文学时代的到来的话,德国会陷入"迂腐的黑暗"?(24:229)在两年后,他又说德国人在这个黎明时期将损失最大呢?[28] 歌德在1827年初发表有关世界文学的言论时,他认为出于当前德国文学的普遍(也就是在欧洲的)吸引力,德国人必然在世界文学的构建过程中扮演"崇高的角色"(14:908–909)。吉哈德·凯瑟(Gerhard Kaiser)中肯地分析了歌德模棱两可的处境;一方面歌德时代的德国作家取得了非凡成就,使得德国艺术和文学有可能在即将到来的世界文学的构建中发挥重要作用,另一方面,与法国文学相反,德国文学在历史上固有的特性,使人们对德国文学在融入世界文学的过程中能否保持其特性表示怀疑。[29] 当我们考虑到当前愈演愈烈的商业和文化全球化趋势已经开始使民族文学观念过时、并创造了真正的全球意义上的跨民族的文学作品时,歌德对德国民族文学能否保持其特性的担忧似乎已经成为未来几年里人们将关心的世界性问题。但是我认为,在当下文学中强调突出亚民族的文化特征可以排除这个危险。

巴巴在思考后殖民时代的主体身份问题时指出了全球范围民族精神面对包容一

---

[26] 歌德在与艾克曼的对话中(1827年1月31日)提出了相反观点,认为中国小说中的人物与欧洲作家笔下的人物行动、想法和情感都相似,只不过中国主人公的行为更加纯净、透彻、有道德。

[27] Edward Said, *Orientalism* (New York: Vintage Books, 1979), pp.167–168.

[28] Goethe, cited in Strich, *Goethe und die Weltliteratur*, p.399.

[29] Gerhard R. Kaiser, *Einführung in die vergleichende Literaturwissenschaft: Forschungsstand, Kritik, Aufgaben* (Darmstadt: Wissenschaftliche Buchgesellschaft, 1980), p.12.

切的文化越界时所遭遇的碎片化问题,歌德也察觉到了这一问题,它也正是当时的德国所面临的内部难题:

> 我们该如何看待民族主体的"分裂"?意识形态摇摆不定,民族话语的参与也从一种宣言立场转向另一种,而我们应该如何描述这种意识形态中的文化差异?那个野蛮时代的民族文化试图呈现哪些生活方式?巴赫金在解读歌德时又是如何超越这些文化的?……在四分五裂、摇摆不定、模棱两可的叙事短暂性中体现出的民族局限性和现代性空白会产生什么样的文化和政治结果呢?[30]

由于德国在欧洲的微弱影响力,歌德在苦苦思索世界文学概念时受到这些问题的困扰。这种影响力是由德国的政治分裂导致的,也是由地方主义和排他性造成的。由于文化上缺乏凝聚力,地方主义和排他性使其民族文化处于"自由放任"的状态。歌德意识到即使"真正的民族话语"成为现实,随之伴生的不可能性依然存在。在这种民族话语中某种整体性的回应会促进世界文学范式的生成。如果歌德不能客观地克服民族文化的"野蛮时代",巴巴认为分裂和不稳定是我们时代的普遍特征,如果他的判断正确的话,那就有必要考察巴巴何以相信巴赫金通过阅读歌德而超越了这种易变性。

巴巴认为,歌德以其显而易见的历史共时性高度关注最具区域性、地方性特色的空间,通过揭示其关注空间的方式,巴赫金清晰地指出了歌德叙事中持久而又明确的国家暂时性的基调。[31] 事实上,在巴巴所谈到的《成长小说及其在现实主义历史中的意义(论小说的历史类型学)》一文中,巴赫金阐明了歌德作品中时间的充足性与具体的地方化空间之间的辩证互动关系,这使歌德给世界历史注入了一种丰富而充满活力的完整性,因此,就其目的而言,它也给历史营造了一种整体性的稳定氛围。依据此观点,歌德作品中的历史时间就成了必要时间。巴赫金甚至认为歌德是第一个通过时空的辩证关系而唤起一种"世界"感的作家:

> 地方性无法和被地理与历史决定的世界相分离,它也是完全真实的、本质上可见的人类历史世界不可替代的一部分。最终,它成了特定人类历

---

[30] Bhabha, *The Location of Culture*, p.147.
[31] Ibid., p.143.

史中必然且不可转换的瞬间,这种历史存在于,而且只能存在于这个由地理决定的人类世界。世界和历史在相互具象和渗透过程中并没有变得更加贫乏或狭小。相反,它们凝聚、浓缩,蕴含着创造即将到来的真实存在和发展的可能性。歌德的世界是一粒**发芽的种子**,绝对真实,随处可见,同时也孕育着真正的未来。[32]

阿扎德·赛罕(Azade Seyhan)在《写在民族之外》(*Writing Outside the Nation*)一书中表明当今散居的双文化作家如何在跨国层次上维持文化记忆。也就是说,她表明,被迫或自愿的放逐促使这些"边界"作家在相异的文化话语缝隙中讲述记忆。赛罕颇有成效地从事这种跨国写作,表明如何在民族的母体之外创造性地表现文化记忆。恰恰因为全球化使得人们越来越质疑独立而可以逻辑定义的民族文学的合理性,也就是从前被视为共有集体历史宝库的民族-国家的文学,世界文学的问题才再次具有了相关性。巴巴利用歌德的范式想要说明的是,被殖民群体和少数族裔的"跨国史""也许是世界文学的[新]领域"。[33] 萨拉·拉沃尔(Sarah Lawall)认为"世界文学"比"比较文学"更为具体,是一种教学实践,将以"开放和视角主义的空间取代固定的民族空间和定义,这个空间的比例不是确定的,而始终是不断更新的"。[34] 巴赫金对歌德的解读恰恰在这个语境中具有特殊意义。当然,巴赫金的时空理论尽管是具体固定的空间实践,但确实揭示了这样一种"开放空间"的理想,象征着时间和空间的结合,充满了各不相关的历史因素,以至于这一术语本身就质疑了民族文学领域的人为停滞状态,在此,领域的划分范围过于宽泛而不是过于狭窄。

巴赫金发现,在歌德"未实现的创造规划"[35]中时空的整体性得以如此完整的呈现,以至于相信这些碎片已经成为世界自身的各个微观宇宙。尽管巴巴在巴赫金

---

[32] M. M. Bakhtin, "The *Bildungsroman* and Its Significance in the History of Realism (Toward a Historical Typology of the Novel)", in *Speech Genres and Other Late Essays*, ed. Caryl Emerson and Michael Holquist, trans. Vern W. McGee (Austin: Univ. of Texas Press, 1986), p. 50 (Bakhtin's italics).

[33] Bhabha, *The Location of Culture*, p. 12.

[34] Sarah Lawall, "World Literature, Comparative Literature, Teaching Literature", in *Proceedings of the XIIth Congress of the International Comparative Literature Association: Space and Boundaries*, vol. 5, ed. Roger Bauer et al. (Munich: iudicium, 1990), p. 223.

[35] Bakhtin, "The Buildungsroman", p. 49.

对歌德的解读中看到的"民族兴起"的强调并不完全正确[36],但巴赫金在《成长小说》一文中对歌德的兴趣在于他有能力从地方、区域的层面上呈现完整时空中的文化记忆。因此,有必要考察巴赫金对歌德未被人知的短篇作品,特别是《皮尔蒙特的逗留》("Sojourn in Pyrmont",1801)的时空解读,以便说明离散的民族文化有可能进一步消退的未来,文化记忆或许可以在亚民族和跨国层面丰富的整体经验中得以保持和唤起。歌德世界文学的范式可以在这里发挥作用,因为如我们已经看到的,世界文学作为一种跨国现象而兴起,而对这一现象的阐述大多由18世纪到19世纪初德国的亚民族地位所激发。因此我也可以借此解释为什么像拉沃尔这样的理论家在讲授文学的时候仍然能够用这个概念质疑固定的民族文化空间的合理性。

如上所述,歌德于1827年首创世界文学这个术语时,他相信德国人会在其中扮演崇高的角色。歌德以为世界各国都会将目光投向德国,赞赏或批评、模仿或拒绝它的产品。德国民族文学来源于相异的因素,只有通过构建逐渐呈现德国人内在品质的一种语言,才能统一起来。歌德默认德国在他的年代既没有军事实体的也没有道德审美的凝聚力(14:908-9)。世界文学的这一最初构想除了政治方面还有一个外在因素。歌德暗示德国缺少道德和物质统一的同时,也反思了他的国家在拿破仑战争后的心理氛围。战争期间,不仅是雅恩等民粹论者,还有德国的知识分子们,如浪漫主义哲学家约翰·戈特利布·费希特(Johann Gottlieb Fichte)都满怀希望,他们相信一个自由的祖国不仅在精神上而且政治上将由于摆脱法国的占领而兴起。然而,维也纳会议上梅特涅的反动策略打击了人们寻求统一德国的雄心,也使统一的乐观愿望受挫。歌德最初的世界文学构想也默认了这种局势,认识到德国向战前状况(1830年之前)的回归已引起普遍的失望情绪,但也强调了非民族状态的积极方面,也就是文化上对全世界都具有吸引力的反民族主义的世界主义。事实上,如哈特穆特·施泰内克(Hartmut Steinecke)所指出的,18世纪德国民族性的迟滞带来了一个相对无阻的观点,也就是歌德所估计的自己祖国出现的跨国的、普遍的人类环境。[37]

---

[36] Bhabha, *The Location of Culture*, p.143.

[37] Hartmut Steinecke, "'Weltliteratur'-Zur Diskussion der Goetheschen 'Idee' im Jugen Deutschland", in *Das Junge Deutschland: Lolloquium zum 150. Jahrestag der Verbots vom 10. Dezember 1835*, ed. Joseph A Kruse and Bernd Kortländer (Hamburg: Hoffmann and Campe, 1987), p.162.

这个观点显见于《文学上的无短裤主义》一文中,因此需要在此简要重述。一方面,歌德哀叹德国缺乏民族凝聚力,因为政治分裂导致"古典民族作家"无法发展。只有拥有伟大而悠久的历史和坚定而有目的性的公民的统一国家才能诞生这样的幸运儿(14:181)。但是,德国却出现了杰出的哲学和不可见的学校("unsichtbare Schule"),帮助天才的年轻诗人清晰优雅地再现外在客体(14:184)。歌德的比喻性修辞特别引人入胜的地方是对不可见的学校的描述,这个学校之所以不可见,或许因为德国缺少实体意义上的供年轻作家们经历相互支持、富有凝聚力的审美成熟的社会文化中心(14:182)。而颇有讽刺意味的是,这个不可见的学校使德国的当代作家进入一个比过去更加全面启蒙的圈子(14:184),仿佛德国分裂的政治状态使实体上的不可见性成为必需的了,但最终却促成了文学领域的超验启迪。巴巴指出,当巴赫金试图强调歌德的修辞民族建构时,这位俄国批评家也注意到了歌德作品中凸现的光学的、视觉的修辞:"不断出现的景观隐喻作为民族身份的内在特性强调了光的属性,社会的可视性问题,眼睛具有的归化民族从属关系修辞及其集体表现形式的能力。"[38] 然而,《文学上的无短裤主义》一文旨在将地理民族层面的混乱性与审美教学领域的启迪置于辩证关系之中,其目的是强调政治上分裂的德国有能力创造富有活力的文学文化。在探讨日益改善,不断加速和日趋拓展的交通／交流的基础性体系对世界文学发展所起的推动作用时,1830年德国政治统一进程中接连出现的障碍或许是促使歌德把全世界设想为一个扩大版德国的另一原因(14:914)。

  这并不是说歌德把跨国主义和亚民族主义看做具有辩证成效的一枚硬币的两面。歌德意识到,普通德国人的一生都局限在众多城邦之一的狭隘界限之内,这很容易导致公民迂腐的狭隘心理。而恰恰是这种情形促使歌德在1827年向艾克曼发出著名的宣言,号召德国同胞随他一起观察外国文化,并指出"现在,民族文学已经不是十分重要,世界文学的时代已经开始,每个人都必须为加速这一时代而努力"。(24:229) 只有德国分裂的政治状况才能促使歌德通过世界文学的概念构想跨国的文化理想。巴赫金对歌德的创造性片段的解读让我们认识到可持续的文化记忆开始于本土层面,而只有在亚民族领域里,文学才能描绘全球景象,在这个意义上,才成为了"世界文学"。在详细考察这种解读之前,我们还要注意到,歌德本人在1828年评论托马斯·卡莱尔(Thomas Carlyle)的《德国传奇》(*German Romance*, 1827)时,

---

[38] Bhabha, *The Location of Culture*, p.143.

采用了高度视觉性的语言来协调特殊性与普遍性的关系。尽管民族性是特殊因素,歌德并没有把这个术语看做是一个政治上统一的民族成员的逻辑结果。否则德国人将无法参与促进世界文学的进程,我们已经看到政治分裂的状况事实上加强了歌德所预见的他们在这方面发挥的作用:"在每个特别情况当中,无论它是历史的、神话的、寓言的或随意构想的,人们都可以看到普遍性可以通过民族性和个性而发出更加灿烂的光芒。"亨德里克·拜若斯(Hendrik Birus)指出歌德的这番评论和很多其他说法都表明普遍与特殊的辩证关系是歌德世界文学范式的核心。[39]

巴赫金最全面地阐述他的时空体原则的文章是《小说中的时间形式和时空体:历史诗学札记》("Forms of Time and of the Chronotope in the Novel: Notes toward a Historical Poetics", 1937—1938)。在这篇长文伊始,巴赫金这样定义了这个术语:"我们用时空体(字面意义是时间和空间)来命名文学中艺术地表现的时空关系的内在关联性。"[40]尽管巴赫金在文章中熟练精心地把时空体作为一种启发式策略来应用,几乎直接图绘了"希腊传奇"和"骑士传奇"等特殊文体,在一本业已失传的书的一个片段——《成长小说及其在现实主义历史中的意义(论小说的历史类型学)》中,这一概念最充分地获得了之前所描述的那种实际深度和共生能力以及(借用瓦尔特·本雅明的著名理论)"爆破"政治民族性的连贯性。[41]巴赫金在此表明歌德将注意力集中在本土性,即使在本土空间已经荒芜或鲜有人烟时也时刻牢记人类历史的维度,这种能力使他创造性地赋予这些领域以共时的共鸣,加强了"过去与现在融合为一体的感觉"[42]。这种感觉是多层次的,标记着历史地理现实主义与浪漫的神怪故事之间的争斗。巴赫金认为,在这种创新意识的内部斗争中现实主义因素取

---

[39] Hendrik Birus, "Main Features of Goethe's Concept of World Literature", *Comparative Literature Now: Theories and Practice*, ed. Steven Tötösy de Zepetnek et al. (Paris:Champion, 1999), pp.38-39.

[40] M. M. Bakhtin, "Forms of Time and of the Chronotope in the Novel: Notes toward a Historical Poetics", in *The Dialogic Imagination: Four Essays*, ed. Michael Holquist, trans. Caryl Emerson and Michael Holquist (Austin: Univ. of Texas Press, 1981), p.84.

[41] 本雅明认为"现在"这一时刻就意味着一个特定的时代从连续统一的历史过程中"爆破出来"。"现在"保持着自身的独立性,它打破了历史主义的连续性链条,不再是因果联系的纯粹结果,而是标志着一种断裂。其有关时间的论述参见《论歌德的〈亲和力〉》、《德国悲悼剧的起源》、《波德莱尔笔下的第二帝国的巴黎》、《普鲁斯特的形象》、《历史哲学论纲》、《摄影小史》、《机械复制时代的艺术作品》和《单行道》等作品,另参见陈永国、马海良编:《本雅明文选》,中国社会科学出版社,1999年。——译注

[42] Bakhtin, "The Bildungsroman", p.35.

得了胜利，[43] 巴巴则将这一情形等同于对离散的"民族时间"的成功表述，"由始至终都在地方性的、特殊性的、文字性的时空体（原文如此）中变得具体可见"。[44] 巴赫金的确将歌德对阿尔萨斯和意大利的自传式冥想看做一个"国家的"地理-社会-历史地形学的动态组合[45]，但他并没有把这个国家等同于政治上统一的民族-国家。就阿尔萨斯和 19 世纪初的意大利而言，这种等同将是无法想象的。相反，在巴赫金的阐释中，歌德唤起人们深思的本土性在亚民族的层次上实现了民族记忆，尽管这种召唤或许会创造出暗示更广泛的种族和/或民族大众的画面。歌德在 1797 年穿越瑞士的一次旅行中描述威廉·退尔（Wilhelm Tell）的情形。据巴赫金所说，"退尔本人在歌德眼里就是人民的代表"[46]。

巴赫金在描述歌德创造性地探讨威廉·退尔的人格之后讨论了这位诗人在皮尔蒙特产生的灵感和对皮尔蒙特的共时想象。歌德在 1801 年夏天曾旅居温泉城（位于萨克森南部）。那里的自然现象，特别是充满氮气的山洞，令他着迷，而当地赌桌上上演的人类戏剧也同样吸引着他。这些社会和自然世界的经历与他对皮尔蒙特历史的阅读一起使他萌生了创造以 1528 年的这个地区为背景的故事，讲述来自世界各地的人到访皮尔蒙特温泉的情景。大量外国游人的突然到访马上引起了混乱，由于这些客人们尽力自己解决住宿问题，所以对读者而言这也是一个消遣和富有教育意义的场面。在这个简短的描述中，我们已经看到了巴赫金在歌德对地方性的艺术探讨中所甄别出来的融合不同因素的一种范式，也就是当代社会和自然领域与区域史的某一片段的融合，其结果便是与共时能量和动态文化记忆相共鸣的一个作品。巴赫金把皮尔蒙特故事看做"深刻的时空体"，也就是这个意思；他认为这个故事使人想到一个人性化的、勾勒细密的地理场所，其暗含的历史既是预先注定的又对当代居民至关重要，"就像某个地方为了组织和延续它所蕴含的历史进程而需要创造性力量一样"。[47]

题为《皮尔蒙特的逗留》的故事讲述了一个勇敢的德国骑士碰到前往温泉的朝圣人流，于是便和他的侍从一起把他们组织起来，充当向导。故事的很多内容都令

---

[43] Bakhtin, "The Bildungsroman", pp. 36–37.

[44] Bhabha, *The Location of Culture*, p. 143.

[45] Bakhtin, "The Bildungsroman", pp. 37–38.

[46] Ibid., p. 48.

[47] Ibid., p. 49.

人想起这一地区的最早期实际上是原始的历史。尽管遭遇了疾病和骚乱,家族精神汇聚到一起在世界的潮流中建起了一座看不见围墙的圣城。世界主义者群体内部不可避免的不和谐不是毁灭性的,有道德的骑士群体则确保了秩序和公正。侍从准确地记录了所有这些事件,并予以简要、适当的评述。故事以三位男性显贵的到来结束:一个年轻人、一个中年人和一个老者。他们透露了他们相聚的原因,并让他们看到了皮尔蒙特伟大的未来。

《逗留》的最惊人之处是歌德将过去与未来、区域与国际、精神与地理都准确融入一个空间的能力,这个空间就是皮尔蒙特,因而赋予其时空的丰富性。世界(大批的国际朝圣者)与地方(皮尔蒙特)之间的颇有成果的交流让人们联想到歌德把世界文学作为普遍与特殊之辩证关系的构想。依照巴赫金的观点,如我们已经看到的,确定的时空并没有剥夺作品的全球感,相反强化了这种感性。巴赫金认为歌德对时空地点的创造性组合刻有浓重的共时细节,又紧密地把全球与特定地点编织在一起,以至于在特定地域使人想起整个世界,微观世界与宏观世界得到了有效的、实际上是必要的综合。

巴赫金对歌德的故事的单一解读也让人联想到歌德自己对流行诗歌的思考。歌德在评论阿尔尼姆(Achim von Arnim)和布伦坦诺(Clemens Brentano)编写、于1806年出版的《德国古诗集》(*Des Knaben Wunderhorn*)时说:"诗歌对有限环境的生动而诗意的观察将一种特殊性提升到一个实际上有限却是没有限域的宇宙,所以我们相信可以在小的空间里看到整个世界。"(14:458)这个关系也让我们想起歌德的小说《威廉·迈斯特的漫游年代》(*Wilhelm Meisters Wanderjahre*, 1829)的结尾,在其中,他把"对家庭的虔诚"看做是"对世界虔诚"的基础;因此普遍性也建立在本土性的基础之上,而且必须由地方性来阐释。拜若斯引用了这段话是为了强调歌德的观点:"先进的"(世界主义的)世界文学是建立在高度特殊化的"纯真"或"自然诗歌"的基础上的。[48] 在当今重视跨国文学史的全球化时代,文化记忆往往是在宽泛构建的、常常是在同质的空间里实现的,巴巴等人对歌德世界文学范式的猜想往往忽视了它原始的、亚民族的、实际上是本土化的维度。但意识到这个维度是世界文学课堂上探索文化差异的关键所在。

赛牟在《写在民族之外》的结尾,就如何讲授跨国文学发出了警示:"我们必须

---

[48] Birus, "Main Features of Goethe's Concept of World Literature", p. 38.

牢记，如果我们对跨国的、新兴的、离散的文学的接受只能通过英语的中介，那么，不仅是语言而且文化上的差异和特殊性也会在翻译中丧失，我们新发展的跨国后殖民文学课程也同传统的英语翻译课上的世界文学没有什么差别。"赛罕当然是正确的，但是只有在阐明了文学作品中分散的时空因素之后，才能探讨双边或跨国文学复杂的语言和文化差异。借用赛罕的话说，我们或许可以把这种教学法称之为一种**被置于民族之下的一种写作**。但具有讽刺意义的是，对歌德所理解的世界文学进行元理论的介绍是研究和讲授的先决条件，**特别是英语翻译中的世界文学课**。巴赫金的方法不但补充了后殖民文学教学中的跨国方法，而且从微观上弘扬了拉沃尔在阐释世界文学时提倡的对固定视角的质疑，这也是对认为跨国文学研究可以在宏观层面完成的观点的质疑。时空具体化的批评实践也有助于保持受到这种实践威胁的文化记忆，也就是说，这种实践默认文化全球化已经既成事实，而这种默然接受终究会歪曲我们对过去文化的考察。

尽管进行了部分的曲解，巴巴还是正确地指出了《成长小说》中"民族"的重要意义。通过对歌德的分析，从历时的角度来看，巴赫金能够克服民族文化的流变和不确定性，这似乎也足以说明歌德自己的终极目的，即努力构建根植于本土的综合而稳定的地理母体，这种愿望旨在想象性地弥补当时德国政治和文学中真实存在的种种缺陷：一盘散沙、四分五裂、复杂多变等。如果德国因为地理和文化个性而在即将到来的世界文学时代损失最大的话，那么歌德就必须在自己的叙事中构想世界，想象这个特殊区域的稳定性和丰富性。如果我们相信巴赫金的精彩论述，认为歌德的确成功地做到了这一点，那么歌德就不仅可以作为世界文学课堂的典范，而且是跨国多元文化时代面临丧失民族身份的作家们可以效仿的榜样。

如我们将在第三章中看到的，德国的民族身份本身在19世纪30年代和40年代开始形成，这与抵御拿破仑战争时期的情形相似。19世纪20年代歌德提出世界文学概念的复辟时期，政治气候平静，人们对战争已经厌倦，德国与整个欧洲强烈的民族主义情绪趋于倦怠。作为这一短暂间隙之标志的国际主义氛围构成了世界文学范式得以出现的自然政治环境。然而，一股民族主义潜流也显见于那个时代的文学运动即德国浪漫主义的很多批评和创造性话语之中。事实上，世界文学的学者们经常将歌德的世界主义和以未来为导向的思维与浪漫派沙文主义、蒙昧主义和对过去病态的痴迷相对比。有时，把他们关于世界文学原则的不同观点相并置的重要依据是他们各自对翻译和翻译理论的看法。

汉斯·乔基姆·施林普夫（Hans Joachim Schrimpf）认为，歌德并没有把世界上大量的语言和民族特征看做民族异化和区分的根源，而是将其视作统一的媒介。世界文学并不意味着压抑，而是将（民族）特性带入全球领域，让其接受国际审视。翻译首先使这种普遍媒介成为可能。施林普夫认为，正是出于这个原因，歌德拒绝了浪漫派的主观性、也拒绝他们对整个过去尤其是德国中世纪的民族主义关注。[49] 波比亚也强调了歌德担心浪漫主义对德国中世纪传统的专注会破坏世界文学的原则。世界文学试图清晰展现他者，通过揭示他者的不同特性来阐释他异性，而怀旧的浪漫蒙昧主义却试图追求相反的结果，将他者湮灭在主观自大的迷雾中。因此，在波比亚看来，歌德指责浪漫派"不把他者作为目的而仅仅作为手段"。例如，弗里德里希·施莱格尔（Friedrich Schlcgel）在他的《论印度语言和智慧》（*Über die Sprache und Weisheit der Indier*，1808）中对印度语言和文化采取了一种推论性的神秘化的表达方式，波比亚引证指出，歌德对此评价很低。从波比亚的观点可以推知，浪漫主义对外国语言的介入方式与歌德的方法是相对立的。歌德对理想翻译的设想是异化和隐蔽个体身份，从而突出被翻译语言的他异性，浪漫派则更加晦涩，用奇怪、异常的外来习语如印度语来实现他们的主观目的。

安德里亚斯·胡塞恩（Andreas Huyssen）和安东尼·伯曼（Antoine Berman）对歌德的世界文学与浪漫主义翻译理论的关系持有不同的观点。但是，在分析他们的观点之前，我们还是简要回顾一下德国浪漫主义最负盛名的批评文章，即弗里德里希·施莱格尔（Friedrich Schlegel）《雅典娜神殿断片集》（*Athenäumsfragmente*）的第116篇，它开篇断言："浪漫主义诗歌是渐进的普世主义诗歌。"施莱格尔指出，浪漫主义诗歌是渐进的因为它不断走向所有理论和想象文类的全球性综合。这种趋势从没有受到黑格尔式扬弃的阻碍，因为与扬弃相对的对照从来就不是综合的，而只是通过并置达到平衡。这种平衡在浪漫主义作品中引发的自我消解为浪漫主义运动最常讨论的文学机制——反讽——提供了基础。浪漫主义想象文学中的浪漫反讽消解了施林普夫和波比亚批判的浪漫主义批评中那种单声部的、自我中心的和民族主义的倾向，甚至连对路德·蒂克（Ludwig Tieck）的《穿靴子的猫》（*Der gestiefelt Kater*，1797）和弗里德里希·施莱格尔的小说《卢琴德》（*Lucinde*，1799）的阅读也

---

[49] Hans Joachim Schrimpf, "Goethes Begriff der Weltliteratur", in *Nationalismus in Germanistik und Dichtung: Dokumentation des Germanistentages in Müncheon vom 17–22. Oktober 1966*, ed. Benno von Wiese and Rudolf Henß (Berlin: Erich Schmidt, 1967), pp. 202–217.

是肤浅的。施莱格尔也认为,只有浪漫主义诗歌才能像史诗一样"成为整个世界的镜子,一个时代的形象"[50]。

这一目标虽然不足以说明歌德世界文学范式中显见的民族和文化他异性中的特殊性,但的确表明了施莱格尔要在全球范围内表现现代性的愿望。对施莱格尔来说,浪漫主义诗歌毫无疑问是现代的,具有自我意识。自我消解、无法抹除的机械主义、对反讽的偏爱等使浪漫主义诗歌超越全球镜像的因素都是通过现代性的开放、碎片化的方式实现的,施莱格尔由始至终将其与前现代的古典文化整体化的但却自我封闭的本质相对比。因此,按施莱格尔所说,希腊诗歌在范式上是客观的,完全缺乏反讽的。[51] 施莱格尔还指出,诗人为扩展自己诗歌和诗歌理论所作的不懈努力,通过把自己的作品与诗歌整体融合起来而达到崇高的尝试,都要以尽可能特殊的方式进行,因为诗意的一般化都具有削弱和相反的效果。保罗·戈登(Paul Gordon)引用了施莱格尔《有关诗歌的对话》(*Gespräch über die Poesie*, 1800)中的一段话并论证说,"浪漫主义根植于对个体与普遍之间的象征关系的关注"[52]。尽管施莱格尔没有贴切地阐明这种关系的民族/国际两极,并使戈登用歌德的世界文学作为早期浪漫主义的范式这种做法站不住脚,但他的推论却是有道理的,即认为这两个领域中普遍与个体之间不可扬弃的平衡构成了比较文学的批评实践。[53]

浪漫派从没有直接参与歌德的世界文学概念的讨论,因此不可能断言他们有意识地提出了别的什么建议。但是,施莱格尔对根植于整个文学史的渐进的普遍诗歌的描绘的确采取了真正独创的全球方法。在胡塞恩看来,施莱格尔的推论,即渐进的普遍诗歌不但能够从内向外而且可以从外部进行最高、最全面的文化互渗,这是通过翻译、批评和历史思考而挪用外国诗歌的前提条件。他认为普遍性是施莱格尔的最高理想,并促使他建立比较的世界文学史。在胡塞恩对施莱格尔的解读中,世界文学的历史是建立融合人类各民族的历史文化基础的最好途径。[54] 浪漫派希望

---

[50] Friedrick Schlegel, *Kritische Ausgabe*, vol. 2, ed. Hans Eichner (Paderborn: Schöningh, 1967), p. 182.

[51] Ibid., pp. 147–148.

[52] Paul Gordon, *The Critical Double: Figurative Meaning in Aesthetic Discourse* (Tuscaloosa: Univ. of Alabama Press, 1995), p. 132.

[53] Ibid..

[54] Huyssen, *Die frühromantische Konzeption von Übersetzung und Aneignung*, p. 122.

通过翻译在德国构建动态的世界文学经典。[55]

把焦点集中在德国使胡塞恩描述的浪漫主义有关世界文学的看法与歌德的世界文学视角大相径庭。实际上，拜若斯认为歌德创造这个术语是回应浪漫主义的批评偏见的。[56] 同浪漫主义一样，歌德从未忽略世界文学时代德国在商业和世界文学传播中具有的潜在的创新作用。在歌德看来，懂德语的人发现自己置身于世界文学市场的核心，并由于充当了翻译者而充实了自己（14：932–933）。然而，德国民族主义却是浪漫主义聚焦于翻译与世界文学之间关系的根基，甚至达到了令歌德无法忍受的程度。胡塞恩引用了诺瓦里斯（Novalis）的《海因里希·冯·奥弗特丁根》（*Heinrich von Ofterdingen*, 1801）中的一段话，确定海因里希的世界旅行忠诚于祖国，表明浪漫派是如何认为翻译与德国不可分割并服务于德国的。对浪漫派而言，翻译是蕴含着爱国主义末世论的行为；德国人都是翻译大师，他们不仅翻译世界文学，还把过去翻译成未来。德国人的翻译才能以及其挪用才能注定使德国带领欧洲进入黄金时代。胡塞恩在该书结尾提到了浪漫派构想的"德国世界文学"这一文学乌托邦。[57]

这个视野显然颠倒了歌德世界文学构想中的重点和目标。歌德虽然预想德国人将扮演重要的角色，比其他民族更多地参与进来，但却是实现真正的平等对话的前提，最终导致所有参与者的受益、文化互渗和启蒙。歌德在下段话中已经提到了语言和民族之间的平等，"原文与译文之间的这些关联是最清楚地表达民族关系的那些关联，为了加强世界文学的主导统治地位就必须特别懂得和判断这些关联"[58]。正如乔治·斯坦纳（George Steiner）所说，歌德在其世界文学构想中使用的带有功利主义色彩的，确切地说以商业为导向的语言，其目的是同维护德语语言稳定性的沙文主义者相抗衡。沙文主义者维护德语稳定性的活动肇始于 18 世纪后半叶，由约翰·格奥尔格·哈曼（Johann Georg Hamann）和约翰·戈特弗里德·赫尔德（Johann Gottfried Herder）发起，在 1813 年后其深度和广度达到了令人吃惊的程度，当时浪漫主义正处在巅峰。实际上，斯坦纳表明，歌德坚定的反民族主义观点，即要让德语语言与自身疏远的观点，不仅是理论构想，也是他试图将其付诸实践的一项原则。歌德翻译亚历山大·曼佐尼（Alessandro Manzoni）的《五月五日》（*Il Cinque*

---

[55] Huyssen, *Die frühromantische Konzeption von Übersetzung und Aneignung*, p. 122.
[56] Birus, "Goethe's Concept of World Literature", p. 32.
[57] Huyssen, *Die frühromantische Konzeption von Übersetzung und Aneignung*, pp. 172–173.
[58] Goethe, cited in Strich, *Goethe und die Weltliteratur*, p. 398.

Maggio)（1821；1822 歌德译本）时，故意插入意大利语的韵律、分音和构词来扭曲他的母语。[59]

安东尼·伯曼简单论述了歌德和浪漫派各自对翻译完全不同的看法，他认为歌德对浪漫派翻译理论的态度又影响了其世界文学的主张。伯曼强调歌德世界文学的现代性特征，它的基础是现在，是世界文学市场正在兴起、民族文学通过翻译而达到相互交流和沟通的现在。由于翻译一直在德国文化中扮演了这种核心角色，所以歌德相信德语也会在世界文学的普遍交流中发挥核心作用。但伯曼同时还指出，歌德从没有让这些观点流露出民族主义的弦外之音。同其他批评家相反，伯曼没有依照世界主义/民族主义的二分法来对比歌德和浪漫主义。就德国语言在翻译过程中的异化以及《西东合集》中作为第三种翻译模式而处于核心的翻译不可译因素的理想，伯曼在歌德与浪漫主义思想家奥古斯特·威廉·施莱格尔（August Wilhelm Schlegel）和弗里德里希·施莱尔马赫（Friedrich Schleiermacher）的观点中看到了实际的一致性。伯曼贴切地论证说，歌德反对浪漫主义的翻译实践，特别反对 A. W. 施莱格尔的翻译实践，这主要基于下面的认识，即浪漫主义注重形式而牺牲内容，是在从事危险的混合，而且过分痴迷于过去。在伯曼看来，歌德自己的世界文学着眼于现在，因为他相信他所处的时代是第一个与外国建立彻底开放的阐释关系的时代。在世界文学初露端倪的时代，人们寻求的不仅是在自己作品中捕捉外国因素，而且，在意识到自己文化的不完整特征的同时，当今时代的个体随时准备接受外来影响。在世界文学的对话中，自我参与和外来因素相互作用，而不是简单被动地接受它的影响。[60]

伯曼的解读与诺瓦里斯对浪漫主义诗学的定义是一致的，也就是"以愉悦的方式使之陌生化的艺术，使客体具有异国情调，但同时又有熟悉感和吸引力"[61]。这个观点与歌德的总体世界文学的辩证法相关，尤其与第三阶段的翻译相关，但比歌德更具体地涉及在文学实践中突出他异性的动力学（由此可以外推到教学）。因此，

---

[59] George Steiner, "A Footnote to Weltliteratur", *Le Mythe d'Étiemble: Hommages Études et Recherches* (Paris: Didier, 1979), pp. 261–269.

[60] Antoine Berman, *The Experience of the Foreign: Culture and Translation in Romantic Germany*, trans. S. Heyvaert (Albany: State University of New York Press, 1992), pp. 56–65.

[61] Novalis, *Schriften: Die Werke Friedrich von Hardenbergs*, vol. 3, ed. Richard Samuel et al. (Stuttgart: Kohlhammer, 1960), p. 685.

我认为这个警句充分地表达了世界文学课堂上呈现外国文学的主要目标。

但是，诺瓦里斯的警句缺少世界主义的跨文化维度；他在最宽泛的意义上使用"异国的"(fremd)这一术语。[62] 不管人们是否相信歌德创造世界文学范式至少部分是为了回应浪漫主义的混合主义、浪漫主义的民族主义、浪漫主义对过去的痴迷、浪漫主义的形式主义或者所有这些的混合，我们都可以清楚地看到，歌德的辩证法使其自身与同时代浪漫派文学家大相径庭，依据此辩证法，世界文学是由那个时代普遍性与特殊性、亚民族和跨民族之间的断裂构成的。尽管如此，正如胡塞恩所认为的，可以从早期浪漫主义理论中推导出世界文学的乌托邦，但这个乌托邦缺少公正的世界主义维度。事实上，诺瓦里斯和 A. W. 施莱格尔都认为普遍性和世界主义都是明显的德国特征。除了弗雷德里希·施莱格尔试图建立渐进的普遍诗学和综合性的文学史外，世界文学课堂上真正与世界文学相关的讨论也必然聚焦于歌德所预言的对该术语的全球性和非民族主义的理解，而这种理解又基于以翻译的新观点为基础的激进的他异性原则。只有这样，世界文学对在美国主导的全球化时代中成长的美国学生才会有意义，才能帮助他们欣赏和学习他们将在翻译和世界文学中遇到的他异性。当然，意识到德国和美国的世界文学正面临的更多挑战，这在与世界文学的自觉对话中也非常重要，而这就是我们现在着重要探讨的内容。

（尹星 译 / 王国礼 校）

---

[62] Thomas Bleicher, "Novalis und die Idee der Weltliteratur", *Arcadia 14* (1979), pp.254—270. 布莱谢尔指出诺瓦里斯对当今世界商贸交流中世界主义精神的思考与文学观点有直接联系，尽管诺瓦里斯从没有直接使用过"世界文学"这个术语。

世界文学

[英国] 哈奇森·波斯奈特

导 读

比较文学界的先驱学者哈奇森·波斯奈特（Hutcheson Macaulay Posnett, 1855-1927）——正是他赋予了此学科"比较文学"这一名字——对于文学和社会生活的关系有着深厚的兴趣。生于都柏林的波斯奈特是一位职业律师，曾出版过政治经济学的相关书籍，但后来他的兴趣转向了比较文学研究。经过十年的辛勤努力，他的著作《比较文学》（*Comparative Literature*）于1886年出版，而在此之前，他刚刚接受了奥克兰大学古典文学和英语文学系的任命，并前往新西兰任教。从大英帝国的内陆地区爱尔兰移居到处于边缘地带的新西兰，这恰恰与波斯奈特的全球观契合。在他的著作中，他不仅仅专注于自己所熟悉的西欧文学和希腊罗马古典文学，还对其他的文学做了大量的研究，包括阿拉伯、希伯来、梵语、波斯、中国、日本、俄国文学和东欧文学。对于每一领域的文学，他都尽量穷尽所有可得的文本和研究资料来完成他的著作。波斯奈特将严谨的社会科学的研究方法应用到他全球性的讨论中，事实上，他的书是作为"世界科学系列"中的一本而出版的，同一系列的其他出版物涉及真菌、国际法、火山、社会学，甚至有一本书题为《水母、海星和海胆》。波斯奈特的研究方法受到了经济学家、社会政治学家赫伯特·斯宾塞的影响。斯宾塞作为一个社会达尔文主义者试图在人类的社会生活中寻找进化论的模式，因此，波斯奈特提出文学的发展与更大范围的社会进化是同步的，是伴随着社会由氏族部落向城市再向国家及更高阶段的发展而进化的。他将这一文学进程描述为"文学的相对性"，从而挑战了认为文学属于超验的美学范畴的传统观点。这篇《世界文学》（"World Literature"）选自他的《比较文学》一书第四编，有删节。波斯奈特在其中所指的"世界文学"并不是歌德所讲的即将到来的文学的未来，而是作为文学自身进化的第三阶段，这一阶段的"世界文学"是帝国时代的产物，而现代民族国家及其文学还远未兴起。波斯奈特的进化论理论在今天看来可能有些机械，但是他对于文学相对性的强调，使他能欣赏从梵语史诗到波斯诗歌、从吉卜赛民歌到现代法国小说等异常广泛的文学材料，并发现其价值，他期望通过对不同类型的文学材料的研究来确定引起这些文学反应的各式社会背景。虽然他的理论参照系主要是建立在他所擅长的罗马文学和希腊文学基础上的，但是他对于世界文学的理解不应被限制在这一框架中，同样也可以应用到其他的情况中——如波斯或莫卧尔王朝，以及区域研究——如中国文学在东亚地区的传播等。

第一章　何谓世界文学？

文学进化的根本因素是社会群体的范围及组成这些群体的个体单位的特点。只要社会和个体生命还在狭隘的部族联盟或城邦内活动，人类共感的理想范围就会相应地受到限制。的确，在圣约（Berith）中，在财产和血统构成的公社联盟中，希伯来人的部族生活为其提供了民族理想的中心观念。的确，希腊人的城市既孕育了希腊的中央集权又孕育了其地方爱国主义。但是在更为广大的人类整体意识生根于希伯来和希腊人的思想中以前，部落联盟和类似的城邦则需要扩大，而这种扩张是由更大范围的社会行为所带来的。这种希伯来和阿拉伯式的部落扩张引起了宗教上的大同思想，这种人类统一的理想既是从根本上具有社会性的，又严格地受一定范围之内的共同信念的局限。类似的扩张在雅典和罗马这样的城市社会中则带来了一种政治上的大同思想，一种产生于共同的文化中的人类统一理想，而这种共同文化的和平稳定却是由中央集权的力量所保证的，并带有强烈的个人主义色彩。以色列和伊斯兰的世界宗教与亚历山大和罗马的世界文学之间无疑存在着巨大的差异。然而，虽然前者通过社会性的教义信条的纽带达到其普遍性，而后者通过非社会性的个体文化达到其普遍性，两者的结果都是要超越旧有的时间和空间的限制，并表达一种可能的、或许最好称之为"世界文学"的文学样式，无论它是基于摩西还是荷马。

那么，到底何谓世界文学？它有什么样的特征可以为我们所了解呢？它在文学进化中的地位又是如何的呢？

世界文学的首要特征我们已经陈述过了，即文学从既定的社会群体中分离出来——文学的普遍化，如果我们可以采用这一表述的话。这种过程可以在亚历山大和罗马文学中观察到，随后也可以在希伯来和阿拉伯、印度和中国文学中观察到。虽然东西方关于人格的概念存在巨大差异，但伴随着文学作品对社会生活的模仿，这种普遍性在东西方是相似的。当社会生活的洪流从布满岩石和树木的高地上滚滚而下,被分割成许多狭窄的水道的时候,这种情况就开始了。与这种早期模仿模式紧密相连的是思辨精神,这正是世界文学的另一个显著特征。语言此时成为了文学艺术家首要研究的对象,引发这种对于文字的热爱的原因很容易找到。正如希伯来生活语言在来自北方和南方的入侵中,在其自身的分裂中[1],经历了一种缓慢的变化,而这种变化促进了亚拉姆文《旧约》(*Targûms*),或者说促进了《旧约》中《律法书》(*The Law*)、《先知书》(*Prophets*)和《诗文集》(*Writings*)的释义,由此带来了对于圣书文本的一丝不苟的研究;正如梵语尽管在类似的过程中变成了一种死的语言,却唤起了印度自古闻名的对语法的研究和训诂;正如在希腊、罗马和阿拉伯,语言的退化却由辞句上的训诂所弥补。伊斯兰教的胜利将阿拉伯语规定为被征服地区的官方语言,而这却引起了对阿拉伯语言的误用和污染,其后阿拉伯文学变成了一种对于古典文字的学究式研究,而这恰恰是亚历山大精神的再现。著名的哈里里(Harîri)时代有个叫马格达尼(Magdâni)的人,他按照拜占庭的《苏达辞书》(*Suidas*)的方式收集并解释了阿拉伯的谚语;而在哈里里的《阿尔－哈里里集》(*Makûmât*)[2]中所刻意展现的博学值得与里科佛隆(Lycophron)的《卡桑德拉》(*Cassandra*)相较。阿拉伯人这种在语言学上的训诂主义,作为他们在世界范围的大规模征服的后果,体现了一种对于亚历山大式的思辨精神的需求。正是亚历山大大帝将希腊语变为一种世界语,但也随之加大了希腊语沦为一种野蛮而不纯粹语言的危险。阿拉伯语在异国被误用、被污染,也证明了罗马作家们试图建立一种精确的规范语的必要性,而提倡精确的规范语恰恰是为了对抗粗糙的平民语言和野蛮的外省方言。语法研究的必要性和其价值在罗马或许可以由奥古斯都时代以后语言的退化来衡量。"在帝国时代的第一个百年",托菲勒教授(Professor Teuffel)说,"散文已经因为混入了诗歌的措辞而衰落,变得离自然的表达越来越远,而词法和句法的衰亡也差不多是在这一时期开始的。随后庶民因素也找到了入口,当那些缺乏母语语感并掺杂了各个时期的用语和文风的外省作家在文学界的影响越来越普遍时,语言上的混乱就进一步加深了。"同理,古印度语在面对充满巨大多样性的方言时越来越依赖于语法修

---

[1] 以色列王国在所罗门王死后,于公元前922年分裂成北部的以色列国和南部的犹大国。以色列国于公元722年被亚述人征服,犹大国于公元597年被巴比伦征服。——编者注
[2] 《阿尔－哈里里集》是用韵文写成的轶事集。哈里里(1054–1122)是一位伊拉克诗人和学者。——编者注

辞上的批评与训诂而非原创性也就很容易理解了，可是在我们的时代，由于印刷术和教育的普及，原创性被看做比文字研究要有价值得多。

然而，除了把普遍的人性和对语言的批评性研究作为《圣经》的媒介或文学艺术的范式，世界文学还有一种对我们现代欧洲思想来说颇为有趣的特征，这就是对于自然的审美欣赏及其与人类的关系的兴起。不可否认，在希伯来人和阿拉伯人中，我们无法像在其他地方一样显著地观察到世界文学的这一特征。对希伯来人来说，耶和华是如此紧密地和自然概念相连——日出，风暴，雨水，闪电，雷鸣——如果不通过造物主，大自然的景象和声音几乎是不可知的。阿拉伯人的真主更是无限接近那唯一的超人类的力量的途径，而现代科学则更倾向于将其简化为一种非人之力。而且阿拉伯人像希伯来人一样，一方面避免将大自然和神分离，另一方面也在《可兰经》的语言和思想允许的范围内找到了适合其文学的素材和主题。可是在印度、中国、希腊和意大利，却不是这样。例如，通过泛神论，印度诗歌神化了自然却没有伤害任何宗教情感。早期希腊的神话也和自然紧密相连，而且虽然城邦倾向于人格化及理性化这些神话，它们仍然作为一个宝库存留了下来，忒奥克里托斯（Theocirtus）、莫修斯（Moschus）和拜安（Bion）均可以从中收益，为那些厌倦了亚历山大拥挤和满是尘土的通衢的人带来或新或旧的东西。意大利确实没有真正意义上自己的神话，而且古罗马人赋予农耕生活的纯功利价值对任何与关于自然的诗意想法都是致命的，可是在罗马帝国我们同样发现了由人转向自然的诗歌，或许卢克莱修学究气太重，或许维吉尔的作品太像是乡村生活手册，我们仍有理由认为罗马的世界文学，如同印度和希腊，是人类对于大自然的情感见证。

但是在此我们必须要将一些世界文学与历史和其他的文学分开。毫无疑问，实现整体人性的习惯使人类的思维习惯于人与自然的对立，并让二者的和谐变得无比艰难，但是人性的社会观念以一种不同于个人观念的方式和自然关联起来。只要个性观念与所有的社会关系都不同，自然的样貌就会而且必然会被改变。所以，对于自然的情感的巨大差异体现在了亚历山大和罗马的希腊-拉丁文学中，同样也体现在了印度和中国文学中。在后者中观察不到每个个人和自然的独立关系，一切都是社会的，人类世界和自然世界之间并未凸显出人类的个体差异。而在前者，个人的孤立的情感，个体化的爱情、痛苦与欢乐总是不断地与自然生活构成对照或比较。西方的田园牧歌是一首栩栩如生的"画意诗"，其极具戏剧性、描述性的特征与印度大量可见的抽象的、社会的、非个人的诗歌形成有趣的差异。而且相较于希伯来和阿拉伯的一神论社会观和印度与中国的泛神论社会观,无论牧歌的起源在于何处,其核心特征——对个体人物的戏剧化的感知,对自然风景的如画描绘——都表现出西方的个人主义是如何不同地看待自然。

然而,虽然我们承认在世界历史中确实存在一些社会阶段,其文学和文学生产的条件都相似得足以让我们使用"世界文学"这一说法,我们的考察次序——城邦文学之后,国别文学之前——却与流行的文学发展观念无法和谐共存。人们或许会问,为什么不是从城邦到国家,从国别文学达到世界文学的大一统呢?如果古希腊的哲学、古罗马的语言、法律和宗教没有如此紧密地和我们欧洲的民族国家的发展纠缠在一起,如果民族国家的社会和政治进程没有如此深刻地受到世界性的罗马司法和基督教的影响,这种次列无疑可以得到我们更多讨论。可是既然这些强大的影响在对于欧洲国家的发展进步的讨论中占据了绝对的分量,从城邦到国别集团的次序就会极度的不方便,因为国家集团的内部和外部发展都大大归功于世界性的帝国和世界文学时代。因此,我们将要先检视后者的文学特点,再进一步考察国别集团。

第二章　世界文学中的个体精神(节选)

……

在希腊的雅典衰落之后的时期,构成想象力和诗歌的根基的社会共同感明显不受欢迎。远远超过了早期雅典人想象的广泛的联盟带来了古雅典道德的崩溃,这导致已有社会关系断裂,并由各种源于个人私利的行为所取代。现在,当政治力量被削弱,社会和政治观念作为理论却持续扩张。作为哲学个人主义的载体的散文则朝着三个不同的方向继续发展进步。法院和集会上的实用演讲术日臻完美,并在狄摩西尼(Demosthenes)时期达到顶峰,他的确是雅典实用政治的最后代表。演说艺术在世界主义者伊索克拉底(Isokrates)手中被确立为希腊散文的规范。柏拉图对话录中诡辩家们破坏性的逻辑引发了一种将公民的道德和政治重新结合起来的尝试,而这一结合体却是出自普遍性的原则而非地方和陈旧的传统。

……

柏拉图在《理想国》中所提出的关于妻子和财产的共产主义理想最近受到了一些持不同看法的人质疑,他们把前者简化为国家对于婚姻的控制,并提醒我们不要忘记后者是如何被局限在一个非常有限的范围内的。可是对我们来说,柏拉图的理想共产主义真正的意义在于他的看法源自他对于私有财产的不公平性的观察，而正是这种财产的不公平导致了古希腊城邦和公民联盟的衰落，导致了政府和个体的毁灭。那些同意亚里士多德对这种理想共产主义的批评的人会清楚地记得产生这种理想的社会条件，尤其会在希伯来社会中发现相似点。在希伯来所产生的不仅仅是理想化的乌托邦，而且还有像艾赛尼教派（Essenes）那样意在回归古希伯来村落社群的共产主义组织体。

可是当雅典思想不断扩大，散文也逐渐将科学与亚里士多德式的干巴巴的理论阐述和事实收集相割裂时，文学的核心却正在被不断壮大的个人主义所蚕食。这种个人主义越来越认为其与社会存在的联系仅仅在于共同的政府，也就是一种基于力量而非基于共鸣之感的关联。城邦时代的抒情诗和史诗让位给了戏剧，当雅典喜剧和悲剧所扎根的古老的道德和政治自由式微之时，大多数雅典新诗歌的视野就朝向新戏剧之类的方向了。这种新戏剧当然不可能是悲剧，不仅仅因为古老的道德已经瓦解，更因为古代雅典悲剧中所表达的英雄崇拜思想在一个由独立个体构成的社会中是不可能存在的，在这个社会每个人都自信地坚持个人价值和准则，不相信有任何人能够伟大到超越其社会可能产生的程度。而在另一方面，喜剧对于这样的社会来说却恰恰是合适的，不是阿里斯多芬式的那种充满放肆的政治讽刺、寓言型的或典型的人物，并表达了对阶级及个人讽刺的喜剧，而是关于当下生活和风貌的喜剧，这种喜剧中对于个体人物的分析出自一种莫里哀般的精心琢磨过的嘲弄精神。

……

当其由古悲剧和喜剧的理想世界堕落而下，由英雄们奋力对抗命运的世界、充满骚动的滑稽表演的世界滑落，关注当下生活的雅典戏剧在如何深刻地分析人性角色问题上遇到了两个巨大的障碍——奴隶制的存在和有人身自由的雅典女子的低下智力水平。在一个由二万一千个自由公民掌管着差不多四十万奴隶劳动力的城市，在一个每二十个你遇到的人中至少有十八个将会在市场上作为牲口被买卖的城市，主要产生于多样的社会工作的人物多样性肯定会大大受限。而且这种局限性又因为有人身自由的雅典女子奴仆般的从属地位而大大加深了。伊塞乌斯（Isæus）的演讲有趣地展现了雅典人的家庭关系，告诉我们虽然雅典男人不能剥夺他的儿子的继承权，也无法阻止他的女儿享有他的财产，但是他可以选择女儿的结婚对象，而且已婚女子的家庭地位并没有比罗马式的"男人手下"的妻子更高。当我们由公开演讲转向希腊的哲学家们时，我们同样会发现妇女处于从属地位。虽然柏拉图在《理想国》

中提出了两性平等的看法，他的临时性婚姻的想法却无法阻止不断恶化的雅典妇女状况。亚里士多德认为女人不仅仅在智力程度而且在智力类型上均不同于男子，她们不会"思考，最多就是想想如何获得自由地位，在家庭中是劣势的和从属的角色"。所以喜剧不再表现这类仅仅享有有限自由的个体，转而刻画另一种以失去道德为代价来购买文化知识的雅典女子——高等妓女。马哈菲先生（Mr. Mahaffy）将"不断突出的妓女生活"列为新喜剧的特征之一，而且在常见的人物角色中妓女也占据了最重要的位置。

……

就像亚历山大文化一样，罗马的世界文学的主要特征是个人主义和帝王那令人敬畏的人格，在一个仅仅依靠力量来统领整个社群的时代，皇帝在罗马朝臣的眼中即是汲取了所有神性的世界之神。罗马的讽刺文学家身上强烈地体现出此种个人化的利己主义气质，当人们对利己之心的极度信仰成为宗教信条的骇人替代品时，这种利己主义精神就永久地占领了整个社会。昆提利安（Quintilian）说"讽刺属于我们"，虽然雅典人身上并不缺乏讽刺精神，我们必须承认，即便鲁西略斯（Lucilius）、贺拉斯（Horace）、玻修斯（Persius）和朱佛内尔（Juvenal）都出于道德目的使用过讽刺，只有帝国时代的罗马才能够像上述最后三位作家那样产生对于社会之崩溃的见证。人们一直错误地认为这种社会崩溃是由腐朽的古罗马生活引起的，直到蒙森（Mommsen）暴露出后期罗马共和主义的虚假性（他可能在相反方向上犯了错误），人们才改变了看法。其实社会的崩溃在很大程度上源自组织化的宗教上、政治上和道德上的伪善，而这种伪善是同时存在的贵族统治和虚假民主所不可避免的结果。在一个以奴隶劳动力为基础的社会，平等的民主思想实在不可能占多大的分量。罗马市民只要走上挤满奴隶的街道，就能意识到，所谓庶民的公民权利不过就是比古老的贵族血亲圈子稍稍扩大了范围的贵族政治罢了。生产萎缩和人口减少、蔑视体力劳动、不鼓励合法婚姻等等——在罗马奴隶制度这些毁灭性的恶果之上，还必须加上一条永恒的证据：社会改革家们的那些华而不实的语言，好比"自然之法"，不过就是一种组织好的伪善之辞。如果我们还记得早在罗马皇帝时代之前，宗教信仰就已经如同闹剧，以至于西塞罗很想知道两个占卜师相遇的时候怎么可能不相互大笑，那么我们就无需诧异于罗马文学所产生的最具创造性的讽刺文学作品，正是这些作品暴露了政治、宗教和道德上的伪善，而衰落中的共和政体及帝国就是依赖此种伪善来保持稳定的。在此类作品中，阿基勒楚斯（Archilochus）式的愤怒或者斯威夫特式的愤世嫉俗可以发挥巨大作用,因为他们充满了对于社会的憎恶、个人的不满以及所有的微小恶毒之感,这对于只有依靠广而深沉的社会共感才能产生的建设性的想象力来说恰恰是致命的伤害。

但是在这令人悲哀地冰冻了罗马诗人的创造性想象力的个人主义之上,从帝国崛起之日开始就有另外一个动机使得罗马文学的创造者们将优雅而充满尊严的、世界主义的亚历山大作为自己的指导。这就是将所有的权力都集中于皇帝一人之身。卡利马科斯(Callimachus)曾在群星中找到了贝勒尼基(Berenice)被人偷走的卷发,可是他的这些逢迎溢美之词现在就要被超越了。在《牧歌》第一首中,维吉尔毫不犹豫地将奥古斯都称为他的神:

> 他将永远作我的神,
> 他的祭坛将被羊圈中最温顺的羔羊之血所染红。

贺拉斯也将奥古斯都看做被祭奉的神:

> 荣耀为你而授,
> 古老以承现今,
> 因你圣坛之名吾属奉上忏悔,
> 此等忏悔无以重现。

这种对于皇帝的崇拜渐渐地不再仅仅是优雅精妙的谄媚之词或粗鄙庸俗的奴颜婢膝,而最终替代了罗马贵族、劳动无产者和外省乡下人之间的共同信条。

……

社会通感和共鸣之情瓦解了,戴克里先(Diocletian)颁布的著名的《限制最高价格法》[3]赤裸裸地反映了这一事实。在野蛮人重新带来人与人之间的忠诚和热情之前,社会共同情感纽带的断裂便让罗马人付出了沉重的代价——帝国消亡了。而这一纽带的破裂也反作用于人们对自然的情感。正如布莱基(Blackie)教授准确地指出的,如果诗歌的创作和欣赏依赖慈善而温和的敏感性,如果想象力本身依赖于真诚存在的人类兄弟之情,其宽厚遍及世界也罢、狭隘囿于宗族也好,那么我们就

---

[3] 在公元301年,罗马帝国皇帝戴克里先尝试制止通货膨胀的进一步恶化,发布了《限制最高价格法》。然而其无法制止通涨恶化,最终失败。——编者注

必须承认罗马帝国的社会生活必定会摧毁任何文学。对我们而言，斯多葛箴言"观察世界，模仿世界"或许精妙地表达了一种精妙的思想，可是罗马帝国的世界变成了一个微观的缩影，它是如此微小而自私，已经不再是那个我们超越了自身的渺小而参与其中的宇宙。强调自我修养的哲学无法改变而只能加深这个时代的苦难。正在死亡的社会是无法期待革新的，那种孤立的个人文化寄养于希腊却向罗马文学吹出了毒气，现在——

> 闭合在碎裂的坟冢里，
> 用黑暗围一道
> 坚固的墙，
> 她似乎听到
> 那窒闷的足音遥遥响起。

……

第四章　世界文学在印度和中国（节选）

如果在以色列和古希腊向我们提供的世界文学中，社会和个人精神占据了主导地位，印度文学却以这些冲突因素的和谐统一为特点。伴随着这种和谐统一的是人性化的希腊自然诗中所看不到的对于自然之美的情感；同样，希伯来的一神教中也缺乏此种情感，他们在雷鸣中听到的是耶和华的声音，在闪电中看到的是他自风翼上射出的羽箭。但是印度文学在其发端之初并没有显示出其后来所努力追求的广泛哲学理想，或其将会取得的个人和社会精神的统一。

如果认为东方整体上，尤其是印度，一直都是社会停滞的代表，那无疑犯了极端无知的错误。鸟瞰印度的发展，我们可以按照社会或语言因素将其划分为几个阶段。在最早的时代，吠陀时代（Vedic）[4]（因其著名的颂歌集而得名），我们发现印度雅利安人（Indian Aryans）在旁遮普（Panjab）地区定居下来。其居住地的最早的纪念物是时代不明的颂歌集《梨俱吠陀》（Rig-Veda），不过，欧洲学者们根据天文时

---

[4] Veda 和 videre（才智、智慧）有同样的词根。婆罗门把《吠陀》（Veda）圣神的启发当做"神之智慧"来教授。

期推断,很可能在公元前1400年人们还在继续创作此类颂歌。《梨俱吠陀》包含了1017首短颂歌,共10580节,其展现的社会生活在很多方面都超出我们的想象,完全不同于后来的印度文学。雅利安人虽然定居于印度河畔,但其农耕村落社群还未完全取代古老的游牧生活,而且就像荷马时代、早期的希伯来和阿拉伯一样,财富的主要象征仍然是牲口。雅利安征服者分化为许多不同的部落,有时候部落之间会发生战争,偶尔各部落也会联合起来对付那些被他们称为"敌人"(Dasyus)或"奴隶"(Dásas)的"黑皮肤"土著。虽然雅利安人对他们白皙的肤色深感自豪,虽然在梵语中"颜色"(verna)这个词注定会逐渐演变成"种族"和"种姓"的同义词,从而昭示出白皮肤的雅利安人和他们黑黝黝的敌人间那古老的差异,但是后代意义上的种姓制度在这一时期还未存在。每个研究印度语言和古代风俗的学生都应拜读亨特博士(Dr. Hunter)关于印度史和社会生活的著作,他告诉我们"每个父亲也是其家庭的祭司。部落酋长则扮演了整个部落的父亲和祭司的角色。但是在更大的仪式上,酋长会选一个特别精通祭奉的人来代表所有人主持整个祭祀活动"。因此,婆罗门虽然必定会发展为整个种姓制度的伟大组织者,其在社会等级中的地位此时还未固定下来。此外,此时王权似乎是由选举产生的,女人不但在家庭中享有崇高的地位(婚姻是神圣的,丈夫和妻子都是"家庭的主人",在丈夫的葬礼上火祭寡妇的事情也闻所未闻),而且"一些最优美的颂歌是由女士和王后写就的"。

  同所有其他地方的早期社群一样,印度雅利安人文学原始粗糙的起源也和宗教紧密相连,而就在这一发端时期,我们看到了印度文学最伟大的特质——对自然的热爱。雅利安大家长集祭司、勇士和农夫于一体,正如莫尼尔·威廉姆斯教授(Professor Monier Williams)观察到的,大家长的神性是自然之力的具体化和人性化——他们是风,是雷雨,是火,是太阳,是农耕和游牧人群的福祉之所在。这样的自然之神有天父特尤斯(Dyaush-pitar,就是罗马神话里的朱庇特,希腊神话里的宙斯),有天空之神伐楼拿(Varuna)[5],有空界主宰因陀罗(Indra)[6]——他带来降雨的水蒸气,很多颂歌都是献给他的,有火神阿耆尼(Agni)——就是拉丁文的火字,有黎明女神乌莎(Ushas),即希腊的厄俄斯(Eôs),还有风神伐由(Vayu)、阳光之神密特拉(Mitra)、风暴之神马尔殊(Maruts)。

  ……

---

[5] 佛教古籍翻译为遍摄天。——译注

[6] 佛教古籍翻译为帝释天。——译注

可是在我们考察婆罗门教对于印度文学的影响之前，我们应该暂时转向，首先比较一下中国文学的发端和印度的吠陀颂歌。

中国最古老的诗歌总集《诗经》在形式和精神、在社会和个人特点上都与古印度颂歌截然不同。中国，和印度一样，注定会产生一种广泛的反映了生活并深深地浸透了对自然的情感的文学。中国文学的视野将会扩展得如此之广，它将超越对国家命运的关注，发展成一种饱含了对全人类的过去、现在及将来的哲学阐释和观照的世界文学。然而也如同印度，中国也经历过平凡的时期，也有不同的地域特征，也有封建诸侯国，从《诗经》中的早期作品中，至少从一些诗中，可见一斑。

……

《诗经》中至少有些诗歌是由首都的乐人自各诸侯国收集而来的，正如主要由四言构成的诗歌及其重章叠唱在形式上截然不同于印度颂歌的艰涩韵律，其所显示出的世俗音乐精神也与印度颂歌的高度宗教气质迥然不同。除了祭祀从属于世俗之外，那些看似带有宗教色彩的诗也和印度的颂歌有着巨大的差异。《诗经》中祭祀性的颂歌唱的是家族祖先崇拜，完全没有任何可能产生类似于印度的婆罗门教或婆罗门祭司。虽然一些诗中确实表达了对自然的崇拜之情，让我们想到的却是早期罗马的功利主义神话，而非《吠陀》中那种对自然的极度崇拜。并不是《诗经》对自然的表现不如印度颂歌那么显著，《诗经》鲜有哪首诗没有提到自然——"关关雎鸠，在河之洲"，"交交黄鸟，止于棘"。差不多每首诗都修饰或借鉴于自然或动物的辞句——"燕燕于飞，差池其羽"，"终风且霾"，"野有死麕，白茅包之"。但是在这些及类似的辞章中我们看到的是家庭生活，是对自然的风景和声籁的享受，而非梵语诗歌中所展现的庄严的象征和对自然生命的谦卑崇敬。在一些据说比《诗经》更古老（但莱葛博士[Dr. Legge]认为这是有争议的）的诗歌典范中，也会发现这种朴素的人与自然的共鸣。我们不妨引用一下《击壤歌》：

> 日出而作，日入而息；
> 凿井而饮，耕田而食，
> 帝力于我何有哉。

在同类作品中，我们还可以引用《南风歌》、《采葛妇歌》、《冬季感丰祈辞》，还有《饲牛者歌》是这样开头的：

> 濯濯南山，白石烁烁[7]。

它们都说明在古代中国，天人交感，人们把自然当做一个好朋友而非伟大的神。

事实上，中国人的宗教情感在社会进化过程中走上了一条与印度雅利安人不同的道路。虽然早期也有一些中国诗歌是作为祈求丰收的媒介献给伟大的自然之力的，最深刻的宗教信仰却由自然转向了家族和祖先这一中国人所有热情和情感的中心。由是，当婆罗门创作献给自然的庄严宏大的神圣颂歌之时，祖宗的神灵却在中国歆享着牲醴和蜜酒。

……

公元前543年，一个改革家去世了，他即便没有胜过西方最杰出的伟人，但也足以和他们中的任何一个齐名。佛陀乔达摩——"悟道者"——放弃了作为王位唯一继承人的王子身份，一直过着苦行生活，自三十六岁起就开始游走各地传播知识。与极端排外的婆罗门不同，他的弟子不仅仅来自高贵的种姓，而是遍布社会的各个阶层。那位超越了以色列神甫的形式主义的古代希伯来先知曾问："你众多的祭品是为何而献？"秉持了同样的精神，佛祖也提出了三大责任来替代婆罗门祭祀——控制自我，善待他人，敬畏有灵万物。希伯来神甫兼律法阐述者（priest-lawyer）的形式主义所依赖的是将个人责任融入集体的伦理信条，差不多和佛陀同时代的先知耶利米、以西结宣扬用个人职责来对抗陈腐而充满原罪的部族道德，而佛陀宣扬众生均能得到救赎而无需假婆罗门之手。佛陀坚信个人之责，他教诲人们：人之形状，无论前世今生或来世，均是个人修为之果。

然而，虽然佛祖的教诲类似于先知以赛亚的精神教导，虽然与先知以西结提出的个人伦理相类，但是它还包含了《传道书》中传道者的悲观主义。在佛祖看来，人生，或多或少，必定要受苦，"每个善人的目标即在于通过将个人之灵融于众生之灵而摆脱生之邪恶"。浮士德说："在我的心中啊，盘踞着两种精神，/这一个想和那一个离分？/一个沉溺在强烈的爱欲当中，/以固执的官能贴紧凡尘；/一个则强要脱离尘世，/飞向崇高的先人的灵境。"和歌德、传道者一样，在佛祖生活的时代，个人和集体的反差、微观自我和宏观非我之间的对比促使人们不得不展开思考。但是，希伯来思

---

[7] 作者所举《冬季感丰祈辞》（"Prayer at the Winter Thanksgiving"）和《饲牛者歌》（"Cowfeeder's Song: On the bare southern hill, The white rocks gleam"）原文不明，译者未发现有现存先秦诗歌与英文对应，疑有误。此处为译者直译英文，非中文古诗。见原著297页。——译注

想家们在令人悲观的物质主义中万分痛苦地看到的是个体间的差异，而不是像佛祖那样，将相互冲突的各种原则调和为一体。不，在佛祖那里，连人兽的差别也不存在了。在泛神论的道德理想中，涅槃——即为"终止"，即个体为宇宙万物之灵所同化——只有那些道德上无比优越的人才能达到。圭则特先生（M. Guizot）曾评论道，封建主义在欧洲被广泛地接受正说明它是必需的。或许同样的结论可以用来说明佛教的迅速壮大，它至少表明早期婆罗门教的排他性已经用尽了其自负的声名。大约在公元前257年，佛教成为国教。尽管在公元800年后，婆罗门教再次逐渐成为主导宗教，如今在亚洲仍有五亿佛教徒虔诚地参拜"悟道者"佛陀。

……

如果印度批评家认为其戏剧传奇地起源于一个得道的圣人婆罗多（Bharata），或者甚至是创造神梵天（Bráhma），中国人却没有那么雄心勃勃，他们满足于认为自己的戏曲是源自唐玄宗，正是他设立了教坊[8]。在中国，无论是音乐还是文学都不可能为神职人员所垄断，而这种社会发展过程中产生的差别也在中印戏剧的差异中留下了痕迹。印度戏剧《马拉提和马达伐》（*Malati-Madhava*）的序幕表明，当面对一群熟悉梵文又很有文化修养的观众时，印度戏剧家更看重丰富的想象、风格的和谐、剧情的多样这类艺术价值。可是中国戏剧的目的不在于艺术而是教化，是为了向那些不能识字的粗民展示上古的圣贤之说。中国刑法典是这么规定的，舞台上展现的应是真实或虚构的正义之士、贞妇烈女、孝子贤孙，应引导观众奉行美德。公元1404年，北京上演了共二十四出[9]的戏剧《琵琶记》。这出戏里确实体现了一些对艺术的追求，比如说多变的剧情，多样的人物，但是13世纪的元曲总集却将所有的艺术都归于道德说教。这一教化目的是如此的重要，以至于中国戏曲创造出了一个在其他东西方戏剧中都找不到的特色——主唱（singing personage）。"在所有的中国戏曲中"，约翰·戴维斯爵士（Sir John Davis）[10]说，"有一种无规律的歌剧般的曲调，主要人物偶尔会和谐地吟唱，伴随着或响或柔的、最适合当下情绪或情景的音乐。"巴赞先生（M. Bazin）[11]说："对中国人来说，仅仅将道德教育设为他们的戏

---

[8] 此说法有误，教坊最早出现于唐高祖武德年间。——译注
[9] 应为四十二出。——译注
[10] John Francis Davis, *Sorrows of Han, A Chinese Tragedy* (London: Printed for the Oriental Translation Fund by A. J. Valpy, 1829). 引文出自该书的序文，页数未注。——译注
[11] Antoine-Pierre-Louis Bazin, *Théâtre Chinois* (Paris: Imprimerie royale, 1838), Introduction, p. XXX.

剧表现艺术的最终目的是不够的，他们一定也要找到达到这一目的的手段和方法。由此有了主唱这个令人钦佩的天才发明，从根本上将中国戏剧与所有其他戏剧分别开来。主唱的唱词华美绚丽又充满诗情，他的声音由音乐伴奏；如同希腊戏剧中的合唱队，他沟通了诗人和观众。但不同于希腊合唱队的是，他不仅唱歌也参与行为；他更是整个剧目的英雄，当灾祸发生时，是他在台上激发观众的悲痛之情，让他们流下眼泪。我们会发现，这个角色和其他的角色一样，可以来自社会中的任何阶层。在《汉宫秋》中，他是皇帝；在《绉梅香》中，是年轻的仆从。当一个主要人物在剧情的发展过程中死去时，另一个人物会替代他继续唱下去。事实上，主唱就是主角，他下达命令，教育他人，引用智者的格言和哲人的训导，或者征引历史传说中的著名例子。"

  那些关于自然或取自自然声色的形象的篇章多半是由这一有趣的角色演唱的。不应忘记的是在印度的戏剧中，除了写实之外，大量的明喻也同样被用来描绘自然的伟大。《汉宫秋》这出戏的名字就包含了这种明喻——这个名字被翻译成"汉哀"（Sorrows of Han），因为在汉语里，"秋"象征了悲痛哀伤，就如"春"象征了欢乐喜悦。这出剧的主题是汉明妃王昭君的悲剧命运，她宁可投黑龙江自尽也不愿嫁给匈奴单于，而弥漫整出剧的凉秋之气正切合了题目中取自自然的比喻。中国戏剧中突出的自然描绘可能确实是因为中国文学评论家将戏剧创作的主题分为十二种，其中的第二和第九种分别为"林泉丘谷"和"风花雪月"。

  ……

  印度和中国戏剧家都摒弃了希腊"三一律"中地点的统一。和希腊城邦的狭小生活圈子不同的是，印度和中国广阔多样的生活使戏剧里的地点不可能固定不变。因而，以印度为例，《英雄与神女》（*Vikramórvasí*）的第一幕发生在喜马拉雅山脉，第二幕和第三幕在帕鲁拉瓦（Parúravas）的王宫，第四幕在阿卡露莎（Akalusha）的森林里，而第五幕又回到了王宫。《罗摩后传》（*Uttara-Rama-Charitra*）也是这样的，第一幕在阿约提亚（Ayodhya）的罗摩（Ráma）皇宫，第二幕在哥达瓦里河（Godáverí）沿岸亚纳塔纳（Janstthána）的森林，剩下的故事发生在恒河上的比苏尔城（Bithúr），跋弥（Valmíki）隐居的区域。还可以选一些中国的例子，《汉宫秋》的场景由汉元帝的皇宫，转到匈奴单于的大营，再转到黑龙江河畔。《合汗衫》的地点从竹竿巷的金狮号到黄河，然后从那里又转到歹人陈虎家，之后是相国寺、金沙院、窝弓峪，最后又回到了金沙院。而《琵琶记》则在京城和蔡家生活的村子之间转换，而蔡家起伏多变的命运正是本戏的主线。

　　虽然印度和中国戏剧有惊人的相似之处，比如说对自然的描绘，对人物、时间、地点的统一的无视，中印戏剧的差异也同样是惊人的。我们已经提过了中国戏曲中的主唱，以及这一角色甚至整个戏剧所追求的教化功能，我们也将这种道德说教和印度戏剧的艺术追求进行过比较。中国戏曲的教化目的倾向于关注故事情节的发展，而无法对个体人物进行深刻细致的分析。但是也有另一个更为深刻的原因使中国戏剧需要表现个体特性——整个中国的社会生活所赖以存在的家族体系。乍看之下我们甚至可能会觉得和早期罗马一样，在中国，家庭对于人物戏剧的兴起起着致命的阻碍作用。可是中国采用了公开选拔官员和科举制度，而在古罗马，国家权力至上、家庭中孩子受到控制、妇女也永远的处于被监护的地位，这样的制度对于个人自由和人物个性的发展都构成了更为长久的障碍。虽然中国家庭制度没有阻碍戏曲的兴起，却在几乎所有的中国戏剧中留下了痕迹。戏剧里持续不断的关于家庭美德的训诫，人物刻画总是服从于家庭生活的善恶，从中我们都可以看到上述痕迹。我们可以看一些例子：《绉梅香》很重视合乎规范的婚礼仪式，《合汗衫》里一个忘恩负义骗子使得一个家族败落，《货郎旦》里一个妓女的诡计毁了整个家庭，而《琵琶记》里饥荒时期靠的是孝顺的儿媳妇。确实，中国戏曲中家庭无论在形式还是精神上都一直存在，以至于戏剧里的人物总是不忘宣告他们属于哪些家族。家庭对于中国戏曲的一个影响值得我们特别注意。中国人祭祖时由活人假扮那些已逝的先人，这仪式本身就是一出小型戏剧，他们将鬼魂的世界具体化并使人们熟悉这个世界，在这点上我们西方人是远远做不到的。舞台上的"鬼门"——通过此门鬼魂们入场并在舞台上活动——标志了戏剧中不断出现的鬼神（绝不是无形的）角色。我们甚至能找到一些对祖先崇拜滑稽有趣的戏仿——比方说《合汗衫》的第四折。的确，中国的戏剧家们对鬼神世界的展现是如此地轻而易举，堪比最粗糙的中世纪神迹。比方说，《窦娥冤》里鬼的生活——如果这也算是鬼的生活的话——完全没有埃斯库罗斯戏剧中的大流士或者《麦克白》中班柯所具有那种庄严而又令人毛骨悚然的气氛。甚至连阿里斯托芬的喜剧《蛙》中的悲剧诗人们都比窦娥更像一个鬼。不是因为中国戏剧家常常在剧本里混合了喜剧和悲剧，而是因为我们看到这些鬼魂在光天化日之下喊冤，万分冷静地申诉，甚至直面——不，实实在在地殴打——原告。无需将思维具象化，我们也可以看着维吉尔的得伊福玻斯（Deïphobus）断手断脚——"他的面孔被残忍地撕裂了，不仅面部，一双手也是如此，一双耳朵也从伤痕累累的鬓角上被砍掉了"；或者直视法里纳塔·德利·乌贝尔蒂（Farinata degli Uberti）那满是嘲笑的脸——"仿佛根本不把地狱放在眼里"。

可是这是因为那时我们在冥府，远离尘世。但想象一下让窦娥出现在西方戏剧中，那就好比作了鬼的玻林得若斯（Polydorus）不仅在赫卡柏（Hecuba）面前、而且当着整个雅典法庭指控玻林涅斯托尔（Polymêstor）[12]，又好比死去的丹麦国王跟哈姆雷特手挽手散步，甚至向着目瞪口呆的克劳狄斯挥拳。

不过如果说在中国戏曲中我们随处可见家庭和祖先崇拜，那么种姓制度——一种与中国的官选和科举考试完全相反的制度——对于印度戏剧的影响也毫不逊色。因此，印度戏剧的序幕（歌德的《浮士德》的序曲就部分地模仿了这种序幕）其实就是婆罗门所主持的一场真正的宗教祭典，中国纯世俗的戏剧是完全不可同日而语的。世袭的种姓制度不仅仅让印度批评家们审慎地赋予来自不同阶层的人以恰如其分的特点，连人物所使用的语言也可以看到种姓制度的影响。英雄和主要角色用的是梵语，妇女和次要角色用的是修饰过的古印度语。"按照技术权威的说法"，威尔逊教授（Professor Wilson）说，"英雄和主要女性角色说扫拉森尼话（Saurasení），皇室侍从说马甲地话（Mágadhí），仆人说拉普茨话（Rajputs），生意人说阿达（Arddha）或者马甲地混合语。丑角讲普拉奇（Práchí）或者东部方言，而地痞流氓则说阿凡提卡（Avantiká）或者讴歌因（Ougein）话。"总而言之，正如威尔逊教授自己补充的，如果这些规矩和其他的规定都被完完全全地遵守的话，"一出印度戏就会成为一个没几个人能明白的多语言混合体。可是在现实中，人们使用的最多不过三种语言，或者使用梵语和多少有些变化的古印度语。"这种语言与社会地位相称的特点可以在《大臣的印章》（Mudrá Rakshasa）的第二幕找到一个有趣的例证。在这一幕中，使者菲拉达古塔（Viradhagupta）假扮成一个捕蛇者，为了符合其临时身份，他用古印度语同过路人说话。可是当他们发现他的真实身份时，突然之间他的语言和独白都一下子变成梵语了。但是中国的社会制度并不要求戏剧人物依据其世袭特点而设，也不需要根据他们所处的不同社会等级来变化其使用的语言。中国的批评家们确实给人物和主题进行了分类，但是这种分类并不代表社会等级差别。中国戏剧的用语有很大差异——有古文，对话常常使用小说或通俗风格，现代剧特别是底层喜剧则使用

---

[12] 《赫卡柏》是古希腊悲剧大师欧里庇得斯创作的悲剧故事，主人公赫卡柏为特洛伊王普里阿摩斯的王后，故事中她的小儿子玻林得若斯被色雷斯王玻林涅斯托尔所害。这出悲剧的开始部分即为玻林得若斯的鬼魂告诉母亲赫卡柏他被害的遭遇。——译注

乡谈或方言。可是这种用语差异是由其所表现的对象的属性决定的，和社会等级没什么太大的关系，就如同《亨利四世》里野猪头酒店善良的女店主那错误百出的英文和社会等级关系不大一样。

不过现在是时候结束我们对于中印戏剧的简略比较以及因为篇幅所限对于中印文学所作的粗略概述了。中国和印度文学的创造者们常常感到芸芸众生中个体生命的渺小，他们转而描绘大自然，怀疑人类之起源，并认为在命运面前个人永远是无力的。本书远远无法详尽地描述印度的种姓制度和乡村生活、中国的家族情感及物质条件如何阻碍了个性化的生活的发展，而在欧洲这种个性化的生活恰恰构成了文学和科学思想的来源。我们仅仅从一个极为广大的探寻领域中选取了几个样本，描述了而非解决了他们所提出的问题。再做另外一个评论，我们就将结束对这个无比重要的文学领域不充分的介绍。

当把中印诗歌——无论生动与否——和现代欧洲诗歌相比较时，你同样会发现巨大的差异。杜鹃给华兹华斯带来的是"梦幻时刻的童话"——是对永远无法重现的往昔的缅怀——是对"黄金时代"的回忆，在那里杜鹃的声音如同"一个秘密"，而大地好像"一个虚幻的神话之境"。而在东方诗歌中，这种个人化的强烈情感融合进了社会生活之中。只有作为其同类的代表时，印度诗人才会去描摹四季，中国诗人或哲人才会去描画、去思索。东方人不了解那种专注的个人化的生命体，这样的生命体认为自然仅仅和独一无二的自我相关，并永远纠缠于其童年时代，"徒劳地寻找那些古老而熟悉的面孔"。在印度的种姓和乡村社群中，在中国的家族制度和父权政体中，个人生活在社会上、艺术上的重要性都远远不及西方。在东方戏剧中，大自然恰如其分地表现着等级和家庭制度，而自然是如此的伟大恒久，西方戏剧所追求的各种和谐统一又是如此的短而易逝，自然很不适合直接在西方戏剧的舞台上出现。

（田溪 译）

世界文学[1]

[丹麦] 乔治·勃兰兑斯

> **导 读**
>
> 乔治·勃兰兑斯(1842—1927)既是斯堪的纳维亚文学的主要倡导者,又是学识渊博的现代欧洲文学研究者。他出生于哥本哈根一个犹太裔中产阶级家庭,曾在哥本哈根大学学习法律、哲学和美学。自从决定献身文学研究事业的那一刻起,勃兰兑斯就强调作家的社会和政治使命,他认为作家应以现实主义和自然主义新思潮为工具,讨论并改变当代社会。
>
> 勃兰兑斯曾在哥本哈根大学申请教授职位,但反对者认为他思想过激,还可能主张无神论,因而拒绝了他的申请。之后,他移居德国数年,在1883年返回哥本哈根,成为丹麦文学的领袖人物。勃兰兑斯评论并影响了许多斯堪的纳维亚作家,帮助他们拓宽了视野,了解了更多的欧洲文学思潮。他倡导易卜生戏剧和克尔凯郭尔哲学,并著书全面研究德国、法国和英国文学。这三个民族的文学传统成为其多卷本权威性著作《十九世纪文学主流》(1872—1876)研究的重心。
>
> 1899年,他发表了讨论世界文学概念的《世界文学》一文,在其中,勃兰兑斯强烈意识到本土文学特性与国际市场文学流行趋势之间的张力。他认为同大国作家相比,那些语言使用面较小的弱国作家处于劣势。在他看来,翻译不可能完全消除语言的这种不平衡性,尽管如此,勃兰兑斯本人仍是沟通斯堪的纳维亚诸弱国文学与法、德、英国文学大市场的主要桥梁。在该文中他指出了跨文学与跨语言比较研究所面临的机遇与挑战,其分析鞭辟入里,深刻透彻。

---

[1] 《世界文学》("Weltliteratur")一文原载德国的《文学回音》(*Das litterarische Echo*)杂志1899年2卷1期,由汉学家苏源熙(Haun Saussy)译成英语,收入《普林斯顿比较文学资料集》(*The Princeton Sourcebook in Comparative Literature*)(普林斯顿大学出版社,2009年)。——译注

本刊的编辑让我谈谈对世界文学这一概念的看法,但我恐怕无法给出令人满意的答复。我知道这个概念最初由歌德提出,但对这一概念当时的应用背景知之甚少,只依稀记得他所预言的世界文学与之前的各民族文学截然不同。

姑且不去讨论这一术语的伟大创造者,倘若我这样问自己:"什么是世界文学?"那么依我看来,一个人最先想到的必定是自然科学领域里那些发现者和创造者的著作。巴斯德(Pasteur)、达尔文、本生(Bunsen)或者赫姆霍兹(Helmholtz)的著作理所当然属于世界文学,他们的著作直接服务于整个人类,使人类生活丰富多彩。斯坦利(Stanley)、南森(Nansen)等人的游记作品毫无疑问也是世界文学的组成部分。

按照这种方式去界定的话,我认为历史学家的著作——即便是其中最伟大的作品——也并非全部属于世界文学,因为从其主题的本性来看,它们缺乏终极性,必然打上鲜明的个体烙印,因此也更适宜那些与作者有着相似人格的本国人去欣赏。像卡莱尔的《奥利弗·克伦威尔》,米舍莱(Michelet)的《法国史》亦或是莫姆森(Mommsen)的《罗马史》这样的旷世之作,尽管其作者也都博学多才,但这些名著严格地讲不属于学术著作。整体上说,它们仅被视为是艺术作品——但这丝毫不妨碍它们在欧美国家家喻户晓,不论是其原著还是译本。因为当一个人谈及世界文学的时候,他首先主要考虑的是所有形式的纯文学。

时间本身已对过往的文学做出了评判,成千上万作家中的极少数人,浩瀚如烟作品中的一少部分,是世界文学的组成部分。每个人都能随口说出几个这样的作家和作品:《神曲》不仅属于意大利,《堂吉诃德》也不只属于西班牙。尽管没有蜚声国外,和世界名著一起,不计其数的其他本土作品在自己的祖国被保存了下来,得到人们的喜爱与推崇,世代传阅。莎士比亚是世界文学的一部分,但是与他同时代的马洛(Marlowe)却只属于英国文学。同样,克洛普施托克(Klopstock)仅属于德国文学,柯勒律治仅属于英国文学,斯洛伐奇(Slovacky)也只限于波兰文学。从世界文学的角度而言,他们并不存在。

而且,人们会发现前现代与现代之间的差异:随着外语学习的普及和深化,翻译活动的发展势头异常迅猛;同其他语言相比,翻译在德语中发挥的作用更加重要。

除了所有在翻译中损失的东西,无可置疑的是不同国家、不同语言的作家占据了极其不同的位置,这些位置与他们获得名扬世界、或者哪怕小有名气的机会息息机关。就语言使用的广度而言,法语名列第五,但法国作家处在最有利的地位。一个作家在法国一举成名之时,他也会享誉全球。英国作家和德国作家排在法国作家之后，他们可以依靠数目庞大的读者群获得成功。只有这三个国家的作家才敢奢望自己作品的原文被世界各国受过良好教育的人群阅读。

尽管其作品可能在本土外的国家有大批读者，意大利和西班牙的作家就没有那么幸运。而俄国作家本土以外的读者寥寥无几，他们所拥有的大量本土读者或多或少弥补了这一缺憾。

但不论是用芬兰语、匈牙利语、瑞典语、丹麦语、荷兰语、希腊语还是其他类似语言写作的作家，在获得世界声誉的竞争中都处于劣势。在这场竞争当中，他们缺少一件重要武器——一门语言，而对一个作家来说，语言决定一切。

想用母语以外的语言创作出有艺术价值的作品是不可能的，世人对此皆无争议。"那翻译呢？"也许有人会这样反对。我承认我的观点近乎离经叛道，即在译作中除了一点令人遗憾的必要性之外，再也看不到有价值的东西。翻译舍弃了作家赖以肯定自身的语言艺术性，在母语中越优秀、越伟大的作家，在翻译中所丧失的东西也就越多。

一个排名第六的作家可以轻而易举比一个排名第二的作家享有更大的声誉，因为前者所使用的语言是被广泛使用的世界性语言，而后者语言的使用者不过几百万人，翻译无法避免的不完善性是这种现象形成的根源。任何了解大国和弱势国文学的人都不得不承认这一点，尽管通常情况下大国的民众不会很快接受这一观点。翻译所作的唯一让步是如下情形：抒情诗很难译，在翻译过程中总会丧失很多东西，通常情况下，翻译抒情诗的尝试会被放弃，因为结果毫无价值。德国人非常清楚一点：任何只通过散文式的翻译了解歌德诗的读者肯定觉得歌德的诗歌没有欣赏价值。法国人无法想象维克多·雨果和勒孔特·德·里尔的诗被翻译成外文后会是怎么样的。大部分人认为散文被翻译后不会丧失太多东西，但是这种认识其实是错误的。尽管没有诗歌翻译的难度那么大，散文的翻译依然困难重重。词汇的选择以及由词汇引起的共鸣，语言表达的独特性在翻译时都丧失殆尽，翻译绝不是复制。

即使那些对译者给予高度评价的人，在审视极富艺术性的译本时，也必须承认，不同国籍的作家在追求世界声誉的过程中所赢得的喜爱程度千差万别。

然而，正如我们已经看到的，一些像易卜生一样用少数人使用的语言写作的作家也成功地使自己名扬世界——其中一些作家的思想远不如易卜生深刻。难道声誉在当下，在同时代人当中有决定性的作用吗？作家和他们的作品能在世界文学中经得住考验吗？只有乐观者才持此看法。对我而言，世界声誉的这种标准微不足道，毫无益处。

  首先，一些人浪得虚名。如果他们本身属于一个有影响力的民族，创作水平恰好和大众文化的水准相一致，或迎合了公众的审美品位，那么对这些人来说，闻名世界并非难事，世界各地的读者都喜欢乔治·欧耐特的书[2]这一事实便是最好的例证。为了吸引公众的注意力，这类作家既不能冒犯公众，也不能直接与占统治地位的偏见同流合污。当他用自己的陈腐观点猛烈而肤浅地去抨击另一种陈腐观点时，他可以间接地达到此目的，如在反抗皇权、教权或者是贵族的偏见之时。我们曾见证过这样的事件：毫无艺术修养和技巧意识的作家攻击他同时代最伟大的艺术家、诗人或思想家并因此而声名大噪，这类作家往往自命不凡，视伟大的艺术家、诗人或思想家为无知者或疯子。在很多国家这种行为会影响大批民众，这类作家也就被纳入了世界文学的殿堂。

  另一方面，有些一流作家生前默默无闻而死后亦无人知晓，他们的声誉似乎完全靠运气。

  我从自己最熟悉的文学中找到了例证。在19世纪丹麦所有的作家当中，只有安徒生一人闻名世界，这让丹麦人惊诧不已。安徒生仅是众多丹麦作家中的普通一员，毫无特别之处。他不能和我们丹麦最伟大的作家相提并论；在他的一生当中，他从未被视做一流或二流作家。而且我还要补充一句，即便他死后还是如此。作为一个思想者，他微不足道，并未产生任何影响。他被看做是一个有天赋的，犹如孩子般天真烂漫的作家，这种评价也无可厚非。但是，尽管如此，他却属于世界文学，因为他所创作的童话故事能够普遍地被人们理解，因而在世界范围内流传甚广。

  在丹麦，有很多文学家的地位要比安徒生重要，作为诗人或作家，他们也同样才华横溢，但是他们的作品却从未被翻译过。正是由于他们的作品一直未被翻译，他们反倒成了本土的精英，在丹麦更受推崇，事实上被神化了。在北斯堪的纳维亚范围之外，有谁听过保尔·穆勒（Poul Möller）的名字？然而在丹麦人们却像神一般敬仰他。谁又听说过约翰·路兹维·海伯格（Johan Ludvig Heiberg）其人？他以一种近乎武断的方式阐释了丹麦和挪威文学高雅品味的定义。谁又知晓19世纪30年代到50年代丹麦最伟大的抒情诗人克里斯蒂安·温特（Christian Winther）？时至今日他依然受到比安徒生更多的爱戴和尊崇，其作品也被反复吟诵。

---

[2] 欧耐特（1848—1918）是法国通俗小说家，强烈反对勃兰兑斯所推崇的现实主义。在19世纪80年代，他以"生活之战"为名，创作了情调感伤，情节曲折离奇的系列小说。

此处我只想谈谈真正的伟大作家,其余不论。作为斯堪的纳维亚北部最伟大的宗教思想家,索伦·克尔凯郭尔在欧洲无人知晓。或许有人认为欧洲每一个基督教卫道士都喜欢他[3],就像几个世纪前喜欢帕斯卡尔[4]一样,但世界文学并没有给他留一席之地。对这位已故的哲学家而言这并不是多么大的损失,可对于世界文学来说这是不幸的。倘若他的一些作品,如《致命的疾病》(Sickness unto Death)、《人生道路诸阶段》(Stages on Life's Way) 或《基督教实践》(Practice in Christianity) 广为流传的话,世界文学的遗产可能会更璀璨,更丰富,但遗憾的是这些作品不为人知。

回避这样的事实毫无意义:大多数人被愚钝、无知与偏见所蒙蔽。因此,他们无法接近真理,无法理解精华,只能盲目崇拜那些在市场大声叫卖的小贩和魅力十足的骗子。他们要求成功,追随时尚。能使人类在自己的时代获得欢愉的东西不一定会在世界文学中拥有永恒的价值。

据我所知,目前在欧洲没有一流的诗人,也几乎没有任何一流的作家。他们中即使最优秀的也无法和已故的伟大作家相提并论:英格兰的吉卜林和意大利的丹农齐奥(D'Annunzio)皆是如此。但他们往往比最伟大的前辈更加出名。

正因为作家们看到了扬名世界,看到了作品在全世界流传的可能性,我们的时代就出现了一些前所未闻的事情。作家开始为一批看不见的、抽象的大众写作,而这对文学创作有害无益。埃米尔·左拉就是一个典型的例子。他著名的《卢贡-马卡尔家族》系列是为法国人所写的,构思缜密,语言准确。在他名声大噪之后创作的三部曲《鲁尔德》、《罗马》和《巴黎》是为整个世界所写的,也因为这个原因,这些作品比以前的作品更加抽象难懂了。在这三部曲中,他的创作忽略了读者,这种

---

[3] 克尔凯郭尔常常被视作存在主义者,但他也是一名虔诚的基督徒,始终在基督教神学范围里思考问题,其存在主义思想也是其神学思想的一个组成部分。克氏著作的基本主题是信仰问题。正如他自己反复申明的那样,他的全部著作只围绕着一个中心,即如何成为一个基督徒,成为一个基督徒的生存性意义是什么。——译注

[4] 帕斯卡尔曾阅读过基督教派冉森派的著作并为之折服,从此他就接近这一派主持的波尔·罗亚尔修道院。他曾计划写一部为基督教信仰辩护的书,但只留下一些札记形式的断断续续的文字。1670年,波尔·罗亚尔修道院第一次发表了这些笔记,题名为《帕斯卡尔先生死后遗下的论宗教和其他主题的思想》。后来,这一著作沿用了《思想录》的书名,做为人类思想史上最伟大的作品流传于世。——译注

创作方式就像莎拉·伯恩哈特[5]表演戏剧的方式——不论在秘鲁,还是在芝加哥,她的表演如出一辙。如果一个作家想要拥有持久的影响力,他就必须仔细观察周围的事物,为出生的故乡积极写作,为同胞写作,因为他熟悉他们的发展历程。为全世界读者创作的任何作品必然会追求普遍的接受度而舍弃特色和活力,作品也就毫无本土韵味。如果这样做不会引起大家的反感,我可以列出几个伟大的作家,在成为本土一流的作家而扬名世界的过程中,他们就像接受自己同胞的趣味那样兴致勃勃地推崇异域的、平庸的趣味。在追逐世界声誉和世界文学的过程中,有些东西是危险的。

另一方面,一个作家显然不能仅仅为那些和自己生活在同一城市,居住在同条街道的读者而写作,尤其不能像一些喜欢辩论的作家那样,总在试图创作这类作品。

当歌德创造了"世界文学"这个术语的时候,人文主义和世界主义依旧是每个人所推崇的观点。在19世纪的最后几年,一种更为强烈、更具嫉恨之心的民族情感致使这些观念在世界各地慢慢淡化。今天,文学的民族特色越来越浓厚,但我并不认为民族性和世界性互不相容。未来的世界文学会更加引人注目,其民族印记越鲜明,就越有特色,尽管它像艺术一样,也有国际性的一面;而那些直接为全世界读者创作的作品则很难成为艺术品。的确,艺术作品更像一座坚固的堡垒而非开放的都市。

(苏源熙译自德语,刘洪涛、程艳译自英语)

---

[5] 法国女演员莎拉·伯恩哈特(1844—1923)以在巴黎扮演经典角色而开始了其职业生涯。到19世纪80年代,她因经常在受欢迎的通俗剧中巡回演出而成为世界名流。

世界文学

[印度]泰戈尔

导 读

泰戈尔（Rabindranath Tagore，1861–1941）是印度著名诗人、文学家、作家、艺术家、社会活动家、哲学家和印度民族主义者。1913年他主要凭借宗教抒情诗集《吉檀迦利》获得诺贝尔文学奖，成为首位获得该奖的亚洲人。著有《故事诗集》（1900）、《吉檀迦利》（1910）、《园丁集》（1913）、《新月集》（1913）、《飞鸟集》（1916）等作品。泰戈尔《世界文学》（"World Literature"）一文发表于1907年，由斯瓦潘·查卡拉瓦蒂（Swapan Chakravorty）翻译成英语，收入泰戈尔的《论语言与文学》（Selected Writings on Literature and Language, Edited by Sisir Kumar Das and Sukanta Chaudhuri. New Delhi: Oxford University Press, 2001）。泰戈尔在文中指出，了解自身与普遍人性之间的联系是人类灵魂的天性，强烈的自我表达欲望是此种天性得以实现的动力，而文学又是自我表达的重要途径。在他看来，若文学仅局限于特定的时空，就无法凸显自身的价值。他将世界文学比作具有世界意识的作家合力构建的神殿，其最终目的是要摆脱肤浅，寻求普遍的人性。尽管过去了一百多年，泰戈尔的这种看法依然有强烈的现实意义，也是比较文学学科追求的终极目标之一。

我们拥有的各种能力皆服务于同他人建立联系这唯一目的。我们的存在是真实的，唯有通过此种联系我们方可获取真理。否则，诸如"我是……"、"某物是……"的说法便毫无意义。

在此世界中，我们与真理的关系有三种：理性关系、实用关系与享乐关系[1]。

首先是理性关系，这种关系可被描述为一种竞争，如同猎人与猎物的关系。理

---

[1] 这里的"享乐"指的是艺术审美中的心灵愉悦。——译注

性建造牢狱将真理囚于其中,对其详加盘问直到逐渐说出真相。同真理相比,理性经常自命不凡,理性对真理了解越多,就越能感受到自己的力量。

其次是实用关系。通过实用关系,即实践,人类的能力与真理携手合作。需求使此种关系更为牢靠,且使我们更接近真理。然而,两者又保持着适当的距离。就像英国商人为实现其目的曾向那瓦布(Nawab)[2]卑躬屈膝、进贡礼品一样,一旦达到目的,就摇身一变成为统治者。因此,当利用真理获得实际利益而实现目标时,我们就会认为自己业已得到了统治世界的绝对权力,之后我们就盲目自大,认为大自然是我们的侍女,水、空气和火则是无需支付报酬就可随意差遣的奴仆。

最后是享乐关系。美感或心灵的愉悦拉近了我们与真理的距离。那时,我们再无狂妄自大之气,同卑贱弱小之人交往时也不会感到尴尬。即使是马图拉王[3],他与温达文(Vrindavan)[4]的挤奶女工相处时,也必须竭尽全力隐藏其王者之尊。享乐关系使我们彼此相连,我们感受到的力量既不源于理性关系也不源于实用关系,我们所感受到的只有毫无掩饰的、纯粹的自我。

简而言之,理性关系如同我们的学校,实用关系如同我们的工作场所,享乐关系如同我们的家园。我们无需在学校展示完整的自我,也无需在工作场所卑躬屈膝,唯有在家园中才能身心放松,恣意展现自我。学校过于单调乏味,工作场所缺少光彩,而家园中却是生机勃勃的。

何为享乐关系?享乐关系就是了解他人如同了解自身,了解自身如同了解他人。明白这一点,我们心中便再无疑惑。我们绝不会提出这样的问题:"为何我爱自己?"因为自我存在的感觉便能给予我们愉悦。如果我们对他人的存在有同样的感觉,也就无需再问我们为何喜欢那人。

加纳瓦克亚(Yajnavalkya)[5]曾对加尔格(Gargi)[6]说过:"吾爱吾子,然其非吾之所求也,吾所求者吾自身尔;吾爱富贵,然其非吾之所求也,吾所求者吾自身

---

[2] 那瓦布:印度帝国时代的地方行政官。——译注
[3] 马图拉:印度北方邦境内的一座古城,是北方邦下辖的马图拉地区的行政中心。印度教徒相信马图拉城是广受崇拜的大神黑天的出生地,因此马图拉是印度教的一座圣城。——译注
[4] 在传统的印度神话中,温达文所在的地区是英雄之神克里什那居住的地方。——译注
[5] 加纳瓦克亚:被誉为印度最伟大的圣贤之一。其箴言收集于印度最经典的古老哲学著作,婆罗门教圣典《奥义书》,是古代印度最有名的法律制定者,《圣传书》是以其名字命名的。——译注
[6] 加尔格的姓名最早出现于吠陀梵语文学中。她是圣人瓦卡努(Vachaknu)的女儿,被视为印度最伟大的自然哲学家之一。——译注

尔……"[7]。

这句话可理解为:"我"渴望那些能完全实现自我的东西。"儿子"弥补了"我"的不足,也就是说,"我"在"儿子"身上能更清楚地看到自己,似乎在他身上"我"更像"我"。这就是他是我的本我(梵语为:atmiya)的原因:他使我的自我(梵语为:atman)即使在"我"之外也真实存在。"我"确信无疑看到的真理和"我"所爱之物也在"儿子"身上清楚地看到了,它们属于同一真理,都使"我"的爱得以延伸。故而,若想了解一个人,先了解他之所爱,这可说明他在大千世界中的哪些客体中能发现自我,这些客体能在多大程度上折射出自己的存在。爱不存在的地方,灵魂就会被束缚。

小孩看见光亮或晃动的物体时会十分兴奋,他会咯咯做笑甚至哈哈大笑。通过这些物体,他能在更人程度上感知其意识,这也是他感到愉悦的原因。

但当意识逐渐主导整个心灵时,他在这些东西中感知到的愉悦微乎其微,并非根本感觉不到,但所得甚少。

故而,随着灵魂的升华,心灵渴望能充分地感受自身的存在。

首先,在外部世界中,通过他人我们能更容易、更全面地了解我们的心灵深处。通过视觉、听觉、思想,通过想象力和内在的情感,一个人能在他人身上看到自己的完整形象。这就是理解、帮助和服务他人能赋予我们的存在以意义的原因。这也是在任何国家、任何时代,一个人在实现自我和表达自我时,若他能将自己与他人的思想汇通融合就被视为伟人的原因,事实上这样的人可被视为智者或圣贤。人类的灵魂能在他人身上得到体现,若一个人还未意识到或未完全意识到这一点,那么他就或多或少丧失了认识人性的机会。认为灵魂只囿于自身者会贬低自己的价值。

人类的灵魂具有了解自身的天性,自利是其最大的障碍,虚荣亦为其障碍之一。诸多世俗的障碍使我们的灵魂偏离其自然属性,有碍于我们对人类本性的终极之美形成公允的观点。

我知道有人会对此持有异议,为何人类灵魂的自然属性在此世界的命运如此多舛?为何不将自利与虚荣之类的绊脚石视为我们自然属性的一部分呢?

诚然,很多人都持此观点,那是因为这些有碍于人类本性之物要比人类本性自身更引人注目。当一个人开始学骑自行车时,若要向前骑,必定会摔很多跟头。此时,

---

[7] 徐梵澄先生译作:"唯然!非为爱子而子可亲,为爱性灵而子可亲!""唯然!非为爱财富而财富可亲,为爱性灵而财富可亲!"参见《徐梵澄文集第十五卷》,上海三联书店,华东师范大学出版社,2006年2月,第575页。——译注

如果有人认为学骑自行车者是在训练摔跟头而不是在学骑车的话,同这人争辩就毫无意义。我们每前进一步,虚荣与自利就会随之而来,但是若我们看不到人类为保留自己最高贵的本性所付出的努力,看不到我们为融入他人而付出的努力,反而坚持认为摔跟头是更合理的行为,那就是在吹毛求疵。

这些障碍使我们意识到:对于我们而言是自然的东西实际上折射了我们的本性,使我们的本性得以全面释放。它也是我们以强烈的自我意识了解我们本性的方式:自我意识愈强烈,愉悦之感就愈浓烈,世界万物皆是如此。

以理性为例,确定因果关系是其属性之一。只要在不言自明的事物中能轻易验证,理性就无法充分感知自身。但大千世界的因果关系是如此之复杂,理性从未停止探究这些因果关系的脚步。克服障碍的这种努力使理性能在科学与哲学中深刻领悟自身。也正是这种努力使理性之光借自身之力日益彰显。事实上,若我们认真思索就会发现:科学与哲学仅是理性在客体上的自我实现而已。在理性能感知自身独特规则的任何地方,它都会将客体与自身融为一体,这就是我们所说的认知,理性正是在这种认知方式中获得愉悦。否则,当人类发现苹果掉落地面和太阳吸引地球皆为引力所致时,就无需如此兴奋,太阳吸引地球这一奥秘也就变得毫无意义了。凭借理性,我们能认识引力这一自然现象,在一切事物中我们亦能感知自己的理性。世界万物,小至尘埃,大至星辰、月亮及太阳皆能融入理性。通过这种方式,理性就被宇宙无穷的奥秘所吸引从而更充分地揭示它,又通过创造将这些奥秘回馈人类。知识是连接理性与宇宙的桥梁,正是通过此种联系我们的理性才获得快乐。

同样,寻求个别的人性与人类普遍人性之间的联系也是人类灵魂的本性,此中亦有快乐。为自觉实现此本性,理性必须始终倾注全力克服内外诸种敌意和障碍。这也就解释了为何自利是如此顽冥不灵,虚荣是如此难以消除,人情世故是如此繁纷复杂。当人性的光辉穿越重重障碍得到充分展示时,我们就倍感欢欣,我们所发现的东西就是不断延伸的自我。

基于上述原因,我们才去阅读伟人的传记。在对他们的描述中我们能让自己受缚的心灵得以释放,隐藏的本性得以彰显和升华。读史书时,我们通过不同国家、不同时期发生的历史事件中的各色人物反省自身,并以此为乐。不管是否理解,只要认同人的共性,我们内心就已意识到自己是人类的一员。这种关系理解得越深刻,益处越多,欢乐越多。

然而面对卷帙浩繁的传记和历史,我们会陷入茫然,无法洞悉一切。诸多的障碍和困惑会使我们无所适从。此时闪现在我们头脑中的人性甚至有些遥不可及，但是因为内心有所渴望，我们的心灵就会努力重塑这一形象并用语言表达出来。似乎唯有这样，它才能铭记于心。当我们以优美的语言、瑰丽的艺术表达对它的喜爱之情时，此形象就会成为我们心灵的财富，它再也不会在千变万化的世界中迷失自己。

以此方式，那些在外部世界得以充分呈现的东西，不论是日出的光辉、高贵的灵魂还是我们的激情——那些使我们心潮澎湃的一切——心灵都会与其创造物相互交织，融为一体；此时，心灵就会以某种独特的方式表达自己。

人类在此世界中的自我表达方式可分为两大类——实践和文学。这两种方式并行不悖。人类使其自身投入实践的创造和思想的表达之中，它们相得益彰。我们必须通过阅读历史与文学作品来领悟二者所展示的人性。

在实践中人类业已通过发挥身体、思想和心灵的智慧与经验来建设家园、组建社会，并形成一个个政治和宗教团体。人类的所知、所想与所能皆在此类构建中得以呈现。因此，人类的本性也就和世界融为一体，以不同的形式见诸于万物。思想的萌芽以具体的形态呈现于世界，一事物中微不足道的东西在其他事物中却是不可或缺的。若无人类多年构建的家园、社会、宗教及政治团体，我们就无法充分表达自我。而这一切也成为人性自我展现的方式。否则，我们不能称其为文明，即完整的人性。无论在政治活动还是在社会生活中，若我们独立生存、彼此隔绝，我们就处于未开化的状态。由此可见，政治组织或社会团体受到的创伤也会给每个成员造成切身之痛；如果社会的发展在任何方面变得狭隘，个人的发展亦会受阻。只要人类建立的这些组织是自由开放的，我们就能毫无保留地展示自己的人性。环境越压抑，我们就越无法实现自我表达，因为世界存在的意义就是通过实践展示人性，这种展示亦能让我们倍感愉悦。

尽管人类通过实践表达自我，但此时自我表达并不是其首要目的，而是次要目的。就像家庭主妇能通过做家务来展示自我一样，但这并非其最终目的。通过家务活她能达到多种目的，而这些目的能折射出其工作并显示其本性。

但有时自我表现也会成为我们最迫切的愿望。例如，若有人家中举行婚礼，人们在忙于确保各项工作万无一失的同时又有想表达情感的强烈愿望。于是，在婚礼当天，家庭成员会情不自禁地向来宾展示他们家庭的幸福与和睦。他们如何展示这一切呢？笛声响起，灯光闪亮，花环点缀着每个房间。通过声之悦、花之香、气氛之热烈，心灵如同千百股四射的喷泉蔓延开来。通过这些方式，我们将自己的快乐传递给他人,并使在场的每个人都能真切地感受到这种快乐。

母亲会本能地关心怀中的婴儿,但这并非其全部:母爱的表达往往超越了关爱的实用目的且无明确的理由。这种爱发自内心并在各种游戏、爱抚和言语中体现出来。虽然没有必要,但人们还是喜欢以不同的色彩装扮孩子,给他们佩戴各种饰品,以奢华展现其情感的丰富,以视觉之美表达其内心的甜蜜。

上述事例都清楚表明这些行为乃人之本性,它始终竭尽全力将自身情感融入外部世界。即使自身不完整,若能以某种方式将内在的真实转化为世界的真实,它也能得到慰藉。对心灵而言,其归宿并非砖木结构的房舍,它将其归宿涂以自己的色彩且使其成为栖息的乐土。对心灵而言,其栖息之地并非仅仅由土地、水和天空组成。唯有当这片乐土向其展示神性以及母爱般、积极向上的一面时,它才会倍感惬意。若不如此,它就会麻木,而心灵的麻木即是死亡。

以此方式,心灵不断与真理建立密切的联系。两者联系密切时,就彼此交流。主司心灵归宿的是一位自尊心很强的家庭主妇:若无法向赐予她真理的世界回赠礼物,她的自尊心就会受到伤害。她必须通过语言、音乐、绘画与雕塑等方式表达与真理的至亲关系,并以此填充回馈世界的礼盒。如果她的诉求与此进程不谋而合,那最好不过,但她常常愿意舍弃实用去展示自己。她急切地表现自己,即使这种表现让她罄其所有。表现是人类本性中奢华的一面:它驾驭理性,驱散节俭的守护神,并使其备受绝望的煎熬。

心灵常自问:"我如何才能表里如一?在何处才能发现合适的途径,恰到的范围?"它也会常常悲叹:"我无法展示自己,无法将自身融入外部世界。"当有钱人感受到自己的富有时,他会不惜重金竭力向世界展示其财富。当恋人感受到真爱时,他会不惜财富、名誉甚至生命表达此爱,也就是说,要在外部世界使此爱成真。心灵从未放弃过向外界表达内心情感的努力,而内心世界也在感受外界的狂热。巴拉罗姆·达斯[8]有诗为证:

> 你曾驻留我的心房,是谁将你从它那里带走?

似乎钟爱之物就在爱物者内心。有人将其带出内心世界,而爱物者渴望将其再次置于内心。当然也有相反的情形:当内心无法在外界感知其欲望和激情时,它就竭尽全力通过各种手段塑造自身形象。因此,内心想拥有外部世界并融入外部世界

---

[8] 巴拉罗姆·达斯是 16 世纪印度著名的圣人,奥里萨(Orissa)地区的诗人。——译注

的渴望就永远不会消失，在外部世界表达自我也是此过程的一个阶段。这也就是需要自我表达时，心灵会使一个人甘愿放弃一切的原因。

一支野蛮人的军队开赴战场时，克敌制胜并非他们唯一的目的。他们通过身体的彩绘、击鼓、狂舞和呐喊这些外在的方式表达其内心的暴力。似乎其好战的本性不借助这些外在的手段就无法体现。暴力唯有通过战争这种形式才能达到其实用的目的，并通过此类噱头满足其自我表达的欲望。

时至今日，西方的战争仍未放弃以击鼓、音乐、服装、饰品等手段表达好战的激情。与此相反，现代战争更注重战略智慧，但它们已背离了人类心灵惯有的本性。德尔维希[9]成员冒死攻击驻扎埃及英国军队的目的并不仅仅是要赢得战争，他们坚持战斗到最后一个人的目的是表达他们内心的狂热。而那些只想赢得战争的人永远不会有此疯狂的举动。人类甚至不惜以自杀为代价去表达自我：谁还能想象出比这更大的代价呢？

以宗教祷告为例，虔诚者与智者完全不同。智者会这样思考："祷告会让我得到救赎。"而虔诚者则认为："若不祷告，我就不够虔诚；无论是否有益，祷告的行为会将我内心的虔诚融入世界，唯有在此世界中它才能找到一方无忧无虑的栖息乐土。"以此方式，虔诚的价值能通过祷告中的自我表达体现出来。对智者而言，祷告是为实现自身利益而做的投资；对虔诚者而言，祷告是一种不计利益的花销。因此，在表达自我时，心灵往往不计较得失。

心灵甘愿为宇宙万物中能展现这一特性的任何事物效力，这也是它的本性，此时它不需任何理由。世界上这种看似无价值的执着形成美。让我们能通过广阔的外部世界审视我们内心的信念：百花慢慢变成种子时，他们超越了实用而美丽绽放；云彩慢慢聚集形成雨水时，它们会信步驻留天空，迸发出激荡的色彩吸引我们的注意；树木不仅仅长出细细的枝条像枯瘦的乞丐一样祈求阳光与雨水，它们也在向大地倾泻一片片壮丽的绿荫；大海不仅通过乌云向大地洒下甘霖，它们也展示着蔚为壮观而又深不可测的湛蓝之美；山峦不止满足于让江河为大地提供生命的水源，它们也无声无息高耸入云，如同毁灭之神在冥思。亘古不变的理性摇头在问："为何世界满是徒劳的付出而造成的浪费？"青春永驻的心灵回答到："只是为了诱惑我而已，别无它由。"它知道世界处处都有永不停歇的，渴望表达自我的心灵。否则，为何世

---

[9] 伊斯兰教苏菲派教团的成员。这些神秘主义者强调通过狂喜、舞蹈和旋转表达献身的情感。多数穆斯林将他们视为非正统和极端分子，但该运动已持续至今。——译注

间会有如此多姿的美丽、如此浩瀚的音乐、如此丰富的姿态、如此难解的奥秘、如此深远的蕴涵和如此多样的饰品？心灵不会为非法商人的廉价商品所蛊惑，这也是为何在水中、陆地和天空中，人们每向前推进一步都会付出过多的努力去遮掩其实用目的的缘由。若世界毫无情味（rasa）[10]，我们就会渺小卑微；心灵会因未感知世界的愉悦而牢骚满腹。尽管有诸多琐碎之事，世界依然充盈着情味且赋予心灵如此优美的诗句："我爱你，爱你的一切。在欢笑与泪水中，在恐惧与忠诚中，在悲伤与坚强中，我都爱你。"

就世界本身而言，我们发现两种活动在发挥作用：实践的表达与思想的表达。我们无法通过实践活动完全理解我们所表达的东西，我们的学问也不可完全能囊括知识中蕴含的无穷力量。

但思想的表达无需媒介。美丽之物赏心悦目，伟大之物蕴含崇高，可怕之物激起恐惧。情味可直入内心且能融入外部世界，不管所隐含的东西为何物，不论心灵与外部世界接触时会遇到何种障碍，最终，除了表达与融合之外别无它选。

因此，我们能在宇宙与人类世界中发现相似之处。真理和知识的神圣性通过实践活动得以体现，而其愉悦的外在形式则通过形形色色的情味被感知。通过实践活动了解知识的神圣性并非易事；但通过情味感知愉悦的神圣性却轻而易举，因为通过情味它可以直接展示自我。

在人类世界，知识的力量在于实际应用，而欢乐的力量在于创造情味。实践中我们力求自保，情味中我们力求自我表达。自保是必需的，但自我表达超越了需要。

需要和自我表达互相牵制，战争已清楚地说明了这一点。自利拒斥铺张，而欢乐宣扬慷慨。因此，在自利的世界中，例如在办公室，自我表达越少我们就越受尊敬；而在欢乐的庆典中，欢庆的气氛越是浓烈，我们就越能忘记自利。

这也是文学作品中自我表达毫无羁绊的原因，因为它远离自利。文学作品中悲伤的眼泪只会散落在我们的心房，但不会侵入我们的家园；恐惧会萦绕我们的心头，但不会伤害我们的身体；欢乐会让心灵为之震颤，但不会激发我们的贪欲。在一个有物质需要的世界中人类一直致力于构建一个远离物质需要的文学王国。在文学中，人类通过情味乐于感受自己的本性，他们也能看到没有牵绊的自我。在文学世界中没有义务，只有欢乐；没有种种约束，自己就是国王。

---

[10] "味"是印度古典诗学的核心概念，有"味道"或感知的本质、出类拔萃的审美情趣、灵魂的情感放逐、神圣的爱之本原之意。——译注

文学能给予我们什么呢？如此丰富的人性财富远远超出了物质需求，在其自身的范围内是取之不尽、用之不竭的。

因此，我在早期的文章中曾说过，食物各有其味——这一点老少皆知——但在闹剧之外的文学世界其存在的意义微乎其微，因为它从未超越餐饭带给我们的满足。一旦酒足饭饱，我们就满是惬意地将其抛于脑后，不会因感激它而将其置于文学领域。然而情味的感知却卷入文学的洪流从盛宴满溢而出。人类的心灵从不被实践活动消耗殆尽，它奔涌在激荡的浪潮中，唯有通过用文学表达自我才能寻得安慰。

只有在丰富多彩的文学世界中才会有真实的人性展示。人类好吃，这点确定无疑，但更重要的是人类也是英勇的，这点也毫无疑问。谁能发挥这一真理的强大力量呢？如同帕吉勒提河（Bhagirathi）[11]一样奔向大海，冲碎岩石，克服艰难险阻，灌溉干旱的农田。人类的英雄气概激励人类完成世间所有的实践活动并超越世俗世界。

据此，人类生活中的一切都是高贵和不朽的，超越人类需要和实践的一切事物也都自然而然服务于文学，在不知不觉中构建人性的伟大形象。

另一因素是：这个世界中我们看到的一切都在逐渐融合——此处能见之物彼处亦能见，此处存在之物彼处亦存在，一物与其他数物彼此关联。而在文学中却看不到这样的断裂和混杂。在文学中，所有的焦点都集中于所表达的东西，此刻我们看不到别的东西。文学以各种手段创造一个唯有自己就能熠熠生辉的空间。

基于此原因，我们就不会把那些与如此鲜明的个性和如此耀眼的光辉不协调的东西置于文学之中，那样做只会让毫无价值东西更加一文不名。暴饮暴食者在世俗方式的掩盖下并不显眼，但作家在文学作品中集中笔触描写他时，他就显得十分可笑。由此来看，文学作品出现的那些优雅的辞藻、那些心灵能欣然接受，表现怜悯和勇气、愤怒和平静的描述是再自然不过的了——它们能在高雅艺术的殿堂里昂首挺胸，毅然挺立，经受岁月永恒的凝视。若文学中掺杂了其他任何东西，它给我们的感觉只会是不和谐。除了文学宝座上的国王，我们的思想可以反抗任何可见之人。

但并非每个人都有敏锐的洞察力，并非每个社会都是伟大的社会。历史上总有一些不足挂齿且转瞬即逝的诱惑损害人类的时期。在这些时期，歪曲的镜像将毫无价值的东西大加赞美，文学通过美化人类的缺陷为其卑微无耻歌功颂德；艺术的技巧取代了艺术本身，虚荣被视为光荣，吉卜林取代了丁尼生。

---

[11] 帕吉勒提河：印度西孟加拉邦河流，为恒河三角洲西界。在金吉布尔东北从恒河分出，后与贾兰吉河在讷伯德维普汇合成为胡格利河。16世纪曾为恒河主道，现为印度教圣河之一。——译注

但岁月无情,它筛选一切。任何陈腐的东西必经过滤而被弃入尘埃。任何时代,任何民族的文化中,只有那些能展现人类自身的东西才能永葆青春;只有那些久经考验的东西才是人类公认的、永恒的宝藏。

经过构建与突破,人性永恒的思想与表达将自身汇集于文学。这种理想成为引导文学进入新时代的舵手。以此理想去评价文学的目的就是将人类的集体智慧作为其立命之本。

下面我将阐述我的主要观点:若文学仅囿于特定的时空,它就不能凸显其真正的价值。若我们意识到文学作品中所展示的是普遍的人性,我们就能在其中发现有价值的东西。若文学仅囿于作者本身,文学就会消亡。只有当作者的内心意识到人类的思想并在作品中表达人性的痛苦时,其作品才能被置于文学的殿堂。我们必须将文学视为一座由建筑大师——具有世界意识的作家——领导下建造的神殿。不同民族,不同时代的作家都在他的指挥下劳作。没有人能设计出整座建筑的**蓝图**,但有瑕疵的部分不断被拆除,每位建设者都发挥其才能并将其创作融入整体设计,竭力符合那张无形**蓝图**的设计要求。这就是他的艺术探索所创造的东西,这也就是无人给他支付普通工匠的薪酬但却授予他建筑大师的原因。

比较文学就是对这一学科赋予的英文名称,对此问题我已做过探讨。在孟加拉语中,应称其为世界文学。

如果我们想理解作家作品中所表达的思想、创作的目的以及意图,我们就必须在整个历史长河中追溯人类的意义。若一个人以狭隘而孤立的视角审视阿克巴(Akbar)[12]的统治、吉吉拉特(Gujarat)[13]的历史和对伊丽莎白女王的描述,他的做法仅满足了他对事实的好奇心。但他若懂得对阿克巴和伊丽莎白的描写仅仅是手段,在历史长河中人类付出各种努力、犯过各种错误、做过各种补偿以满足其最深层的欲望;若他懂得通过与他人的广泛联系解放自己;若他懂得不论是在君主专制还是在随后的民主政治中,自由一直都在为实现其理想而抗争;若他懂得人类始终致力于寻求和改变自我表达的方式,通过人类集体的存在来实现个人的存在。那么,他所探求的就并非是历史中的个人价值,而是超越生命的人类全体永不止息的意义和

---

[12] 阿克巴大帝(1543—1605):印度莫卧儿王朝皇帝(1556—1605年在位)。他是帖木儿的直系后代,母系则出自成吉思汗。1560年,阿克巴亲政,历经多次征战,建立了一个幅员广阔的帝国,这些武功已使阿克巴成为印度历史上的伟大帝王之一。——译注

[13] 古吉拉特邦:旧译瞿折罗、胡荼辣,是位于印度最西部家的邦。人们大多认为,古吉拉特这一名称源自"古吉拉塔",意为"古贾尔人的故乡"。——译注

价值。在考察了世界各地的朝圣者以及他们崇拜的神灵之后,这样的人才踏上归途。

同样地,世界文学中真正有价值的东西是通过文学表达人类快乐的方式,也是借助表达的丰富性来揭示人类灵魂渴望显现自身的那些亘古不变的艺术形式。我们必须进入世界文学以了解人类的灵魂是否乐于将自己视为受难者、享乐者或苦行者;了解人类世界的血亲关系在多大程度上是真实的——就是说,真理在多大程度上变成了人类的财富。若仅将文学视为一种技巧,人类就不会去探索这些问题。我们也不能把文学世界理解为虚假的世界,文学是一个有生命的世界,其奥妙不是任何个人的私有财产。如同物质世界,文学的创造是一个连续不断的过程,但在这个未完成的创造核心地带永远保留着一个终极理想。

太阳核心中的诸种物质,不论是固体还是液体,其形成方式千差万别。我们无法看到这一过程,但太阳的光辉向地球展现其存在,这就是太阳馈赠给地球的礼物,也是太阳与其他事物产生联系的方式。若我们将人性视为整体观念的研究对象,那么文学就是太阳。我们会发现世间万物逐渐形成不同的层级,在其周围是永不熄灭的自我表达之光,激情洋溢地普照四方。我们可将文学视为这种光环,它由语言组成,人性与之形影不离。此中有光明的风暴、光辉的源泉,也有诸种幻想的交汇。

当我们漫步市场时,看到的是一片忙碌的景象:小贩忙于照顾生意,铁匠忙于打铁,工人忙于搬运货物,商人忙于核查账目。但与此同时也有很多我们看不到的景象,让我们想象这样一幅图景:在路旁、在房舍、店铺和小巷中,情味化作若干小溪流向四方,流向那些或凄苦、或窘迫、或贫苦的人们。《罗摩衍那》与《摩柯婆罗多》、故事与神话,唱诵(kirtan)[14]与颂神诗(panchali)[15]用普遍人性的甘露日夜沁润每一个人的心田;罗摩(Rama)[16]与拉克什曼(Lakshmana)[17]停驻在卑微者琐碎

---

[14] 吟诵:人们坐在一起伴随着乐音和谐灵性的唱颂神的名字。在印度,人们信奉很多神,每一个神的名字代表一种精神象征,如爱、勇气宁静等,因此唱诵的是这样的精神,不拘泥于名称。——译注

[15] 颂神诗:孟加拉的地区的一种民谣叙事形式。内容以神话和传奇为主,偶尔也涉及当代的内容。通常,由一位主唱以吟诵、韵文和歌曲等形式叙述故事,在其发展过程中,更多的歌手成为主唱加入其中表演密当加鼓、朵儿鼓等乐器器。——译注

[16] 印度教主神。该名称与毗湿奴的第七个化身罗摩占陀罗有关联,其故事在《罗摩衍那》中有记载。他被认为是理智、美德和正义的化身,是守贞专奉崇拜的主神之一。——译注

[17] 拉克什曼:罗摩的弟弟,也是他最忠实的伙伴。在印度神话中,他也是天神、毗湿奴神的重要随从的舍沙(shesha)的化身,地位仅次于罗摩。——译注

的劳作之中；帕提瓦蒂（Panchivati）[18]慈爱的清风拂过昏暗的房舍；心灵的创造与表达用充满美感与祝福的双手爱抚困苦、贫穷的劳工阶层。我们必须以此方式看待充满人性的文学作品。我们也必须看到人类的物质生活在各个层面上都通过精神世界而得到了极大的延伸。降临在人类的甘露充盈着浩瀚的诗歌与音乐，我们拥有《云使》（Meghadutams）[19]和维迪亚帕提（Vidyapatis）[20]的诗歌那样丰富的文学作品；人类狭小住所传递出的悲喜也随钱德拉（Chandra）[21]和苏利耶（Surya）[22]的悲喜而变化。湿婆神女儿的悲哀同样也困扰着下层人家的女子；贫苦人的遭遇在冈仁波齐峰（Mount Kailas）[23]上贫苦神的光辉中体现得淋漓尽致。自我一直在延伸，人类似乎能不断地在外部世界中超越和提升自己。

尽管受到环境的制约，人类依然通过感情和思想的创造来延伸自己。文学世界是紧邻物质世界的第二世界。

不要指望我能引导你完成世界文学之旅。我们必须尽自己所能开辟穿越它的道路。我的观点是：世界不是我附赠于你或他人的农田，以此观点看待世界过于肤浅；因此，文学也不是我馈赠于你或他人的创作，我们通常也以此肤浅的眼光看待文学。我们必须明确我们的目标：摆脱肤浅狭隘，在世界文学中探求普遍的人性；在每位作家的作品中发现文学的总体特点；在这些总体特点中，我们应该在人类展示自我的努力中感悟其相互关系。

（王国礼 译）

---

[18] 帕提瓦蒂：西印度马哈拉施特拉邦纳西克的宗教圣地，位于戈达瓦里河畔。——译注
[19] 《云使》是迦梨陀娑最优秀的诗歌作品，也是印度古典诗歌中的瑰宝。这首诗充分体现了印度文学想象丰富、构思奇绝、譬喻绮丽、感情真挚的特点。后人仿做不绝，形成了"信使体"诗歌，如《风使》、《月使》等。——译注
[20] 维迪亚帕提（Vidyapati, 1352–1448）：印度玛提拉邦著名的宫廷诗人。在15世纪，维迪亚帕提连同佳亚戴瓦（Jayadeva）成了圣柴坦尼亚最喜爱的诗人。——译注
[21] 在印度"月亮之神"被称为钱德拉，意思是"明亮和耀眼"。——译注
[22] 苏利耶：在印度古代神话中指太阳神，有三眼四手。他是伽叶波与阿底提所生的十二天神中的第八位，天帝因陀罗的弟弟。——译注
[23] 冈仁波齐峰在梵文中意为"湿婆的天堂"（湿婆为印度教主神）。印度人称这座山为Kailash，也认为这里是世界的中心。印度教里三位主神中法力最大、地位最高的湿婆就住在这里。——译注

文学的统一观 [1]

[中国] 郑振铎

导 读

郑振铎（Zheng Zhenduo，1898—1958），福建长乐人，中国现代著名作家、学者、文学史家、翻译家。早年就读于北京铁路管理传习所，五四时期开始发表文学作品，是文学研究会的发起人之一。1923年以后接替沈雁冰主编《小说月报》。曾任燕京大学、清华大学、上海暨南大学等校教授。新中国成立后曾任文化部副部长、文物局局长、中国科学院文学研究所所长等职。1958年因飞机失事罹难。主要学术著作有《插图本中国文学史》、《中国俗文学史》、《文学大纲》等。郑振铎是中国最早自觉进行比较文学研究的学者之一，也是中国最早倡导比较文学理论与方法的学者之一。他对世界文学发展的必然性有着深刻的理解，善于将中国文学纳入世界文学与文化的大背景中加入阐释，重视中国文学与世界文学的多样联系。

郑振铎的《文学的统一观》包含的主要观点有：(1) 文学是人类精神与情感的反映；人性具有共通性，因而人类的文学也具有一致性，应该被当做一个整体看待。(2) 文学研究应该以人类全体的文学，即世界文学作为对象，加以整体的、统一的研究，必须有文学的统一观。(3) 进行文学的统一研究面临各种障碍，尤其是语言的障碍。但文学是可译的，通过使用原作的译本，会克服研究的障碍。(4) 统一的文学研究面临一项重大任务，即撰写一部"综合人类所有的文学作品，以研究他的发生的原因，与进化的痕迹，与他的所包含的人类的思想情绪的进化的痕迹的"世界文学史。郑振铎编著的《文学大纲》(1927) 是中国现代第一部真正意义上的世界文学史，实现了他在此文中表达的愿望。

---

[1] 原载1922年8月《小说月报》13卷第8期。

一

　　研究文学的人，现在到处都有；但是他们却都不以文学为一个整体，为一个独立的研究的对象。他们有专门研究一个时代的文学的，如勃兰特(G. Brandes)的《十九世纪文学主潮》，史宾格(Spingarn)的《文艺复兴时代的批评文学》等等；有专门研究一国的文学的，如克鲁泡特金的《俄国文学的理想与实质》，泰尼(H. A. Taine)的《英国文学史》等等；有专门研究一种文学的，如圣次堡莱(G. Saintsbury)的《批评文学史》，李维生(Liweison)的《近代戏曲》等等；有研究一个人的文学的，如莫尔顿(R. Moulton)的《戏曲艺曲家的莎士比亚》，《戏曲思想家的莎士比亚》，等等；也有专门研究文学中的一种运动，及文学中的一个问题，一种思想的，如西莫士(Symons)的《文学里的象征运动》，皮奥士(Peers)的《十九世纪英国的浪漫主义》，蒲格(L. Berg)的《近代文学中的超人思想》，等等。但他们却没有——绝对的没有——以文学为一个整体，为一个独立的研究的对象，通时与地与人与种类一以贯之，而作彻底的全部的研究的。

　　不惟个人的研究是如此，就是大学的分科里，也只看见有英国文学门，法国文学门，德国文学门，希腊文学门，腊丁文学门等等，却没有——绝对的没有——专设立一个"文学科"，以文学为一个整体，为一个独立的研究的对象，通时与地与人与种类一以贯之，而为彻底的全部的研究的。

　　当我们讲到哲学的研究时，我们心里就立刻知道，我们所谓哲学研究，并不是因个人对于希腊的研究有兴趣而去读希腊哲学家的著作，或是因个人对于德国的研究有兴趣而去读德国哲学家的著作，等等，乃是：离了所有这一切，我们承认有哲学的这一件东西存在，他有他自己的独立的兴趣与历史，他是一个整体，而非各部分的总合物。换一句话，就是我们承认哲学是统一的；是一个独立的研究的对象。我们研究他，应该通时与地与人与种类而一以贯之，而作彻底的全部的研究。

　　于历史，于艺术，于生物学，于社会学，于经济学，也都是如此。我们研究他们也都同研究哲学一样，以他们为一个整体，而承认他们是统一的，是一个独立的研究的对象，而通时与地与人与种类而一以贯之，而作彻底的全部的研究。

　　为什么文学独不然呢？为什么文学只有局部的人的，时的，地的，种类的研究，而却不能有全体的，一贯的研究呢？为什么大学中，只有英国文学门，法国文学门，德国文学门等等，而独没有专门研究"文学"的一科呢？哲学，历史，经济学，生物学他们也不是没有局部的研究，如他们也有希腊哲学，印度政治史等等，但他们总是同时有超于局部的研究的全体的统一的研究，为什么文学独不然呢？

这实在是一件很奇怪，很不可解的事。

有的人说，现在各大学里不也是有"比较文学"（Comparative Literature）这一科么？我们不也是有"文学的哲学"（The Philosophy of Literature）这个名词么？难道这些不是文学的统一的全体的研究么？

这句话是不对的。比较文学诚然是向文学的统一研究的较近的路，但决非就是文学的统一的研究。因为：他不过取一片一段的文学而比较研究之，不能认为全部的研究。并且他的名字也很奇怪；谁又曾听见人说过"比较哲学"，"比较经济学"或"比较生物学"等名辞呢？同样的，文学的哲学也决不能认为文学的统一的研究。因为文学的哲学，不过是文学的全部研究中的一个元素，以为他就是文学的研究，正好比是说经济学他自己是一个好的做生意人一样。

文学的统一观，现在研究文学的人理会到他的还极少呢。

我们不明白这个理由，只可以说现在文学研究的程度还不深。莫尔顿（R. Moulton）以为文学研究正在开始，这句话实是非常的对。

二

文学的统一观为什么是必要的呢？因为第一在文学研究的自身上说来，实是有统一研究的必要。

以前的文学研究都是片段的，局部的；知道一个人的文学，却不知道他在文学史上的地位；知道一个时代的文学，却不知道他的前面的来源与后来的结果；知道一个地方的文学，却不知道他与别的地方的关系，他所影响于人的，或是他所受于人的影响；知道一种的文学却不知道别的文学的详细。如此研究文学的人，对于文学不能有全体的统一的观念。不惟于文学这个东西永远没有具体的见解，就是局部的研究的自身也不能得完满的成功。譬如讲到文学的起源，如非综合世界各国的最初文学的方式而研究之，又怎么知道他是从哪一种形式起的呢？又如讲文学的进化，如非综合世界全体的文学界的进化的历程，又怎么会明白文学的进化究竟是怎么样的呢？至于论文学的原理，论文学的艺术，也是非把全部的世界文学界会于一处而研究之不能得最确真的观念的。总之，如非把文学为统一的全部的研究，我们对于文学是很难得真确的完全的知识的。

又如讲英国的文学，如不知法国文学，德国文学，希腊，腊丁文学的究竟，又怎么知道他们对于他的影响呢？但丁的《神曲》，荷马的《依利亚特》和《亚狄赛》，贵推的《法乌斯特》[2]，我们都知道他们于英国文学界里极有影响。但但丁在意大利文学史的地位，如何呢？《神曲》的内容如何呢？荷马，贵推的作品的思想与艺术与其在本国文学史里的地位又是如何呢？如此研究英国文学，又非同时研究希腊德国等文学不可了。同样的，在法国文学里，也有英国的影响，德国及希腊等等的影响；只专门研究英国或法国的文学是并不能彻底的知道英国或法国的文学的。又如讲文艺复兴时代的文学，不知道希腊与希伯来的文学，又怎么知道他的来源，怎么知道他的复兴的原因呢？或是不知道文艺复兴后的欧洲各国的文学的起源，又怎么知道文艺复兴的结果与影响是如何呢？诸如此类之例，举之实不胜枚举。总括一句话：就是文学的时与地与人与种类，都是互相关连的；不于全体文学界有统一的研究，则于局部的研究也不能有十分的精确与完备的见解。

超于文学研究的自身的关系，还有第二种更重要的原因，使得文学研究者乃至一般的人必须具有文学的统一观。

"一国的文学，就是一国的历史的反映，这是人所共认的。文学是超出于个人的一种出产品。"这是莫尔顿的话，[见《世界文学》（*World Literature*）第 429 页。] 我却以为世界的文学就是世界人类的精神与情绪的反映；虽因地域的差别，其派别，其色彩，略有浓淡与疏密之不同。然其不同之程度，固远不如其相同之程度。因为人类虽相隔至远，虽面色不同，而其精神与情绪究竟是几乎完全无异的。无论人类的文化程度的高低如何，终是人类，终是同样的人类；虽文化至高之人类，其喜怒与食饮与居住的本能——原始的本能——终是不能有一点消减的。高尔该[3]说："我们没有一种'世界的文学'（Universal Literature）。因为现在还没有全世界通用的文字，但是所有的文学的创作品，散文或诗体的，却满注着一切人类所共有的感情，所共有的思想，理想的分子，人类的对于精神自由的快乐之神圣的热望的分子，人类的生活痛苦之厌恶的分子，他的更高的生活方式之可能的希望的分子，并且还满注着那些不能用文字或思想定义，又难能以感情理会得的，我们所谓'美'的神秘的东西，他们能回复一朵永久的更光明，更快乐的花在世界上，在我们自己的心里。"

---

[2] 即歌德的《浮士德》。——编者注
[3] 通译"高尔基"。——编者注

又说："他告诉我们说，中国人 Hen-Toy[4] 对于妇人爱情之苦闷的不满足同西班牙人 Don Juan[5] 是一样的；Abyssinian[6] 也唱同一的爱情的苦乐之歌，如法兰西人所唱的；一个日本的 Geisha[7] 的爱情是与 Manon Lescant[8] 的爱情有同等的情热的。人类寻求妇人，他的灵魂的，他的欲望所放出来的火焰，一切地方，一切年代都是同样的。谋杀者之为人憎恨，在亚洲与在欧洲是一样的；俄国的可怜虫 Plushkin[9] 之使人怜悯与法国的 Grandet[10] 是一样的；所有国家里的伪善者 Tartubes[11] 是一样的，无论什么地方里的愤世者 Misathropes[12] 也都是一样的可悲悯的；而每一个地方，每一个人也都是一样的为精神的武士 Don Quixote[13] 的可爱的幻象所愉悦的。要之，一切的人，说一切的语言的，都常常的讲到关于他们自己的及他们的命运的同样的事情。"（见《新青年》八卷二号，我译的《文学与现在的俄罗斯》）。[14]

由这个人类本能的同一观，我们可以知道表现这个人类的同样的本能——精神与情绪——的文学，也是必须，"一视同仁"，决不容有什么地域的人种的见解了。

莎士比亚的文学，在英国感动了许许多多的人；在德国也感动了许许多多的人；决不因为他是英国的，就不去理会他。安得列夫的《红笑》，在俄国感动了许许多多的人；在日本也感动了许许多多的人；决不因为他是他们的敌国俄国的文学，就不去理会他。同样的，克洛林科（Korolenko）的《玛加尔的梦》，虽然叙的是西伯利亚

---

[4] 所指不详。
[5] 通译"唐璜"。——编者注
[6] 非洲埃塞俄比亚人，旧译阿比西尼亚人。——编者注
[7] 译为"艺妓"。——编者注
[8] 拼写有误。应为"Manon Lescaut"，意大利歌剧作曲家普契尼的作品《玛侬·莱斯科》中的同名主人公。——编者注
[9] 通译"泼留希金"，果戈理小说《死魂灵》中以吝啬著称的人物。——编者注
[10] 通译"葛朗台"，巴尔扎克小说《欧也妮·葛朗台》中以吝啬著称的人物。——编者注
[11] 拼写有误。应为"Tartufes"，可译成"达尔杜弗们"，指莫里哀喜剧《伪君子》主人公达尔杜弗一类的伪善者。——编者注
[12] 拼写有误。应为"Misanthropes"，可译成"愤世者们"，指莫里哀喜剧《恨世者》（*Misanthrope*）主人公阿尔赛斯特一类愤世嫉俗的人。——编者注
[13] 通译"堂吉诃德"，塞万提斯小说《堂吉诃德》的同名主人公。——编者注
[14] 此文是高尔基为苏联"世界文学丛书"出版社首次推出的"世界文学丛书"书目写的前言。英译文刊载于英国《雅典娜神殿》（*Athenaeum*）周刊1920年6月4日、11日两期。郑振铎转译自英文。——编者注

的民间的事，我们中国人读他时，心弦也总为他抽紧了。《在战火下》与《光明》（此二篇小说皆法国比尔塞在欧战时所作，）虽然是德国或奥国人看了，他们的眼泪也要为流出了。

所以文学是人生的反映，人类全体的精神与情绪的反映。决不宜为地域或时代的见解所限，而应当视他们为一个整体，为一面反映全体人类的忧闷与痛苦与喜悦与微笑的镜子。

由文学的统一，为许多不同颜色的圈子所圈住的不幸的分割开的人类，也许可以重复统一。

人们是一体的；既由文学中看出一切人的情绪，呼号的，痛苦的情绪，谁复忍互相践踏。

三

有许多人看到这个地方，也许会发生疑问：文学的统一观固然是必要的；但文学究竟可以有统一的研究的可能么？在这个问题中，他们的疑问大概可以有二点：

（一）文学的统一研究是有特别的困难的。因为文学虽包含同一的人类的精神与情绪，然而现在世界还没有统一的言语与文字；各国都用各国自己的文字来写下他们的作品。在这种情形底下，文学怎么会有文学统一研究的可能呢？一个人总不会是万能的，决不能把所有的世界各国的文字都能理会得；——现在世界的文字的种类是如何的复杂繁多呀！——都能读得，研究得一切的世界的文学。而普通人要得世界文学的兴趣，更是绝对的不可能；他们除了本国的文字外，别的国家的文字是都是不懂得的。如此，文学的统一研究，又怎么是可能的呢？即使研究文学乃至看文学书的人，可以自由使用本国的文学译本，然而文学书的译本，果就是原书么？原书的价值与兴趣不会因一转移间而至消减至最少程度么？进一步说，文学书是能够译得来的么？文学是作者的情绪与灵感的表现，在他们情绪忽生之际，或当脑中灵光一闪之际，他们的作品自然会潇潇洒洒的写了下来，使作者自己以后再写，恐怕也不能与以前所写的一样，何况是别一个人译他呢？况且文学差不多总是带有地方的色彩的，这种色彩往往是在他们本地看来，是活泼泼的，移了一个地方就不能把他表现出来了。——就是勉强表现出，也是要减色不少的——还有一层，情绪与想象，乃至思想表现于文学中的，往往与"文字"是结合在一块的。文字一变换，这种情绪与想象与思想就也要跟他们一块变了。

况且，还有一个问题，即使文学书勉强能够译，译出来的文学书又足以供给研究文学者乃至具有世界兴趣的读者的需要么？现在的无论哪一个国家，就是最能包含别国文学的英德二国，都不能把世界各国的文学包括一个大体。

在这种情形底下，文学的统一观又怎么会有构成的可能呢？

（二）文学与哲学及其他各种科学不同，他是一种艺术。文字的单位是一个字或是一个习语，文学最小单位是一首诗，或是一篇短小说。在哲学，生物学，经济学乃至历史里，我们所记载，所讨论的只是事实，只是报告，只是报告的分类。至于关于文学的报告就不然了。他的报告差不多是最贫瘠的。这种研究所需要的是想象的知识，及文学的东西在读者趣味上，在他的艺术的与精神的变动性上所起的反响。在这么多的单位，在这样深藏莫测的赏鉴的基础上，文学怎么能包括一切而为一个统一的研究呢？

四

对于这两个疑问，我可以答复如下：

（一）现在我们人类还没有统一的文字，文学统一观的成立自然不免有些困难。但却决不是绝对的不能成立。因为我们"可以自由使用本国的文学译本"，以研究别国的文学。虽然是连一国的外国语都不懂的人，也可以藉本国的译本，来为文学的统一研究，或得到世界文学的兴趣的。

至于讲到文学书的译本是不是就是原书？原书的价值与兴趣能不能因文字的转移而消减至最少程度？那末，就要讨论人文学书能够译不能够译的问题了。关于这个问题，我在本报十二卷三号上，曾有一篇《译文学书的三个问题》讨论到。在本报十二卷五号上，沈泽民君又有一篇《译文学书三问题的讨论》，专来和我讨论这个文学书究竟能够译否的问题。我本想再做一篇论文来答复沈君，现在既在这个地方，又发生了这个问题，我就在此再讨论他一下，不再做这一篇论文了。

我的文学书能够翻译的意见还是坚持着。我以为文学书如果译得好时，可以与原书有同样的价值；原书的兴趣，也不会走失。就是中等的忠实的翻译家也能把原书的价值与兴趣搬到译本上来。

作者的灵感与情绪，诚然是刻刻变更的，是一闪而过的；有许多作品，诚然是叫他们自己再写，也不能写得那样有精神；然而译他时，却与重作不同。译者看作者的原文时，作者的灵感与情绪自然会由文字的介绍而重生在译者的心中。如果译者不是一个与作者的灵感与情绪极不相同的人，他的译本，未有不能达出——照样的达出——作者所含于原书的灵感与情绪的，况且作者的灵感与情感是存在原书的文字中的；如果把原书的文字，忠实无讹，不漏不支的翻译过来，原书中所言的灵感与情绪也是可以跟着移植过来的。所以就是一个中等的忠实的翻译家也能办到这一层。

至于讲到地方的色彩这一层，我以为也与灵感与情绪一样，不发生什么问题。克洛林科的《玛加尔之梦》其中所描写的地方色彩在周作人君的译文里，竟能充分地表现出来。如果《水浒》能译成外国文，我想鲁智深与李逵诸人的神气与口吻，也非不能在译本中达出的。非中国的人，也许脑中毫没有李逵或其他诸人的印象在，然而这也不关紧要；他们的印象，深深地刻在《水浒》中呢。看了《水浒》就可以脑中也深深的刻上他们的印象了。况且翻译的人，对于所译的原书的出产地方，总是稍为熟悉的；决不会茫然无知的。——这一层自然非所语于转译者，——译者既然熟悉其地方的人情风俗，地方的色彩的传达，自然更是毫不费力了。

情绪与想象乃至思想表现于文学中的，虽是存在于文学书的文字中，然而决非坚固的结合在一起的。这一层我在我的《译文学书的三个问题》中已讲得很明白："在 *Element of Style* 一书中，Rannie 证明'大多数的"表白"（Expression）是可以随人之意的，所以他与思想是分离的。'譬如思想是水，'表白'是载水之器，无论载水之器的形式如何变换，水的本质与分量总是不会减少的。既然同一的思想能由作者任意表现之于无论何种的'表白'或'风格'中，那末我们就不能有理由去疑惑说，思想是不能表现在一种以上的文字中了。"这一段话，虽然说的只是思想，然而情绪与想象与文字的分离也可以用同样的解释。因此我们知道，原书的文字虽然变换，原书的情绪与想象与思想是决不会因文字变形了。而他们也会变形了的。

由此可知：翻译的不可能说，是没有成立的基础了。由此可知：凡从事于文学的统一研究，与凡有世界文学的兴趣的，都可以不疑惑的尽量的自由使用一切文学书的译本了。

至于讲到现在中国乃至其他各国的文学译本太少，不足以供具文学的统一观的人的研究，这倒真是一个困难的问题。但我们却决不足因此而疑惑文学统一观的不能成立。正因以前的时候，研究文学的人都不大注意文学的统一观，所以他们不大注意于世界文学书的介绍。如果我们有了文学统一的观念,译本自然也大批的发现出来以应大家的需要。"只有先有需要,然后才有供给;决不会有了供给,才发生需要。"

不过,文学书的需要翻译究竟是一件困恼的不好的情形。因为一本书要费了两三重的心力,才能达到我们的视线,未免太不经济了。这种困恼与不经济我们是要归咎于没有世界的文字的原故。如果有了世界通用的文字,又何必费了许多翻译的劳力呢?可怜的人们呀!不知有多少的兄弟们的心力,因为受你们的划了许多不同颜色的圈子,自相隔离的影响,而牺牲于翻译的事业上呢!

(二)这个问题,是专就文学研究上讲的。文学与哲学,生物学等科学虽然不同,然而"文学的研究"却也与文学的自身不同;他与哲学等一样,也是一个科学,不是艺术。他的研究的单位虽然与别的科学的单位,略有不同,然而研究的情形究竟是一样的。植物学的单位是各种的植物;人类学的单位,是人,——古代的化石等;"文学研究"的单位是诗,小说,戏曲等。虽然他的单位繁杂,但也不是没有综合的研究的可能的。

"文学研究"有时也需要想象的知识及文学的东西在读者趣味上,在他的艺术的与精神的变动性上所起的反响,然而他究竟是超于"赏鉴的基础"上的。"文学研究"的任务,不仅是指出某部小说有价值,某本诗对于某时代或某地方有非常大的影响,或是说那一本文学书是永久的,普遍的东西,他里面所包含的思想是如何;这也许是"文学研究"的任务的一个,然而"文学研究"的更重大的任务却不在此,而在综合人类所有的文学作品,以研究他的发生的原因,与进化的痕迹,与他的所包含的人类的思想情绪的进化的痕迹的。

就讲"赏鉴"吧。赏鉴的基础,虽然人各不同,地各不同,时各不同,然而究有其共同之点,决不会是"深藏莫测"的。具有文学的统一观的人都是同样的以世界的文学界为观察点的,观察点同,赏鉴的基础自然不会十分差异了。

所以,就这个问题讲来,文学的统一研究更可以见是并非不可能的!

五

在这个地方,有一个问题似乎也应该连带的提起,就是:莫尔顿(Moulton)也是极力主张文学的统一观的——他大概是世界中主张这个学说的最初的人,——他的文学统一观如何?与上面所讲的是同呢还是不同呢?

莫尔顿之文学统一观的要求的呼声，同我是一样的，并且我的这种观念也是最初的由他唤起的，我殊觉感谢他；但是他的统一观，却是不彻底的，与我的颇为不同；我却是不能赞成他的。

在他的《世界文学》上，有几段话，把他的主张讲得很明白：

"我们可以承认，'世界文学'（World Literature）这个名辞，可以合法的用在一种以上的意义上；我却要完全把他规定在一个固定的，特别的意义上。我要把'世间文学'（Universal Literature）与世界文学分别开来。'世间文学'的意义只是所有一切的文学的总合数。世界文学，在我用这个名辞的意义上，却是从一个特定的观察点上所见的'世间文学'，这种观察点或可以由观察者的国家立足点上发出来的。这两个名辞的区别，可以用地理学与风景画艺术对于同一的地势所用的不同的方法来解释他。我们要描状一座一千尺高的山，一个不到四分之一亩大的围绕以树木的池，一个倾斜到一百尺高的草地，一个约有四百尺长的湖。在地理学上，自然要认识这些地形；自然必要把他们一起描状出，照他们真确的面积。但是风景画却要开始固定一个观察点：从这个观察点，所有那些地形的元素都以他们的相互的关系显出。远隔的山峰可以缩小至一个雪点；那方池水也许是显著的中心，每棵树木都分别显出；草场在远处只有一点柔草可见；在反对方面，那个大湖在地水线上只显出一丝银色的条痕。同样的观测，世界文学对于英国人与对于日本人是不同的：莎士比亚对于英国人如此的显出伟大的，对于日本人却只需很少数的状容，而中国的文学，在一种文学的风景图上成为前景的，在别一个地方，也许是并不注意的。世界文学就是对于英国人与法国也是不同的东西；只因这两个民族历史的相同，所以这两个风景图的构成元素很是相同，所不同的只是部分的分配。还有更甚于此的。世界文学对于在同一国度的各个人也是显出不同的：一个人有一个较大的观察点，因此，取得更多的'世间文学'；或者学生或有影响及于他的教师的个性，成了一面灵视镜，把全部的复杂的事实聚焦点于他自己的个人的排列上。在这种情形上，'世界文学'是一个真的统一体；而这个统一体又是所有的文学的统一体的反映。……"

莫尔顿的这种见解实是极不彻底的；他既然承认文学有统一研究的必要，为什么仍然不把人类当做观察的出发点而以一国为观察的出发点呢？以一国为观察的出发点，那末，必如画风景图一样，要把一个极大的山峰，只画成一点，把一个极大的湖水，只画成一线，把一个不及四分之一亩的小池当做研究的中心了。如此，仍然是部分的研究，不是全体的统一的研究了。如此怎么能讲得到以文学为一个整体，为一个独立的研究的对象呢？莫尔顿的文学统一观，所以，我以为，虽是较别的只研究一国的文学，一个时代的文学，一个种类的文学或一个人的文学的稍为进步些，然而仍然是十分不彻底的。

研究文学，就应当以"文学"——全体的文学——为立场。什么阻隔文学的统一研究的国界及其他一切的阻碍物都应该一律打破！

或有人说："如你所主张的，文学的研究不至变为'非统一体'么？莫尔顿以一国为观察的出发点；有关于其国的文学进化的则引入之；关系少的，则引入亦少；没有关系的，则置之不复注意。如此，才可以显出文学的有机的进化，如此，才可以显出文学为一个浑圆的统一体。如你所主张的，则是总会一切毫无历史关系的文学系统于一处，谓之文学的统计则可，谓之文学的统一研究，恐怕有些不对吧？"

这些话的发生是因为不明白文学的统一研究是什么的原故。我们所谓文学的统一研究就是："综合一切人间的文学，以文学为主观点，而为统一的研究。"并不必管什么关系于国界的历史的关系。因为我们既然以世间一切的文学为研究的主体，所以，文学界的系统无论是如何的复杂而且众多，都可以视为一个浑一体。譬如地理学，虽然与风景画不同，虽然是综合一切地势，不漏不支而研究之；然而他固是一个科学，一个很完备的科学。谁也不能说地理学不是一个统一的浑一体。地理学如此，文学的研究自然也是如此了。

六

我的意见，在上面差不多已叙一个大概了。本想再详细的解释一下，因为限于篇幅，只得至此而止。最初的时候，也想附一个"世界文学表"在后面，以表明世界文学界所包含的内容，也因为限于篇幅，只得暂略而不详。因此，这篇文章只可算是一个提议，一个文学统一研究的必要的提议。

人们的觉悟，本来是最迟钝的。历史学的研究，至今已不知经几千百年了，而至现在才有威尔士（Wells）的《史纲》[15]出现，为人类的历史的最初的一部著作。

---

[15] 指英国小说家、历史学家威尔斯（Herbert George Wells, 1866–1946）所著的《世界史纲》（*A History of the World*）。——编者注

现在文学的人类化的呼声，方始闻于我们的耳中；一本人类的文学史不知哪一年才能出版呢？

我没有别的希望，我只深深的希望第一本的人类的文学史的出现。

这篇是一年以前的旧文字。因为忙碌之故，现在不能有改削的工夫了。文中有许多议论是从 Moulton 的"World Literature"里得来的，应该十分的感谢他。

二 | 全球化时代的世界文学

- 世界文学的语文学
- 是否应该修正世界文学的概念
- 作为一个世界的文学
- 世界文学猜想 / 世界文学猜想（续篇）
- 文学的世界体系
- 后经典、超经典时代的世界文学
- 东方主义与世界文学机制
- 翻译研究与世界文学

世界文学的语文学[1]

[德国] 埃里希·奥尔巴赫

导 读

埃里希·奥尔巴赫（Erich Auerbach），这位20世纪最富影响力的比较文学学者之一，依然以他非凡的视野、渊博的学识和略带忧郁的文风吸引着广大读者。奥尔巴赫于1892年出生于柏林，1913年在海德堡攻读法学。一战期间在德国军队服役后，他从法律转而研究罗曼语语文学，1921年以一篇研究法国和意大利早期小说的论文获得博士学位。当了几年图书管理员之后，他成为马堡大学的罗曼语语文学教授。奥尔巴赫同他的朋友、同时也是竞争对手的恩斯特·罗伯特·科迪厄斯（Ernst Robert Curtius）和列奥·斯皮策（Leo Spitzer）共同拓展了语文学研究，借助对文体的密切关注切入文学作品的深度研究中。奥尔巴赫特别执迷于探索现实主义小说的起源。比如，他在早期的一篇重要文章《喻像》("Figura"）中指出，中世纪寓言的力量源于超验的宗教意义与具体的世俗现实的融合；而这一视角也贯穿于早期重要著作《但丁，世俗世界的诗人》（*Dante, Poet of the Earthly World*, 1929）。

纳粹的兴起打破了奥尔巴赫在德国安宁的学术事业。在1935年对犹太学者的大清洗中，奥尔巴赫被剥夺教授职位，之后随列奥·斯皮策在伊斯坦布尔大学任教，直到战争结束。就在那里，奥尔巴赫完成了他的杰作《摹仿论：西方文学中再现的现实》（*Mimesis: Dargestellte Wirklichkeit in der abendländischen Literatur*, 1946），1953年译成英语出版。《摹仿论》追溯了从古代到20世纪现实主义小说的发展，对《圣经》、荷马、但丁、拉伯雷到普鲁斯特、维吉尼亚·伍

---

[1] 首次以德文出版，收录于献给弗里茨·施特里希（Fritz Strich）七十大寿的文集 *Weltliteratur: Festgabe für Fritz Strich zum 70 Geburtstag*, ed. Walter Muschg and Emil Staiger (Bern: Francke, 1952), pp.39-50。施特里希的《歌德与世界文学》(*Goethe und die Weltliteratur*, 1946) 是一部战争年代写就的类似《摹仿论》(*Mimesis*) 的著作。

尔夫等众多作家的经典文本进行了令人眼花缭乱的细读。奥尔巴赫的分析紧紧围绕文体问题,渗透到每一部作品的灵魂深处,而《摹仿论》囊括一切的蔚然风范也强有力地展现了一位学者将已经被接连不断的世界大战打得四分五裂的欧洲文化传统又重新整合到一起的能力。《摹仿论》既是对文学超越地方局限的思考,也是奥尔巴赫自己在战争流亡期间危险处境的产物。

战争结束后,奥尔巴赫离开欧洲来到美国,先在宾夕法尼亚州立大学,之后转入耶鲁大学任教。1957年去世后,他在耶鲁期间的研究成果集成《近古与中世纪的文学语言及其读众》(*Literary Language and Its Public in Late Antiquity and in the Middle Ages*, 1958)和《欧洲戏剧文学的场景》(*Scenes from the Drama of European Literature*, 1959)两部文集出版。奥尔巴赫于1952年发表的《世界文学的语文学》一文,将自己的方法论置于广阔的历史运动的语境下。他强调战后现代性所呈现出的世界格局的两面性:我们可以在比以往任何时代都更为广阔的范围中阅读和欣赏文学作品,尽管全球化导致世界单一文化的威胁也是前所未有的。个别学者也有责任和机会面对多样化的过去和大众化的现在,而他们依赖的也恰恰是奥尔巴赫自己著述中强烈体现的直觉、阅读与研究的组合。

* * *

明白你想要寻找的是发现的重要组成部分。

——奥古斯丁:《旧约七经问答》

一

同歌德一样,如果要把世界文学(Weltliteratur)一词与过去和未来联系起来,那就该是深究这个词的含义的时候了。世界文学的领域——我们的地球,不单单指普遍具有人类特征的东西;相反,它认为人性是人类成员之间丰富交流的结果。世界文学的设想是"幸福的堕落"(felix culpa):人类分化成多种文化。然而,到了今天,人类生活已经标准化了。原本派生于欧洲强势的同一化过程仍在继续,因而削弱了所有的个体传统。确切地说,民族意志比以往任何时代都强烈、高亢,然而它们又促成现代生活的相同标准和形式;公正的观察者都清楚地看到民族存在的根基正在衰退。欧洲文化长久以来建立了富有成效的内在联系,充分意识到自身的价值,因此还保留着个性。然而,即使在这些民族文化中,均等化过程也比以往任何时候更加迅猛地发展。简言之，标准化无所不在。人类的一切活动都集中表现为欧美或俄国布尔什维克模式；不管在我们看来二者之间的差距有多大，相比于伊斯兰、印度和中国传统的基础模式，这些差距都是微乎其微的。如果人类能经得起如此迅猛的集中化过程——对这一过程人类精神还没有做好充分的准备——那么，人就必须习惯生存在一个标准化的世界上，习惯于一种单一的文学文化，只有少数几种甚或唯一一种文学语言。那么世界文学的概念在实现的同时又被毁坏了。

如果我的评价是正确的，那么，当代世界文学的强制性和对大众运动的依赖并不是歌德所设想的。他欣然回避了那些后来成为历史必然的想法。他偶尔承认我们这个世界的压抑趋势，但那时没有人意识到一种不利的潜在威胁会如此迅猛、如此突然地成为现实。他的时代的确是短暂的；而我们这些老一代人实际上已经经历了这个时代的消逝。欧洲民族文学从拉丁文明获得自觉性并超越了拉丁文明已经有五百多年的历史了；而我们历史感的觉醒——促成世界文学概念的那种历史感的觉醒——也差不多有两百年了。歌德去世已经一百二十年了，但他的作品提供的范例和激励对历史主义的发展，对衍生于历史主义的语文学研究，依然发挥着决定性的作用。而就在我们所处的年代里，有人认为这种历史感不再具有多少实际价值。

尽管歌德式的人文主义时期的确短暂，但它不仅具有重要的当代影响，而且开启了今天仍在继续并在扩展的许多东西。歌德去世之前所能够接触的世界文学种类比他出生时要多得多；然而，比起我们今天所接触的却微不足道。我们对世界文学的了解要得益于历史人文主义赋予那个时代的动力；那种人文主义的关怀不仅是对物质的公开发现和研究方法的发展，除此之外，渗透和评价体系促成了人类内在历史的书写——因此创造了在多重性中达到统一的人的概念。自维柯（Vico）和赫尔德（Herder）[2] 以来，这种人文主义就一直是语文学的真正目的；而正是因为这一目的，语文学才成为人文学科的重要分支。它描绘了艺术史、宗教史、法律和在其之后发展起来的政治学，并将自身编织到这些学科之中，形成了某些固定的目的论和普遍认同的秩序概念。而就学术成果和综合分析方面获得的益处本文无需回顾。

当形势和前景完全改变的情况下这种活动是否还有意义继续下去？这种活动在

---

[2] 启蒙时期的哲学家詹巴蒂斯塔·维柯（Giambattista Vico）在《新科学》（*La Scienza nuova*, 1725）中指出，必须在世俗而不是神学的范围内理解人类历史和机构。奥尔巴赫深受维柯重点关注法律与文学语言研究的影响，参见他的文章 "Vico and Aesthetic Historicism", *Journal of Aesthetics and Art Criticism* 8 (1950), pp. 110–118。

继续,而且在广泛传播,这个简单的事实不应过分强调。某种现象一旦成为一种习惯或制度就会持续很长时间,特别当那些认识到生活状况发生巨大变化的人既没有准备好,也无法实践他们所意识到的东西之时。少数才华出众、创造力非凡的年轻人热情地投入语文学和历史主义的研究活动中来,这是我们的希望。而他们对工作的直觉不会背叛他们,这一活动仍然对当前和未来都至关重要,这才是令人振奋的希望。

对现实进行的有条理的科学研究充斥于并控制着我们的生活;如果想要为之命名的话,那就是神话;别的都不具有这种普遍效力。历史是最直接影响到我们的现实科学,它最深刻地刺激我们,最有力地推动我们实现自我意识。它是人类借以完整呈现在我们面前的唯一一门科学。在历史的纵横交错中,人们不但要理解过去,而且要理解事件的普遍进程。因此,历史也包含了现在。过去一千年来的内在历史是人类实现自我表达的历史:这就是语文学作为一种历史学科所处理的主题。这一历史记录了人类在获得对自身境遇的意识和实现天赋潜力方面取得的巨大而冒险的进步;而这一历程,其最终目标(即使在当前完全碎片化的形式下)长期以来是难以想象的,尽管也走了一些弯路,但看起来依旧是按计划进行的。我们所能承受的全部张力都包含在这一进步之中。内心的梦想展开了,其规模和深度激励了旁观者,使他在见证这一戏剧性过程而充实自我的同时也平静地对待自己的天赋潜能。错过了这一景观——其出现完全依赖于表现与阐释——将导致无法弥补的贫乏。当然,只有那些没有彻底经受过这种丧失的人才能够意识到这一贫乏。即使这样,我们必须尽一切努力避免如此惨重的损失。如果我在文章开篇对未来的思考有一定合理性的话,那么收集资料并将其构成具有持续效力的整体就是一项紧迫的任务。我们基本上能够完成这一任务,不仅因为我们拥有大量可以利用的材料,而且更重要的是,我们已经继承了这项工作所必需的历史视角。我们仍然拥有这一历史视角的原因在于我们经历了历史多重性,而如果没有这种经验的话,恐怕这种意识也会丧失其鲜活的具体性。再者,在我看来,我们生活在一个能最大限度地实现反思性历史编纂潜力的时代(Kairos)[3];之后的很多代人是否属于这个时代还值得怀疑。我们已经受到忽视历史的教育体制所导致的贫乏的威胁;这种威胁不但依然存在而且有掌控我们的势头。不论我们是什么,我们都进入历史,而只有在历史中,我们才能维持自己的原样并进一步发展;占据世界人类历史领域的语文学学者的任务就是

---

[3] 希腊语 Kairos 指相对于单纯年代表的有益的时代或机遇;基督神学中,它尤其用来指危机时代或者新兴事物出现的时期。

要呈现这个事实，以便使其无法磨灭地渗透到我们的生活。在阿达尔波特·斯蒂夫特（Adalbert Stifter）的小说《夏日初秋》（*Nachsommer*）的最后一章"途径"（"The Approach"）中，一位主人公说："最伟大的愿望是想象人类在地球的历史终结之后，将会出现一个精灵出来调查和总结从出现到消失的所有人类艺术。"斯蒂夫特指的仅仅是美术。另外，我也不相信现在就能够对人类生活进行总结。但是，我们的时代是一个发生决定性变化的时期，因此进行迄今为止一次独特的调查研究也是可能的，这种说法是正确的。

世界文学及其语文学的这种概念似乎并没有先前的概念那么积极、那么实际、那么具有政治性。现在已不再像以前那样探讨不同民族间的精神交流、习俗的改良和种族的调和了。这些目标有的没有实现，部分原因在于它们已被历史发展所取代。有些卓越的个人、非常有学问的小群体一直都在这些目标的激励下享受着有组织的文化交流；他们也会继续这样做。但这种活动对文化或民族调和的影响不大：它无法承受对立利益的风暴侵袭——一种高强度的宣传就产生于这种对立性的利益——因此其结果也很快消解了。有效的交流发生于在政治发展之上已经达成一致的合作者之间；这种文化对话具有内部凝聚力，能加速相互理解，促进共同目标的实现。但对那些并没有凝聚起来的文化而言，存在着一种（对抱有歌德式理念的人文主义者而言）令人困扰的普遍联合，在这种关系中，（不同民族身份之间的）对立依旧会延续，除非一方征服另一方。本文倡导的世界文学概念——不同背景下共同命运的概念——尽管与所期待的相反，并不试图影响或改变业已开始发生的事情；当前的观念承认世界文化正趋于标准化这个不争的事实。此概念是针对那些处在多样性最后阶段并取得丰硕成果的民族而提出的，希望能准确而又自觉地描述那些有重大意义的文化融合以便记住他们。因此，经过如此阐释和表达的融合也就成了一种虚构。依靠这种方式，过去数千年的整个精神运动就不会在其中萎缩。预测这种努力对未来的影响不会产生什么结果。我们的任务就是创造这些影响的可能性；也只有在说过这番话之后，在我们所处的这样一个过渡时期里，这种影响才会有意义。或许这种影响会有助于我们以更加沉稳的心态接受我们的命运，这样我们就不会憎恨任何反对我们的人——即使当我们被迫摆出敌对姿态的时候。这就意味着，我们的世界文学观念与前此的观念相比，具有同样的人性和人文主义关怀；其隐含的历史理解——这是世界文学观念的基础——也与前此的理解不同，但却是那种理解的发展，没有前者，后者是无法想象的。

二

　　如上所述，我们从根本上能够完成世界文学的语文学的任务，因为我们掌握无限的、稳步增长的知识，又由于我们从歌德时代的历史主义继承而来的历史视角主义的意识。然而，不论我们对完成这项任务的前景抱多大希望，要面临的实际困难都是巨大的。如果要深入理解并完整地呈现世界文学的材料，就必须亲手掌握这一材料——或者至少是绝大部分材料。但是，由于这些材料、方法和视角是无限丰富的，彻底的掌握事实上是不可能的。我们拥有的文学跨越六千多年的历史，遍及世界每个角落，使用五十多种文学语言。我们今天了解的很多文化一百年前是无人知晓的；我们已经了解的很多文化也只是部分为人所知。至于学者们数百年来就已熟悉的那些文化时代，我们又发现了很多新的东西，以至于我们对这些时代的看法都发生巨大变化——也出现了很多全新的问题。除了这些困难，也必须考虑到，一个人不能仅仅关注某一个时期的文学；而必须研究这种文学发展的条件；必须考虑到宗教、哲学、政治、经济、美术和音乐；对上述这些学科的每一学科都必须进行可持续性的、积极的、个体的研究。因此，越来越多的精确的专门研究随之派生出来；这涉及特定的方法，使得在每个特定领域——甚至某个特定领域的每一种观点视角——都产生出某种神秘的语言。而这还不是全部。外来的、非语文学的或科学方法和概念开始进入语文学领域：社会学、心理学、哲学的某些门类和当代文学批评构成了这些来自外部的影响。所有这些因素都必须经过吸收和整理，哪怕是出于好意去证明它对语文学毫无价值。向来不在某一专业领域钻研，不与志同道合的少数人交往的学者，都生活在各种混乱的印象与主张之中：让这样的学者客观地评价这些领域和主张几乎是不可能的。但是，将自身限制于某一专门领域也越来越令人堪忧。比如，在当今时代做一个专门研究普罗旺斯语的学者，只掌握与其密切相关的语言、古体和历史事实，远远不足以成为一个优秀的专家。另一方面，有些专门领域如此广泛复杂，对其知识的掌握都需毕生的努力。比如但丁研究（很少有人称之为"专门领域"，因为公平地说，研究但丁实际要涉及各个方面），或者宫廷传奇及其相关的（有争议的）三个次主题，宫廷之爱，凯尔特文学和圣杯文学。有多少学者能把这些主题完全当做自己的研究领域呢？我们怎样才能说有一种学术的、综合性的世界文学的语文学呢？

　　今天的确有一些人能够掌握欧洲的总体情况；但据我所知，他们都属于两次世界大战之前成熟起来的一代。这些学者不能被轻易替代，他们那一代人以后，希腊、拉丁文学和《圣经》的学术研究——资产阶级人文主义晚期文化的中流砥柱——几乎到处都濒临瓦解。如果可以从我自己在土耳其的经历得出结论的话，很容易就可以看到同样古老的非欧洲文化中也发生了相应变化。从前大学里（以及在英语国家的研究生层次）被认为理所当然的知识现在必须通过学习获得；而这种学习往往太晚或者不充分。另外，大学和研究生院的学术重心也发生了转移；更多地强调现代文学和批评，即使在先前受到学术青睐的地方，也通常是巴洛克这样新近被重新发现的时期，或许因为它们处于现代文学偏袒或囊括的范畴中。显然，如果历史对我们有任何意义的话，那就必须将历史置于我们自己时代的环境和心智中来理解。但有才华的学生总是拥有并处于自己所处时代的精神之中；在我看来，他不需要学术训练就能够欣赏里尔克、纪德或者叶芝的作品。但他的确需要接受教育才能理解古代世界、中世纪、文艺复兴时期的语言习惯和生活方式，也需要学习用以探索这些时代的方法方式。当代文学批评的问题和范畴总是至关重要的，不仅因为它们本身具有独创性和启示性，而且因为它们表达了那些时代的心理意志。但其中只有少数能为历史主义语文学直接使用，或者用来替代真正的转换概念。大多数都过于抽象和含混，而且常常具有很狭隘的倾向性。它们对新手（和助手）具有诱惑力：即通过介绍一系列具体化的、有秩序的抽象概念而掌握大量材料的愿望；这导致研究对象的磨灭、虚幻问题的讨论，最终变成了赤裸裸的术语游戏。

尽管这些学术倾向困扰着我们，但我并不认为它们是真正危险的，至少对真诚的、有天分的文学学生并不尽然。另外，有才能的人总是能够获取历史和语文学研究不可或缺的东西，他们对流行的思潮也能够适当采取开放、独立的态度。比起前辈，这些年轻人在很多方面都有独特的优势。在过去的四十年里，历史事件扩展了我们的知识视野，揭示了对待历史和现实的新观点，对人际交流结构的观点也得以丰富和更新。我们的确参与了——现在仍然在参与——对世界历史的实际研究；于是，我们对历史问题的洞察和理论能力也有相当大的发展。因此，我们之前认为代表了资产阶级人文主义晚期语文学杰出成就的很多卓越作品，现在看来所提出的问题都是不切实际或有局限性的。今天似乎比四十年前的情况要简单些。

但综合的问题如何解决？一生的时间似乎太短暂都无法获得初步知识。集体的有组织的研究也不是答案，尽管集体可以发挥相当作用。我所说的历史综合，虽然只有建立在材料的学术渗透时才有意义，却是个人直觉的产物，因此也只能寄希望于个人。如果能够完美实现，我们将同时享受到学术成就和艺术作品。即使我随后将谈到的起始点的发现也是个直觉问题：综合的表现形式必须是统一的、有意味的，如果要发挥其潜力的话。当然这一作品最显著的成就来源于统一的直觉；为了实现其效果，历史综合还必须呈现艺术作品的样式。文学艺术必须拥有自治性自由这一传统主张——也就是说文学不能受科学真理的限制——几乎无法表达：因为就今天所呈现的情况看，历史主体对于问题的选择、问题的难度、相互的结合和具体表述等等方面提供了足够的想象自由。事实上，我们可以说科学真理是对语文学学者的一个有益限制；学科真理确保"真实"的或然性，因而退出现实（无论是通过细节粉饰还是模糊扭曲）的强大诱惑也被破碎了，因为现实是衡量或然性的准则。再者，我们关注的是内在历史与历史的综合，也就是作为欧洲文学艺术传统的一个种属（genos）：比如传统古典编年史就是一种文学种属，同样，德国古典主义与浪漫主义为建立自己的文学艺术表达形式而努力生产的哲学与历史批评也是一个文学种属。

三

我们再来谈谈个体。个体怎样实现综合？我认为他显然不能通过百科全书式的资料搜集。比单纯的事实收集更为广泛的视角是一个必要条件，但应当在过程伊始就实现，不自觉地、本能地作为个人兴趣的向导。但近几十年来的经验告诉我们，某一领域的材料收集，也就是以编写某种民族文学、伟大时期或文学种属的指南为目的而无穷尽的资料收集几乎很难形成综合并产生思想。其难度不仅在于个人很难掌握大量的材料（以至于集体合作的项目似乎是必需的了），还在于材料的结构本身。从年代、地缘或种类划分的传统已经不合时宜，也不能保证任何积极的、统一的进步。这些分类所包括的领域与综合分析所解决的问题场域并不重合。我甚至逐渐开始怀疑关于个别的伟大作家的专论——当然有很多非常出色的——是否适合我所说的这种综合的起点。当然，个别作家也同样体现了统一生活的完整性和具体性，这总比杜撰的统一性好；但同时，这种统一性终究是无法掌握的，因为它变成了个性总是渗入的那种非历史的不可亵渎性。

我印象最深的实现了历史主义综合视角的著作是恩斯特·罗伯特·科迪厄斯（Ernst Robert Cuitius）研究欧洲文学和拉丁中世纪的著作。我认为这本书成功的原因在于这样一个事实，尽管采用了一个广泛普遍的题目，但它开始于一个清晰的预先设定好的、几乎狭小单一的现象：经院哲学修辞传统的幸存。尽管动用了大量庞杂的素材，这部书最精彩的部分不是很多事实的简单堆砌，而是从几个因素开始向外辐射。该书总的论述是古代世界在拉丁中世纪的幸存，及其古典文化对中世纪新兴欧洲文学的影响。当一个人抱有如此普遍和广泛的目的的时候，开始时无所作为。处于研究初始阶段的作者只想呈现如此广泛的主题，面对的是大量无法着手的毫无次序的多种材料。假使机械地搜集这些材料——比如，依据一系列幸存下来的单个作家的作品，或者整个古代世界至中世纪一个接一个世纪的延续——勾勒如此大批材料的大纲则几乎无法实现系统阐释的目的。只有发现一种既有明确界限又便于理解和可以作为核心起点的现象（这里指的是修辞传统、特别是传统主题）使科迪厄斯的研究计划才有可能实施。科迪厄斯选择的起始点是否令人满意？是否是实现他的目的的最佳选择？这些问题无需在此论述；因为即使人们认为科迪厄斯的起点并不恰当，他取得的成绩依然令人羡慕。科迪厄斯的成就遵循了下面这个方法论原则：为了完成重大的综合性研究，选择一个起点是必需的，它就好像是主体可以掌控的手柄。起点必须选自一系列有清晰界限、容易辨识的现象，而对这些现象的阐释就是现象自身的辐射，这种辐射涉及并控制比现象自身更大的一个区域。

这种方法已经在学界流传很久。比如，文体学一直以来都使用这种方法以便从一些确定的特征出发描述某种文风的独特性。但我认为有必要强调这一方法的普遍意义，它是唯一能够促使我们书写一部具有广阔背景、综合而具有引申意义的内部历史。这种方法也能促使年轻学者甚至是初学者实现这一目的；一旦直觉找到了有利的起点，相对少量由适当指导的通识知识就足够了。在详细描述这个起点的时候，知性视角自身充分自然地扩大，因为材料的选择是由起点决定的。因此，描述如此具体，其各种组成因素如此紧密相连，所获得的也就不会轻易丧失：在有秩序的阐发过程中，结果获得了统一性和普遍性。

当然，在实践中，总的意图并不一定总是先于具体起点。有时人们会发现一个单一的起点就足以引发总体问题的发现和构想。当然，只有问题的倾向性业已存在时这种情况才会发生。因此有必要说，一个综合性的总意图或问题本身并不是自足的。我们需要寻找的是可以部分理解的、尽可能划定界限和具体描写的现象，因而能够用技术性的语文学术语来描述。问题便可以依次展开，这样关于最初意图的阐释也就切实可行了。在另一些时候，一个起点是不够的——需要有几个；然而，一旦找到了第一个，其他的便比较容易获得了，特别是这些起点不但彼此相关，而且汇聚到一个中心意向时。因此,这是个专门化问题——不是材料分类的传统模式的专门化——而是对需要重新发现的已有材料专门化的过程。

起点可以是多种多样的;在这里详述各种可能性的确不切实际。好的起点一方面具有具体性和精确性的特征;另一方面,又具有离心辐射的潜力。语义阐释、修辞转义、句法段落以及特定时间和特定地点所说的一句话或一系列评论——这些都可以作为起点,但一旦选择了,就必须具有辐射力,有了这种辐射力,我们就能研究世界历史。如果想要考察19世纪某位作家在某个国家或整个欧洲的地位,那么这项调查就必将产生有用的我们一定会珍惜的参考书(如果它包含了此项研究的所有必需材料)。这种书有它的用途,但如果从作家的公开言论出发,就更容易实现我们所说的综合了。同样,如果找到了促进一般主题的适当起点,那么所研究的就只能是不同诗人之永恒声誉这样的主题。很多国家研究但丁声誉的现存作品当然是不可或缺的;但如果要考察从最早的评论家到16世纪以及自浪漫主义以来的对《神曲》各部分的阐释,必将出现一部更有意义的作品(这个观点是厄文·潘诺夫斯基[Erwin Panofsky]提出的)。这将是一部精确的精神历史(Geistesgeschichte)。

好的起点必须是准确的和客观的;这样或那样的抽象范畴毫无用处。因此,"巴洛克"或"浪漫派"、"戏剧性"或"命运观"、"张力"或"神话"、"时间概念"和"视角主义"等概念是危险的。在特定语境下具有明确意义时是可以使用这些概念的,但作为起点它们却过于含混和不确定。因此起点不能是外界强加给主题的普遍性,而应该是主题的有机组成部分。研究对象应该能够自我阐释,但如果起点没有清楚明确的定义,这将永远无法实现。无论如何,即使拥有最好的起点,为了突出研究对象,大量的技巧是必不可少的。现成的概念虽然有诱惑力但颇具欺骗性,且并不具有普遍性,因为它们的基础是诱人的声音和时髦,当学者丧失了与研究对象的精神联系时,它们时刻准备介入。因此,撰写学术著作的作者常常禁不住诱惑,用陈词滥调替代真正的研究对象;当然也有很多读者上当。由于读者很容易轻信这一替代,避免这种侵入的任务就落在了学者身上。抱有综合意图的语文学学者研究的现象包括自身的客观性,这种客观性决不能在综合过程中丧失;实现这个目标是最困难的。当然,我们不能因为特定情况而沾沾自喜,而应该力求被整体的运动所推动或激发。但只有当组成整体的所有特性都作为本质而被掌握时才能发现最纯粹的整体运动。

据我所知,我们还没有尝试过世界文学的语文学综合,西方文化中朝这个方向努力的初步尝试并不多见。但我们的地球越是紧密发展，历史综合就越需要通过扩展其活动来平衡其收缩过程。让人们意识到自己的历史是一项很重要的任务，但考虑到人不仅生活在地球上，而且生活在整个世界甚至宇宙上，这项任务就显得很渺小了，更像是一种弃世。但过去的时代敢于尝试的事情——确定人在宇宙中的位置——如今看起来是遥遥无期的目标。

无论如何，语文学的家园都是地球，而不再是一个国家。语文学学者继承的最珍贵、不可或缺的传统仍然是自己民族的文化和语言。然而，只有当他先脱离了这个传统，再超越它，这一传统才具有真正的效力。具体环境已发生已经改变，我们必须回归到前民族时代的中世纪文化就已形成的认识：精神是无国界的。"知识的贫乏导致对异域背景的无知"（Paupertas and terra aliena）：沙特尔的伯纳德（Bernard of Chartres）、萨尔兹伯里的约翰（John of Salisbury）、让·德默恩（Jean de Meun）等许多人都有过相似的言论。圣维克托的休格写道："德性的伟大基础……在于一点点地学习掌握可见世界的精神，在于首先领悟短暂世界万象的真谛，以便将来再将其放弃。认为家乡甜蜜的人是幸福的，而四海为家者才是强大的，但把整个世界作为流放地的人才是真正完美的。"[《研读三术（三）》]休格的这席话本打算献给试图摆脱世界之爱的人，但对那些希望能为世界增添崇高之爱的人也是一条很好的途径。

（尹星 译）

是否应该修正世界文学的概念

[法国] 勒内·艾田伯

导 读

艾田伯 (René Etiemble, 1909–2002) 是 20 世纪最有影响的比较学者之一，同时也是小说家，以及他那一代人中最博学的作家之一，他敏锐而富于辩才的著作和论文拓展了比较文学研究的疆界。他的重要著作《比较不是理由》(*Comparaison n'a pas raison*) 采用了一个符合其机智特点的标题，以此表明法语"比较"一词没有抓到比较文学的核心。在漫长的一生中，艾田伯（在余生中他经常只用他的姓氏）出版了许多研究法国语言文学及比较文学与世界文学的著作。他以研究诗人兰波的三卷本巨著，以及捍卫训练有素的思想活动和法语的规范使用，而在法国享有盛名。他 1964 年写的《你会说法英文吗?》(*Parlez-vous franglais?*) 一书，讽刺了美国词汇在战后法国的盲目输入。这本书的题目"你会说法英文吗?"把"法英语"(Franglais) 一词引进到法语中。

终其一生，艾田伯都是一个坚定的国际主义者。从 20 世纪 30 年代起，他就一直主张将文学研究扩展到欧洲之外。艾田伯出生于工人阶级家庭，靠奖学金在巴黎上大学，他在那里学习了中文和中国文学、哲学，这一兴趣维持了一生。他写有论儒家、道家，以及中国的耶稣会传教士等专题的著作。第二次世界大战期间，他在埃及亚历山大大学任教，并同埃及作家塔哈·侯赛因 (Taha Hussein) 合作编辑出版了一份文学杂志。战后他回到法国，1955 年起担任索邦大学比较文学教授，直至 1978 年退休。与此同时，他还主持编译了"认识东方"丛书，该丛书出版了五十种亚洲、中东文学作品及选集，推进了世界文学研究。艾田伯在 1988 年出版的著作《全球比较主义概观》(*Ouverture(s) sur un comparatisme planétaire*) 中主张作一个真正的"全球比较主义"践行者，他的整个一生及众多著作实践了这一点。

收入本书的论文选自艾田伯 1974 年出版的《总体文学论文集》，文中认为，歌德提出的世界文学概念已经过多地被应用到欧洲文学关系中，应该在全球的基础上被重新建构。

怎么能对最近批评世界文学（Weltliteratur）概念的现象而丝毫不感到惊讶呢？A. 贝兹克（A. Berczik）把世界文学比作一场盛大的音乐会，怀疑它仅仅是国际主义在精神领域的一种表现形式，而它为美的永恒理念[1]服务是犯过错的。一个匈牙利人对世界文学持保留意见，引起了一个名叫 J. 穆卡罗夫斯基（J. Mukařovský）的捷克人的共鸣。后者认为，世界文学是与资产阶级稳坐江山相关联的事件，它应当被超越，因为，"在人类文化史上，我们第一次见证了源于十月革命的一个真正的世界文学的诞生。"世界文学谴责"绝大多数国别文学从属于几个（所谓）伟大的文学，即一切具有创造性壮举[2]的得天独厚的源泉的现象。"

绝不能因为这些论据是由社会主义世界的大学教师提出来的，我们就应该不予以重视。

其实，当我重读涉及世界文学的《歌德谈话录》（Gespräche）中的两段时，如果我能赞同歌德的那段话，他欣赏这个学科给我们提供了相互纠正错误的机会："在这种情况下，我们要相互纠正。"（in den Fall kommen uns einander zu korrigieren），并且赞扬卡莱尔如此恰如其分地评价席勒（一个德国人写不了这样好）的时候，我就惊异地发现，歌德关于世界文学的理念来自于对几部中国平庸小说和几首贝朗瑞歌曲的粗略的评论：中国小说首先是颇有说教意义（so unsittlich）的，而法国作曲者的作品却很少有说教的成分（so sittlich）。从 A. 贝兹克的文章中，我也观察到歌德对诗歌的某些过于幼稚的解释："我越来越认为，诗歌是人类的共同财富"（Ich sehe immer mehr dass die Poesie ein Gemeingut der Menschheit ist）。当然，我很高兴歌德

---

[1] "歌德的世界文学理念可比喻成一个大型音乐会。在这个音乐会的具体乐章中，仍可听出每个民族的声音，但作为整体已融会成一部伟大的交响乐曲。所有这一切都表明，歌德的世界文学概念是一种精神国际主义。作为精神国际主义，它并不排斥每个民族的文学，因为每个民族的文学正是以其自身的特点才成为世界文学的一员；而每个民族都是通过艺术性的翻译和加工，将其真正有价值的文学作品变成人类的共同财富。"见《世界文学的匈牙利理念》，1962 年 10 月 26—29 日举办的"东欧比较文学"布达佩斯会议宣读，作者是匈牙利科学院的 I. Sötér, K. Bor, T. Klaniczay, Gy. M. Vajda (Budapest, Akadémiai Kiadó 1963)，第 289 页。

[2] "在伴随着资产阶级稳坐江山的同时，各民族文学之间的关系变得更加密切，分化得更加细微，因为改进了的交通工具为文学的接触提供了方便，同时文学的接触也有利于经济等关系的改善。甚至，终于创立了全人类共同的文学价值的总体理念——歌德的世界文学。但是，从原则上讲，在我们眼前正在形成的东西与所有在它之前的一切截然不同。在人类文化史上，我们第一次看到这样的现象……"见《文学科学对现代世界文学的各种义务》，同上，第 184 页。

创作了《西东合集》(*Divan*)。但是,为了诗歌成为全人类的共同财产,应该只考虑在人类中实际公平传播的诗歌的敏感性。至于诗歌,它仅仅属于那些精通并悉心品味写作语言的人。放之四海的语言艺术,就是最无诗意的散文[3]。

这并不影响我赞同歌德在世界文学中,寻找属于一切文学美的永恒不变的东西。

另外,世界文学可能是自由交换主义时代资产阶级意识的产物。我怎么会忘记,实际上是世界文学轻易地决定、贬低或系统破坏非洲文学、印度文学、美洲印第安文学、马尔加什文学、印度尼西亚文学、越南文学和其他文学的呢?如同自由交换主义一样,殖民帝国主义是资产阶级意识的一个阶段。欧洲传教士、雇佣兵、商人,使文学分割成主子文学和奴隶文学,而这一实际情况代替了一种宽容的观念,即歌德的观念。在此种意义上讲,我们的社会主义同行是有道理的。但是,假如他们的世界文学的观念能够更加开放,我势必会看到,在歌德论及世界文学的作品中,没有一个字能让我们发现他是帝国主义有意或无意的代言人。恰恰相反,他赞扬世界文学,就不言自明地谴责了德国的民族主义,因此也谴责了一切民族主义。

我们弃之不顾有关这个问题的过于偏激的政治观点,回到语言问题上来吧,因为我们主要的争执总是语法方面的。由于世界文学的概念是用德语表述的(而且是由一个举足轻重的德国人提出来的),对某些人来说,世界文学的概念一直带有日耳曼中心主义的痕迹。人们用法文的"la littérature universelle"(世界文学)、法文的"la littérature générale"(总体文学)、英文的"World literature"(世界文学)、俄文的"мировая литература"(世界文学)来反对德文的"Weltliteratur"(世界文学)。甚至至少有一个西班牙人,G. 德托雷(G. de Torre)为了鉴别世界文学和比较文学,他寻思"唯一与世界文学相邻的领域是否就是比较文学的领域。"相反,哈其斯(Hankiss)认为,比较文学不涉及一般的文学作品,它限定"在与不止一个国别的文学有关的研究之中[4]"。这似乎并不那么复杂,苏联科学院的留巴科耶娃(Nieoupokoïeva)小姐对"littérature générale"(总体文学)和俄文"мировая литература"(世界文学)进行了鉴别,遭到了不止一个"la littérature générale"和"general literature"(总体文学)的捍卫者的反对。

---

[3] J. P. 艾克曼(J. P. Eckermann),《歌德谈话录》,H. H. Houben 教授,博士。(Wiesbaden, F. A. Brockhaus,1959)见 1927 年 1 月 31 日版,第 172—174 页,和 1827 年 7 月 15 日版,第 184 页。

[4] J. Hankiss,《世界文学?》,Helicon (Debreczen, 1938),第 1—2 期,第 159 页。

与其在和文学相关的观念上跌跌撞撞,将来显得和第一份《外省报》上刊出的"未来政权"的不同支持者一样滑稽可笑,不如我们天真地接受这个观点:各国的文学总体构成了没有修饰成分的文学?因此,我明白了,我们的同行、当时的高尔基世界文学研究所所长阿尼西莫夫(Anissimov)给我们解释的该研究所的纲领和计划。我认为,似乎所涉及的文学,"мировая литература"更接近于"la littérature universelle"或 World literature;与 la littérature générale 或 general literature 相距较远。我们同样可以说,为了研究这个没有修饰成分的文学,除了拥有和每种文学相关的历史的、社会学的,或批评的研究成果之外,我们还拥有比较研究的方法。比较研究的方法又分成好几个分支学科:比较文学史、文学的比较社会学、文类理论、普通美学、总体文学。如果说比较文学可能更近似于世界文学的话,绝不是因为它和世界文学完全一致,而仅仅是因为它可以接近世界文学。

如果我们同意对此达成一致的话,我们就能心平气和地进入正题,可以考虑是否应该修改 20 世纪我们继承了的世界文学的概念了。

苏联的东方学者康拉德主张,实际上应该拓展比较文学(即世界文学给我们开创的方法)的历史与地理范围。哈佛大学汉学家海陶玮(J. Hightower)也这样认为。真是英雄所见略同!我觉得有了新的发现,为了弄明白《罗兰之歌》(*la Chanson de Roland*)的起源,为了公平地评价贝迪埃[5]的《史诗传奇》(*Les légendes épiques*),至少应该了解吉尔姆斯基关于《中亚史诗》的研究,石泰安(R. A. Stein)关于西藏《格萨尔王》(*le Gesar de Ling*)的研究,应该了解亚美尼亚史诗《萨逊的大卫》(*David de Sassoun*),还有六部非洲史诗,难道不是这样吗[6]?

匈牙利学者、歌德的弟子、世界文学的拥护者 H. V. 麦勒茨勒(H. V. Meltzl)宣扬一种德卡格劳提主义(Dekaglottismus)。他宣扬的文明语言是:德语、英语、西班牙语、荷兰语、匈牙利语、意大利语、葡萄牙语、瑞典语、法语,还有拉丁语。对他来说,其他语言的文学仅仅是民歌文学(Volkslied-Literaturen)或在涉及艺术文学(Kunstliteraturen)时,仅仅是过于年轻的文学。那些隐约看到了梵文文学、中国文

---

[5] Bédier(1864—1938):法国著名学者,对研究法国中世纪文学做出了重要贡献。

[6] 《穆斯塔法·本·布拉希姆和图罗勒杜斯,格萨尔王和罗朗》(*Mest'fa ben Brahim et Turoldus, Gesar et Roland*),1963 年,雷恩法国比较文学协会大会报告。《一部西藏史诗》载于 1963 年 9 月《新法兰西杂志》。

学、泰米尔文学、日本文学、孟加拉文学、伊朗文学、阿拉伯文学或马拉塔文学的影响、古老程度及其水平的人认为，这些文学或至少它们中的某些文学早已产生过优秀作品，而在德卡格劳提主义看来，或许这些文学的大部分压根儿就不存在，或许它们还在牙牙学语的阶段，这种对世界文学的狭隘观念似乎已经完全过时了。同样，请看希腊文学本身就被排除在这争鸣之外，但对埃及法老时代的文学，我只字未提。（在麦勒茨勒时代，人们更不了解法老时代的文学。但是，既然不了解，那现在就请您去地中海世界听听戏剧或短篇小说的历史吧！）

苏联人康拉德和美国人海陶玮都认为，我们应该宣布：从今后，文学是我们保留了书写形式或仅仅是口头流传的、生气勃勃的，或是已经死亡的所有文学之总和。而这里没有语言、政治或宗教的歧视。

这样，单单用文学二字就替代了德卡格劳提主义的世界文学（Weltliteratur du Dekaglottismus）。我意识到这一点时，我就觉得这种文学在迫使我去接受一种令人恐怖的做法。那句"贪多嚼不烂"的成语更加深了我内心的恐惧。既然人的思想是那么的贪婪，且又被我们的平均寿命所局限，那么这种向一切现有的或过去的文学都开放的思想理论有什么好处呢？幸亏，有一个德国人 H.海塞[7]，在《世界文学书库》（*Eine Bibliothek der Weltliteratur*）[8] 一书中回答了主要问题：一方面，其实任何人也不能掌握哪怕是一种文学的总体，更谈不上总体意义上的文学之总和了。另一方面，我们之中的每个人，为了成为一个全面的人，能够，因此应该自己建立自己的世界文学书库。总之，我们认为，更为重要的是，对于我们培养的人来说，在世界文学中，只有一条路是敞开的，那就是亲和之路，友爱之路："他［读者］必须走友爱之路，而不是走尽义务之路，不能搪塞了事。" [Er (der Leser) muss den Weg der Liebe gehen, nicht den der Pflicht] [9]

我们已经达到了这一历史高度：问题是向每个有思想的人提出的。我在雷蒙·格

---

[7]　Hermann Hesse (1877—1962)：德国小说家，后加入瑞士国籍。1946 年获诺贝尔文学奖。

[8]　苏黎世，Werner Classen Verlag，1946 年。

[9]　"当时没有任何人能够将哪怕只是一个民族的全部文学作品通读一遍，进行研究和了解，更不用说通读和研究全人类的文学了。"见第 12 页。引文还见 15 页和 17 页："没有用'心'的教育是对精神最严重的罪孽之一。"这里，我们通过德文认识到："没有良知的科学只是对心灵的摧残。"

诺[10]对"理想的书库"的调查中找到了另一个证据。他向好几十个作家提出了问题，从这些作家的回答中得出了如下结果：他们在大约三千五百多部书的书单中选出了一百部著作，用来建构理想书库。而有些作家拒绝回答他的提问，而且说明了不予回答的理由。比如Y. 贝拉瓦尔（Y. Belaval），按照海塞的思路，表明自己的态度："我认为，理想书库就是我阅读过的书的书库[11]。"还有G. 巴歇拉尔，[12] 他认为："我的理想书库主要是无限开放的[13]。"更不要提像巴赞（Bazin）一样，连这一想法都拒绝的人的观点了："不可能存在理想的书库。文化的时代、国籍、情趣、气质、不可避免的专门化，都不受任何共同观点的制约[14]。"

在对所收到的六十一个答卷进行分析整理之后，格诺编制了有一百个题目的图表。名列榜首的是莎士比亚和《圣经》，按此顺序，然后是普鲁斯特。有六十个法国题目，三十九个外国题目。这就让我开始担心了。更令人担心的是：在三十九个外国题目中，九个是英美作家，八个属于希腊文学，六个是德语作家，六个是俄语作家，四个是其他拉丁语作家，三个是西班牙语作家。一个阿拉伯人，一个丹麦人，一个希伯来语作家，一个意大利语作家，他们各占一个题目。您定然会毫无困难地猜出，作出回答的六十一位作家中，五十八位是法国作家。H. 米勒（H. Miller）、M. 穆尔（M. Moore）、F. 普罗科希（F. Prokosch），他们分别代表着三种外国观点。

既然由于不经意阿波利奈尔的《酒精》一诗在第二十五行和第八十五行两次被提到，我是否可以建议，删去其中的一首。另外加上《源氏物语》、《红楼梦》、《徒然草》、《庄子》、王充、伊本·赫勒敦（Ibn Khaldoun）[15]的《历史导论》（les Prolégomènes et l'histoire des Berberes）等，几千个题目中比《酒精》更好的任意一篇或与其相当的作品呢？当然，这个调查最大的功劳就是表明了法国作家远未满足

---

[10] Raymond Queneau (1903—1976)：法国超现实主义作家。
[11] 《为了建立一个理想的书库而奋斗》，龚古尔奖评选委员会委员格诺提交的调查报告(见巴黎，伽利玛出版社，1956 年)，第 40 页。
[12] Gaston Bachelard (1884—1962)：法国哲学家，从事认识论的研究。
[13] 《为了建立一个理想的书库而奋斗》，龚古尔奖评选委员会委员格诺提交的调查报告(见巴黎，伽利玛出版社，1956 年)，第 28 页。
[14] 同上，第 38 页。
[15] Ibn Khaldoun (1332—1406)：阿拉伯社会学家，其《历史导论》研究了社会学概论、政治社会学、都市生活社会学、经济社会学和知识社会学。

歌德的心愿和马克思的希望[16]。W. 克劳斯（W. Kraus）对法国文学这一派大概比我更加宽宏大量。他认为，直至19世纪，法国文学实际上已经成为其他文学的样板："对其他所有文学则是一种示范"（Für alle andern Literaturen beispielgebend gewesen）。对此，作为友人与欣赏者，我爽直地回答道：在世界的另一端，千百年以来，时值八个世纪，另一种文学和我国文学一样，过去和现在一直享有特殊地位，这就是在"理想书库"中连一篇代表作也没有的中国文学。

谁敢说，没人能跳出这几百篇题目或标题的范围呢？请给我们一千个题目，一万个题目，您看，情况就不同了。那么，请看！首先是A. 施佩曼（A. Spemann），在纳粹失败之后，他于1951年发表的著作《世界文学比较时间表：从中世纪至现代（1150—1939年）》（*Vergleichende Zeitta fel der Weltliteratur, von Mittelalter bis zur Neuzeit* 1150—1939）。现在，按时间顺序看看被砍掉的文学作品吧，这太可惜了。我们至少被剥夺了占文学四分之三分量的作家、作品。我们还是限定在调查范围中，看看为我们提供的情况吧：这里没有鲁迅，没有郭沫若，没有胡适，没有普列姆·昌德[17]；没有T. 侯赛因；没有哈基姆[18]；没有博尔吉[19]，没有帕斯[20]；没有拉克斯奈斯[21]，没有阿尔维蒂[22]；没有加西亚·洛尔卡[23]，没有埃尔南德斯[24]，但是，布里厄[25]却榜上大放光彩。没有亨利·米勒[26]，没有阿瑟·米勒[27]，却有18世纪

---

[16] "世界文学的时代已经开始，每个人都必须为加速这一时代而努力。"歌德《谈话录》，第174页。
[17] Prem Chand (1880—1936)：印第语和乌尔都语小说家。
[18] Tewfik el Hakim (1898—1987)：埃及作家，他是将西方戏剧形式引进埃及的第一人。
[19] Jorge Luis Borges(1899—1986)：阿根廷小说家。通过他的作品，使拉丁美洲文学走出"象牙塔"，被广大人民接受。
[20] Octavio Paz(1914—1998)：墨西哥诗人、作家、外交家、第二次世界大战后美洲最重要的文人之一。
[21] Haldor Laxness (1902—1998)：冰岛当代伟大的小说家，1955年获诺贝尔文学奖。
[22] Rafael Albertí (1902—1999)：西班牙诗人、戏剧家。
[23] Federico García Lorca (1898—1936)：20世纪西班牙最著名的诗人，剧作家，1936年内战时惨遭杀害。
[24] Miguel Herllandez (1910—1942)：西班牙诗人、剧作家。他将传统的叙事形式与20世纪的思潮相结合，成绩卓著。
[25] Eugène Brieus (1858—1932)：法国现实主义戏剧的主要代表人物之一。其作品略含训世味道，后其声誉日趋下降。他的以花柳病为题材的戏剧，招致奥论界的批评。
[26] Henry Miller (1891—1980)：美国作家，对性生活描写露骨，其作品曾被列为禁书。
[27] Arthur Miller (1915—2005)：美国剧作家，《推销员之死》为其著名作品。

的那个约翰·米勒[28]。编者意识到了书中的缺陷,于是坦言道:"是战争阻止他去认真关注亚洲的各国文学。"这是不痛不痒的检讨。因为,书中既没有紫式部,也没有清少纳言[29]、吉田兼好、世阿弥[30]、十返舍一九。这里仅提及了可找到译文的六位日本伟大散文家,我指的是1939年前欧洲还不了解的几位作家。反过来设想一下,根据一位日本学者的判断来构建世界文学的时候,将歌德、席勒、尼采、萨特、荷尔德林[31]、托马斯·曼都忽略不计了,在欧亚大陆这边的人们又作何感想呢?当在一万一千篇作品中给约瑟芬·贝拉当二十篇的版面,而把《膝栗毛》、《金云翘传》、《雨月物语》和穆罕默德·伊克巴尔[32]的作品忘得一下二净或忽略不计的时候,我请问,你有资格编制世界文学的光荣榜吗?如果法国作家把世界文学的三分之二的篇幅留给法国,M.施佩曼就会把我们当中某些人巧取豪夺了的同样篇幅赋予20世纪的德国文学(这些人至少借口自己只是作家,不是博学者而这样做)。难道同年由一组严肃认真的专家编撰,在奥地利出版的三大卷《世界文学》(*Die Weltliteratur*)不更令我们高兴吗?这书中也有一万多个条目呢。杜米克(Doumic)、埃斯托涅(Estaunié)、贝拉当曾给法国增过光,但我却没找到卡瓦菲[33]、R.彼得罗维奇(R. Petrovitch)、茅盾、让·波朗(Jean Paulhan, 1884—1968)、戴望舒(本世纪中国著名的三四个诗人之一)、安纳德[34],其有关印度的小说比我们正在纪念的O.弗耶(O. Feuillet)的小说更有力度和美感。这一次,欧洲部分(拙劣的作品被置于显赫地位)与亚洲部分(最优秀的作品也被排除在世界文学的天堂之外)的比例失调更令人气愤。

从一部有倾向性的世界文学中,请算一算伊斯兰、佛教、无神论作品的比例,您会发现,这些作品少得可怜。因此,这部证明了我们社会主义世界的同行们的批评

---

[28] Johann Miller (1750—1814):德国诗人、小说家、传教士,以撰写宣扬道德的伤感小说和民歌式诗歌著称。
[29] Sei Shonagon (966/967—1013?):日本女诗人,是一位学问渊博、才华横溢的女官。
[30] Zeami Motokiyo (1363—1443):日本能剧伟大作家和理论家,原名观世三郎元清。其理论著作《风姿花传》,是为弟子所写的手册。其影响与莱辛的《汉堡剧评》相当。
[31] Fredrich Hölderlin (1770—1843):德国抒情诗人,死后一百年才被人们重新认识。
[32] Mohammed Iqbal (1877—1938):印度诗人、哲学家。
[33] Cavafy (1863—1933):希腊诗人,风格独特,在西方颇有影响。
[34] Mulk Raj Anand (1905—2004):印度杰出的英语作家。

是有道理的。如此介绍世界文学，不过是强调资产阶级思想和基督教价值观[35]的著作而已。

同样的思想和价值观，被法国女作者，一个激情偏执、更为拙劣的 A. 贝尔特（A. Berthet）[36] 所运用，被用于附有中世纪至今简略图表的世界文学之中。书目中有必不可少的布里厄，有 B. 伊巴涅斯（B. Ibanēz）、V. 歇布里叶（V. Cherbuliez），总共三百个都是我们西欧的这号人。关于俄国"抒情小说"，您有权只说"普希金，抒情诗人"几个字；至于亚洲，由泰戈尔和冈仓觉三[37]（他"和泰戈尔一样在英国学习过[38]"）代表。因此，读者可以得出如下结论：一个亚洲作家，只要他毕业于一所英国公立中学（public school）时才能被欧洲接受。如果这不是殖民主义精神的话，那我就真不知道这几个字是什么意思了。

我们终于看到了由 R. 格诺和 P. 若斯朗（P. Josserand）主编的《著名作家》一书。大约有一万个篇目。令人惊喜的是，出现了现代和当代中国作家：茅盾、郭沫若、曹禺、老舍、艾青、鲁迅、胡适以及刘鹗。这很好，甚至可以说是太好了。希腊有卡瓦菲、西凯利亚诺斯（Sikelianos）、卡赞扎基（Kazantzakis）、赛菲里斯（Seferis）、乃至恩古诺布洛斯（Engonopoulos）。这也是很不错的事情。日本，除了谷奇润一郎之外，我还发现志贺直哉、森鸥外、夏目漱石、上田秋成。这真让人高兴。伊朗，人们不会忘记赫达雅特和他令人赞赏的《盲枭》。只要有一定的能力和勇气，从现在起我们就

---

[35] 见《比较时间表》(Stuttgart, Engelhorn Verlag Adolf Spemann, 1951)。1906 年，有三十四篇德国作品，六篇奥地利作品，施佩曼提及了八篇英国作品，八篇美国作品，一篇爱尔兰作品，十篇法国作品，一篇弗拉芒作品，一篇荷兰作品，三篇丹麦作品，两篇挪威作品，两篇瑞典作品，一篇比利时作品，一篇意大利作品，三篇西班牙作品，一篇匈牙利作品，一篇波兰作品，一篇日本作品，一篇俄罗斯作品。1915 年，有三十一篇德国作品和七篇奥地利作品，另外，我发现了一篇瑞士作品，两篇丹麦作品，一篇冰岛作品，两篇挪威作品，一篇瑞典作品，十四篇英国作品，一篇爱尔兰作品，七篇美国作品，三篇澳大利亚作品，四篇法国作品，一篇意大利作品，一篇罗马尼亚作品，一篇危地马拉作品，一篇匈牙利作品，一篇波兰作品，两篇俄罗斯作品，一篇日本作品，两篇印度作品。1939 年，德国人有七十篇，奥地利十一篇，德语瑞士八篇；弗拉芒语一篇，荷兰语、丹麦语、瑞典语、苏格兰语（原文如此）、爱尔兰语、芬兰语、英语各十篇，美语十一篇，法语十五篇。在 V. E. Frauwallner, H. Giebisch, E. Heinzel 所著的三大卷（共 2118 页，每页两纵栏）《世界文学》(Wien, Verlag Brüder Hollinek, 1951) 之中，再也没有理由说篇幅不够了。

[36] 《关于世界文学所应该知道的》, Alice Berthet (Paris, édition du Fauconnier)。

[37] Okakura Kakuzo (1862–1913)：日本美术评论家。东西文化交流的使者。

[38] 《关于世界文学所应该知道的》, Alice Berthet (Paris, édition du Fauconnier), 第 67 页。

能编制一个公正的,乃至本世纪最初三十年或四十年的文学图表。请相信我们,这里不会舍弃总是在许多书中出现[39]的埃斯托涅和布里厄。

可喜的是,在 A. 彼特(A. Peters)的一部教材《共时世界史》(*l'Histoire Universelle synchronoptique*)中,对世界文学乃至文学做了大致正确的写照,并全方位地(指该词的本义)加以论证。由 M. 敏德(M. Minder)审校并修订的法文版,情况就更好了。

为了让大体上与这部共时历史的主导思想一致的《著名作家》一书的主导思想战胜不同部落的各种偶像,恐怕还要长时间地等待下去。滥用的欧洲中心主义继续在世界的这一边谬种流传,而世界的另一边,有时人们还在顽固地坚持己见,颂扬拙劣的思想家。仅仅为了这个原因,于是人们就去颂扬革命行动或无神论。我认为,E. 弗伦茨(E. Frenzel)最近的著作:《世界文学资料》(*Stoffe der Weltliteratur*[40])对我们颇有用处。仅举三个例子就足以说明问题了。《格萨尔》(*Cäsar*, pp. 94–98)一文中,我没找到涉及西藏的《格萨尔王》的文字。早在斯坦[41]的论文之前,人们就对此史诗进行了大量的研究。不过,一部关于西藏伟大史诗的课题比关于一位罗马皇帝统治的课题更令人兴奋!读了《佛陀》(*Bouddha*)这篇文章,又让我去阅读《巴尔拉姆和犹太王》(*Barlaam et Josaphat*),仅此而已。然而,据我所知,佛为世界文学和文学提供的养分并不比耶稣少。它甚至为许多西欧文学的巨匠提供了养分。最后一例是:《A. 鲍莱因》(*Ann Boleyn*),甚至《美丽的伊莲恩》(*Die Schöne lren*)都被提升到了具有被列入书单之殊荣的地位。可是,我寻找良久也没发现比他们强百倍、被移植到欧洲、美洲,其影响至今尚在的杨贵妃[42]。

---

[39] 《著名作家》,三卷,马兹诺德出版社,1951–1952 年出版。其中常把日本人姓、"名"搞错,因为我们的名字就被置于日本人姓的后边。

[40] E. 弗伦茨:《世界文学资料,文学史纵观辞书》(斯图加特,阿尔夫雷德·柯略奈出版社出版,1962 年)"我们的辞里里的那些文章都是在对历史资料进行大量考证的基础上写成的,这些考证在近百年中已以书籍、文章,特别是以博士论文形式而发表过,并已被收入目录之中。德语目录是由 K. 鲍尔赫斯特(1932 年)和他的继承人 F. A. 施尼特完成的(1959 年),国际目录是由 F. 巴登斯伯格尔,W. 弗里德里希(1950 年)完成的,而《比较文学和总体文学年鉴》是作为国际目录的续编(1952 年)而问世的。"

[41] Sir Stein(1862–1943):匈牙利裔英国考古学家,到过中国新疆,出版了《克什米尔诸王编年史》一书。

[42] 我在 1960–1961 年吕西安·马兹诺德出版社出版的《著名女性百科全书》(两卷),《杨贵妃》一文中简要阐述了这个主题。

如果不是把世界文学的事业委托给一个真正的国际比较文学协会（在该协会中，我们专业的所有在社会主义世界或资本主义世界工作的人，在确定事实时相互合作，没有多大困难），怎么能改进专有名词的总目录，怎么能改进那些迄今为止未经偏见污染，能够概括世界文学工作的书目呢？举例来说吧，我在日本第一次逗留期间，就发现了由资深的日本学者（特别是东京大学校长杜边幸造，英国文学教授中野和这个具有马克思主义思想的著名学者）选编的一百部著作的目录，它相当于由 R. 格诺编制的"理想书库"。荒木主动为我翻译了这份材料，刊登在向十五岁至二十五岁大学生推荐的，与其说是东京最佳世界文学丛书，不如说是文学丛书，即"岩波丛书"各卷附录之中。尽管日本文学丰富多彩，在这个令人振奋的书单中，几百个、占三分之二篇幅的题目都引自外国的（中国、德国、英国、法国、俄国、丹麦、挪威、美国）文学。尽管日本有近松门左卫门和世阿弥这样的作家，日本人还是认识到莎士比亚、高乃依、莫里哀、《浮士德》，对《樱桃园》、《玩偶之家》有所了解。然而，莎士比亚、莫里哀却把我们的视线从近松门左卫门——能乐的西哈诺[43]和世阿弥类似莱辛《汉堡剧评》(Hamburgische Dramaturgie) 的《秘传书》(Traités Secrets) [44] 处引开。书中仍然有两个空白令人吃惊：印度和阿拉伯世界只字未提。进而，它提示人们，如此国际化的（借用该词的最佳意思）日本人在这方面仍需努力进步：书中没有印度，也没有阿拉伯世界。连《一千零一夜》也没有资格列入书中。显然，日本人更好地了解这两个文学世界是有益的。我曾请 A. 阿卜拉·纳加 (Attia Aboul Naga) 先生给我提供即将出版的题为《人类遗产：两千部优秀作品》(Deux mille chefs-d'œuvres, patrimoine de l'humanité) 的埃及丛书提纲。《奥德赛》不在书目之中，对此我并不过分担心。虽说在格诺的"理想书库"的书目中也没有《奥德赛》（它被乔伊斯的《尤利西斯》这部现代颠覆性作品所代替），可是它已被列入日本的百篇书目之中了。另外，不能只根据一个单独的篇目，来评价此类活动。值得赞扬的是，除了 I. 鲁什德 (I. Rouchd)、伊本·西拿 (I. Sinna)、B. 阿拉比 (B. Arabi)、I. 哈兹姆 (I. Hazm)、A. 法拉比 (A. Farabi)、A. 嘎扎利 (A. Ghazali) 之外，名单还包括亚里士多德、黑格

---

[43] Chikamatsu(1653—1725)：日本最伟大戏剧家。近松的木偶剧也以荒诞离奇著称。Cyrano(1619—1655)：法国作家、剧作，才学渊博，描写轻佻放荡生活的代表。他笔调诙谐，用怪涎的情节抒发其情感。这里作者将近松比作法国的西哈诺。

[44] 世阿弥的绝大多数能剧理论著作传内不传外，例如《风姿花传》、《至花道》、《花镜》、《能作书》、《却来花》等，故有的"秘传书"之说。——编者注

尔、海德格尔、休谟、胡塞尔、康德、莱布尼茨、尼采、柏拉图、柏罗丁、叔本华,还有唯一的一位法国哲学家——因其《存在与虚无》被编入书目的萨特。如果面对阿拉伯的《悬诗》(Mo'allaqat)、麦阿里 (Al-Ma'arri, 973—1057)、穆泰奈比[45]、努瓦兹[46],面对波斯的《列王纪》(Chah Nameh)、《鲁拜集》[47]、哈菲兹[48]和萨阿迪[49],埃及人仅仅记住了布莱克[50]、彭斯、拜伦、雪莱、拉马丁、缪塞的几首诗,对此我们并不感到奇怪。如果诗人们仅仅属于使用他们的语言的人的话,上述选择是有道理的(我认为,这与歌德的观点相左)。反之,值得赞赏的是,如果说《两千部优秀作品》中包括哈里里[51]的《故事集》,侯赛因、哈基姆和 M. 泰木尔 (M. Teymour) 的小说(我在大部分世界文学的作品中都没有找到)的话,编者并没有忘记《吉尔·布拉斯》(Gil Blas)、《查第格》(Zadig)、《少年维特之烦恼》(Werther) 和其他二十部欧洲小说。怎么能发现不了其中的空白呢?拉丁文学、印度、中国和日本文学家在两千部杰作中没有一席之地。人们会说,这是不是在态度不端正的情况下进行的交流?甚至,情况更糟。简单地说就是:人们钻进了地方主义的牛角尖中,拜倒在部族的偶像面前,他们现在远未准备好去完成近一个半世纪前歌德给他们提出的任务:加速完成世界文学。

当然,与波斯人和日本人的文学相比,德国人更了解自己的文学。反之,亦然。但是,可否接受如下事实:任何没有努力摆脱出生决定论的人,无权参与世界文学或文学的研究。有一天,在巴黎大学,我听到了一些社会学者的讨论。讨论涉及哪些作者可列入有关他们专业起源问题的计划之中。他们中无人提及伊本·赫勒敦。由于我读过译成法文的伯伯尔人的《历史导论》,读过侯赛因好几部著作中关于《伊本·赫勒敦的社会思想》论文,我作为门外汉,或许应该提出如下建议:社会学的创

---

[45] Al Moutannabi (915—965):最伟大的阿拉伯诗人,其对诗歌的影响直至 19 世纪。
[46] Abou Nouwas (747—813):阿巴斯王朝之前的重要诗人。
[47] Rubayat,11 世纪波斯诗人欧玛尔-海亚姆所著四行诗集赞美肉欲之乐。对英国"世纪末"诗歌影响较大。
[48] Hafiz (1325—1398):波斯最优秀的抒情诗人,在讲波斯语的国家受到异乎寻常的欢迎。
[49] Sa'di (1213—1291):波斯古典文坛最伟大的文人之一。其名著为:《果园》、《蔷薇园》。
[50] Blake (1757—1827):英国诗人、画家。生前无人间津,死后一百年,人们才认识其价值。
[51] Al Hariri (1054—1122):研究阿拉伯语和文学的学者,著有《语法分析妙言》。哈里里《故事集》,充满幽默和奇遇。

始人,是这位早在孟德斯鸠之前好几个世纪出生的、突尼斯讲阿拉伯语的伯伯尔人。有人直截了当地对我说,对自己毫无所知的东西发表议论时,你的议论只是装腔作势或是骗人的鬼话。因此,人们拒绝考虑我的议论。那么,我所坚持的观点是:不了解《历史导论》就谈论社会学,是无法令人接受的。我觉得,从今后,没有应用过世阿弥的《秘传书》(*Traités secrets*)中的理论,而涉足能剧,涉足京剧的人,绝不可能严肃认真地论述戏剧。[52]

另外,这就是说,未来的世界文学,即文学,比歌德梦寐以求的世界文学更应受到谴责。这是 A. 贝兹克对世界文学提出的谴责,因为世界文学完全依靠翻译拐棍。[53] 我们之中每个人是否能正确运用文学,实际上取决于一种被蔑视的艺术之进步。[54] 就是说,想要培养自己文学修养的人,与其读贝拉当的原文,不如读井原西鹤的译文;与其读弗郎索瓦兹·萨冈的原文,不如读 I. 阿迪伽(I. Adigal)的译文;与其读热拉尔迪(Géraldy)的原文,不如读哈拉智[55]的译文;与其读 A. 诺阿依(A. de Noailles)的原文,不如读迦比尔(Kabir)[56]的译文。那就请计算一下:一天也不能生病或不休息,给我们五十年,这就等于一万八千三百六十二天。严格考虑到睡眠、用餐、生活和工作中必须做的事情和娱乐,请算一算您仅仅为大概了解到底什么是文学,用于阅读优秀作品的时间到底有多少。出于一种离谱的宽容,我就算您平均一天,从您能搞到的母语写的书和您拥有的原文或翻译的外文书中,选读一本好书。要知道,您一天之内既读不完《魔山》(*Der Zauberberg*),也读不完《一千零一夜》。但是,我重视这样的事实:只要您有必要的机遇和热情,您一天之内,就能读完《方丈记》(*Hojoki*)、《吉卜赛民谣》(*Romancero gitano*)、《悼词》(*le Ménéxène*)、康斯坦[57]的《论征战精神》(*De l'esprit de conquête*)。唯有《静静的顿

---

[52] 在西哈诺·贝尔日拉克与日本歌舞伎之间的亲缘关系还应该进行研究。我在 1964 年 6—10 月的《新法兰西杂志》在《西哈诺与能剧》一文中对此做了概述。

[53] "世界文学主要是通过翻译得到营养,是呀,它与翻译艺术几乎是相一致的。"

[54] 这里作者指翻译。

[55] Hallaj (858—922):伊朗人。伊斯兰教神秘主义苏菲派著名代表人物。他曾宣布:"我就是真主。"922 年被人钉在十字架上处死。

[56] Kabir (1440—1518):印度神秘主义诗人,用通俗语言撰写经籍,以祖师为信仰中心,主张废除家族和种姓。

[57] Benjamin Constant (1767—1830):法国小说家、政治家,开创了现代心理小说之先河。

河》,应该给您几天时间。人们以为,这是肖洛霍夫的作品,其实主要是出自克里乌可夫的手笔,它不失为一部好作品。它比《被开垦的处女地》要优秀得多。与现有的优秀作品的总数相比,一万八千二百六十二部作品又算得了什么?实在少得可怜啊。

不过,人们不能将下述观点从我的思想中去掉:如果人类有未来的话,那未来就是,我们的学生能够而且愿意阅读拉伯雷、王充、霍布斯[58]的作品,他们能够而且愿意阅读《离骚》、切利尼的《生涯》(*Vita*)[59],S. 奥古斯丁(S. Augustin)的《忏悔录》(*Confessions*),另外,既然今后人类大地就是现在这个样子——用世界文化遗产来完善自己,那么上个世纪已有的世界文学精神,就更应为这个理想而奋斗。这就意味着,人们不再去浪费时间阅读大家都谈论的千百本坏书,而是会从成千上万本等待我们的良知去发现的鸿篇巨制中进行挑选。这还意味着,在继续培养懂几种罗曼语,或几种日耳曼语,或几种斯拉夫语,或几种达罗毗荼语,或几种汉藏语,或几种突厥—蒙古语,或几种芬兰—乌戈尔语,或几种闪米特语,以及许多非洲语言的专家学者的同时,我们正在培养另一种类型的工作者:这些人精通一种闪米特语,一种达罗毗荼语,一种汉藏语,一种马来语。这些人将会对丰富和确定文学的概念做出特别的贡献。请不要反对我的观点,认为我在做梦,认为我在乌托邦中漫游。在巴黎,我认识几个极为有才华的男学生和女学生,他们已经开始像上面所说的那样在培养自己。总有一天,这些人能撰写总体文学史和各国文学史。遗憾的是,这些书正是目前我们所缺少的。总有一天,这些人能撰写出文类史和文类理论来。因此,传统的教学应该由根据这种思想设计的研究所提供的教学加以补充完善,这些人在斯拉夫语学家、日耳曼语学家、汉学家、罗曼语学家、闪米特语学家研究成果的基础上,能够力图对历史、批评以及文学、美学加以综合。这是我们远远不能完成的,因为由于缺乏手段,又缺乏前瞻性和想象力,我们仍然在循规蹈矩,继续走老路。

但是,我感到自己受到著名比较文学家 A. 法里内利(A. Farinelli)的谴责。他在评论 R. 梅耶尔(R. Meyer)的书《从德国的角度看世界文学》(*Die Weltliteratur der Gegenwart von Deutschland aus überblickt*)的时候指出:"我们贪图逸乐,对静谧、

---

[58] Hobbes(1588—1679):英国伟大的哲学家。著有《论物体》、《论人》、《论公民》等。
[59] Cellini(1500—1571):意大利佛罗伦萨雕塑家,曾为卢浮宫制作弦月窗。本书为其自传。

翠绿如茵的祖国漫不经心,但我们绝不该试图在喧嚣的红尘发出的诱人乐曲中逍遥游荡。[60]"随后作为结论,他引用了冯塔纳[61]的下列诗句:

家庭、故乡、限制,　　　　　(Das Haus, die Heimat, die Beschränkung,)
这就是幸福,这就是世界。　　(Die sind das Glück und sind die Welt.)

有一个词儿令我惊异,令我不安,同时也令我放心,这就是:"Breschränkung"(限制)。因为,这个词儿让我想起了世界文学的捍卫者,那位我很久以来将他的告诫一直铭记心头的人。这告诫是如此明智,又如此难以实施:

在限制中,大师方显示自己。(In der Beschränkung zeigt sich erst der Meister.)

正是这个歌德,他催促我们竭尽全力去准备完成世界文学。然而,他又催促我们同心协力,懂得适可而止,否则将一事无成。于是,我想应该同意 H. 海塞的观点:拒绝根据事先拟订的计划投入世界文学之中。我建议,我们不妨借助一个真正的国际比较文学工作者协会,组织我们的研究,大致分配一下重要任务。

难道我是自相矛盾的吗?难道我完全被疑难所困扰?似乎并非如此。我想,从现在起,有文化的人,最好而且应该善于随处吸取对自己有益的东西。例如,尽管

---

[60] "让我们不要嫉妒远处发光的流星的光辉,不要陶醉在欢乐之中而忘记了寂静绿色的家园,不要漫步于嘈杂世界的引人人胜的田野之中。"《从德国的角度看现代世界文学》载于《世界文学的论文、演说及特点》(波恩和莱比希,库尔特·施罗德出版社,1925 年),第 421 页。此书的作者为这部编年史找到借口:R. M. 梅耶(写了《看德国在 20 世纪世界文学中的地位》,斯图加特和柏林出版,1913 年),反对歌德阐述的关于这个学科的理念,甚至滥用世界文学这个名词。其实,世界文学是为普鲁士帝国主义服务的:"我们德国人在总体文学形成的过程中保留了一个体面的角色……"反之,法兰西文学是"最不现代化的"。这是在 1913 年发生的事情。如同法里内利所说的,我们"在一位柏林法官主持的法庭上",这个法官抱怨,"当代世界文学受德意志精神的影响要少于法兰西精神的影响。"如果和歌德对世界文学的要求相比,这仅仅是一个可悲的论据。歌德指出:"我们相互纠正。"

在七星诗社出版社看来,达尔普丛书(伯尔尼、A. 法朗克、A. G. 威尔拉,1946 年),一卷是德国文学,一卷是世界文学,堕入了歪批七星出版社出版的文学史的歧途之中:一卷是法语文学史,两卷是所有其他的文学史。假如我没参考 F. 斯特里什的巨著《歌德与世界文学》(伯尔尼、A. 法朗克、A. G. 威尔拉,1946 年) 的话,原因在于,我认为应该这样处理下面这个主题:应否修正世界文学的概念?还是完全取消歌德和世界文学。

[61] Theodor Fontane (1819–1898):德国现代现实主义的第一位大师。

英国的康诺利[62]和法国的 J. 格勒尼耶（J. Grenier）谁也不懂汉语，但是，他们都弄明白了并消化了部分道家理论。当然，我们对异国情调中容易搞错的东西要加倍小心。现在被曲解的禅宗风靡一时，正在影响着世界文学。世界文学不应该蜕化变质，变得晦涩难懂。如允许我提及自己的经验的话，我的知识既来自孔子、庄子，也来自蒙田；孙子和康德几乎给了我同样的知识；而王充给予我的多于黑格尔。假如没有在中国文化中绕一圈儿，大概我绝不会找到我的真理、我的道德和我的幸福。正是被钉在十字架上的哈拉智和印度神秘主义者杜卡拉姆[63]和迦比尔启发了我，使我更加热爱十字架上的让以及阿维拉的苔莱兹[64]。因此，有一种人文主义研究文学的方法：那就是业余爱好者（正如海塞所说的，有爱心的人）的方法。在此情况下，根据歌德的告诫，每个人都应当按其口味、爱好、道德标准和智力来限定自己的研究范围。我们不要把对世界文学的此种研究方法、此种愉悦、此种消化吸收，与以汇编、论文集、历史、词典的形式汇集起来的知识混为一谈。在这里除了对完整程度和真理范围的限定之外，别无其他限定。文学和各国文学的真正历史应该尽可能真实，应该能被相关国家的人民接受。缺少这一点，那种文学史将一文不值。为了把文学史编好，由以永不满足、勇于探索、坚持不懈、博闻强记的人组成的团队里，应该有像格勒尼耶和康诺利一样，情趣爱好属于完全不同的另一派的人组成。或许我们能够在我们自身将这两种要求协调起来。我自打 1929 年以来，由于未曾中断过对兰波极其神秘的研究，由于我刚弄明白《元音》诗句中的可理解的东西，我终于知道了，《汉－特尼》（*Les Hain-tenys*）或《徒然草》（*Tzurezuregusa*）[65]、所给予我的愉悦绝不仅仅是业余爱好者的愉悦。那么，我为什么要放弃这种愉悦呢？在我们和我们的学生生活的世界中，有一个矛盾，那就是：我们既被信息包围着，又被过多的信息所湮没。这样，正当世界文学成为可能的时候，它同时又几乎成为不可能。真的，我希望我们每个人都坚持寻求那种不可能。

（胡玉龙 译）

---

[62] Cyril Connolly（1903—1974）：英国评论家和小说家。
[63] Toukaram（1607—1694）：印度最伟大的马拉体语诗人，云游四海，后投河自尽。
[64] Jean de la Croix 和 Tthérèse d'Avila，西方的殉教者，有一定影响。
[65] 金库的作品《闲暇时光》现已有法文译本；1968 年伽利玛出版社，联合国教科文组织代表作《东方知识丛书》第二十七卷，还有鸭长明的《方丈记》（*Notes dc ma cabane de moine*）。

作为一个世界的文学

[法国] 帕斯卡尔·卡萨诺瓦

导 读

  法国批评家帕斯卡尔·卡萨诺瓦(Pascale Casanova)在《文学的世界共和国》(*The World Republic of Letters*, 1999)中,对世界文学进行了富有创造性的探讨,并以此获得了世界性声誉。这是她继论跨国作家贝克特的著作《窃取者贝克特》(*Beckett the Abstractor*, 1977)获奖之后,二十年潜心研究20世纪文学的成果。卡萨诺瓦在巴黎艺术和语言研究中心任文学批评家、记者和研究员。这期间,她积累了当代文学百科全书般的知识,发展了对文学文化政治的强烈兴趣。基于历史学家费南德·布劳代尔(Fernand Braudel)和社会学家皮埃尔·布迪厄(Pierre Bourdieu)的研究,卡萨诺瓦对世界的文学生产和流通进行了系统的历史与社会学分析。她认为,作为一个世界的文学共和国兴起于16世纪,以巴黎为中心。在这个文学的半自治领域里,文学获得并产生了一种独特的价值或文化资本。虽然在根本上与现代民族国家的兴起密不可分,但文学领域并非完全取决于政治历史,相反,它建立了自己特殊的权力关系体系。

  《文学的世界共和国》的巨大价值在于它深入分析了世界文学领域根本的不平等性。当卡夫卡、贝克特等来自边缘的作家,或者非洲法语作家试图进入以巴黎等大都市为中心的文学世界的时候,这种不平等性显得尤为突出。然而同时,经典法国文学也不断从进入巴黎文学空间的作家作品中汲取能量。在下面的文章中,卡萨诺瓦进一步发展了她的思想,考察了文学对世界的再现和文学在世界的流通。

* * *

> **顾客**：上帝用六天的时间创造了世界，可是你，你用六个月都给我做不出一条该死的裤子！
>
> **裁缝**：但是，先生，你先看看这个世界，再看看你的裤子。
>
> ——转引自塞缪尔·贝克特
>
> 历史将在离你很远很远的地方展开，你灵魂的世界史。
>
> ——弗兰兹·卡夫卡

一个问题。是否可能重建文学、历史和世界之间已经逝去的联系，同时依然保持文学文本不可削减的、独特的完整意义？第二，是否可以把文学本身看做一个世界？第三，如果可以的话，探索文学领域是否可以帮助我们回答第一个问题？

换一种说法：是否可能找到一种概念性的方法来对抗内在的、以文本为基础的文学批评的核心假设——文本与世界的根本割裂？我们是否可以提出任何理论和实践工具来抵制文本自治的主导原则或所谓的语言领域的独立性？迄今为止，回答这个关键问题的答案，包括后殖民理论，在我看来都只在两个被认为互不相容的领域里建立了有限的联系。后殖民主义假定文学和历史直接相关，这种直接联系是绝对的政治。从这里开始，它转向了**外在**批评，冒着把文学缩减为政治的危险，通过一系列的合并与简化，却往往无意中略过了实际上"创造了"文学的审美的、形式的或文体的真正特征。

我想要提出一种超出内在和外在批评之区分的假设。姑且承认文学与世界之间存在着一个媒介空间：一个相对独立于政治的平行领域，是对文学本质进行质疑、争论和创造的结果。在此，各种斗争——政治的、社会的、民族的、性别的、种族的斗争——都依照文学逻辑、以文学形式折射、稀释、变形或改造。从这个假设出发，同时试图设想所有的理论和实践后果，应该能促使我们开辟一条既是内在又是外在的批评道路；换句话说，这是一种可以进行系统解释的批评，旨在说明诗歌形式的演变、或小说的审美以及它们与政治、经济和社会世界的联系——并告诉我们，经过漫长的（实际也是历史的）过程这种联系如何在这一空间自治程度最高的区域发生断裂。

于是就产生了另一个世界，其划分和领域都相对独立于政治和语言的界限。它拥有自己的法则、自己的历史、自己特殊的叛逆和革命；非市场价值在一种非经济的经济体系中进行贸易的市场；而且，如我们将看到的，是由时间的审美尺度来衡量的。这个文学的世界大多数情况下在隐蔽地运行，那些远离伟大中心最遥远的、或被剥夺了全部资源的人能更清楚地看到其中运转的暴力和统治形式。

姑且把这个媒介区域称为"世界的文学空间"。它不过是一个应当用具体研究加以检验的工具，也许是能够提供文学的逻辑和历史解释而不落入整体自治圈套的一个工具。它也是乔姆斯基所说的"假设模式"——如果可以得出一系列论断（尽管是有风险的），本身也会有助于形成对客体的描述：也就是一系列内在连贯的命题，[1] 按照某个模式进行研究应该允许摆脱某一直接"给定"的模式。相反，它应当允许我们重新构建每个案例；让每个案例表明它不是孤立存在的，而是可能性的一种具体例子，是一个群体或族群的因子，但如果不是之前构想了所有可能情况的一个抽象模式的话，我们就不会看到这个特殊例子。

这个概念工具不是"世界文学"本身——也就是扩展到世界规模的文学实体，而这种世界文学的文献，事实上它的存在都依然是有问题的——是一个空间：一系列内在关联的、必须从关系的角度来思考和描述的立场。至关重要的并不是对世界规模的文学进行分析的各种形态，而是将文学作为世界来思考的概念方式。

在《地毯上的图案》（*The Figure in the Carpet*）这篇故事里——事实上故事是以文学阐释为目的的——亨利·詹姆斯（Henry James）使用了波斯地毯的这个美妙的比喻。如果观察过于草率或者过于仔细，它看起来都是任意形状和色彩无法破译的一团乱麻；但如果从正确的视角看去，地毯就会立即给专心的观者提供"精美复杂图案"的"唯一正确的组合"——一系列有序的图案，它们只有借助彼此的关系才能理解，从整体性和其相互依赖、相互作用中才能被感知。[2] 只有把地毯看做一种结构——借用福柯在《词与物》（*Les Mots et les choes*）的术语——一种形状与色彩的"秩序"时，其规律、变体与重复，其一致性与内在关联才能被理解。只有从每个图案在整体中所占位置及其与其他图案的相互关联去看才能理解它们。

波斯地毯的比喻完美地囊括了这里提供的方法：采取不同的视角，改变看待文学的惯常视角。不能仅仅聚焦于地毯的全局连贯性，而是要表明：从掌握整体的设计图案开始就有可能理解每个次主题，最微小细节中的每一种色彩；也就是说，每一个文本，每一个作家，其相对位置的基础都在这个巨大结构之内。我的任务就是

---

[1] Noam Chomsky, *Current Issues in Linguistic Theory*, The Hague 1964, p.105.
[2] Henry James, *The Figure in the Carpet and Other Stories*, Harmondsworth 1986, p.381.

恢复文本出现于其中的全球结构的连贯性，而这只能从看似离它们最远的路径才能看到：这个硕大无形的领域我称之为"文学的世界共和国"。然而，这么做只是为了回到文本本身，为解读文本提供新方法。

一个世界的诞生

当然，这个文学空间并不是以当前的构形诞生的。它是历史进程的产物，由此而越来越具有自主性。不深究细节的话，我们可以说它首先出现在16世纪的欧洲，法国和英国是其最早的诞生地。18世纪以来，特别是19世纪，在赫尔德民族理论的推动下，它在中欧和东欧得以巩固和扩张。在整个20世纪，它继续扩展，主要通过一个仍在进行的去殖民化过程：还会继续出现的有关文学存在和独立合法性的主张，它往往与民族自决运动相联系。尽管文学空间几乎在世界各地或多或少地构建起来，但在整个星球的统一还远没有完成。

这个文学宇宙得以运行的机制恰恰与普遍理解的"文学全球化"相反——"文学全球化"更好的定义是出版商通过推销以迅速的"去民族化"流通为目的图书，是在大多数以市场为导向的强大中心区域获取利润的短期销售行为。[3] 这类图书在西方受教育阶层取得的成功——不过再现了从火车站到飞机场读物的转变——培养了一种持续的通过文学达到和平的信心：在全球范围内，在主题、形式、语言和故事类别等方面逐渐实现规范化和标准化的过程。事实上，文学世界内部结构的不平等催生了一系列关于文学本身的斗争、对抗和竞争。的确，文学空间的持续统一正是在这些冲突中凸显出来的。

斯德哥尔摩与格林威治

世界文学空间存在的一个客观指标是对诺贝尔文学奖的普遍性几乎毫无异议的信任。这个奖项被赋予的意义、所涉及的特殊外交、所激发的民族期待、所产生的巨大声望、甚至（最重要的？）每年对瑞典评审委员的批评、其公正性的缺失、其所谓的政治偏见、其审美错误——所有这些因素都密谋而使这个一年一度的经典化行为

---

[3] André Schiffrin, *The Business of Books: How the International Conglomerates Took over Publishing and Changed the Way we Read*, London and New York 2000.

成为文学空间主角参与的全球性事件。诺贝尔奖是今天少数真正国际化的文学圣化仪典之一，是命名和定义文学普遍性的独特试验场。[4]它每年产生的反响、唤起的希望、激发的信念都反复证明了文学世界的存在，它几乎延及整个地球，拥有自己的庆祝模式，既是自主的——至少不直接从属于政治、语言、民族、民族主义或商业标准——也是全球的。在这个意义上，诺贝尔奖是世界文学空间存在的主要和客观指标。[5]

另一个不容易发现的指标是明确的时间标准的出现，适用于所有参与者。每个新成员都必须从开始就找到一个参照点，一个用以衡量他或她的标准；所有的位置都与确定文学现状的中心相关。我认为可以把它叫做文学的格林威治子午线。正如为了确定经线而随意选择的这个想象的子午线却对真正的世界组织做出了巨大贡献，使衡量距离、判断在地球表面的位置成为可能，文学的子午线也允许我们衡量文学空间内部距离主角的核心距离。在这个空间里，文学时间的衡量——也就是审美现代性的评定——得以具化、辩争和阐述。被看做现代的东西，在某一个特定时刻，将被宣布为"现在"，即能够改变当前审美标准的、成功的文本。至少在一段时期里，这些作品将成为特定时间表上的度量单位，成为后续创作的比较模式。

被确定为"现代"是中心外作家获得认可的最艰难形式之一，也是暴力和激烈竞争的目标。奥克塔维奥·帕斯（Octavio Paz）在他的诺贝尔奖获奖演说中精彩地描述了这场奇异斗争的经过，演讲的题目就是"寻找现在"（In Search of the Present）。他把自己个人和诗歌的创作轨迹描述为疯狂的——也是成功的，正如他获得的这项最高荣誉所证明的——寻找一个文学的现在。从很早开始，他就明白作为墨西哥人，他在结构上距离中心非常遥远。[6]被赋予现代地位的文本创造了文学史的编年史，它依照的逻辑可能与其他社会世界的非常不同。比如，乔伊斯的《尤利西斯》1929年经过瓦莱里·拉尔博（Valéry Larbaud）的法语翻译，被确立为"现代"作品，引发了种种评论，成了文学批评关注的对象，而当时的英国对该作品却避而不谈。《尤利西斯》就成为——现在依然是某些文学空间——小说现代性的衡量标准之一。

---

[4] Kjell Espmark, *Le Prix Nobel. History intérieure d'une consécration littéraire*, Paris, 1986.

[5] 最近授予了奥地利作家艾尔芙蕾德·耶利内克（Elfriede Jelinek）——一个难以归类的暴力、实验诗歌戏剧作家，具有激进的、极其悲观的政治和女性主义批评观点——再次证明瑞典评审会选择和执行其"文学政策"的完全独立性。

[6] 比如他写道"现代在外面，我们需要引进它"，见 Paz, *La Búsqueda del presente*. Conferencia Nobel, San Diego 1990。

时间性

当然,现代性是个不稳定的实体,是永恒斗争的场所,是或多或少注定会很快过时的标准,也是世界文学空间核心的变化原则之一。所有追求现代性的人,或者争取垄断独占其配额的人,都必然涉及作品不断的分类和抵制分类——把文本分成近代作品或新的经典。批评界当前使用的时间比喻,轻率地宣布作品"已过盛年的"或"过时的"、古老的或创新的、时代错乱的或具有"时代精神"的,都是这些机制作用的最清晰表现。这至少部分解释了19世纪50年代以来文学运动的宣言中"现代性"这一术语的持久性——从各种欧洲和拉美现代主义,经过意大利和俄罗斯的未来主义、再到各种后现代主义。无数关于"新颖性"的宣称——"新小说""新含混"等等——都依照相同的原则。

由于现代性原则固有的不稳定性,被判定为现代的作品必然会过时,除非它上升到"经典"的范畴。通过这个过程,一些作品可以摆脱关于其相对价值的异想天开的意见和争论,用文学术语说,经典超越时间的竞争(和空间的不平等)。另一方面,文学的现在是由中心的整个神圣化体制确立的,而远离这个中心的实践必将被宣称很早就过时了。比如说,自然主义小说仍然是在离子午线最远的地区创作(无论是边缘的文学空间或是中心的最商业化的区域),尽管自治的权威很久以来都不认为它是"现代的"了。巴西批评家安东尼奥·坎迪多(Antonio Candido)写道:

> 拉丁美洲值得注意的是审美上时代错乱的作品被认为是合理的……自然主义小说就是这样,它姗姗来迟,一直延续到现在而没有本质的突破……因此,当自然主义在欧洲已经是过时文类的遗留品时,在我们这里,它仍然可以作为合法文类的组成因素,如20世纪二四十年代的社会小说。[7]

这种审美时间的斗争通常在中间人中展开,他们本身就对"发现"外国作家的很感兴趣。挪威作家易卜生几乎同时在1890年前后的伦敦和巴黎被公认为欧洲最伟大的戏剧家之一。他被标识为"现实主义"的作品推翻了所有的戏剧实践,包括写作、舞台装饰、语言和对话,引领了一场真正的欧洲戏剧革命。来自一个刚获得

---

[7] Antonio Candido, "Literature and Underdevelopment", in *On Literature and Society*, trans. Howard Becker, Princeton, 1995, pp. 128–129.

独立不久的国家的戏剧家，其语言在法国和英国几乎没有人使用，因此也很少被翻译，他的国际声望是通过一些中间人的行动才实现的——伦敦的萧伯纳（Bernard Shaw）、巴黎的安德烈·安东尼（André Antoine）和吕涅-波（Lugn-Poe），他们本人都试图在各自的国家里实现戏剧的"现代化"，超越在伦敦和巴黎占统治地位的轻歌剧和资产阶级戏剧的既定标准，赢得了他们自己作为戏剧家或制作人的名望。[8] 在1900年的都柏林，乔伊斯利用易卜生作品中的审美和戏剧新颖性来对抗爱尔兰戏剧，后者在他看来，可能会变得"太爱尔兰"了。

这也同样适用于福克纳。从20世纪30年代起，他就被誉为那个时代最具创新性的小说家之一[9]。福克纳1950年获得诺贝尔奖后也成为衡量小说创新的标准。赢得国际声誉之后，福克纳的作品发挥了"时间加速器"的作用，影响了不同时期，在经济和文化结构上可与美国南部相比的国家里的大批小说家。所有小说家都公开宣称他们利用福克纳这个加速器（至少在技术层面），其中有20世纪50年代西班牙的胡安·贝尼特（Juan Benet）、50、60年代哥伦比亚的加布里尔·加西亚·马尔克斯（Gabriel García Márquez）和秘鲁的马里奥·巴尔加斯·略萨（Mario Vargas Llosa）、60年代阿尔及利亚的卡泰·亚辛（Kateb Yacine）、70年代葡萄牙的安东尼奥·罗伯·安图内斯（António Lobo-Antunes）和80年代法国安地列斯群岛的爱德华·格里桑（Edouard Glissant）等。

穿越界限

但为什么要从世界文学空间的假设开始，而不是一个更有局限性的，也更容易界定的区域或语言领域呢？为什么选择从建构一个尽可能大的、也担冒最大风险的领域呢？因为要说明这一空间的机制，尤其是其内部运行的统治形式，就意味着拒绝既定的民族范畴和划分；实际上也就需要一种跨国民族间性的思维模式。一旦采用了这个世界视角，我们立刻就能辨别民族界限或语言界限，顺利排除文学统治和

---

[8] "出于自身利益使用"外来因素，解释了 Christopher Prendergast 引用的法国浪漫主义的例子——他们利用莎士比亚和英国戏剧传统，试图在法国文学空间确立自身地位。见"Negotiating World Literature", NLR 8, March-April 2001, pp.110–111.

[9] 萨特著名的论《喧嚣与骚动》的文章，"La temporalité chez Faulkner"发表在 *Nouvelle revue française*, June-July 1939; reprinted in *Situations I*, Paris 1947, pp.65–75。

不平等的真正影响。原因很简单：全世界的文学都是在18世纪德国创造和发扬的民族模式下形成的。文学的民族运动，伴随着从19世纪开始的欧洲政治空间的形成，导致了文学范畴的本质化和认为文学空间的边界与国家的边界必然一致的看法。国家被看做独立的、自我封闭的实体，每一个国家对于他者都是不可缩减的；从这些独立实体的内部，生产出文学客体，其"历史必要性"就印写在民族疆界之内。斯特凡·科利尼（Stefan Collini）揭示出作为英国——或英语——"民族文学"定义之基础的重复逻辑："只有那些表现出公认特征的作家才被看做真正的英语作家，而这个范畴的定义就依赖这些作家所提供的文学范例。"[10]

文学的民族划分导致了一种乱视形式。对1890年到1930年间爱尔兰文学空间的分析，如果忽视发生在伦敦（与爱尔兰空间相对立的政治、殖民和文学势力）和巴黎（另一种依赖和政治中立的文学势力）的事件，或者无视不同都市出现的发展轨迹、各种各样的流放者和不同的认可形式，其观点就会受到批判，因为它只部分揭示并且歪曲了爱尔兰主人公面对的真正危险和权力关系。同样，研究18世纪末开始形成的德国文学空间而忽略其同法国激烈的竞争关系，则有完全误解其结构要素的危险。

这并不是说民族间的文学权力关系是文学文本的唯一解释因素，或是我们可以应用的唯一阐释性工具；更不是说应该把文学复杂性缩减到这个维度。很多其他变量——民族的（也就是民族文学领域内部的）、心理的、精神分析的、形式或形式主义的——都发挥了作用。[11] 其要义是要说明在结构和历史方面，许多变量、冲突或软暴力形式还没有被发现。此外，这种世界结构的不可见性也没有被阐释。比如，对卡夫卡的批评通常局限于关于他心理的传记性研究或者关于1900年代的布拉格

---

[10] Stefan Collini, *Public Moralities: Political Thought and Intellectual Life in Britain, 1850–1930*, Oxford 1991, p.357.

[11] 同 Christopher Prendergast 不同，我不是说，"民族国家"或"民族"的观念都一定与"文学"相关。事实上，我在 République mondiale des lettres (1999) 中区分两者，提出"民族文学空间"的概念，也就是处于世界文学体系中的亚空间。这些亚空间通过作家之间的斗争彼此竞争，而并不是出于民族（或民族主义的）原因，而是严格的文学关系。那就是说，文学与民族冲突和意识形态的独立性程度与亚空间时代具有强烈的相互关系。华兹华斯的例子——当然不能从纯粹的跨民族竞争的角度阐释他的全部作品——就完美地说明一个事实，它是最古老的、最具有天赋的民族空间，并逐渐在民族范围内构建了自主的文学，(相对)独立于严格的文学利害关系；也就是，去政治化和(至少是部分)去民族化的空间。见 Prendergast, "Negotiating World Literature", pp.109–112。

的描述。在这个意义上,传记和民族的"屏障"阻止我们看到作者在更广阔的世界中与其他作家的位置:在当时中欧和东欧发展的犹太民族主义运动空间内部的位置、在亲纳粹派和意第绪主义者的争论中的位置、及作为被德国语言文化空间所统治的位置等等。民族过滤器作为一种"自然"的边界防止分析者考虑他们施予作者的跨国政治的暴力和文学权力关系。

世界空间还是世界体系?

世界空间的假设通过一个统治结构发生作用,在某种程度上,这个统治结构独立于政治、经济、语言和社会形式,显然在很多方面取自皮埃尔·布迪厄(Pierre Bourdieu)的"场域"概念,或更确切地说是"文学场域"的概念。[12] 但后者迄今都只局限在民族框架之内,受到某一民族-国家的疆界、历史传统和资本积累过程的限制。我在费南德·布劳代尔(Fernand Braudel)的著作中,特别是他的"世界经济"概念中,看到了把对这些机制的分析纳入国际层面的观点和可能性。[13]

但是,我必须强调我提出的"世界结构"和由伊曼纽尔·沃勒斯坦(Immanuel Wallerstein)提出的著名的"世界体系"概念之间的区别,我认为后者不太适合文化生产的空间。[14] "体系"指每一种因素、每一种观点之间直接的相互关系。另一方面,结构的特征在于客观关系,可以在任何直接的互动之外运作。此外,用沃勒斯

---

[12] 这一点参见 Pierre Bourdieu, *Les Règles de 'lart. Genèse et structure du champ littéraire*, Paris 1992。

[13] Fernand Braudel, *Civilisation matérielle, économie et capitalisme-xve-xviiie siècles*, 3 vols, Paris 1979, vol.3, especially ch. I, pp.12–33.

[14] 弗兰克·莫雷蒂(Franco Moretti)在 Conjectures on World Literature, NLR I, January–Feburary 2000 和 More Conjectures, NLR 20, March-April 2003 中谈到了世界体系的概念。首先促使证实了他力求描述的文学体系的整体性和根本不平等,我完全赞成这个关键的、明确界限的断言。另一方面,在我看来,他使用布劳代尔式的"中心"与"边缘"的对立,似乎中和了其中包含的(文学)暴力,因而也模糊了它的不平等性。相对于这种空间二分法,我更倾向于统治与被统治之间的独立,从而再次引入权利关系的事实。我应该说明的是,这并不意味着两种对立范畴的简单区分,相反,暗示了依赖程度差异很大的不同情况的延续。比如,我们可以用布劳代尔提出的"统治阶层中的被统治者"概念描述欧洲的(文学)从属情况。世界体系用"半边缘"的术语描述这种中间状况,使统治-被统治的关系变得中立、委婉了,而没能对依赖程度提供准确的度量。

坦的术语说，与"体系"进行斗争的力量和运动被视为"反体系"。换句话说，它们外在于体系，从"外部"的立场同体系进行斗争，有时很难定位，但基本上可以定位在"边缘"。在国际统治结构中，情况恰好相反："外部"和"内部"的定义——也就是空间的界限——本身就是斗争的焦点。正是这些斗争构成了空间，将空间统一并扩展开来。在这个结构内部，方法和方式都是永久存有争议的：谁可以被称为作家，谁能够进行合理的审美判断（能够赋予某部作品以特定价值），也就是文学的定义。

换言之，世界文学空间并不是建立在其他所有空间之上、只为国际作家、编辑和批评家保留的领域——因为文学行动者是在一个去民族化的世界中运作。也不是伟大的小说家、极其成功的作家和为全球销售而设计的编辑产品的唯一储备所。它是由所有文学共和国的居民构成的，其中每个人都在自己的民族空间中占据不同的位置。同时，每个作家的地位都必须是双重的，经过两次定义的：每位作家的地位是由他/她在民族空间中所处的位置决定的，同时也由他/她在世界空间中的位置决定的。这种无法摆脱的民族和国际的双重地位，说明了为什么——与全球化经济视角让我们相信的观点相反——国际斗争主要在民族空间里发生，并对其产生影响；关于文学定义、技术和形式革新和创新的争论一般都以民族文学空间为战场。

一个重要的二分法存在于民族和国际作家之间。这个断裂能够解释文学形式、审美创新类型和文类的使用。民族和国际作家用不同的武器为获得各自的审美、商业和编辑回报而斗争——因而也以不同的方式为进入世界空间并在其中竞争所必需的民族文学资源的积累做出了贡献。与传统观点相反，民族和国际并不是两个独立的领域，它们是在同一领域进行斗争的两种相对立的立场。[15]

这就是为什么我们不能像布劳代尔和沃勒斯坦描述经济世界那样[16]，简单把文学空间想象成世界地理、文化和语言氛围、引力中心和流通模式。应该从卡西尔（Cassirer）的"象征形式"方面来看待文学空间。作家、读者、研究者、教师、批评家、出版商、译者和其他人都在其中读、写、思、辩、释；这个结构提供了他们的——也是我们的——的知识范畴，重新塑造了每个人的等级和限制，因而也强化了其存

---

[15] Francesca Orsini 提供"印度区域、民族和世界文学体制"的比较目录之后，指出同一个民族文学空间中存在不同的、相互独立的"平面"或"领域"。我认为，我们谈到的立场只存在于相互制约的权利关系当中，而不是刻板、不变的"体系"里。见"India in the Mirror of World Fiction", NLR 13, January-February 2002, p.83。

[16] 尤其见 Wallerstein, *The Modern World-System*, 3 vols, New York 1980–1988。

在的物质方面。[17] 但在任何特定的时刻，每个人在其内部（民族、语言、职业）的位置都不尽相同。文学空间的所有形式——文本、评委、编辑、批评家、作家、理论家、学者——都具有双重意义：一是物质的，另一个是思想的；也就是说，存在于物质关系所生产的和被文学这个伟大游戏的游戏者所内化的一系列信念中。

这是使这个结构难以视觉化的另一个理由：无法将其作为独立的、可具体化的现象而置于一定的距离之外。另外：任何对其机制的描述和分析都必须与关于文学的大量传统思想相对立，与既定的学术或审美事实相对立。其目的是依据世界的文学共和国特殊的内部机制重新思考每个概念、每个范畴——影响、传统、遗产、现代性、古典、价值。

积蓄力量

这个世界文学空间的主要特征是等级制和不平等。物品和价值的不平等分配是它的建构性原则之一，因为从历史上资源的积累都是在国家疆界内完成的。歌德第一个凭直觉觉察到世界文学的诞生与在国际文学关系特殊斗争基础上出现的新经济之间的直接关联："所有民族都为其提供货物的市场"和"一种普遍的知识贸易"。[18] 事实上，文学的世界提供了一个自相矛盾的市场，是围绕着非经济性的经济建构起来的，并依照自身的一系列价值运行：因为生产和再生产在此都是以对文学创造的"客观"价值的信念为基础的——也就是被称作"无价"的作品。民族和国际经典、伟大的革新者、病态诗人（poètes maudits）、罕见文本产生的价值以民族文学产品的形式集中在大都市。那些最古老的区域，文学领域里历史最悠久的，在这个意义上，也是最"富有的"——拥有最大力量。声望是文学世界权力的最根本形式：无形的权威无可置疑地给予最古老、最高尚、最具合法性（这些词几乎可以通用）的文学，即最神圣的经典和最知名的作家。[19]

---

[17] Ernst Cassirer, *La Philosophie des forms symboliques*, vol. I, Le langage, Paris 1972, especially ch. I, pp. 13–35.

[18] J. W. von Goethe, *Goethes Werke*, Hamburg 1981, vo.12, pp. 362–363. Fritz Strich, *Goethe and World Literature*, New York 1972, p. 10.

[19] The Dictorionnaire Larousse 对 prestige 给出两种解释，都包含了力量或权威的概念："1. 来源于伟大和具有神秘特征的优势。2. 影响、信用。"

文学资源的不平等分配是整个世界文学空间的根本结构,由对立的两极组成。在自治程度最高的一端——也就是最远离政治、民族或经济限制的一端——是最古老的空间,[20] 是拥有丰富的文学遗产和资源的那些空间。[21] 这些大多是欧洲空间,它们最早进入跨国的文学竞争,积累了大量资源。而在他治程度最高的一端,即政治、民族和商业标准具有最强大支配力量的一端,是新来者,最缺乏文学资源空间。这一端同时也包括最古老区域中完全从属于商业标准的地带。同时,每一个民族空间本身就具有同样结构构造的两极。

最富有区域的权力能够永久保留,因为通过知名作家为迄今为止不知名的作品或来自中心之外的作品撰写书评和前言而发生了"声望的转移":瓦尔特·司各特(Walter Scott)的小说首次被译成法语出版时维克多·雨果(Victor Hugo)给予热情洋溢的评论;萧伯纳对易卜生戏剧在伦敦的首演的评论;纪德 1947 年为塔哈·侯赛因(Taha Hussein)的《平常日子》(Livre des jour)所作的序言;或者借助翻译的复杂的认可机制,如博尔赫斯(Borges)通过罗杰·凯洛伊斯(Roger Caillois)的翻译,易卜生借助威廉·阿彻(William Archer)的翻译而被经典化等等。

自治的程度

文学世界的第二个建构性特征是其相对的自治性。[22] 政治领域提出的问题不能强加于文学空间或与文学空间的问题相混淆,不管是民族还是国际的。很多当代文学理论似乎都致力于创造这种捷径,不断将文学缩减到政治。一个突出的例子就是德勒兹(Deleuze)和瓜塔里(Guattari)的《卡夫卡》(Kafka)。作者声称该作品是从一则日记中推断出来的(1911 年 12 月 25 日),它不仅是政治立场——证明了卡夫卡的确是政治作家——而且是贯穿他全部作品的一种政治理念。从法语版的《日记》的一个误译短语出发,他们构建了"小民族文学"的范畴,通过一个不能容忍的历史时代错误,将"小民族文学"之名冠于卡夫卡,而这些在第一次世界大战前不

---

[20] 更确切地说,那些在文学竞争空间中时间最长的。也解释了为什么某些古老的空间,如中国、日本和阿拉伯国家既是长久的也是从属的:他们很晚才进入国际文学空间,并且占从属地位。

[21] 也就是可以声称具有(矛盾)民族"普遍性经典"的空间。

[22] 关于"相对自治"的概念参见 Pierre Bourdieu, Les Règles de l'art, Paris 1992, especially pp. 75–164。

可能是卡夫卡关注的焦点。[23]

自治意味着文学空间发生的事件也是自治的：转折性日期、宣言、英雄、纪念碑、纪念物、首都等都综合起来共同生产一个特定的历史，不能与政治世界相混淆的一段历史——尽管有时也需要详加关注的形式依赖政治世界。布劳代尔在他撰写的15—18世纪的世界经济史中，注意到与经济因此也与政治相比之下的艺术空间的相对独立性。威尼斯是16世纪的经济首都，但佛罗伦萨和托斯卡纳语却在知识领域处于上升阶段。在17世纪，阿姆斯特丹成为欧洲贸易的中心，而罗马和马德里却在艺术和文学领域胜出。在18世纪，伦敦是世界经济的中心，而巴黎却到处强加其文化霸权：

> 在19世纪末和20世纪初，法国尽管在经济方面较欧洲其他国家相对落后，却是西方绘画和文学无可厚非的中心；意大利和德国主导音乐世界的时候并不是它们在经济方面占据统治地位的时候；即使到今天，美国强大的经济领先地位也没有使它成为世界文学艺术的领导者。[24]

拉美文学的例子进一步证明了文学领域的相对独立性，国际层面上不存在政治-经济力量与文学实力或合法性之间直接的因果关联。尽管相关国家的政治经济很薄弱，但以四个诺贝尔奖为形式的对拉美文学作品的国际认可、作家获得的全球声誉、其主导审美模式的既定合法性，都说明这两种秩序是不能混淆的。比方说，为了理解拉美文学"繁荣"的出现，我们必须设想文学现象的相对独立性。[25]

但如果文学世界相对独立于政治经济世界，它同样也相对依赖于政治经济世界。世界文学空间的全部历史——无论是其整体还是构成这个整体的每个文学空间内部——都首先依赖于民族政治关系，接着就通过自治化过程循序渐进地脱离这些关

---

[23] 卡夫卡的 Klein，仅仅指小文学作品（little literatures），Marthe Robert 过度翻译为次要文学（minor literatures），这一表达之后的命运就众所周知了。见 Gilles Deleuze and Félix Guattari, Kafka. Pour une literature mineure, Paris 1975, p.75; 还有我的文章 "Nouvelles considérations sur les literatures dites mineures", Littérature classique, no.31, 1997, pp.233–247。

[24] Braudel, Civilization and Capitalism, 15th–18th century: Volume III, The Perspective of the World, London 1984, p.68; Civilisation matérielle, vol.3, p.9.

[25] 关于这一点，20世纪60年代起拉美出现激烈论争，见 Efraín Kristal, "Considering Coldly...", NLR 15, May–June 2002, pp.67–71。我们应该如何看待社会代理人，特别是"风暴"中的作家在社会政治变革中的作用，还很不清楚。

系。最初的依赖在某种程度上依然存在，与所探讨的空间的资格相关，尤其是在语言层面上。他们几乎遍及世界的系统民族化进程，使语言成为与文学和政治不可分割的工具。

统治形式

文学空间中的统治模式是相互包裹的。三种主要形式依据其所占空间的位置施加影响：语言、文学和政治的统治——后者越来越多地具有了经济因素。这三方面相互重叠、渗透和遮蔽，以至于经常只有最明显的形式——政治-经济的统治——才是可见的。很多文学空间都在语言上具有依赖性（加拿大、澳大利亚、新西兰、比利时、瑞士、魁北克），但政治上却不居从属地位；其他空间，尤其是从去殖民化过程中兴起的那些空间，或许取得了语言独立，但政治上却依然是不自由的。从属性也可以单纯从文学方面加以衡量，独立于任何政治压迫或镇压。如果不假设严格的文学统治形式和权力政治框架之外的力量的存在，就无法解释某些流放形式、或书面语言短暂或永久的变化——比如，奥古斯特·斯特林堡（August Strindberg）、约瑟夫·康拉德（Joseph Conrad）、塞缪尔·贝克特（Samuel Beckett）、E. M. 西奥朗（E. M. Cioran）等。[26]

文学对文本生产、出版和认可的统治造成的影响要求对它们自身进行分析。比如，文学研究必然赋予心理学以优先权——众所周知以作家无与伦比的孤独为基础——通常不利于解释不易发现的结构限制，这种限制影响到作家的作品创作，及其对形式、文类和语言的选择。以格特鲁德·斯坦因（Gertrude Stein）为例：尽管女性主义研究正确地强调她生平和心理的特殊性，尤其是她的同性恋关系，却没有提到她在世界文学空间中的位置，好像这是不言而喻的。更确切地说，任何与她作为生活在巴黎的美国人相关信息只在传记或轶事语境中提到。但我们知道，20世纪最初的十年和20年代，美国在文学方面处于从属位置，美国作家到巴黎寻找文学资源和审美模式。这里我们看到了在没有任何依赖的情况下一个具体的文学统治的例子。简单地分析斯坦因作为在巴黎的流放诗人的地位——"移民"身份就是依赖性的清

---

[26] 奥古斯特·斯特林堡1887年到1897年逐渐变成一位法语作家，为获得国际认可直接用法语写作 *Le Plaidoyer d'un fou* 和 *Inferno*。

晰标志——以及美国文学空间在世界文学共和国中的位置就有助于我们理解为什么斯坦因与身处同样处境的埃兹拉·庞德(Ezra Pound)一样,都致力于"丰富"美国民族文学的事业。同时,她对美国文学再现的兴趣——她的巨著《美国人的成长》(*The Making of Americans*)就是最突出的宣言——也具有了最完整的意义。她作为生活在20世纪前十年的巴黎女同性恋者的事实,当然对理解她破坏性的冲动和她整个审美事业的本质至关重要。历史地构建出的支配关系具有重大意义,但却被批评传统排除在外。似乎这已经成为一个普遍原则,总是存在一些特殊性——无疑很重要,但仍然处于次要位置——遮蔽了文学权力关系的整体格局。

文学的这种支配力量——如此独特、如此难于表达、如此自相矛盾——与拒绝创新的古老空间中审美或审美-政治的禁闭相比,在某些情况下可以代表一种解放。其力量影响到世界上的每个文本、每位作家,不管他们的地位怎样,不管他们对文学统治的机制多么清楚;它对来自缺乏自治的文学空间或来自文学世界的从属区域之人的影响更重要。

然而,核心权威的神圣化影响如此之大,以至于让边缘地区的某些获得充分认可的作家产生幻想,认为统治结构完全消失了;他们自己就是新的"世界文学秩序"的活的见证。他们将自己的特殊情况加以普遍化,声称我们见证了中心和边缘之间权力平衡关系的完全颠倒。卡洛斯·富恩斯特(Carlos Fuentes)在《小说地理学》(*The Geography of the Novel*)中写道:

> 古老的欧洲中心主义已经被多中心主义所克服,……应该将我们带入以"激活差异"为核心人性的普遍条件……歌德的世界文学终于找到了其正确意义:它是差异的文学,在同一个世界上聚敛的多元化描述……同一个世界,不同的声音。形成小说地理的新的星群是多种多样的、不断变化的。[27]

多元文化主义的热情致使另一些人断言中心和边缘的关系已经彻底颠倒,边缘世界此后将占领中心位置。事实上,这个温和的、杂合而成的想象会消除文学关系的政治属性,使伟大文学作品魅力的传奇持续下去,使那些来自边缘区域寻求颠覆性和有效的世界认可策略的作家放松警惕。

---

[27] Fuentes, *Geographia de la novella*, Madrid, 1993, p.218.

再次征用的现代主义

文学的不平等及其统治关系激发了自身的斗争、对立和竞争形式。但被支配的一方也提出了具体策略，虽然只能从文学的角度来理解，但或许具有政治效果。叙事秩序中的形式、创新、运动和变革在试图推翻现存文学权力关系的过程中或许会被转移、占领、借用或归并。

我将从这些方面分析 19 世纪末西班牙语国家现代主义的出现。应该如何解释改变了整个西班牙诗歌传统的这场运动，原来却是由一个远在西班牙殖民帝国边缘的尼加拉瓜的作家支配的？鲁文·达里奥（Rubén Darío）从儿时起就对巴黎文学传奇着迷，19 世纪 80 年代末他生活在巴黎，自然而然地痴迷于当时刚刚兴起的法国象征主义诗歌。[28] 然后，他开始了一项惊人的活动，只能称作对文学资本的征用：他将法国象征主义的创作过程、主题、词汇和形式引入西班牙语诗歌之中。这种征用是相当明确的，有意使西班牙诗歌具有法国特征。包括音素和句法形式，人称"精神的高卢主义"。这种向文学与政治资本必然的转移[29]并不是在"接受"的被动模式中进行的，也不是像传统文学分析所认为的那样，在"影响"中进行的。相反，这种征用是一场复杂斗争的积极形式和工具。为了抵抗西班牙同其殖民宗主国的政治语言统治，以防止西班牙诗歌陷于僵化，达里奥公开倡导巴黎的文学统治。巴黎，作为文化要塞和对其他帝国或民族力量的属民而言是更具中立的政治领域，被很多 19 和 20 世纪的作家用作文学斗争的武器。

那么，对文学不平等加以理论化的关键问题并不是边缘作家是否从中心"借用"，或者文学轨道是否从中心走向边缘；而是向文学世界、形式、特殊性和激烈抗争的从属者的回归。只有这样，他们（经常被掩盖的）创新自由才能被接受。面对解决从属问题的需求，认识到文学世界遵从伯克利著名的"存在即被感知"（esse est percipi）的准则，他们逐渐完善了一系列策略，与他们的境遇、书面语言、文学空间中的位置、他们希望获得声望的中心建立或近或远的距离密切相关。我已经在其他

---

[28] 在《自传》中，达里奥写道："我从儿时开始就梦想着巴黎，以至于在祈祷时我祈求上帝不要让我在没看到巴黎的时候就死去。巴黎对我来说是可以呼吸到世间幸福精华的天堂。"Obras completas, Madrid 1950–1955, vol. I, p. 102.

[29] Perry Anderson 称作"文化独立宣言", *The Origins of Postmodernity*, London and New York 1998, p. 3。

地方表明，在这个结构内部实现的大多数妥协方法都是以"距离艺术"为基础的，即在美学上给自身的定位既不能太近也不能太远；处于最从属地位的作家用惊人的复杂技巧运筹帷幄，确保自己赢得认可和生存于文学领域的最好机会。把源自这些地区的作品作为众多复杂的定位策略来分析揭示出有多少伟大的文学革命都是在边缘和从属地区发生的，乔伊斯、卡夫卡、易卜生、贝克特、达里奥等很多人都是见证。出于这个原因，把中心的文学形式和文类简单地当做强加于从属区域作家的殖民遗产就等于忽略了这样一个事实，即文学本身作为整个空间的共享价值同样也是一种工具，如果再次征用，可以促使作家——尤其是那些占有资源最少的作家——在其中获得某种自由、承认和生存。更具体更直接地说，对文学可能存在的广袤领域的反思——即使这种反思是在那种强大而无法逃脱的支配结构之内进行的——旨在为那些处在文学资源最贫乏区域的作家提供斗争所需的象征性武器，他们遇到的困难是处在中心的作家无法想象的。本文的目的是表明他们所经历的不能解决的、个体的从属状态，虽没有任何先例或比较依据，事实上是由历史和集体结构同时创造的产物。[30] 除了质疑比较文学研究的方法和工具外，我在此简要勾勒的结构比较主义也试图成为漫长和无情的文学之战中的一件工具。

（尹星 译）

---

[30] 这也是为什么我完全赞同莫莱蒂的观点，可以作为这个仍处于早期的学科的宣言，"如果没有集体工作，世界文学将永远是一种拼贴。"（《世界文学猜想续篇》，NLR 20, March-April 2003, p.75。）

世界文学猜想

[美国] 弗朗哥·莫莱蒂

导 读

弗朗哥·莫莱蒂（Franco Moretti）是斯坦福大学英语文学及比较文学教授，斯坦福小说研究中心主任。一直以来，莫莱蒂因其所倡导的"远距离阅读"（distant reading）而不断引发争议。其目的在于通过这种文学史研究方法来反对近距离阅读（close reading），他主张利用地图（map）这种工具来理解文学对空间的利用，并利用统计数据来理解文学传播以及文学影响的传播。2000年，莫莱蒂发表《世界文学猜想》（"Conjectures on World Literature", 2000）一文，随后又发表该文续作《世界文学猜想续篇》（"More Conjectures"），——我们这里刊载的就是这两篇文章。2005年，他又出版专著《文学史的曲线、地图、谱系》（*Graphs, Maps, Trees: Abstract Models for a Literary History*）。在所有这些作品中，他集中探讨的就是这些问题。

莫莱蒂在罗马大学接受高等教育，毕业后到意大利和哥伦比亚大学担任教职，最后才来到斯坦福大学工作。他的主要研究领域为19世纪和20世纪早期欧洲文学。早在1983年，他出版论文集《奇迹的先兆》（*Signs Taken for Wonders*），并因此一举成名。在这部成名作中，他主要探讨美学的政治问题，该书语言犀利生动，分析了诸如法国布尔蓬王朝复辟的悲剧、巴尔扎克的小说、詹姆斯·乔伊斯的《尤利西斯》等问题。此后，他对叙事和文体理论问题进行了深入的研究。1998年，他发表《现代史诗：从歌德到马尔克斯之间的世界体系》（*The Modern Epic: The World-system from Goethe to García Márquez*），这部作品集中探讨的就是上述叙事和文体理论问题。此后，莫莱蒂担任《小说》主编。《小说》出版于意大利，共五大卷，是一部多人合作研究的巨著，内容主要研究历史上各种形式的小说。到目前为止，他的著作已被翻译为十五种语言文字。

莫莱蒂的《世界文学猜想》发表于《新左派评论》（*New Left Review*, 2000年1—2月刊）。文中认为，我们需要将文学发展史经验与世界体系理论加以结合，形成一种所谓"世界文学"（Weltliteratur）的新理论，只有这样才能足以满足这个全球化时代的需要。莫莱蒂此文发表后，引发颇多争论，他又写了"续篇"（刊于《新左派评论》2003 年 3–4 月刊）予以答复。

* * *

我的使命是用比我的理解还要简单的方式说话。
——勋伯格：《摩西与亚伦》（Schönberg, Moses and Aaron）

"现在，民族文学已经不是十分重要，世界文学的时代已经开始，每个人都必须为加速这一时代而努力。"当然，这是歌德 1827 年对艾克曼（Echermann）说的话；下面是马克思和恩格斯在 20 年后于 1848 年所写的一段话："民族的片面性和狭隘性变得越来越不可能，从众多的民族和地方文学中，兴起了一种世界文学。"这是歌德和马克思所说的世界文学（Weltliteratur）。不是"比较文学"，而是世界文学：歌德在那次谈话时正在阅读的中国小说，或《共产党宣言》中（"给每个国家的生产消费赋予世界主义特征"）的资产阶级。简单地说，比较文学并没有按照早期的这些期望发展。它始终是个比较谨慎的知识行业，基本上仅限于西欧，主要在莱茵河一带发展（研究法国文学的德国语文学家）。除此之外没有别的了。

这是我自己的知识结构，而科学工作总是有限制的。但限制是要变化的。我认为该是回到世界文学这个古老抱负的时候了：毕竟，我们周围的文学现已无疑构成了一个星际体系。问题实际上不是我们应该做什么——而是怎么做。研究世界文学究竟意味着什么？如何研究？我研究 1790 到 1930 年间的西欧叙事，已经感到在英法文学领域之外我就是一个冒充专家的门外汉了。那么世界文学究竟是什么呢？

当然，很多人都比我读得多读得好，但我们在此讨论的语言和文学有一百多种。读得"多"似乎根本不是解决问题的办法。主要原因是我们正开始重新发现玛格丽特·科恩（Margaret Cohen）所说的"没有读过的伟大作品"。"我研究西欧叙事等等……"。其实并不尽然，我只研究其经典那一部分，甚至还不到已出版的文学的百分之一。另外，一些人读得更多，但问题是英国 19 世纪小说有 30 万、40 万甚或 50 万、60 万种，没有人知道，没有人全部读过，将来也没有人会全读。此外还有法国、中国、阿根廷、美国的小说……读得"多"是件好事，但不是解决问题的办法。[1]

---

[1] 我在另一篇相关文章《文学的屠宰场》中谈到了没有阅读的伟大作品这个问题，即将在《现代语言季刊》（Modern Language Quarterly）有关"形式主义与文学史"的专辑中出版，2000 年春季版。

或许，很难同时既要谈论世界又要谈论没有阅读的作品。但我真的认为这是我们最好的时机，因为单就这项任务的艰巨性就已经清楚地表明，世界文学不能仅仅是文学，要大于文学；大于我们已经在做的事情。它必须有所不同。**范畴要不同**。马克斯·韦伯（Max Weber）写道："它不是'事物'的'实际的'相互联系，而是决定不同科学范畴的**问题**在**概念**上的相互联系。以一种新方法探索新的问题，新的科学'就在这里诞生。"[2] 这就是问题的症结：世界文学不是一个对象，而是一个**问题**，一个需要用新的批评方法加以解决的问题：没有人能仅通过阅读更多作品就能找到一种方法。这不是理论诞生的方式；理论需要一次跳跃、一个赌注——首先需要一个假设。

世界文学：一和不平等

我首先从经济史的世界体系学派借用这个最初的假设，在他们看来，国际资本主义是一个体系，同时既是一，又是**不平等**的：有一个核心和一个边缘（以及一个亚边缘），它们被捆束在一个越来越不平等的关系之中。一，并且不平等：一种文学（歌德和马克思所说的单数的世界文学）；抑或更好的说法是一种世界文学体系（相关文学的体系），但却不同于歌德和马克思所希望的一个体系，因为它相当不平等。罗伯托·施沃兹（Roberto Schwarz）在有关《向巴西进口小说》的精彩论述中写道："和其他领域一样，巴西文学中的外国借贷显而易见。它不简单是在它出现的文本中可以轻易去除的部分，而是文本的一个复杂特征。"[3] 伊塔马尔·埃文·佐哈（Itamar Even-Zohar）在反思希伯来文学时说："干涉是文学之间的一种关系，……源文学可能成为直接或间接借贷的来源 [小说的引进，直接和间接的借贷、外国债务：可以看出经济隐喻已经潜入文学史]——目标文学的借贷来源……**文学干涉中没有对称。目的语文学时常受到源文学的干涉，而源文学却完全忽视了它**。"[4]

这就是一和不平等的意味：某种文化的命运（通常是位于边缘的一种文化，正如

---

[2] Max Weber, "Objectivity in Social Science and Social Policy", 1904, in *The Methodology of the Social Sciences*, New York 1949, p. 68.

[3] Roberto Schwarz, "The Importing of the Novel to Brazil and Its Contradictions in the Work of Roberto Alencar", 1977, in *Misplaced Ideas*, London 1992, p. 50.

[4] Itamar Even-Zohar, "Laws of Literary Interference" in *Poetics Today*, 1990, pp. 54, 62.

蒙特塞拉特·伊格莱西亚斯·桑托斯 [Montserrat Iglesias Santos] 明确指出的[5]）与另一种"完全忽视它"的（位于中心）的文化相交叉并受其影响发生变化。一个熟悉的情况是国际权力的不平衡——以后我会进一步讨论施沃兹所说的作为一个复杂文学特征的"外国债务"。现在，让我详细谈谈把社会史的一个解释母体应用于文学史的后果。

距离阅读

马克·布洛赫（Marc Bloch）在谈论比较社会史时提出了一个很有意思的他所称的"口号"："对一天的综合进行多年的分析"[6]；如果你读读布劳代尔和沃勒斯坦的作品，你就会立刻明白布洛赫指的是什么。严格意义上的沃勒斯坦的文本，他的"一天的综合"，占了一页的三分之一，四分之一，也许一半；剩下的都是引语[《现代世界体系》（The Modern World-System）第一卷有 1400 个引语]。沃勒斯坦用一页的篇幅把多年的分析、他人的分析综合成了一个体系。

让我们认真对待这个模式，世界文学的研究将为文学领域复制"这一页"，也就是说，这种分析与综合的关系。但在那个例子中，文学史很快就会变成与现在的文学史大相径庭的东西：它会变成"二手货"：他人研究的拼凑，**而没有直接的文本阅读**。依然雄心勃勃，甚至比以往更甚（世界文学！）；但现在雄心与**文本距离**直接构成比例：志向越高远，距离也就越大。

美国是进行文本细读的国家，所以我并不期待这个观点大受欢迎。但文本细读（及其从新批评到解构主义的所有变体）的问题在于它必定依赖于一个极其狭窄的经典。如今，它也许已经成为一种无意识和不可见的前提，但却是一个铁的事实：只有当你认为其中几乎没有几篇是真正重要的，你才会对个别文本投入那么多。否则，这说不通。如果我们要越过经典（当然，世界文学要这么做：如果不这样做就会显得很奇怪）文本细读远远不够。它不是为此而设计的，恰好相反。归根结底它是一种神学训练——非常严肃对待很少受到严肃对待的极少文本——但我们真正需要的是一个与魔鬼的协定：我们已经知道怎样阅读文本，现在让我们学习怎样**不去**

---

[5] Montserrat Iglesias Santos, "El sistema literario: teoría empírica y teoría de los polisistemas", in Dario Villanueva (ed.), *Avances en teoría de la literatura*, Santiago de Compostela 1994, p.339;"重要的是要强调干涉最经常发生在体系的边缘。"

[6] Marc Bloch, "Pour une histoire comparée des sociétés européennes", *Revue de synthèse historique*, 1928.

阅读它们。距离阅读：让我再重复一遍，在此，距离是一种知识状态：它让我们着眼于比文本更小或更大的单位：策略、主题、修辞——或文类和体系。而且，如果在非常小的单位和非常大的单位之间，文本本身消失了，人们可以正当的说，少即多。如果想要从整体上理解体系，我们必须接受一些东西会丧失的事实。我们总是要为理论知识付出一些代价：现实是无限丰富的；概念是抽象的、贫乏的。但正是由于这种贫乏，才有可能掌握它，了解它。这也就是为什么少事实上即为多的原因。[7]

西欧小说：规则或例外？

让我举一个距离阅读和世界文学相结合的例子，是一个例子，而不是模式，当然也是基于我所熟悉的领域的例子（在其他地方情况也许不同）。几年前，弗雷德里克·詹姆逊（Fredric Jameson）在介绍柄谷行人（Kojin Karatani）的《现代日本文学起源》（*Origins of Modern Japanese Literature*）时，他注意到在现代日本文学的兴起阶段，"日本社会经验的原材料和西方小说构建的抽象形式模式并非总能够天衣无缝地结合起来"；在讨论此问题时，他尤其谈到了三好将夫（Masao Miyoshi）的《沉默的同谋》（*Accomplices of Silence*）和穆克吉（Meenakshi Mukherjee）的《现实主义与现实》（*Realism and Reality*）（早期印度小说研究）。[8] 的确，这些著作经常回到西方形式和日本或印度现实的相遇引发的复杂"问题"（穆克吉的说法）。

现在，同样的情形也出现在诸如印度和日本如此不同的文化中——我对此很好奇；当我意识到罗伯托·施沃兹（Roberto Schwarz）也在巴西独自发现了几乎相同的模式时，我就更加好奇了。最终，我开始用这些证据表现市场与形式之间的关系；之后，在无意的情况下，我开始认为詹姆逊的洞见仿佛——我们总是应该小心对待这些观点，但也确实没有别的方法——似乎是**文学进化的法则**：它适用于处在文学体系边缘的各种文化（这指的是几乎包括欧洲内外的所有文化）。现代小说的兴起最初并不是自主发展，而是西方的形式影响（通常法国和英国的形式）与地方原料折衷的结果。

---

[7] 或者再次引用韦伯的话，"概念主要是智性掌握经验数据的分析工具。"（Objectivity in Social Science and Social Policy, p.106.）显然，想要研究的领域越大，就越需要能够掌握经验现实的抽象"工具"。

[8] Fredrick Jameson, "In the Mirror of Alternate Modernities", in Karatani Kojin, *Origins of Modern Japanese Literature*, Durham-London, 1993, p.xiii.

最初的想法扩展为一连串的规则[9]，这很有趣，但是……它仍然只是个想法；一个必须经过检验的猜测，或许要经过大规模的检验，因此我决定追溯文学史上现代小说（基本上从1750到1950年）传播的浪潮。加斯佩雷蒂（Gasperetti）和戈希洛（Goscilo）关于18世纪晚期东欧的研究[10]；托斯基（Toschi）和马蒂·洛佩兹（Martí-López）的19世纪早期南部欧洲研究[11]；弗兰科（Franco）和索莫（Sommer）的中世纪拉美研究[12]；弗里登（Frieden）论1860年代的意第绪语小说[13]；默萨（Moosa）、萨义德（Said）和艾伦（Allen）的1870年代阿拉伯小说研究[14]；埃文（Evin）和帕

---

[9] 我开始在 *Atlas of the European Novel 1800–1900* (Verso: London 1998) 最后一章中简要勾勒它们，基本上就是这样的；第二，形式折衷通常是由大量的西欧翻译来准备的；第三，折衷本身通常是不稳定的(三好将夫有一个非常好的形象描述：日本小说的"不可能的项目")；但第四，在那些非常罕见的情况下，不可能的项目成功了，我们就有了真正的形式革命。

[10] "考虑到形成阶段的历史，早期俄罗斯小说包含一系列法国和英国文学中流行的方法就不足为奇了。"David Gasperetti 写道 (*The Rise of the Russian Novel* (De Kalb 1998, p.5). Helena Goscilo, "Introduction" to Krasicki's *Adventures of Mr. Nicholas Wisdom*)："在西欧文学的语境，也就是它最重要的灵感来源中解读《探险》的收获最丰。(Ignacy Krasicki, *The Adventures of Mr. Nicholas Wisdom,* Evanston 1992, p. xv.)

[11] Luca Toschi 在谈到1800年意大利叙事市场时说，"有外国产品的需求，生产也就需要顺从市场"(Alle origini della narrative di romanzo in Italia, in Massimo Saltafuso (ed.), *Il viaggio del narrare*, Florence 1989, p.19.) 在一代人之后的西班牙，"读者对西班牙小说的原创性不感兴趣；他们唯一的愿望就是符合他们所熟悉的外国模式"：Elisa Martí-López 因而总结道，1800到1850年间，可以说"西班牙小说是在法国创作的"。(Elisa Martí-López, "La orfandad de la novella española: política editorial y creación literaria a mediados del siglo XIX", *Bulletin Hispanique*, 1997.)

[12] "显然，高远的志向并不够。19世纪的很多西班牙语美国小说都是笨拙无能的，情节来自当代欧洲浪漫小说的二手货。"(Jean Franco, *Spanish-American Literature*, Cambridge 1969, p. 56.) "如果19世纪拉美小说中的男女主人公跨越传统界限热情地渴望对方……那么，激情在一代人之前就还没有盛行。事实上，经历着现代化的情人们通过阅读欧洲浪漫小说来学习如何实现他们的色情幻想。"(Doris Sommer, *Foundational Fcitions: The National Romances of Latin America*, Berkeley-Los Angeles 1991, pp. 31–32.)

[13] 意第绪语作家模仿——借用、融合和改变——欧洲小说故事的众多因素。(Ken Frieden, *Classic Yiddish Fiction*, Albany 1995, p. x.)

[14] Matti Moosa 引用小说家 Yahya Haqqi 的话说，"承认现代小说来自西方并没有害处。那些奠基人都受到欧洲文学尤其是法国文学的影响。尽管英国文学的杰作也翻译成阿拉伯文，法国文学却是我们故事的源泉。"(Matti, Moosa, *The Origins of Modern Arabic Fiction*, 1970, 2nd ed. 1997, p.93.) 对爱德华·萨义德来说"阿拉伯作家曾经意识到了欧洲小说，并开始写类似的作品。"(Edward Said, *Beginnings*, 1975, New York, 1985, p.81.) Roger Allen 也说，"用更具文学性的术语来说，同西方文学越来越多的接触引发了欧洲小说的阿拉伯语翻译，随之而来的就是改写和模仿，最终是阿拉伯世界本土现代小说传统的出现。"(Roger Allen, *The Arabic Novel*, Syracuse 1995, p. 12.)

拉(Parla)的同时代土耳其小说研究[15];安德森(Anderson)关于1887年菲律宾小说《别碰我》(Noli Me Tangere)的研究;赵毅衡和王德威的世纪之交清代小说研究[16];欧比时那(Obiechina)、艾瑞勒(Irele)夸伊森(Quayson)的1920到1950年间西非小说研究[17];(当然还有柄谷行人[Karatani],三好将夫[Miyoshi],穆克吉[Mukherjee],埃文-左哈[Even-Zohar],施沃兹[Schwarz])。四个大陆、两百年,二十多个独立批评研究都一致认为:当一种文化开始向现代小说发展时,它总是外国形式与本地材料之间的妥协。詹姆逊的"规律"通过了检验——虽说是第一个检验。[18]而事实上还不止如此,它完全颠倒了业已接受的关于这些问题的历史解释:因为如果外国

---

[15] "土耳其最早的小说是新知识阶层的成员写作的,他们受过政府的公务训练,接触过很多法国小说", Ahmet O. Evin (*Origins and Development of the Turkish Novel*, Minneapolis 1983, p.10); Jale Parla 说,"早期土耳其小说家将传统的叙事形式与西方小说的例子结合起来"。("Desiring Tellers, Fugitive Tales: Don Quixote Rides Again, This Time in Istanbul", forthcoming.)

[16] "事件顺序的叙事错位或许是晚清作家阅读或翻译西方小说时获得的最深刻的印象。首先,他们将事件的顺序清理成叙事前的样子。当这种清理在翻译中无法实现的时候,就会插入一个致歉的注脚……自相矛盾的是,当他没有遵循原著而自行改变的时候,译者却认为没有必要致歉。"(Henry Y. H. Zhao, *The Uneasy Narrator: Chinese Fiction from the Traditional to the Modern*, Oxford 1995, p.150.) David Der-wei Wang 说,"晚清作家借助外国模式饶有兴致地更新了自己的传统,我认为晚清是中国'现代'文学的开端,因为作家追寻新意不再包含在本土定义的界限内,而是不可避免地在19世纪西方扩张主义之后,由思想、技术和权力的跨语言、跨文化交换决定的。"(*Fin-de-siècle Splendor: Repressed Modernities of Late Qing Fiction, 1849–1911*, Stanford 1997, pp.5, 19.)

[17] "构成西非本地作家小说的一个关键性因素是这些小说出现在非非洲作家写的关于非洲的小说之后……外国小说包含的因素,本地作家在创作时必须加以回应。"(Emmanuel Obiechina, *Culture, Tradition and Society in the West African Novel*, Cambridge 1975, p.17.) "第一部达荷美小说 *Doguicimi* 是以法国小说的形式重塑非洲口述文学的有趣尝试。"(Abiola Irele, *The African Experience in Literature and Ideology*, Bloomington 1990, p.147.) "现实主义的合理性似乎足以完成在全球现实的危机关头塑造民族身份的任务……现实主义的理性主义散见于不同的报纸、奥尼沙市场文学,以及主导当时话语的非洲作家系列的一些最早作品。"(Ato Quayson, *Strategic Transformations in Nigerian Writing*, Bloomington, 1997, p.162.)

[18] 我第一次描述这种"二手"批评的研讨班上,Sarah Golstein 提出一个很好的诚实的问题:你决定依赖另一个批评家。那好。但如果他错了呢?我的回答是:如果他是错的,你也错了,但你很快就会知道,因为你不可能得到任何确证——你就不会看到 Goscilo, Martí-López, Sommer, Evin, Zhao, Irele... 而且你不光找不到正面的证据;迟早你也会发现各种你无法解释的事实,用波普尔著名的公式来说,你的假设就是错误的,你必须摒弃它。幸运的是,目前还没到这个程度,詹姆逊的洞察是站得住脚的。

和本土的妥协如此普遍,通常被视作小说兴起之惯例的独立发展轨迹(西班牙、法国、尤其是英国的情况)就不是惯例而是特例。它们首先兴起,但并不是典型。典型的小说兴起于克拉西茨基(Krasicki)、凯末尔(Kemal)、黎刹(Rizal)、马兰(Maran)——而不是笛福(Defoe)。[19]

历史实验

看看距离阅读外加世界文学的好处:它们充分体现了民族历史编纂学的精髓。其方式就是进行一种**实验**。你定义一个分析单位(比如这里的形式妥协)[20],然后看它在许多不同环境中的变化[21],——直到所有的文学史变成了一长串相关实验的链条:"事实与幻想的对话"。就像彼得·梅达沃(Peter Medawar)所说的:"在可能的真实与实际的真实之间的对话"[22]。这句话恰当地描述了这个实验,我在阅读其他史学同行的研究著作时发现,西方形式和本土现实的遭遇的确在别处造成了结构妥协——正如规律所预测的那样——但是妥协本身却采取了不同形式。有时它变

---

[19] 好吧,我承认,为了检验我的推测,我最后也的确阅读了一些"一手"小说(Karasick's *Adventures of Mr. Nicholas Wisdom*, Abromowitsch's *Little Man*, Rizal's *Moli Me Tangere*, Futabatei's *Ukigumo*, René Maran's *Batouala*, Paul Hazoumé's *Doguicimi*)。然而,这种"阅读"不再产生任何阐释了,而纯粹是检验:这不是批评事业的开始,而是附录。接着,你不再真的去读任何文本了,而是通过文本寻找你要分析的单位。这项任务从一开始就是紧张的,是没有自由的阅读。

[20] 出于实际目的,想要研究的地理空间越大,分析单位就应该越小:比如一个概念(正如我们谈到的例子),机制、修辞或有限的叙事单位。在续篇中,我希望概述19和20世纪小说中文体"严肃性"(奥尔巴赫《摹仿论》中的关键词)的传播。

[21] 如何创建一个可靠的样品——也就是说什么样的民族文学和个别小说为理论预测提供了满意的检验——当然是个非常复杂的问题。在这个简要概述里,我选取的样品(及其理由)还远远不够。

[22] Medawar 说,科学试验开始于"讲述一个可能存在的世界的故事,结果是尽我们可能地让它成为关于现实生活的故事。"引自 James Bird, *The Changing World of Geography*, Oxford, 1993, p.5. Bird 本人提供了一个非常好的实验模式。

得非常不稳定,尤其是在 19 世纪下半叶和在亚洲:[23] 就如同三好将夫所说的日本是"不可能的项目"。[24] 而在另一些时候却并非如此:是浪潮的起始和结束,比如(一个极端是波兰、意大利和西班牙,另一个极端是西非),历史学家描述的小说当然有

---

[23] 除了 Miyoshi 和 Karatani(日本),Mukherjee(印度),Schwarz(巴西),结构矛盾和形式折衷的不稳定性经常在土耳其、中国和阿拉伯小说研究中提及。Ahmet Evin 谈论 Namik Kemal 的 Intibah 时指出,"两个主题的融合,一个是传统家庭生活,另一个是妓女的渴望,在土耳其小说中是首次以土耳其生活的主题框架,达到欧洲小说的心理维度的尝试。然而,由于主题不兼容,以及对两者强调程度的不同,小说的整体性遭到了破坏。Intibah 的结构缺陷表明土耳其文学传统和欧洲小说各自方法论和关注问题的差异。(Ahmet O. Evin, Origins and Development of the Turkish Novel, p.68.) Jale Parla 对坦齐马特时期的评价也与此类似:"在革新倾向的背后是主导的和处统治地位的奥斯曼意识形态,它将新观念融入了适合奥斯曼社会的模子里。然而这个模子却应该包含两种基于不可调和的原理的认识论。这个模子不可避免地发生破裂,而文学就以这样或那样的方式反映这些裂缝。"(Desiring Tellers, Fugitive Tales: Don Quixote Rides Again, This Time in Istanbul) Roger Allen 在谈论 Husayn Hakal 1913 年的小说 Zaynab 时,也回应了 Schwarz 和 Mukherjee(开罗的学生哈米德熟悉西方有关自由、正义的著作,比如约翰·斯图亚特·穆勒和赫伯特·斯宾塞的著作,用在如此高的平台上同一直生活在埃及乡村的父母讨论埃及社会的婚姻问题,在此指出这种心理谬误是极其容易的事。The Arabic Novel, p.34.) 赵毅衡在标题《不安的叙述者》中就强调了——参见开篇关于不安状态的精彩论述——西方情节与中国叙事相遇时产生的复杂性:"晚清小说的一个显著特点就是相比于中国之前的所有本土小说出现了更多的叙事侵扰……试图解释这些新技巧的许多方向都流露出叙述者关于自身不稳定地位的不安……叙述者感到了多样化解释的危险……道德评论也越发倾向于进行清晰的评价",有时过分叙事的倾向十分强大以至于作家或许会牺牲叙事悬念以"表明他在道德上是无懈可击的"。(The Uneasy Narrator, pp.69–71.)

[24] 有些情况下,甚至欧洲小说的翻译都经历了各种难以置信的改造。1880 年的日本,Tsubouch 把 The Bride of Lammermoor 翻译为 Shumpu jowa (Spring breeze love story) 出版,Tsubouchi 本人"也只是在材料不适合读者的情况下进行切割,或者把 Scott 的意象转化为更贴近传统日本文学语言的表达方式"。(Marleigh Grayer Ryan, "Commentary" to Futabatei Shimei's Ukigumo, New York, 1967, pp.41–42.) Matti Moosa 指出,在阿拉伯世界里,"很多情况下,西方小说的译者有时候大刀阔斧地对待原作。Yaqub Sarruf 不仅改变了 Scott 小说 Talisman to Qalb al- Asad wa Salah al-Din(狮心王与萨拉丁 The Lion Heart and Saladin)的题目,并且承认擅自删减、增加或部分改变了这个传奇故事,从而满足他所认为的读者的品味……另外一些译者改变了书名、人物姓名或者内容,他们声称这样做可以是翻译作品更容易被读者接受,与民族文学传统更加一致。"(The Origins of Modern Arabic Fiction, p.106.) 同样的普遍模式也适用于晚清小说,"翻译几乎无一例外地经过了篡改……最严重的篡改是重述整部小说,让它成为讲述中国人物和中国背景的故事……几乎所有的翻译都有删节……西方小说成了骨架,一概而过,更像是中国传统小说。"(Henry Zhao, The Uneasy Narrator, p.229.)

其自身的问题——但并不是来自无法调和因素的碰撞的问题。[25]

我还没有意料到这一系列的结果,所以起初我很吃惊,后来我才意识到这也许是最重要的发现,因为它表明世界文学的确是个体系——但却是**变体**的体系。这个体系是一,但并非是一体。来自英法核心的压力**试图**令它成为一体,但总不能完全消除差异的现实。(顺便说一句,由此可以看到世界文学研究必然是对在世界争夺象征性霸权的斗争的研究。)体系是一,但不是一体。当然,从历史上看应该是这样:如果1750年以后,世界各地兴起的小说都作为西欧模式和本土现实之间的折衷——当然,不同地方的地方现实也不一样,就像西方影响也不平均一样:用我谈的例子来证明的话,1800年左右在南欧的影响就比1940年在西非的影响大。涉及的力量不断变化,其互动导致的折衷也不断变化。而这也为比较形态学开启了一个奇妙的质询空间(形式在空间和时间中变化的系统研究,这也是在比较文学中保留"比较"这个形容词的唯一原因):但是比较形态学是个复杂的问题,需要单独论述。

作为社会关系之抽象的形式

让我再谈谈"折衷"这个术语——与詹姆逊介绍柄谷行人时所想的折衷有些不同。对他而言,关系从根本上是二元的:"西方小说构建的抽象形式模式"和"日本

---

[25] 为什么会有这种差别?也许因为在欧洲南部,法国翻译浪潮遭遇的地方现实(和地方叙事传统)根本就没有多少差异,因此,外来形式和地方资源的融合就很容易。而西非却是相反的情况:尽管小说家本人都受到西方文学的影响,翻译浪潮却比其他地方都弱,而他们的地方叙事传统也与欧洲的极端不同(仅在口传文学上就足以说明问题);由于对"外国技术"的欲望相对平淡——加上20世纪50年代的反殖民政治的进一步打击——地方传统的作用相对而言未被干扰。Obiechina和Quayson强调了早期西非小说与欧洲小说的对立:"西非本土小说与使用西非背景的非本土小说之间最明显的差异在于前者给再现口头文学以重要地位,而后者却几乎未予再现。"(Emmanuel Obiechina, *Culture, Tradition and Society in the West African Novel*, p.25.)"我们识别出来的文学策略的连续性最好说成是对神话创造的不断证实,而不是定义身份的现实主义。……很难质疑这是衍生于被看做西方现实主义形式的一种概念对立。在这方面更值得注意的是,在非洲重要作家如Achebe, Armah和Ngugi等人的作品中,现实主义再现的原方案已经趋向于神话创造的实验了。"(Ato Quayson, *Strategic Transformation in Nigerian Writing*, p.164.)

社会经验的原材料":基本上也就是形式和内容。[26] 在我看来,这更像是三角关系:外来形式,本土材料——以及**本土形式**。简单地说:**外国情节**,本土人物和本土的**叙事声音**:小说恰恰是在第三个维度表现得最不稳定——最不自在,也就是赵毅衡所说的晚清的叙述者。这讲得通:叙述者是评论、解释和评价的支点,外来的"形式模式"(或实际存在的外来因素)让人物表现得很奇怪(比方说 Bunzo, Ibarra, 或 Brás Cubas),当然评论也就随之变得不自在——喋喋不休、飘忽不定、没有方向。

埃文-左哈(Even-Zohar)称其为"干扰":强大的文学给别人造成了生存困难——使结构艰难。施沃兹(Schwarz)说,"原始的历史形态的一部分作为社会形式重新出现……在这个意义上,形式就是具体社会关系的抽象。"[27] 当然,在我们的例子中,历史境遇表现为某种形式的"破裂":故事与话语、世界与世界观之间的断裂;世界在外来影响下朝着奇怪的方向演变;世界观想要使其具有意义,却常常失去平衡。就像黎刹的叙事声音(在天主教情节剧和启蒙运动的讽刺之间摇摆)[28],或亭四迷的叙事声音(在 Bunzo 的"俄国"行为和文本描述的日本观众之间不得自拔),或者赵毅衡所说的已经对情节完全失去控制但不惜一切代价也要控制它的极具转义的叙述者。这就是施瓦兹说的"外来债务",它变成文本的"复杂特征":就是说:外来因素"干扰"了小说的表述。[29] 单一而不平等的文学体系在此不是一个简单的外在网络,它不在文本之外:而是深深嵌入文本形式之中的。

---

[26] António Cándido 在一篇优秀的文章里也提出了同样的观点:"我们(拉美文学)从没有创造原创性的表达形式或基本的表达技巧,无论是文学运动层面上的浪漫主义;文类层面上的心理小说;写作层面上的自由间接风格……不同的本土主义从不拒绝引进的文学形式……我们需要的是选择新的主题,不同的情感。"("Literature and Underdevelopment", in César Fernández Moreno, Julio Ortega, Ivan A. Shulman (eds), *Latin America in Its Literature*, New York, 1980, pp. 272–273.)

[27] "The Importing of the Novel To Brazil", p. 53.

[28] 黎刹的解答或解答的欠缺与他非常广泛的社会谱系有关(其中 *Noli Me Tangere* 就在 Benedict Anderson 的启发下把小说和民族国家联系起来):在没有独立、没有明确定义的统治阶级、没有通用语言和上百个不同人物的国家里,很难说什么"整体",叙述者的声音因而也变得嘶哑了。

[29] 在一些幸运的情况下,结构弱点会变成优点,正如施瓦兹对马查多的解释,叙述者的"发散性"成为"巴西统治阶级行为的风格化":它不再是缺点,而是小说的重点:"马查多·德·阿西斯(Machado de Assis)小说中的一切都浸染了叙述者发散的特征——在不同程度上加以使用和滥用。批评家经常从文学技巧或作者幽默的角度看待它。而将它看做巴西统治阶级的风格化则有很多优势。马查多的叙述者没有追寻公正性,以及公正所带来的自信,而是炫耀他从廉价的嘲笑到文学表现主义甚至到批评行为的一连串的轻率。"(Roberto Schwarz, "The Poor Old Woman and Her Portraitist", in *Misplaced Ideas* (1983), p. 94.)

树、波浪和文化史

形式是社会关系的抽象：所以，形式分析就其自身简单的方式而言也是对权力的分析。（这也是为什么比较形态学是如此迷人的领域：研究形式如何变化，会发现象征性**权力**会随着地方的变化而变化）。的确，社会形式主义始终是我的阐释方式，我认为这对世界文学尤其适用。……但不幸的是，我这里必须停下来，因为我无法再说下去了。一旦清楚了实验的关键变量是叙述声音的话，对我来说，真正的形式分析就不着边际了，因为它需要我无法企及的语言能力（进行核心讨论所需要的法语、英语、西班牙语、俄语、日语、汉语和葡萄牙语等实际语言能力）。也许，无论分析的对象是什么，就分析的广泛和必然分化而言，世界文学研究总会在某个问题上服从于民族文学的专家。其必然性不仅出于实际原因，也有理论原因。这是个宏大的问题，但我至少要简要勾勒出其框架。

历史学家在分析世界范畴内，或在更大范围内分析文化的时候，他们倾向于用两种基本的认知比喻：树和波浪。源自达尔文的物种起源说的树状结构是比较语文学的工具：相互衍生的语言谱系——由雅利安-希腊-意大利-凯尔特语衍生的斯拉夫-日耳曼语系，然后是衍生于日耳曼语系的巴尔托-斯拉夫语系，接着又是衍生于斯拉夫语的立陶宛语系。这种树状结构促使比较语文学解决一个重大疑惑，也许也是第一个世界文化体系——印欧语系：遍及从印度到爱尔兰广袤领域的一个语系（也许不仅仅是语言，还有共同的文化底蕴，但证据并不确凿）。另一个比喻是波浪，是历史语言学使用的（比如施密特[Schmidt]）的"波浪假设"，解释了语言之间的某些重叠），但也在很多其他领域发挥了一定作用：比方说关于技术传播的研究，或者卡瓦利·斯福札（Cavalli-Sforza）和安默曼（Ammerman）（一个遗传学家和一个考古学家）提出的有趣的"进步波浪"的跨学科理论，试图解释农业如何从富饶的中东开始向西北最终在整个欧洲传播开来的。

可以说，树和波浪都是比喻——但除了这一点，两者没有任何共通之处。树描述了从统一性到多样性的发展：一棵树有很多分支；印欧语系分化成十几种不同语言。波浪却相反：它遵循吞噬了最初的多样性的统一性；好莱坞电影征服了一个又一个市场（英语吞噬了一种又一种语言）。树状发展需要地理的**断裂性**（为了彼此分叉，语言必须首先在空间上分割，就像动物物种一样）；波浪不喜欢障碍，依赖于地理**连续性**（从波浪的角度来看，理想的世界是一个池塘）。树和分支是民族国家所固守的；波浪是市场所固守的。依此类推。两个比喻之间没有任何相同点。但**两者都有用**。文化史是树和波浪组成的——农业进步的波浪演进支持了印欧语系的树状发展，随后又被卷入新的语言和文化联系的波浪。世界文化在这两种机制间摇摆，其产物必然是合成的。按詹姆逊的规则就是折衷。这就是为什么这个规律有用：它直观地捕捉到了两种机制的交叉。就拿现代小说来说吧：它当然是波浪（我也好几次把它称作波浪）——但却是分化成地方传统分支的波浪，[30]并且总是在很大程度上被这些传统所改变。

那么，这就是民族文学和世界文学分化的基础：民族文学是对那些看到树的人而言的；世界文学是对那些看到波浪的人而言的。分工……和挑战；是的，两个比喻都有用，但这不是说都一样好。文化史的产物总是合成的：但哪个是合成中的主导机制？内在的还是外在的？民族的还是世界的？树状的还是波浪的？没有办法一劳永逸地解决这些争端——幸运的是：比较研究学者需要矛盾。他们在民族文学面前总是显得胆怯畏缩，谨小慎微；好像一边有英国、美国和德国文学——隔壁是个差不多平行的世界，比较文学学者在那里研究另一系列文学，试图不打扰前者。不；世界是同一个世界，文学是相同的文学，我们不过是从不同的角度看待它们：你变成比较者的原因很简单：**因为你相信自己的观点更具说服力**。它有比较强大的解释力量；比较优美的概念；避免了丑陋的片面性和狭隘性；如此等等。重要的是，没有其他理由来证明世界文学研究存在的理由（和比较文学系存在的理由），而只有这一点：来自侧面的一棵荆棘，对民族文学——尤其是本土文学构成了永久的知识挑战。比较文学如果不是这样，就没有任何意义。就一无是处。斯丹达尔（Stendhal）对他最喜欢的人物说，"别欺骗自己，对你来说，没有中间的路可走。"对我们也同样。

（尹星 译）

---

[30] Miyoshi 称为"嫁接过程"；Schwarz 认为是"小说的种植及其特殊的现实主义搁浅"，王德威也认为是"西方叙事类型学的移植"。而实际上，Belinsky 在 1843 年就把俄罗斯文学描述为"移植的而不是土生土长的。"

世界文学猜想(续篇)

在过去的一年里,一些文章探讨了《世界文学猜想》一文中提出的一些问题:《新左派评论》(*New Left Review*)发表的克里斯多夫·普伦德加斯特(Christopher Prendergast)、弗朗西斯卡·奥西尼(Francesca Orsini)、埃弗拉因·克里斯塔尔(Efraín Kristal)和乔纳森·阿拉克(Jonathan Arac)的文章,还有艾米莉·阿普特(Emily Apter)和杰尔·帕拉(Jale Parla)在其他地方发表的文章。[31] 我向他们表示感谢;当然我不能详细回复每一点,因而将着重探讨有争议的三个问题:(被质疑的)小说的范式;核心与边缘的关系及其对文学形式造成的后果;以及比较分析的本质。

I

我们必须要从某个地方开始讲起,而《猜想》一文试图简要解释文学的世界体系如何运行,分析的重点是现代小说的兴起:它是一个很容易被孤立的现象,在世界各地研究甚多,因此本身就是比较研究。我还说小说是"一个例子,不是模式;当然也是我熟悉的领域里的例子(在其他地方也许不同)。"其他地方也的确不同:普伦德加斯特问道:"如果认为小说充满了政治因素,对其他文类而言却并非如此。戏剧的旅行似乎不那么焦急……抒情诗的构建又如何呢?"克里斯塔尔说:"为什么诗歌不遵循小说的规律?"[32]

其他文类不遵守相同的规律吗?对此我很怀疑。那么彼得拉克风格呢?在诗歌

---

[31] "Conjectures on World Literature", NLR I; Christopher Prendergast, "Negotiating World Literature", NLR 8; Francesca Orsini, "Maps of Indian Writing", NLR 13; Efraín Kristal, "'Considering Coldly...': A Response to Franco Moretti", NLR 15; Jonathan Arac, "Anlgo-Globalism?" NLR 16; Emily Apter, "Global Translatio: The Invention of Comparative Literature", Istanbul, 1933, *Critical Inquiry* 29, 2003; Jale Parla's essay (The Objection of comparions) will be published in a special issue of *Comparative Literature Studies*, edited by Djelal Kadir in January 2004.

[32] "Conjectures", p. 58; "Negotiating World Literature", pp. 120–121; "Considering Coldly...", p. 62. 奥西尼也针对印度文学提出了类似的观点:"莫莱蒂以小说为基础的观点很难应用于次大陆,那里,19和20世纪的主要形式是小说、戏剧和短篇故事,它们的发展表现出非常不同的变化模式":"Maps", p. 79。

传统形式化的推进下，彼得拉克风格（至少）传播到西班牙、葡萄牙、法国、英国、威尔士、低地国家、德国属地、波兰、斯堪的纳维亚、达尔马提亚（而根据罗兰·格林 [Roland Greene] 所说，还有新世界）。至于它的深度和持续时间，我对古老的意大利观点表示怀疑，即认为到 16 世纪末欧洲已经有超过 20 万首模仿彼得拉克的十四行诗；然而，主要的争论似乎不在于大量的事实，而在于这些大量事实的量——从一个世纪（Navarrete, Fucilla）到两个世纪（Manero Sorolla, Kennedy），到三个世纪（Hoffmeister, Kristal 本人），甚或五个世纪（Greene）。与这个"爱情诗人通用语"的波浪式传播相比，霍夫梅斯特说，西方小说的"现实主义"看起来更像是短暂的流行。[33]

　　无论如何，其他事情都是平等的。我想文学运动决定于三个宽泛的变量——某种文类的潜在市场，其整体的形式化以及语言的使用——从形式伴随着巨大市场、固定规则和简化风格（比如探险小说）的波浪式传播，到小市场的、刻意追求独特性和语言强度（比如实验诗歌）的相对稳定性的运动。在这个矩阵内部，小说具有代表性，虽不代表整个体系，但却代表最易变的层次，如果只着重关注这些层次，我们可能夸大世界文学的易变性。如果《猜想》在方向上是一种误导，那么它很容易通过了解更多的戏剧、诗歌等的国际传播而加以更正（多纳德·沙逊 [Donald Sassoon] 研究文化市场的作品是难能可贵的）。[34] 事实就是如此，如果所有的文学都"遵循小说的法则"我会很失望：把一种解释奉为万能的，到处去用，这既是难以信服的，也是非常无趣的。但是在进入更为抽象层面的思辨之前，我们必须学会分享文学史在我们这个专门领域里的重要事实。没有集体合作，世界文学将始终是个海市蜃楼。

---

[33] 见 Antero Meozzi, *Il petrarchismo europeo (secolo xvi)*, Pisa 1934；Leonard Forster, *The Cy Fire: Five studies in European Petrarchism*, Cambridge 1969；Joseph Fucilla, *Estudios sobre el petrarquismo en España*, Madrid 1960; Ignacio Navarrete, *Orphans of Petrarch*, California 1994; William Kennedy, *Authorizing Petrach*, Ithac 1994; Maria Pilar Manero Sorolla, *Introducción al studio del petrarquismo en España*, Barcelona 1987; Gerhart Hoffmeister, Petrarkistische Lyrik, Stuttgart 1973; Roland Greene, *Post-Petrarchism: Origins and Innovations of the Western Lyric Sequence*, Princeton 1991. 克里斯塔尔隐含地承认彼得拉克风格对欧洲和拉美诗歌的霸权，他指出"现代西班牙诗歌传统在 16 世纪由 Boscán 和 Garcilaso de la Vega 发展起来。……抵抗西班牙严格诗歌传统的最早表现没有发生在西班牙，而是在 19 世纪 30 年代的西班牙属美国"。（"Considering Coldly...", p.64.）

[34] 初步的解释见 "On Cultural Markets", NLR 17。

II

强调刻板的国际分工的世界体系理论是研究世界文学的好模式吗?关于这一点,最强烈的异议来自克里斯塔尔:"我认为就世界文学而言,西方没有垄断重要的形式创造;主题和形式可以朝多个方向发展——从中心到边缘,从边缘到中心,从一个边缘到一个边缘,而一些最初的结论形式或许没有多大变动。"[35]

的确,形式能够朝几个方向发展。但它们真的是这样吗?这就是问题所在,文学史理论应该反映对这些发展的限制,及其背后的原因。比如我对欧洲小说的了解表明,任何形式的"推断结果"几乎没有改变;(不经过中心)从一个边缘到另一个边缘的移动几乎从未听说过[36];从边缘到中心的移动不那么罕见,但仍然是不常见的;中心到边缘的移动是迄今最频繁的。[37] 这些事实是否说明,西方"垄断了重要形式的创造"?当然不是。[38] 中心文化有更多可以投入创新的资源(文学和其他资

---

[35] "Considering Coldly...", pp. 73—74.

[36] 我指的是不属于同一个"区域"的边缘文化之间的移动:比如从挪威到葡萄牙(或反之),而不是挪威到冰岛或瑞典,或从哥伦比亚到危地马拉和秘鲁。通过语言、宗教和政治而变得相对同质的亚体系——拉美是最有趣、最明显的例子——是比较研究大可开发的领域,也会给全局增加一些有意义的复杂因素(比如克里斯塔尔谈到的达里奥的现代主义)。

[37] 埃文-左哈(Even-Zohar)在论多元体系的著作中研究了文学产品从中心向边缘流动的原因,我在《猜想》的开篇曾大量引用:边缘(或他所说的弱势)文学"通常都没有发展全部范围的文学活动……而邻近的较大的文学中却具有这些活动(从而导致了一种认为它们是不可或缺的感觉)";"弱小的体系局限在本国的文学形式里无法运转",后续的欠缺"可以由翻译文学全部或部分补充"。埃文-左哈接着说,文学的薄弱"不一定由经济或政治薄弱导致的,尽管它通常与物质条件相关";因此,"西方的边缘文学经常等同于小民族文学,尽管听着不顺耳,我们也不得不承认在一系列有关联的民族文学中,比如欧洲文学,等级关系在这些文学的开端就已经建立。在(宏观的)多元体系中,这些文学占据了边缘位置,也只能说它们在很大程度上都成了外界文学的模式"。Itamar Even-Zohar, "Polysystem Studies", in *Politics Today*, Spring 1999, pp. 47, 81, 80, 48.

[38] 它也没有垄断有价值的批评。阿拉克写道,《猜想》一文中谈到的二十位批评家中,"一个引用了西班牙语,一个是意大利语,十八个是英语";因此,"调查超过二十种民族文学的多样性研究缩减到不过是他们熟知的一种方式。"文化中的英语,如同美元在经济中一样,是把知识从地方向全球翻译的媒介:"英语-全球主义? " p. 40。当然,另外十八位批评家是用英语引用的。但就我所知,只有四五个是来自美元的国家,其他都属于十几个不同的文化。这难道不比他们所使用的语言重要吗?我认为不见得。当然,像美国电影一样,全球英语或许最终会枯竭我们的思想。但至少在目前,它促成的迅速广泛的公共交流远远超出了潜在威险。帕拉说得好,"揭开(帝国主义)霸权的面具是一项智力任务。开始从事这项任务的时候懂得英语并没有坏处"。

源),因此有更大的生产可能性;但对创造的垄断是神学的属性,而不是历史判断。[39]《猜想》中提出的模式并没有把创新留给少数几种文化而拒绝其他文化;它指明了更可能发生的情况,以及可能采取的形式。理论绝不会消灭不平等:只能希望加以解释。

III

克里斯塔尔也反对他假设的"世界经济与文学体系的不平等之间的普遍同源关系":也就是说,"文学与经济关系平行发展的假设在有些情况下行得通,在另一些情况下却行不通。"[40] 埃文-左哈的观点部分回应了这一异议;但克里斯塔尔在另一个层面上也是正确的,把最初30分钟的演讲简化为一篇文章非常具有误导性。通过把文学体系简化为中心和边缘,我从这个画面中消除了文化进出中心的过渡区域(半边缘)的情况;作为结果,我也没有充分阐释一个事实,即在很多(或大多数)情况下,物质和知识霸权的确很相近,但不完全一样。

让我举几个例子。在18和19世纪,英法两国长时间的霸权斗争以英国的全面胜利结束——但有一点例外:在叙事世界里结果是相反的,法国小说比英国小说成功,形式上也比较重要。我在其他地方试图解释德国悲剧从18世纪中叶以来的形态优势;或者在现代史诗形式创造过程中半边缘现实发挥的作用。当富裕的发源地已经灾难性地衰落后,彼得拉克风格却登上了国际顶峰(就如同死后很久仍然闪烁的星星一样),它是这类事件中非常奇特的案例。

所有这些例子(还有更多)有两个共同特征。首先,它们源起的文化都接近或位于体系的核心——但不是经济领域的支配者。法国也许是个范例,它在政治经济领域一直位居第二,但这激发了它对文化的投入(就像取得胜利的维多利亚时代的人经常在饭后犯困,而与之相成对比的是法国人在拿破仑战争后极具创造性 样)。物质

---

[39] 毕竟,我最后两部书的结尾论述的是俄罗斯和拉美叙事的形式革新——这一点(如克里斯塔尔所说,我并没有"让步",表明我的勉强态度)在另一篇论欧洲文学的文章中也有涉及("进口无法再生产的形式创新"),还有论好莱坞出口的文章("世界文学体系中的反作用力")和《猜想》本身。见"Modern European Literature: A Geographical Sketch", NLR I/206, July-August 1994, p.109; "Planet Hollywood", NLR 9, May-June 2001, p.101.《猜想》一文指出"在这些罕见的情况下,不可能的项目成功了,我们就有了真正的形式革新"(p.59, footnote 9),"在少数的幸运的情况下,结构弱点也许会变成优势,如施瓦兹对马查多的解释"。(p.66, footnote 29)

[40] "Considering Coldly...", pp.69, 73.

与文化霸权之间有限的差异的确存在：在创新领域本身中更为广泛（这不需要强大的生产和分配机制），而在传播领域中就更小，或根本没有。[41] 但这是第二个共同特征，所有这些例子都证实了**世界文学体系的不平等**：一种与经济不平等不相符合的不平等，确实，它允许一些流动性——但却是不平等体系内部的流动，而不是非此即彼的。有时，甚至半边缘与中心的辩证关系事实上都加宽了整个裂缝（比如本文第二个注释中提到的例子，或者好莱坞迅速重拍并获得成功的外国电影时有效地强化自身地位的例子）。无论如何，这显然是另一个领域，只有通过具体的本土知识的有效协作才能取得进展。

IV

《猜想》核心的形态学观点是对比中心区域与边缘地带小说的兴起，前者被视为自主发展的结果，而后者则被视为西方影响与本土资源相互妥协的结果。然而，如帕拉和阿拉克所指出的，用菲尔丁的话说，早期英语小说"模仿塞万提斯"（或其他人的风格），显然也存在着地方和外来形式的折衷。[42] 如果这样的话，那就不存在什么西欧的"自治发展"，在中心和边缘形成不同历史的观念也就不攻自破了。世界体系的模式在其他层面或许有用，但在形式层面并没有阐释力。

于是问题就简单了：帕拉和阿拉克是正确的——我应该更加清楚。毕竟，形式**总**是相对立力量的折衷，这个观点一直是我知识构成的主题，从弗朗西斯科·奥兰多（Francesco Orlando）的弗洛伊德美学到古尔德（Gould）的"熊猫原则"，或者卢卡奇的现实主义观念。我怎么竟然"忘了"所有这些呢？很可能因为中心／边缘的

---

[41] 创新可能从半边缘领域兴起，但继而便被核心的核心捕获和传播开来，这个事实出现在一些关于早期小说史的研究中（Armstrong, Reina, Trumpener 等：他们都完全没有依赖世界体系理论），指出了伦敦和巴黎的文化工业如何经常发现外国形式，引进一些改进，之后作为自己的东西在整个欧洲散播（小说家瓦尔特·司各特的妙举）。流浪汉文学在本国衰退后，Gil Blas, Moll Flanders, Marianne, Tom Jones 将它传遍整个欧洲；书信体小说最早起源于法国和意大利，孟德斯鸠和理查逊（之后还有歌德）掀起了欧洲大陆的热潮；美国的"囚禁叙事"通过《克拉丽莎》和哥特小说获得了国际流通；意大利的"情节剧想象"借助巴黎专栏征服了世界；德国的成长小说被司汤达、巴尔扎克、狄更斯、勃朗蒂、福楼拜和艾略特等人应用……当然，这不是文学创新的唯一途径，也许甚至不是主要的途径；但其机制当然在这里——一半骗局，一半是国际分工——与更宏观的经济限制有相似之处。

[42] "Anglo-Globalism?", p. 38.

对立让我寻找（或希望找到）平行的形态模式，之后用错误的概念范畴来描述。[43]

请允许我重新阐释。"也许我们知道的所有体系的兴起和发展过程中'干涉'发挥了重要作用"，埃文－佐哈写道，"没有哪一种文学不是通过另一种已经确立的文学的干涉才兴起的；没有哪种文学能够在发展史上的某一时刻不受到干涉的。"[44] 没有文学不遭遇干涉……也就是说，没有不经过本地与外来因素折衷的文学。但这是不是说，所有类型的干涉和折衷都是相同的？当然不是：流浪汉小说、囚禁叙事、甚至成长小说对法国和英国小说家的影响不可能与历史小说或神秘小说对欧洲和拉美作家的影响相同；我们应该找到某种方式来表现这种不同。承认折衷仿佛是在被监视的条件下发生的，很可能会产生更加不稳定或者不协调的结果——赵毅衡所说的晚清叙述者的不安。

这里的关键问题是：如果某些文学对其他文学具有强大而系统的限制（我们似乎都同意这一点）[45]，那么我们就应该在文学形式本身看到其效果：因为用施沃兹的话说，形式实际上就是"具体社会关系的抽象。"在《猜想》中，权力的图示表现在"自主发展"与"妥协折衷"尖锐的性质对立上；解决方法被证明是错误的，我们就必须尝试其他方法。的确，在"衡量"外来压力对文本、或结构不稳定性，或叙述焦虑的影响时它使情况复杂化了，有时甚至是不可行的。但是描述象征力量的图示是个宏大目标，我们很难做到。

V

由此出现了两个供未来讨论的领域。第一种关于文学史应该追求的知识类别。阿拉克把奥尔巴赫的"规划"简洁地描述为"没有科学，没有法则"；其他文章中也

---

[43] 这似乎是对"库恩"观点的很好的解释，即理论起到了根据自己的希望塑造事实的作用——甚至更好地说明了波普尔的观点，即(通常由与你意见相佐的人收集的)事实最终更有力。

[44] "Polysystem Studies", p.59. Even-Zohar 在后面一页的脚注里补充说，"几乎西半球的大多数文学都是如此。对东半球而言，诚然，中国文学的兴起和早期发展还是个谜。"

[45] 除了 Orsini："卡萨诺瓦隐含的——莫莱蒂明确的——是'源'语言或源文化的传统假定——必定带有本真性的光晕——而'目标'语言或文化在某些方面就是模仿性的。为代替这个观点，刘禾提出了更有用的'客'语言和'主'语言，重点放在跨语际实践上，主人会挪用概念和形式……文化影响成立了关于挪用的研究，而不是关于核心和边缘的研究。""Maps", pp.81—82. 作为"客"的文化工业受到"借用"其形式的"主人"的邀请……这些是概念——还是白日梦？

有类似观点。这当然是个古老的问题：历史学科的适当目标是个体情况还是抽象模式；我在随后发表的一系列文章中会详细论述后者，这里我只想强调我们从社会和自然科学的方法中可以学到很多。用阿普特的话说，我们是否会发现自己处于"碎片的城市，微观和宏观文学单位被全球体系湮没，却又没有明显的分类策略"？我希望是这样……那将是个非常有趣的世界。那么让我们开始寻找有用的分类策略吧。阿拉克把《猜想》称作"没有文本细读的形式主义"，我想不出比这更好的定义。但愿这种形式主义也强调他和普伦德加斯特（Prendergast）珍视的"细节"，而不会被模式和"规划"消除。[46]

  最后是政治。一些文章提到了奥尔巴赫《摹仿论》和卡萨诺瓦《文学的世界共和国》中的政治压力。我应该加上卢卡奇的两种比较文学版本：一个是一战左右形成的《小说理论》和（从未完成的）陀思妥耶夫斯基研究，思考是否还可以想象一个超越资本主义的世界；另一个是30年代形成的，回顾德国和法国文学相对立的政治意义（又是以俄国背景）。卢卡奇的时空范畴是狭窄的（19世纪、三种欧洲文学，加上《小说理论》中的塞万提斯和《历史小说》中的司各特）；他的答案常常是模糊的、学究气和俗气的——甚或更糟。但他留给我们的启示是：关于比较蓝本的阐述（西欧或俄国；德国或法国）也是理解当时政治困境的尝试。或换句话说，**我们想象比较文学的方式是我们如何看待世界的一面镜子。**《猜想》面对的是前所未有的可能性，也就是整个世界都服从于同一个权力中心的可能性——这个中心一直以来都产生了同样是前所未有的象征性霸权的影响。由于描绘我们时代的前历史的一个方面，勾勒一些可能的结果，这篇文章或许过分强调了一些观点，或者走了一些弯路。但"规划"和背景的关系却站得住脚，我认为对以后的工作也有重要意义。在这个方面，2003年3月初写这篇文章的时候是一个奇妙的矛盾时刻，那时，美国已经经历了20多年无可置疑的霸主地位，世界各地数百万人都表达了他们同美国政治的巨大距离。这是人类欢心鼓舞的理由，也是文化历史学家进行反思的理由。

（尹　星　译）

---

[46]　"Anglo-Globalism?", pp. 41–38; "Global translatio", p. 255.

文学的世界体系

[美国]艾米丽·阿普特

导 读

艾米丽·阿普特（Emily Apter），纽约大学法国文学与比较文学教授，曾就读于哈佛大学和普林斯顿大学，从事法国、北非、加勒比海、德国、英国和北美等国家和地区的19世纪和20世纪文学研究。其最近的研究文章关注"世界一体性"的范式（尤其是爱德华·格利桑[Édouard Glissant]所构想的"世界一体性"的范式）、世界文学体系和作为智力劳动的翻译等问题。著有《崇拜的女性化：世纪之交法国文学对心理分析与叙事的迷恋》（*Feminizing the Fetish: Psychoanalysis and Narrative Obsession in Turn-of-the-Century France*，1991）和《欧洲大陆的倾向》（*Continental Drift*，1999），这是一部研究法国和其前殖民地之间文学创作相互影响关系的重要著作。

在其著作《翻译地带：一种全新的比较文学》（*The Translation Zone: A New Comparative Literature*，2005）中，阿普特重新思考了"9·11"袭击事件后的翻译研究。她重点探索了翻译学研究领域的拓展问题（传统翻译研究关注译文对源语文本的忠实性，现代翻译学研究既关注如战争等现实世界的问题，也关注文学中语言偏见和语言混杂等概念性问题）。在该著作中，她也讨论了"经典构成"论辩中有关语言和文学的地位问题，尝试以民族的概念取代语言的身份认同。她所提出的"全新的比较文学"以翻译为基础，认为此种比较文学的理念源于斯皮策、德里达、萨义德和斯皮瓦克等人的著作。在探讨文学创作与作品传播的跨国力量之推动作用的问题时，阿普特认为世界文学体系理论为其提供了新的理论依据。《文学的世界体系》一文选自达姆罗什主编的《世界文学教学》（David Damrosch, ed. *Teaching World Literature*. New York: The Modern Language Association of American, 2009）一书。

在弗朗哥·莫莱蒂（Franco Moretti）为《小说》（*The Novel*）丛书撰写的序言中，他用"生态系统"（ecosystem）这一术语描述叙事批评概念的全球通用词汇。该丛书由多位作者撰稿，其宏伟目标是研究文学体裁的发展史。他指出《小说》的"批评机制"指涉一个"更广泛的生态体系，重点研究'叙事'这一语义领域是如何围绕诸如'**midrash**'、'**monogatari**'、'小说'、'**qissa**'，当然还有'**romance**'等关键词形成的。"[1] 他将自然科学与环境科学术语"生态系统"一词作为其研究方法论的支点，由此间接引发的一个问题是：文学史或当下理论中的"系统"抑或"生态系统"究竟处于何种境地？

该理论旨在驳斥解构主义（及其启发式的文本细读和对诗学索引法的强调）论点。莫莱蒂学派主张在文学史研究中采用宏观比较法。作为比较文学研究的一种趋势，这种方法具有极大的理论价值。他们站在语言学和文化的高度赋予独立存在的文本以历史意义，阐明影响与循环的波动起伏，将经典性的文学作品与非经典性的文学作品同时作为研究对象。此外，他们以跨国经济为理论基础，对象征资本和集团购买市场进行评价，将图书史、读者接受理论、叙事学、美学、哲学以及遗传学作为体裁分析的对象。此做法是唯物论的，在意识形态领域也有所突破。然而，即使莫莱蒂在方法理论上兼收并蓄，他在进行世界文学研究时依然很难持中立观点。在研究中他使用"生态系统"这类术语描述其研究对象，这也就在某种程度上公开承认了文学研究与自然科学领域的系统理论和社会科学的世界体系理论之间的紧密联系。

在过去的二十年中，文学研究为世界体系理论注入了新的活力，这在很大程度上要归功于弗雷德里克·詹姆逊（Fredric Jameson）、佩理·安德森（Perry Anderson）、安德烈·冈德·弗兰克（Andre Gunder Frank）和莫莱蒂等人的推动，他们都受到了伊曼纽尔·沃勒斯坦（Immanuel Wallerstein）的影响。沃勒斯坦是位有专业背景的社会学家，他博采众长，吸收了历史学家、经济学家，以及系统理论家等诸多思想家的观点[2]。他认为"world–system"（世界体系）一词中的连字符"旨在

---

[1] Franco Moretti, ed. *The Novel*. Vol.1. (Princeton: Princeton UP, 2006), p.x.
[2] 沃勒斯坦的理论受到了下列学者的影响：威廉·迈克尼尔（William McNeill）——研究人类历史收缩与舒张节奏的历史学家、尼古拉·康德拉季耶夫（Nikolai Kondratieff）——著名的经济学理论家(他在20世纪20年代提出了有关经济长周期的理论)、费南德·布劳代尔(Fernand Braudel)——编年史派历史学家(他分析了广袤、复杂而又狭长的地缘政治区域，[转下页]

强调我们所讨论的问题并不是**全世界**的体系、经济或帝国,而是体系、经济或帝国**自身形成的世界**",据此,他认为资本主义初期的国际市场是世界体系形成的先决条件(而非表现征兆)[3]。在《现代世界体系》(*The Modern World–system*, 1977)一书和其续篇中,他论证了战争、科技知识、交通体系、资本积累、官僚机构以及帝国政权如何帮助欧洲的早期现代城市赢得作为核心权力的统治优势以及那些被边缘化的民族是如何围绕它们运作的。在后来的著作——《反系统运动》(*Antisystemic Movements*, 1989)和《地缘政治与地缘文化》(*Geopolitics and Geoculture*, 1991)中,他又增加了近现代世界体系的"核心"、"边缘"和"半边缘"等概念,以适应全球化时代背景出现的反全球化或反体系化的一系列社会运动,如:绿色政党、女权主义、少数族裔和民权组织、反非政府组织等。其理论修正了以市场为驱动的单一世界模式下的世界体系理论,折射出了无国界的反网状体系和政治性的反文化所带来的影响。

沃勒斯坦的世界体系理论应用已大大超出了历史和文化范畴,并延伸至近代欧洲以外的世界体系研究之中。珍妮特·阿布-卢格霍德(Janet Abu-Lughod)跟踪研究了巴格达、开罗等世界城市的贸易圈和人类的核心语言——阿拉伯语、希腊语、拉丁语、汉语等。弗兰克(Frank)与柏利·吉尔斯(Barry K. Gills)提出了具有 500 年历史的世界体系理论,这一体系与欧亚大陆和非洲大陆间的跨文明市场有密切的关系。[4] 从格奥尔基·德拉圭亚(Georgi M. Derluguian)所塑造的 20 世

[接上页] 如地中海地区)、玛利亚·玛洛威斯特(Marian Malowist)——研究现代欧洲初期金融市场的马克思主义经济学家、格雷戈里·贝特森(Gregory Bateson)——认识论综合著作《通向心智生态学之门》(*Steps to an Ecology of Mind*)的作者、乔万尼·阿里吉(Giovanni Arrighi)(他认为漫长的世纪加长了历史的延续,超越了传统的历史时代划分)和伊利亚·普里戈金(Ilya Prigogine)——"耗散结构"或自组织系统理论家。"自组织"系统的特点是暂时性、无序性和不确定性。参见普里戈金的《从存在到演化》(*From Being to Becoming*)和《从混沌到有序》(*Oder out of Chaos*)、普里戈金、伊莎贝尔·斯腾格(Isabelle Stenger)合著《新奇的结盟:科学的蜕变》(*La nouvelle alliance: métamorphose de la science*)及其刊后语。大卫·波鲁什(David Porush)将普里戈金的理论引入文学分析。此外,伊丽莎白·格罗茨(Elizabeth Grosz)在对暂时性进行德勒兹式的解读时借鉴了普里戈金存在与生成的观念。

[3] Immanuel Wallerstein, *World-System Analysis: An Introduction* (Durham: Duke UP, 2004), pp. 16–17.

[4] Andre Gunder Frank and Barry K. Gills, eds. *The World System: Five Hundred Years or a Thousand?* (New York: Routledge, 1993). p. xi.

纪晚期车臣民族主义分子的形象中我们可以找到世界体系理论延伸到后苏联新帝国主义的例证。

不论是否与历史、社会学和文学有密切的关系，世界体系的范式和系统理论本身不尽相同。系统理论兴起于 20 世纪 40 年代至 60 年代的社会科学领域，通常认为是交叉学科范式自觉讨论的结果[5]。社会理论家塔尔科特·帕森（Talcott Parson）于 1951 年出版了《社会体系》（*The Social System*）一书。生物学家路德维希·冯·贝塔朗菲（Ludwig von Berlanffy）是系统理论运动的中坚力量，他于 1968 年出版了《普通系统理论》（*General Systems Theory*）[6]一书。从 20 世纪 70 年代初期开始，格雷戈里·贝特森（Gregory Bateson）在其著作《迈向心智生态学之路》（*Steps to an Ecology of Mind*, 1972）中吸收了系统理论，旨在建构一种跨越心理学、行为生物学、进化论、系统理论和控制论的综合认知模式。德国社会科学家尼古拉斯·卢曼（Niklas Luhmann）将自生系统论与社会体系相联系。自生系统理论基于生命细胞和有独立存在范围的自体区域理论（过滤环境刺激以便使自我创造具有明显的同一性），其名称就能体现系统理论向诗学，或向浪漫主义审美反讽的转向。对卢曼而言，意义系统本身的结构就类似于浪漫主义的反讽。他曾在 1984 年指出：“意义系统是完全封闭的，以至于意义只能指涉意义，只有意义才能改变意义"。[7]

卢曼对系统封闭性的强调和 20 世纪五六十年代初以开放系统为主导范式的早期传统形成明显的对比。开放系统强调与环境相互作用的种种系统如何演进为机体

---

[5] 尽管有关周期的定义（尤其是 B 阶段）主要来自康德拉季耶夫的相关理论，沃勒斯坦在有关世界体系的理论著作中往往没有列出与系统理论本身相关的参考书目。在《否思社会科学：19世纪范式的局限》（*Unthinking Social Science: The Limits Of Nineteenth-Century Paradigms*, 1995）一书中，将世界理论体系确立为社会科学领域的范式转换似乎成了他更感兴趣的课题。

[6] 系统理论的其他主要代表人物有沃伦·麦卡洛克（Warren McCulloch）（他对神经网络进行了数学建模）、克劳德·香农（Claude Shannon）和诺伯特·维纳（Norbert Wiener）（两人均为信息论和控制论的创始人）、约翰·冯·诺依曼（John von Neumann）——博弈理论、量子力学和无性繁殖领域的革新者、英国神经精神病专家威廉姆·罗斯·阿什比（William Ross Ashby）（他在 20 世纪 40 年代提出复杂理论）和拉塞尔·阿克夫（Russell Ackoff）（他在 20 世纪 50 年代开展了管理操作研究）；同一时期，工程师杰伊·弗瑞斯特（Jay Forrester）——计算机磁芯存储器和随机磁存储器的革新者——将系统理论引入世界动力学领域，利用生物反馈模式研究工业、城市和环境状况的系统组织。

[7] Niklas Luhmann, *Social Systems*, Trans. John Bednarz, Jr. (Stanford: Stanford UP, 1984), p.37.

的分层结构,用以描述生物有机体物质与环境间的交换,也可作为负熵的例证[8]。而控制论也发展成为更开放的系统理论,应用于遗传学和语言学。反馈回路、浮游生物群、适应性和随机性反应模式、输入-输出模式、复杂性、成本-收益风险核算、信息传播、异速生长、熵、形态发生学、模式识别、空间-表面系统规则、自生系统网络和世界动力学——上述每个概念都能形成由结构逻辑所统治的形式系统,它们通常应用于跨学科领域。有人认为活体细胞、图形图像、语言符号和程序代码中都存在可迁移性原则。

系统理论尝试将一系列的规则整合,成为战后"人文科学大理论"普遍趋势的一部分,其核心人物为汉斯·乔治·伽达默尔(Hans-Georg Gadamer)、托马斯·库恩(Thomas Kuhn)、尤尔根·哈贝马斯(Jurgen Habermas)、路易·阿尔都塞(Louis Althusser)、克劳德·列维-施特劳斯(Claude Lévi-Strauss)以及若干编年史学家。也就是说,那些更倾向于功能系统的理论家们——尤其在社会科学领域——却将"大理论"抛诸脑后,他们主张描述性模式,反对阐释。霍克·布鲁克霍斯特(Hauke Brunkhorst)对社会系统理论做出了如下评价:

> 它不得不屈从于自身确实无法进行因果阐释的现实,并缺乏极强的经验主义式的概念和可观察性。它阐释了其功能阐释的不严密性和循环性,然而,其阐释并没有依据象征性构建的客体领域中的本体论特性,或者,像社会学一样,依据无法逃脱的阐释循环,而是依据系统结构的复杂性和不确定性,从原则上来说,这类结构并不能从非因果分析的角度去解释。自生性系统以一种不可预知的方式发现全新的结构从而改变自身。[9]

社会科学领域内的功能主义的变异、自生系统理论和自然科学领域的混沌理论、复杂理论并不相互矛盾(它们都立足于对不可预知的、自我发展的结构的共同研究

---

[8] 物理学采用"熵函数"来描述系统的无序化或有序化程度,熵值增长就意味着系统的无序化提高或有序化降低,熵值减少就意味着系统的无序化降低或有序化提高。从系统的外界输入"负熵"可抵消系统的熵值增长,从而维持和发展系统的有序化。由此可见:从物理学角度来看,人类社会的一切生产与消费实际上就是"负熵"的创造与消耗;从社会学角度来看,人类社会的一切生产与消费实际上就是"价值"的创造与消耗。因此"负熵"与"价值"之间存在着某种必然的联系。——译注

[9] Hauke Brunkhorst, "System Theory", *The Blackwell Dictionary of Modern Social Thought*. Ed. William Outhwaite (Oxford: Blackwell, 2003), p.678.

基础之上），但其结构理论所使用的方法又有政治中立的风险。与此相反，世界体系理论，尤其是沃勒斯坦的循环理论，将政治批判作为首要目标。该理论源自马克思主义社会学，它将阶级分析法引入到民族国家间的霸权现状分析中。

尽管有人认为作为文学比较主义支柱的世界文学是文学世界体系理论使用之前的术语，对文学批评而言，过去没有，现在亦无系统理论或世界体系理论的简单推论。源于文艺复兴的人文主义、黑格尔派美学、歌德的世界文学主张、马克思主义文学的"因特纳雄奈尔"、最近聚焦于超经典与反经典循环的跨国以及后殖民理论作品、翻译市场、阅读模式和世界文学等概念本质上都是"系统性"的概念，它们或历时性地或辩证性地重构自身[10]。正如迈克尔·邓宁（Michael Denning）所阐释的那样，无产阶级小说让位于魔幻现实主义，而魔幻现实主义又让位于当代全球化小说：

> 如同"世界音乐"一样，"世界小说"是一个无法令人信服的范畴。若它真正指向业已变化的小说风貌，它就是一种市场手段，它使特色鲜明的区域传统和语言传统丧失而沦为单一的、具有全球性的"世界节奏"，与之相伴的便是魔幻现实主义审美的全球化。和被它所取代的现代主义与社会主义现实主义一样，这个术语只是一个空洞、精心打造的所指而已。但是从加西亚·马尔克斯（Garcia Marquez）、纳吉布·马哈福兹（Naguib Mahfouz）、纳丁·戈迪默（Nadine Gordimer）、若泽·萨拉马戈（José Saramago）、波·马歇尔（Paule Marshall）、普拉姆迪亚·阿南达·杜尔（Pramoedya Ananta Toer）等风格迥异的作家间存在的联系而言，"世界小说"也部分地反映了历史的真实，因为上述每位作家的作品都与20世纪20至40年代以"无产阶级文学"、"新现实主义"和"进步的"、"从事"或"坚持"写作等为口号而开展的轰轰烈烈的国际文学运动有密切的关系。[11]

邓宁揭示了文化产业领域"世界文学"与"世界节奏"间的商业默契但未涉及文学批评领域构成"系统"思维的更广泛的问题。此问题在拜厄特（A. S. Byatt）分析巴尔扎克的作品时被提出，巴尔扎克使读者处于忐忑不安的状态，他推测：

---

[10] David Damrosch, "World Literature in a Postcolonial, Hypercanonical Age", Sausay, *Comparative Literature,* p. 45.

[11] Michael Denning, "The Novelists' International", Moretti, *Novel 1*, p. 703.

和普鲁斯特一样,他们感觉巴尔扎克将进入头脑的东西悉数记录。这一点确信无疑,但我要说明的是:他将一事物与其他事物联系起来——例如将鲜花、杂草与草地,或将纸张、书籍、思想与爱人联系起来,有时候也将毫不相干的事物纳入文本。在这一点上,乔治·艾略特在《米德尔马契》(*Middlemarch*)继承了巴尔扎克的衣钵,她应用了比沙的"原组织"观念、蛛网以及视觉影像等象征手段将其文本组织在一起,将科学与神话、爱与死亡、英国与欧洲大陆交织在一起。[12]

蛛网是否可作为系统理论的证据?这些系统作家(巴尔扎克、福楼拜、普鲁斯特、麦尔维尔、爱伦·坡、亨利·詹姆斯、品钦以及德里罗等)将其精心构思作为小说的主题,他们是否因此而出类拔萃?拜厄特的评论可作为所谓"松散系统理论"的例证——即是说,使用了极易简化为象征性的模式辨识系统[13]。这一点在逻辑上没有任何错误,但该理论的缺陷在于:它可用于任何文本分析并对其进行阐释。因为此类系统致力于推陈出新,它往往需要牵扯很多事物,因而对小说的阅读会成为偏执狂或系统认知模式的个案研究。托马斯·勒克莱尔(Thomas LeClair)就是以此方式解读作品的。在其著作《在循环中:德里罗和系统小说》(*In the Loop: Don DeLillo and the System Novel*, 1987)中他将系统小说视为一种特色鲜明的文学体裁,这种体裁使系统理论对战后美国小说的影响具有历史真实性。凯思琳·海勒斯(Caththerine Heyles)在其著作《混乱与秩序:文学与科学中的复合动力》(*Chaos and Order: Complex Dynamics in Literature and Science*, 1991)和《我们如何变成后人类:控制理论、文学与信息学中的虚拟主体》(*How We Became Posthuman: Virtual Bodies in Cybernetics, Literature, and Informatics*, 1999)中则持不同的观点,她将文学视为技术科学理论的媒介。

在体验系统方法论时媒介理论或许要比文学史更具优势。文学史已陷入克里斯托弗·普伦德加斯特(Christopher Prendergast)以及随后的阿尔君·阿帕杜莱(Arjun Appadurai)所称的"欧洲年代学"的困境之中,这些问题源于欧洲学术界业已形成

---

[12] A. S. Byatt, "The Death of Lucien de Rubempre", Moretti, *Novel 2*, p. 407.

[13] 模式识别(Pattern Recognition)是指对表征事物或现象的各种形式的(数值的、文字的和逻辑关系的)信息进行处理和分析,以对事物或现象进行描述、辨认、分类和解释的过程,是信息科学和人工智能的重要组成部分。模式识别与统计学、心理学、语言学、计算机科学、生物学、控制论等都有关系。——译注

的批评传统,文学包含了固有的类型学——"史诗"、"古典主义"、"文艺复兴"、"体裁"、"世界历史"等术语皆出自西方文学[14]。例如,我们无法离开荷马的《伊利亚特》与《奥德赛》,无法离开作为西方文明基石的古希腊思想去探讨史诗这一体裁。那些构建了民族文学传统特征的文学史的发展叙事使经典作家的作品成为世界文学的高峰,它们倾向于消解比较的界限,在艺术领域排斥某些文化产品,或将"**艺术**"一词仅囿于某些对象。例如,欧洲19世纪艺术史"创造"了"中国艺术"一词,它将中国视为整体化了的文化本质。书法、绘画属于艺术的范畴,而庙宇却被贬低为毫无地位的宗教建筑物[15]。类似的分类方法也统治着西方文学或民俗学的划分。英国文学和法国文学在印刷文化方面享有盛誉(在提倡现代小说时尤其如此),但受欧洲中心主义文学和可读性标准影响的英语和法语文学[16]被置于民间文学或口头文学之列,在世界文学中身轻言微。很明显,那些创造了批评词汇的民族在文学世界体系中处于支配地位。

帕斯卡尔·卡萨诺瓦(Pascale Casanova)在其著作《文学的世界共和国》(*The World Republic of Letters*, 1999)中指出文学资本往往高度集中在宗主国,此一致性对世界文学政治产生了决定性的影响。该书于1994年首度以法文出版,强调资本主义现代性的兴起如何与文化自我合法化的民族策略相互交叉。奖励、翻译以及学术课程的设置等这些形式的认可均被视为对选定作家及文学作品普世性确认的途径。因为欧洲(尤其是法国)在普世性的世界文学中占有重要的地位,故而,卡萨诺瓦式的叙事才会流行。它有助于确立某种标准,而这种标准是评价和分配符号资本的依据。西方与非西方民族不平等的竞争意味着"小"文学——即那些欧洲之外的文学或用少数民族语言写成的文学作品——很难引起人们的注意。由于这些作品

---

[14] Christopher Prendergast, "The World Republic of Letters", ed. Christopher Prendergast, *Debating World Literature* (New York: Verso, 2004), p.4.

[15] 克雷格·克鲁纳斯(Craig Clunas)认为,"'在中国什么是艺术?'这一问题可改述为'从历史角度,在中国什么东西才被称为艺术,谁发明了此术语,何时开始出现此术语?'"(Craig Clunas, *Art in China*, Oxford: Oxford UP, 1997, p.10)法国学者维克多·谢阁兰(Victor Segalen, 1878–1922),《了不起的中国雕塑艺术》(*The Great Statuary of China*)的作者——拒绝研究中国的佛教雕塑(在各种传播媒介中它们是现存作品的主要形式),因为"它们'不是真正的中国艺术',而是舶自印度的'外来品'"(Craig Clunas, *Art in China*, p.12)。

[16] 英语文学(Anglophone literature)和法语文学(Francophone literature)在此处应指英国和法国以外的以英语和法语为母语的其他国家的文学。——译注

进入文学网络和被翻译的机会更少，非宗主国文学在"文学的世界共和国"中往往被边缘化。

卡萨诺瓦以法国为中心的批评影响力和可译性到底是在加强还是在挑战全球文学中的欧洲中心主义观念还有待争论，但在更广阔的文学社会学领域内她并非是唯一接受系统理论的学者。在打破全球文学市场的"中心-边缘"格局的努力中，卡萨诺瓦也加入了莫莱蒂的行列。例如，在《欧洲小说地图》(*Atlas of European Novel*)一书中，莫莱蒂认为本土性和集中化是"一枚硬币的两面"，他按照马克思主义依附理论解释[17]了遵从某种系统理论的循环：

> 本土性与中心并没有巨大的差异，两者有极大的相似性；"真正"生活的观念只有在巴黎（或伦敦或莫斯科）才能体验——而本土生活仅仅是影子。本土的抑郁往往是处于中心的小说最喜爱的主题之一，而处于中心的小说又不断促进这种相互依赖的循环。[18]

莫莱蒂的世界小说史和他影响深远的论文《世界文学猜想》("Conjectures on World Literature")以及其著作《现代史诗：从歌德到马尔克斯之间的世界体系》(*The Modern Epic: The World-System from Goethe to Marquez*, 1996)、《欧洲小说地图：1800–1900》(*Atlas of European Novel, 1800–1900*, 1998)、《文学史的曲线、地图、谱系》(*Graphs, Maps, Trees: Abstract Model for a Literary History*, 2005)旨在说明：体裁、风格和亚体裁（流浪汉小说、伤感主义小说、东方故事、战争故事、少数民族历史小说、乡村小说、教育小说、自然主义小说、颓废派诗歌、现代主义叙事以及新女性小说）均可被视为与经济资本单元相对应的文学价值单元。副标题——曲线、地图、谱系——中提及的"抽象模式"证明了对量化史学、地理地图以及拓扑图式的一种不自信的肯定。对系统的热衷通常与人文主义背道而驰，然而它却可以在马克思主义的科学精神中追根溯源，莫莱蒂将其作为方法动机的核心要素。在解读文

---

[17] 二战后，欧洲中心国家所殖民的广大亚非拉国家先后获得了政治上的独立，建立了拥有独立主权的民族国家。但从经济上分析，这些国家要么是不发达，要么是在经济上附属于西方发达国家。对世界经济格局中这种现状的经济学理论解释就应运而生，不发达与依附理论(the Dependency Theory)由此产生。在20世纪60、70年代，依附论得到了广泛的发展，可以说，它已经成为当代西方发展经济学理论流派中的一种激进的学说。——译注

[18] Franco Moretti, *Atlas of the European Novel, 1800–1900* (London: Verso, 1998), p.152.

学作品时，他把科学视做社会化的过程，认为它对文化权力结构、阶级制度、资产阶级意识的培养以及智力劳动的革命潜力都会产生影响。在《文学史的曲线、地图、谱系》一书中，他认为文学史的政治目的似乎要比其科学目的更为隐蔽。他写道："最近的文学理论向法国和德国的玄学派寻求灵感"，"我一直在思考是否能从自然科学和社会科学中借鉴一些东西"。[19] 新达尔文主义对文学为赢得最大生存空间而进行的谱系选择这一问题的深度思考使他放弃了他早期所倚重的全球历史学派经济学的一些主张。

莫莱蒂对革命理论的改造被视为19世纪自然选择理论（常常伴有优生学的包袱）的回归，他也因此而受到指责，但他以独特而又恰当的例证揭示了文学的生命周期，此举为生物遗传学和语文学紧密结合下的系统理论指出了新的方向，其中部分理论已在唯物主义新活力论者吉尔·德勒兹（Gilles Deleuze）的学说中得到支持。在为《文学史的曲线、地图、谱系》撰写的跋中，进化论生物学家阿尔贝托·皮亚兹（Alberto Piazza）探讨了语言学和DNA代码进行实际类比的可能性。例如，莫莱蒂宣称教育小说出现在法国大革命之后"作为对明确的社会需求的回应"，即"对自由与稳定这些相冲突的需求的深度思考"，皮亚兹认为他的主张是"即使是文学体裁也无法离开文化的多样性而生存"的例证[20]。如同微生物和物种一样，文学世界体系开放或封闭的状态可通过系统能力的变化得以解释。皮亚兹声指出，"文学写作"可理解为一个系统，它并不受自身创造的特定手段的限制，因此能够在若干知识系统内形成新的隐喻和含混性。[21]

在把生物的新陈代谢与文学的新陈代谢进行类比时，皮亚兹将翻译视作与自然选择、随机遗传漂变和迁移最为相似的文学过程：

> 《文学史的曲线、地图、谱系》并不是要说明同一小说翻译成不同语言时如何能改变读者的接受效果与目的语文学体裁的流行状况。莫莱蒂在《欧洲小说地图》第三章中有关文学传播和文学模式与地理空间相互关系的研究说明了改造的重要作用，并非人的"迁徙"，而是"形式"的移植，至少

---

[19] Franco Moretti, *Graphs, Maps, Tree: Abstract Models for a Literary History* (London Versa, 2005), p.2.
[20] Alberto Piazza, "Afterword", Moretti, *Graphs, Maps, Tree*, p.99.
[21] Ibid., p.95.

在欧洲是如此。[22]

根据皮亚兹的理论，尽管翻译为文学生存提供了一种不完美的手段，在确定文学形式的移植与变异能力时它依然作为至关重要的变量出现。在暗示性地使用 genus（类型或物种）一词的衍生词——genre（题材）和 gene（基因）时，皮亚兹认为可转移性在生物基因和文学进化中发挥了重要的作用。

对莫莱蒂而言，可转移性既可定义为营销学术语（用图示或图解说明体裁的传播、影响、模仿、受欢迎程度、是否被视为经典以及它与文化比较和文化挪用的适宜性）也可定义为进化论术语（他假设"形态学的新颖性"起因于"空间的断裂"）。他指出：

> 采用某种形式，追溯它在各空间的流转际遇，研究其改造变形的原因——即恩斯特·迈尔（Ernst Mayr）所说的"偶然因此也是不可预知"的原因。当然，空间的多样性是比较文学面临的巨大挑战，也是比较文学需要克服的障碍。但它也有其独特的价值，因为只有在如此广袤的、差异巨大的地理环境中文化史的某些基本原则才能显现。[23]

正如从格奥尔格·卢卡奇（Georg Lukács）、埃里希·奥尔巴赫（Erich Auerbach）到乔治·斯泰纳（George Steiner）、爱德华·萨义德（Edward Said）等人一再坚称的那样，文本似乎必须经历放逐的过程。文学形式在本土之外的民族被改造而且必须面对巨大的文化和语言差异，在此过程中它产生了形态学的革新。在莫莱蒂看来，这种革新发生于某种形式传入俄国且与某种散漫的异质形式对抗之时，自由间接引语便是如此（它与欧洲 19 世纪后革命时代的小说密切相关，其特点是通过嵌入文本的无所不知的叙述者将毫无规则的主观意识融入传统观念）。当小说从福楼拜发展到陀思妥耶夫斯基，从《包法利夫人》演进到《罪与罚》时，自由间接引语风格中想象的被动性就让位于活跃的意识流，并以第二人称语气得以呈现。我们举此事例的目的是要说明一个结论：独立存在的体裁变异并非是杂合（那会导致对话体的自由间接引语）中的差异性相互协调的结果，而是无法协调的结果。对话理论源于陀思

---

[22] Alberto Piazza, "Afterword", Moretti, *Graphs, Maps, Tree*, p.104.
[23] Franco Moretti, *Graphs, Maps, Tree: Abstract Models for a Literary History* (London Versa, 2005), p.90.

妥耶夫斯基式的天才构思并作为遗传漂变在文学中的对应物而出现——即是说，它成为一种全新的形态或文学形式。

莫莱蒂式的比较文学进化论观点在《小说》的各篇文章中都有体现。在论述多元发生说(被定义为形式的多重性，超越并反对[人为的]"一元发生论"[24])的章节、赵毅衡有关鲁迅小说中毫无家世的人物是如何摆脱典型的传统中国基因遗传与阶级归属[25]的文章、凯思琳·加拉赫(Catharine Gallagher)有关18世纪中期英国小说中唯名论的转变使得命名本身(并非指涉特定个体)开始指涉种类或"日常世界中的形态音位学命名"(如对《汤姆·琼斯》[*Tom Jones*]和《克拉丽莎·哈娄》[*Clarissa Harlow*]的分析)的精彩论述中这种进化论的观点更加明晰。[26]

不管他的例证是否有说服力，莫莱蒂对文学形式的多样性和文学形式种类形成的重视凸显了世界文学研究的关键问题。翻译所产生的新文体是失败的吗？共同比较基础的缺乏是否促进了文学的进化？(种类意义上的)变异是否必须以文化差异的杂合模式为代价而实现？文学市场的相互依赖——沃勒斯坦文学世界体系模式的关键因素——现在仅仅是文学生存第一主义的经济征兆吗？体裁的流转际遇是其活跃性的标准，它是否也是打破封闭世界体系种种约束所需力量的衡量标准？

当莫莱蒂在《文学史的曲线、地图、谱系》提及"形式的唯物主义观念"会展示"形式的力量"[27]时，他似乎将文学世界体系重新设想为一个各民族相互竞争的世界，每一个民族都在为拥有尽可能多的新颖体裁而奋斗，彼此为拥有类同化、资本化的世界文学通用模式而相互竞争。源于莫莱蒂进化目的论的文学世界体系的竞争模式在满足东西比较的需求时至少会有所裨益。亚洲和欧美不断将自身置于单一世界的两极模式，他们彼此竞争，都想成为唯一的主宰者或文化比较中的默认模式。即使采用令人生厌的马尔萨斯主义模式，生存第一主义又回到了竞争中。我们可以说两大帝国都卷入了拟态竞争，语言不可译性的壁垒和公民-国民多样性的概念加剧了此种竞争。两个世界体系也都陷入了争夺语言霸权的冲突之中，如全球化的汉语与全球化的英语相抗争。正如大家所看到的，21世纪语言政治对未来文学史学的保障

---

[24] Tomas Hagg, "The Ancient Greek Novel: A Single Model or a Plurality of Forms?", Moretti, *Novel I*: pp.125, 129.

[25] Henry Y. H. Zhao, "Historiography and Fiction in Chinese Culture", Moretti, *Novel I*: pp.91–93.

[26] Catherine Gallagher, "The Rise of Fictionality", Moretti, *Novel 1*: p.352.

[27] Franco Moretti, *Graphs, Maps, Tree: Abstract Models for a Literary History* (London Versa, 2005), p.92.

作用会日益增强，在亚洲内部和欧美文学世界体系尤其如此。

即使我们排斥此种竞争模式，亚洲内部文学关系也正不断理论化为一种世界文学体系，此种体系拒绝在欧洲中心主义和诸如颓废、抽象、中国风（由装饰艺术转向文学叙述）和日本风等东方主义变调的基础上对东西方文学体裁与风格的优劣进行比较。在国际现代主义中"日本风"最早被视为此种系统。在马拉美（Stephane Mallarme）、维克多·谢阁兰（Victor Segalen）、拉夫卡迪奥·赫恩（Lafcadio Hearn）、欧内斯特·费诺罗萨（Ernest Fenellosa）、庞德（Ezra Pound）、叶芝（W. B. Yeats）、亨利·米肖（Henri Michaud）、华莱士·史蒂文森（Wallace Stevens）等作家的推动下，"日本风"形成第一次风潮，认同俳句的简洁，诗行的空白、省略、轻描淡写的低调陈述以及意象主义。在加利福尼亚垮掉派诗人王红公（Kenneth Rexroth）、罗伯特·克利里（Robert Creeley）、加里·斯奈德（Gary Snyder）、菲利普·惠伦（Philip Whalen）等人的本土生态精神诗歌的推动下，"日本风"形成了第二次风潮。现在该词通常是纯粹主义的世界风格或负审美的同义词，以推崇空白的帆布、白纸、白色建筑和装饰极简主义而著称。日本风的作用大致相当于刘禾（Lydia Liu）所说的"超符号"的作用，是一种"异质文化的表意链，与两种或更多语言的语义领域相互交错"，同时掩饰其外来性与言语单位的内在断裂[28]。

最近几年，世界现代主义中的东方学批评致使亚洲现代派努力恢复其文化的独特性和理论比重。人们的注意力不断聚焦于现代主义的多元帝国主义，尤其是第二次世界大战日本占领期风格的影响。在亚洲内部世界体系的语境下，作为暗指先锋技巧与体裁的"西方现代主义"一词依然扮演着重要的角色，但它更强调亚洲现代主义派对"什么是现代主义？"这一问题的重新定义。在20世纪美国和欧洲全球化影响下进行实验创作的现代主义脱离了时代划分体系，成为现代性和现代主义、民族主义与西化、世界大同主义与反帝国主义、个人主义与军国集体主义以及资本主义与无产阶级文化的过渡的代名词。它也表明了两次世界大战期间一种复杂的审美断代。该时期见证了为艺术而艺术（如中国诗人李金发和韩国诗人金玉 [Kim OK] 的作品）、现实主义（代表人物是中国的鲁迅和茅盾）、日本新感觉派作家（受先锋新女性、都市生活景观和科技的影响）、泛亚民族主义小说（如佐藤春夫 [Satou Haruo] 1938年的作品《亚细亚之子》）和反西方无产阶级小说（如中国的赵树理和

---

[28] Lydia Liu, *The Clash of Empires: The Invention of China an Modern World Making* (Cambridge: Harvard UP, 2004), pp.13–14.

韩国的林华 [Lin Hua] 的作品）等众多流派的共存。这种非正统的现代主义并不像欧洲和二战影响下的美国现代主义那样逐渐衰微，而是随着邓小平 1978 年推行的改革开放的春风继续发展，它是一个概括性很强的术语，指涉了对民主的渴求、先锋派的概念论、人文主义、结构主义、全球性的意象主义以及其他更多的概念。

文学世界体系理论的光明前景在于它能增强欧洲中心地区以外的比较文学研究，并能创造性地将时空体与基因类型、历史与进化论、地形学与拓扑学、地图与谱系、媒介理论与认知科学结合起来。在他的新作《未来的考古学：乌托邦的希望与其他科幻小说》(*Archaeologies of the Future: The Desire Galled Utopia and Other Science Fictions*) 中，詹姆逊在分析左拉的实验小说和厄休拉·勒奎恩 (Ursula Le Guin) 科幻小说的变形能力时采用了偏向于认知科学的系统理论，他对左拉和勒奎恩评价是："他们为我们的经验主义世界提供了类似实验变体的某种东西。"[29] 他认为：

> 尽管左拉对遗传的认识已经过时，他还是非常天真地迷恋克劳德·伯纳德 (Claude Bernard)[30] 的实验研究。自然主义实验小说出现在现代主义前夕，其观念其实是在反复强调文学的认知功能。

勒奎恩的可比性"思维试验"是詹姆逊所称的"世界简化"的结果，在此过程中"通过极度的抽象与简化，我们所称的'现实'被有意淡化并被剔除"。[31]

詹姆逊向脑电波科幻小说的认知转变和种种突破表明了系统理论的发展前景，此理论囊括了控制论、自生系统论、混合理论以及遗传漂变等理论[32]。在莫莱蒂的《小

---

[29] Fredric Jameson, *Archaeologies of the Future: The Desire Galled Utopia and Other Science Fictions* (London: Verso, 2005), p. 270.

[30] 克劳德·伯纳德 (Claude Bernard, 1813–1878) 是现代实验生理学的创始人，19 世纪法国重要的生理学家。他批驳了"生命力"是生命的来源的说法，提出由体液（多血质、粘液质、胆汁质 [黄胆质] 和抑郁质 [黑胆质]）构成的"内部环境"的观点。他认为血液和淋巴无论在生物体内外都会保持稳定，当这种稳定的环境被打乱的时候，生物体会开始重建这种环境。——译注

[31] Fredric Jameson, *Archaeologies of the Future: The Desire Galled Utopia and Other Science Fictions* (London: Verso, 2005), p. 271.

[32] 有关混合的理论参见福科尼耶 (G. Fauconnier)、特纳 (Turner) 的相关著作。比较文学中有关科学理论的基本问题参见苏源熙 (Haun Saussy) 的《新鲜的噩梦织就的精美尸体：论大脑模仿病毒、麻疹、自私基因》(*Exquisite Cadavers Stitched from Fresh Nightmare: of Memes, Hives, and Selfish Genes*)。

说》中此类系统美学随处可见,正如阿图·奎亚松(Ato Quayson)在比较框架内分析魔幻现实主义时将神秘视为:

> **系统失调的感知能力向消极效果的转化。**在面对因巨大的政治混乱和社会秩序的瓦解而引起的持续的武力威胁或社会暴力时,人们将已感知的混乱内在化,或以罪恶,或以一种无法言说的恐怖,或以一种普遍而又说不出缘由的不安感表现出来。[33]

在"素材"(fabula)与战争"类属模糊"(generic blurring)的普通文本中使用诸如"系统失调"、"混乱"、"消极效果"(目标与消极的一致性间相互联系?)之类的表达时,奎亚松的做法表明了社会世界体系与科学世界体系方法的结合。[34]

此处我们可以发现系统理论的优劣所在。从系统失调、半象征地使用系统理论作为不连贯索隐和内乱的同义词、与系统理论本身只有表面性的或拓扑性的关系等角度而言,系统理论是有缺陷的。从它"类属模糊"这一概念倾向于认知混合的文学批评这一点来说,它又有其优势。认知混合是指通过不断构建把来源和目标合为一体的第三概念触及思维无法感知的事物(如图画中的会说话的动物)。安德烈安斯·盖勒斯(Andreas Gailus)更倾向于古典系统理论,他采用卢曼式的系统自生论修辞技巧。德国中篇小说的特点是"危机风格",其"国际变异"与"单个系统"相结合,"传统秩序模式(已)正变得不稳定"。[35]歌德中篇小说成为自身免疫综合症的表征,主题成为病原体,构思成为毁灭性因素,故而系统形式土崩瓦解。盖勒斯指出:"薄伽丘小说的主人公通过奸诈与欺骗加强**自我保护**,并以此增强生活的乐趣,而现代中篇小说的特点是强烈的自我毁灭倾向"[36]。此外,中篇小说是一种"混合物",它将意外事件融入了理想主义叙事传统,因而其自身产生了一种新奇的因素,一种新的'**现代象征形式**'"。[37]

盖勒斯等人的学说结合了社会学或科学系统理论,其风险显而易见:批评正变

---

[33] Ato Quayson, "Fecundities of the Unexpected: Magical Realism, Narrative, and History", *Novel 1*: p. 730.

[34] Ibid., pp. 729, 730, 735.

[35] Andreas Gailus, "Form and Chance: The German Novella", Moretti, *Novel 2*: p. 740.

[36] Ibid., p. 745.

[37] Ibid., p. 776.

成可怕的对称讽刺画——是神经功能与叙事形式主义间的完美循环,也是生态层认知图式的狂想曲、规则系统的乌托邦、渗透于宏观世界和微观世界杂乱的网络系统的偏执幻想。它们的另一巨大风险是容易导致肤浅的全球主义。在这种全球主义中,为适应同质的范式或可比性法则,文学世界的独特性被破坏。抛开这些顾虑和从冷战中遗传下来的恶名(当时的系统理论还是正统学说,隶属占于统治地位的行为科学),作为媒介理论或文学技艺学的分支(技艺学一词来源于海德格尔的技艺[techne],指文学遗传学、写作学、翻译艺术、符号学的重复和编程等领域的交叉),该理论为人文科学的跨学科研究指明了方向。处于经济学、控制论、生物遗传学、信息论、网络、组织学、概率论、复杂理论以及混沌理论的交叉点,文学技艺学通过审视媒介特质本身探究文学世界体系的界域。

(王国礼 译)

后经典、超经典时代的世界文学

[美国] 大卫·达姆罗什

导 读

此文选自达姆罗什的《全球化时代的比较文学》(*Comparative Literature In An Age of Globalization*, 2006)，美国比较文学协会委托苏源熙(Haun Saussy)主编出版了这份长篇报告，探讨了比较文学的学科现状。达姆罗什在文章中指出，文学领域的爆炸性增长并不是像有些人所认为的那样，摒弃了伟大作品的传统经典，而是带来了文学领域的重构。同经典"大作家"共享文学界的除了少数同他们齐名的新作家之外，还有大批反经典作家，之前的"小作家"越来越退到背景里，作为一种"影子经典"持续存在，有很多美好的回忆但很少有人阅读。文章最后探讨了将更大范围的作家引入课堂的教学法。

在过去的十年中，世界文学蓬勃发展。现代比较文学研究最为巨大的转变恐怕莫过于，我们正在将关注的焦点越来越集中在由欧洲大国文学巨匠所创作的伟大杰作之外的其他文学传统上了。1956年，《诺顿世界文学名著选》(*Norton Anthology of World Masterpieces*)第一版出版发表，内容囊括世界上73位作家的作品。选集者似乎对此很是自得，这个选集的名称就很能说明问题。但是，这些作家中，没有一位是女性，而且他们清一色地都是"西方文学传统"中的作家，地域上从古代雅典和耶路撒冷到现代欧洲和北美洲都有涉及。但是，诺顿此后的各版选集涵盖的作家数量逐渐增加。1976年，第三版诺顿文学选集发表的时候，选集的编辑们专门为一位女性，古希腊诗人萨福(Sappho)，辟出两页加以介绍。但是，直到1990年代早期，诺顿文学选集的关注焦点依然是欧洲和北美，这跟大多数其他"世界"文学选集以及世界文学课程的情况大致类似。

这种形势直到伯恩海默(Bernheimer)报告发表的时候才开始出现转机。当时，周蕾（Rey Chow）就很担忧，我们先前拓展世界文学视野的努力，与其说是在消解大国经典，还不如说是在通过吸纳少数几个新的霸权加盟来扩大自己的地盘和影响，她的担忧是很有道理的。她是这样对伯恩海默报告做出回应的：

> 假如我们仅仅是用印度、中国、日本来替代英国、法国和德国，那么，问题根本就没有解决⋯⋯在这种情况下，文学的概念完全屈从于社会达尔文主义对国家的理解："名家大作"对应的是"大"国、"大"文化。如果将印度、中国和日本标榜为亚洲的代表，那么，在西方视野里的其他文化不太突出的国家地区，如韩国、中国台湾、越南等，就只能靠边站了——对于那些亚洲伟"大"的"他者"文明来说，他们又是被边缘化了的他者的"他者"。[1]

只是在过去的十多年里，我们对世界文学的理解才获得了真正意义上的改善。美国主要的文学选集——如朗文、贝德福特（Bedford）以及我们提到的诺顿——现在介绍了500多个作家，涵盖几十个国家。我们似乎会觉得，陈旧的欧洲中心主义的文学经典终于垮掉了，虽然有一些文化保守主义者在担心，传统的"伟大作品"将从此一蹶不振了。

但是，大国经典的消解，这仅仅是问题的一个方面。这不仅仅是因为这种消解在现实中尚未完成，这与后殖民理论还不是一回事。我们确实是生活在一个后经典时代，但是，这个后经典时代仅仅是后工业时代意义上的后经典时代。毕竟，后工业时代新兴的经济大国，经常会跟旧的工业时代的国家异常相像：亚马逊需要砖混结构的仓库，联想和戴尔都建造了大型的生产流水线工厂，有毒化学物质问题，污染问题，一应俱全。他们批量生产出来的产品，数量越来越庞大，过时快，淘汰快，于是，这些产品很快就会挤满我们的阁楼、地下室、壁橱，以及世界上所有的垃圾填埋场。除了这种旧式的工业化生产的重新复活，我们还有另外一个问题，那就是，在我们这个所谓的后工业时代，许多成熟的行业业绩表现得相当不错。比如，旧的工业经济的代表和支柱产业，汽车。它不仅没有像信息高速公路时代的公共马车那样被彻底淘汰消失，相反，汽车比以前更加无处不在。不仅如此，路上跑的豪华小轿车也比以前更多了。凌志、奔驰，以及相关高端配套产品，通过诸如增加几十个

---

[1] Rey Chow, "In the Name of Comparative Literature", in *Comparative Literature in the Age of Multiculturalism*, ed. Charles Bernheimer (Baltimore: Johns Hopkins University Press, 1995), p.109.

微处理器、改善燃油使用效率、增加驾驶员坐姿记忆功能,这些都为这些豪华汽车赢得了非常好的市场效益。

世界文学所面临的形势与此非常类似。其中的部分原因是,文学遭到解构之后形成的空白,由文学理论提供的经典填补了进来。假如我们不再把我们的大部分关注焦点集中在小说、诗歌和戏剧经典上,也不再要求我们的学生研究这些经典,不再期望我们的读者了解这些经典,那么,我们就需要另谋他就。所以,人们说,我们需要像朱迪斯·巴特勒(Judith Butler)、米歇尔·福柯(Michel Foucault)、爱德华·W.萨义德(Edward W. Said)、佳亚特里·斯皮瓦克(Gayatri Spivak)这样的理论家们为我们提供一个共同的对话基础,来取代过去莎士比亚、华兹华斯、普鲁斯特和乔伊斯在我们头脑中占据的位置。

但是,难道这些旧的经济体系下的作家们真的已经靠边站了吗?恰恰相反,人们对他们的谈论更多,而且,除了近几十年来少数的几个新崛起的作家之外,他们在文学选集中出现的更多、讨论的更多了。这就像凌志汽车,高端作家(很少有女性)通过增加自己在后经典潮流中的价值来进一步巩固自己的市场份额:詹姆斯·乔伊斯过去是欧洲现代主义研究的中心人物,现在又有一些人要对他加以重新发掘。这种发掘的结果就是《半殖民主义的乔伊斯》(*Semicolonial Joyce*)与《跨国乔伊斯》(*Transnational Joyce*)这样的论文集的出版和发表。不可否认的是,现在的比较文学学者们越来越多地关注"各种存在争议的、非主流的、处于边缘的研究进路",这也正是伯恩海默委员会所期望的[2]。但是,这些新的研究进路,人们毫无顾忌地既用它来研究旧的经典作品,也用它来研究刚刚出现的后经典作品。

这是怎么回事呢?其中必有原因。世界文学经典不断增加,但是我们每个学期讲课的时间还是原来那么多周,每天上课的时间依然还是那么多小时,而旧的"西方文学名家大作"的篱笆墙外的各种各样的文学作品我们也确实都读了。所以,我们今天在阅读的时候一定替换掉了过去的什么。于是,人们经常这样认为,尤其是那些抨击当下增加新文学经典这种做法的人经常这样认为,我们一定是放弃了莎士比亚,用托尼·莫里森(Toni Morrison)来取而代之了。但是,实际情况却并非如此。这就像后工业时代的经济一样,实际上,富人更富,而绝大多数其他人则只能勉强度日或者干脆就是收入日减。所以,旧文学经典消失了,这样的说法说得

---

[2] *Comparative Literature in the Age of Multiculturalism*, p.44.

太过简单了。相反,世界文学经典从过去的两层体系变成了三层体系。过去,世界文学可以划分为"大作家"和"小作家"。即使在"名家大作"这种研究进路繁荣昌盛的日子里,在我们的文学选集里、课程安排上和学术讨论中,我们在探讨这些大作家的同时依然会谈论那些西方文学的小作家。维吉尔和奥维德正是在阿普列乌斯(Apuleius)和佩特罗尼乌斯(Petronius)建立的框架的基础上让自己文采照亮了全世界。1956年版的《诺顿世界文学名著选》在收录了大量的托尔斯泰和陀思妥耶夫斯基(Dostoevsky)的作品的同时,也顺道收录了亚历山大·布洛克(Aleksandr Blok)的作品。

将这个旧的二层体系取而代之的是我们的新体系,这个体系由三层构成:超经典(hypercanon)、反经典(countercanon)和影子经典(shadow canon)。超经典指的是那些在过去的二十年里一直保持着自己的地位或者甚至地位越来越重的"大"作家。反经典主要是指非主流的、有争议的作家,他们在进行文学创作时所使用的语言人们学的较少,或者虽然他们使用的是大国的主流语言,但是他们隶属于小的非主流的文学传统。许多,甚至是大多数旧的大作家与这些新来乍到的文学经典成员比邻而居、相安无事。这些新来乍到的成员很少有人积累了多大的人气,因此,那些旧的大作家不仅根本感觉不到威胁,而且还因为跟这些新人相提并论而声誉日隆。他们也很少会吸纳新人成为自己俱乐部的成员。当然,我这里所谓的"他们"实际上指的是"我们",因为正是我们这些教师和学者决定了哪些作家能够货真价实地成为当今世界文学的经典。

今天,当我们在不断维护这个体系的时候,旧的"小"作家越来越隐身退去,退到了后面的背影里,变成了一种为老一代学者所熟知的(也许可以说,在很久以前的阅读中留下美好回忆的)影子经典,但是读到他们的年轻一代的学生和学者则越来越少。这种现象我们甚至在民族文学传统中也可以看到,虽然民族文学传统在时间和考察范围上所面临的压力要比世界文学小很多。莎士比亚和乔伊斯哪儿都不会去,而且实际上,他们还在过去的正房两边加盖了新的偏房,但是,赫兹里特(Hazlitt)和高尔斯华绥(Galsworthy)则很少有人见他们出来活动,而且即使出来他们也是衣衫褴褛、破旧不堪。也许,过不了多久,他们的人气耗尽,破屋会被人买下来拆掉重建。

新文学经典到底是个什么样子,说明的办法很多,我们既可以从民族文学传统内部来进行说明,也可以从一个民族文学传统与另一个民族文学传统之间的关系来加以说明。最简单省力的例子就是英国"六大"浪漫主义诗人,我们仅从美国现代语言协会（Modern Language Association）出版的《现代语言学会书目》（*MLA Bibliography*）中所收录的研究他们的文章和书籍的数量就可以看出问题。显然，这个书目上的数据是不够精确的，尤其是我们要考虑到，如果他们搞了一个百周年纪念活动，或者碰巧出版了一个论文集，或者办了几本增刊，但是由此增加的数字从十年这样的时间跨度来考量它的总量的话，那么，这个数字上的偏差就会降下去不少。如果我们把这些大作家与那些传统的"小"浪漫主义诗人，如罗伯特·骚塞（Southey）、兰多（Landor）以及诸如菲丽西亚·希曼斯（Felicia Hemans）和安娜·利提·巴波（Anna Letitia Barbauld）之类新出现的反经典作家进行对比的话，那么，我们就可以更好地从大的宏观对比的角度来考察这些数据了。以"六大"诗人为例进行测试，这是相当有趣的事情，因为，在反经典批评出现之前，他们的作品不仅对于旧的新批评学派（New Criticism）[3]来说是至关重要的，而且对于耶鲁学派的解构主义文学批评进路来说也是非常重要的。我们似乎有理由料想，在过去的十年到二十年期间，人们对这六大诗人的关注度会有所降低。但是，令人吃惊的是，《现代语言学会书目》的调查报告显示，人们对所有这六大诗人的关注度依然如故。即使是再倒退四十年，将这六位诗人进行互相对比，我们发现人们对这六位诗人的关注度也没有多少变化，如果将他们与整个相关领域进行对比的话，这种变化就更少了（图表1）。

从1964年到1973年的这十年期间，六大诗人主导了诗歌评论界，他们每一位诗人都有至少400部研究著作或文章（有的全部是研究他们的，有的部分内容是研究他们的），而所有我看过的其他浪漫主义诗人，在同一个时期的研究作品都不到100部/篇。即使是现在，他们之间依然还是这么大的差距。而且，实际上，这六位诗人，他们每一位，在最近十年里研究作品的数量甚至比这本调查报告所统计的头十年间的数量还要大。更为惊人的是，他们相互之间的差异几乎没有什么变化。拜伦开始的时候就是这个超经典诗人组合的最后一位，而且从来没有改变。雪莱和柯勒律治上升了一两节，布莱克和济慈下降了一两节，但是没有再多降。布莱克在过去的四十年中的第二个十年间有过短暂的上升，但是，后来又回落到了原来的水平。华兹华斯在开始的时候就处在最高端，而且一直位列第一，后来甚至还扩大了领先优势。这就像是我们今天的经济，有钱人越来越有钱。

在这张图表上，以前处于小作家地位的作家位置没有改变：约翰·克莱尔（John

---

[3] 新文学评论（New Criticism）：主要是20世纪中期运用的一种文学评价和解释方法，强调对文章的详细研究，对产生它的传记或历史环境却毫不关心。——译注

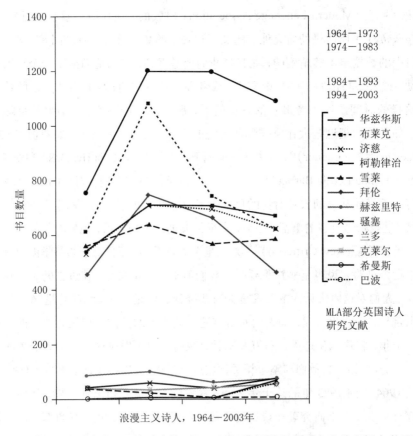

图表 1 《现代语言学会书目》统计出的 1964—2003 年间英国浪漫主义诗人研究书目数量

Clare)的研究书目从 40 增加到了 56；威廉·赫兹里特从 88 降到了 78；罗伯特·骚塞时上时下，从开始的 46 涨到 62，然后又降到了 44，而现在又上升到了 81，但是他从来就没有突破 100。沃尔特·萨维奇·兰多(Walter Savage Landor)则从开始的 41 骤降到了 25，再到 4，现在回升到了 9。我看到的反经典诗人，希曼斯和巴波在过去的 20 年里从几乎是零的地位上升起来的，但是，升的不是那么高。他们俩现在大致是骚塞和赫兹里特当初的位置，处于过去可以称之为"小"经典的地位。希曼斯从 0 上升到了 70，巴波从 4 上升到了 59。

反经典的出现确实标志了这个领域的重大转变。假如我们将统计的范围扩大，将散文也包括在内的话，我们就会看到，简·奥斯丁从"大"作家中较低的行列——311，上升到至高无上的地位（在过去的十年里有 942 部作品，仅次于华兹华斯），而玛丽·沃斯通克拉夫（Mary Wollstonecraft）和玛丽·雪莱（Mary Shelley）会上升到超经典的行列。他们周围的人，当然现在跟三四十年前是不同的。但是，显然，即使考察范围扩大，整体的情形也不会像我们预期的那样有多大变化。有几位新人地位比较高，但是大多数人都在他们之下较远的地方盘旋。中间位置上，几乎没有一位作家每十年有 100 到 400 部研究作品。

仅仅是一个国家，在仅仅一段时期，其文学经典之间的差异居然就如此之大。要是说到世界文学的话，这种差异就会更加巨大，因为世界文学所要考虑的时间跨度会更大，涉及的作家的数量会更多。假如我们把所谓的"世界文学"定义为在本土之外、本专业领域之外人们阅读和讨论的文学作品的话，那么，我们就会发现，超经典的范围就会远远超出以前新文学批评学派及其相关学派占据的领域。世界文学就像是世界小姐选美大赛一样，整个一个民族，代表它的也许只是一个作家。比如，印度尼西亚，它是世界上领土面积第五大国家，文明历史悠久，文化传统从未中断，但是，人们对它有任何认识可言的话，大家也只是透过一个人，普拉姆迪亚·阿南达·杜尔（Pramoedya Ananta Toer），来认识了解它的。而豪尔赫·路易斯·博尔赫斯（Jorge Luis Borges）和胡里奥·科塔萨尔（Julio Cortázar）则分享了"阿根廷先生"的荣誉。人们是通过这两位阿根廷先生来认识阿根廷的。

由于世界文学考察的视角有所不同，所以，在挑选文学作品的时候选择性是比较强的，这也是可以理解的。但是，值得注意的是，即使是从北美所熟悉的非西方作家中挑选文学超经典作品，意见也会出现不一。从图表 2 我们可以看到，即使是非常著名的作家，从文学批评的角度来分析的时候，依然会出现分歧。

在过去的 20 年里，后殖民研究发展迅速。但是，非常明显的是，这种发展对不同作家的影响很不均衡，有时候甚至不均衡到了与各个作家的艺术水平和文学影响不成比例的程度。一些人们喜爱的作家出现了，并成为新的、后殖民的超经典。比如，通过我们的图表可以看出，萨尔曼·拉什迪（Salman Rushdie），是所有这些作家中最为突出和优秀的作家，钦奴阿·阿切比（Chinua Achebe）（在过去的 20 年里有 407 部研究作品）、德瑞克·沃尔科特（Derek Walcott）（从 1984 到 2003 年共有 309 部研究作品）以及其他几位作家情况类似。我们的后殖民研究的空间虽然不大，但是，假如我们能够酌情给其留下余地的话，我们也许可以把纳丁·戈迪默（Nadine Gordimer）以及在过去 10 年里所有研究作品超过 100 部的作家都包括进来。但是，我并没有发现多少新的、突出的后现代作家受到过那么多关注。相反，我们很快发现，

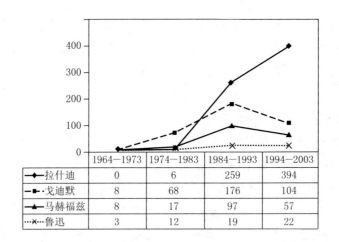

图表 2 《现代语言学会书目》：研究拉什迪、戈迪默、马赫福兹和鲁迅的论文

在整个排名中，从中间如纳吉布·马赫福兹（Naguib Mahfouz）等人往下的作家，每年的研究作品只有大致二到三篇/部，比如，阿摩斯·图图欧拉（Amos Tutuola）、鲁迅就是如此。这些非常受人尊敬但是研究很少的作家，我们可以将他们称为后殖民研究中的赫兹里特们——当然，如果考虑到他们都是非常优秀的作家，而且在他们的国家享有非常崇高的地位，我们会觉得这样来分析他们实在有点荒谬。但是，这里的数字也说明，在世界文学中，他们的地位是第二等级的地位，就跟那些"小"的浪漫主义诗人和散文家一样。

另外，后殖民研究与英国浪漫主义情况很相像，也有一些影子经典作家，这些人大家都"知道"（当然多数是通过文学选集中的一两篇文章了解到的），但是文字上讨论他们的人却很少。比如，法德娃·图淦（Fadwa Tuqan）和普列姆昌德（Premchand），在过去的 20 年里，只有几篇文章研究他们[4]。有些影子经典作家，以前在殖民和后殖民文学研究中名头很响，但是，现在随着其他的一些作家成为超经典作家，他们的声望受到直接影响，就没有以前那么大了。纳丁·戈迪默排名上去了，而亚兰·佩顿（Alan Paton）则下来了。R. K. 纳拉扬（R. K. Narayan）被萨尔曼·拉

---

[4] 这是根据《现代语言学会书目》的统计数据。《现代语言学会书目》很可能许多南亚和中东的出版物（期刊即报纸）都不会包括在内，这些作家的作品恰恰经常在这些出版物中向世人展示。尽管如此，MLA 的统计是北美学者所能得到的做好的数据统计了，而且它还将作家放在北美比较文学学者所理解的，世界文学的背景中来对其地位加以评价。

什迪取代了。伟大的"伊斯兰勇士"(ghazal) 诗人噶里布 (Ghalib)，在 1960 年代和 1970 年代人们讨论很多，但是，现在则几乎再没有人谈论他们了，这也许倒并不是因为人们更加喜爱另外哪个诗人，而是由于人们越来越将关注焦点转移到克里斯托夫·布雷德 (Christopher Braider) 所谓的 20 世纪而已（第 11 章）。总体而言，即使没有那些专门支持哪个具体作家的期刊或者研究组织（如华兹华斯研究小组[5]、莎士比亚研究协会[6]），好像后殖民研究也走上了过去旧的欧洲中心主义下的超经典的偏见老路。周蕾在伯恩海默报告中曾经对这种问题发出过警告。唯一的不同是，她警告我们的是对一个民族文学的歧视，而我们现在的现实则是对一些文学名家的歧视。

那么，我们比较研究者今后应该如何应对这种问题呢？作为读者，我们应该抵制这种现象。作为学者、教师，我们应该扭转这种现象，让它向对我们有利的方向发展。我们有文学选集，有作家选集，我们有充足的资源，我们要尽量广泛阅读，让我们的学生接触更为广泛的资料。当然，就像华兹华斯一样，从许多角度讲，拉什迪是一个很好的讨论话题。但是，我们不能在任何时候、任何地方都总是讨论这么几个相同的作家。我们尤其应该特别小心，将自己的教学计划安排好。在许多许多情况下，一个美国学生从大学毕业的时候，《崩溃》(Things Fall Apart) 可能已经读过三遍，《宠儿》(Beloved) 读过四遍，但是却从来没有读过马赫福兹、鲁迅、噶里布。

我们应该抵制超经典霸权，但是，既然这就是现实，我们就要扭转这种现实，让它向对我们有利的方向发展。学生选修一门课程的时候，居然从未听说过这个作家，这样的情况我们是不能让它发生的。所以，假如我们想要扩大他们的视野的话，我们就可以通过增加超经典作家的数量来吸引他们的注意。我们这样做根本不是因为这个作家变成了超经典作家，而是因为，在许多不同的背景下，阅读这些作品，讨论这些作品都是很有趣的事情。我们的后代不必总是言必称莎士比亚，同样他们也不必总是言必称拉什迪。我们可以将超文学经典跟反文学经典放在一起，这样对它们二者双方都有好处。

无论是对于教学来说还是对于学术研究家来说，从事比较文学研究的人通过这种将两种不同的作品放在一起进行对比，这其实是一件非常有趣的事情。但是，令人惊讶的是，很少有人从跨民族、跨传统的角度来将反经典与超经典进行横向对比。

---

[5]　原文为 The Wordsworth Circle。——译注
[6]　原文为 the Shakespeare Studies Association。——译注

今年，我所在的系的学生要求我们专门开设一门"乔伊斯课程"，在他们要求的促发下，我才意识到这个问题。我们的学生意识到，乔伊斯的文学地位很特殊，专门开始这样一门课程，可以为那些对现代主义、后现代主义、后殖民研究以及小说史感兴趣的学生提供绝佳的学习机会。我马上就对他们的要求表示同意，但是作为一位研究比较文学的学者，我还希望将探讨的范围扩大，这样，在阅读乔伊斯的同时还需要阅读乔伊斯之前的人、与他同时代的人还有他后面的人。通过阅读这些书籍，我们看到，有些作家之间是存在直接的传承和影响关系的，如从易卜生到乔伊斯，从乔伊斯到利斯佩克托(Lispector)。还有的书，比如说《追忆逝水年华》(*Swann's Way*)，我们阅读它的目的是要提出，乔伊斯的文学创作是存在一个所谓文学"域"的，或者从更高的角度说，在他之前，人们可能在创作什么样的作品。比方说，在课程开始阶段，我想让学生们大致了解一下，在1890年代，即乔伊斯准备着手创作《都柏林人》的时候，现实主义作家是如何处理性别问题的。于是，我就布置学生阅读三部作品，一部是易卜生的《玩偶之家》，这部作品乔伊斯非常熟悉，还有另外两部是乔伊斯根本就不知道的小说：罗宾德拉纳特·泰戈尔(Rabindranath Tagore)和樋口一叶(Higuchi Ichiyo)。

这样进行对比，使我们能够避免在进行选择的时候总是非此即彼，要么挑选那些证明充分、严格意义上存在相互影响的作家进行研究，要么就像阿蓝·巴底乌(Alain Badiou)所倡导的那样，挑选毫无根据、将整个文学界毫不相干的作品放在一起进行对比。樋口一叶的小说尤其容易让人联想到与《都柏林人》的关系。虽然我们读的只是她的作品的译文，但是毕竟是读到她了。我们讨论的话题远超过小说的主题。情节的安排之类的形式问题，对话的使用，这是我们不断谈到的话题。同时我们还讨论文体问题，语言修辞问题等。——当然，我们讨论的都是罗伯特·里昂·丹利(Robert Lyons Danly)精彩绝伦的译本所传达过来的文体特征。毫无疑问，作品的文体特征他传达的很完整全面。同时，在丹利写的《春树荫下》(*In the Shade of Spring Leaves*)译序的帮助下，我们对互文性也进行了对比。乔伊斯从爱尔兰民歌、斯威夫特和但丁那里吸取营养，而樋口一叶则是从日本街头戏剧表演，从井原西鹤(Ihara Saikaku)和紫式部(Murasaki Shikibu)那里吸取营养。樋口一叶与乔伊斯的联系是间接性的，但是他们之间的关系不仅仅体现在他们生活在相同的时代，因为樋口一叶与乔伊斯有着共同的先驱。樋口一叶第一个评论家之一，小说家森鸥外(Mori Ogai)曾经这样写道，她的人物"不像易卜生和左拉的作品中经常见到的人物那样就像野兽一样,而且所谓自然主义者们都竭尽全力想要模仿他们。她的人物是真实的、具有人性的个体……我会毫不犹豫地赠予她这样的头衔:真正的诗人。"[7]跟乔伊斯一样,樋口一叶塑造自己的小说的时候会对照易卜生和左拉的作品。还跟乔伊斯一样的是,人们都认为,她将诗歌的灵气带进了自己的散文创作中。

  这种对比方法不仅在课堂教学中效果很好,而且,假如我们能够像弗朗哥·莫莱蒂(Franco Moretti)倡导的那样,将对单个文本的详细审读与文学体裁的"传播浪潮模式"研究——如对小说的"传播浪潮模式"的研究——结合起来的话,这种方法也为我们提供了更为广阔的研究空间。[8]一旦超越一个民族/国家的传统,或者超越一个殖民帝国的贸易路线之外,我们的研究就无人知晓了。但是,这种研究方法既能极大地展现超文学经典的特色,也能极大地展现反文学经典的特色。这样的研究同样也可以解决读者喜好问题,任何人,不管你喜欢哪类作家,你都可以阅读这样的文章。假如大多数非专业读者从来没有听说过樋口一叶,更没有读过她的作品,而且尤其是,假如我们并不想把她的作品解读成阐释某位欧洲理论家大叙事(master-narrative)理论的又一个样本的话,那么,我们怎么才能让读者对她感兴趣,让他们阅读她的作品呢?反过来讲,在过去的40年里,研究乔伊斯的文章和书籍起码不少于7691篇/部,那么,即使我们觉得还想写第7692篇研究论文,还有谁会想读这么一篇论文呢?每一首爱尔兰民谣我们都考察过了,《尤利西斯》的每一章甚至几乎每一个句子,我们都非常细腻地进行了解剖、讨论和重新解读,那么,我们还有什么话可说呢?在这种情况下,跨文化对比研究就显得既有启发意义又新颖有趣了。不仅如此,这样的研究还可以缓和图表3中所体现出来的极度失衡状况。

  伯恩海默报告发表10年以来,我们取得了不少进步,但是,面对时间的压力,面对西方文学以及西方文学之外超文学经典名流的吸引,我们似乎太过于乐意屈从和让步了。也许我们太愿意接受乔伊斯小说中那位神秘的"女侦探"西尔维亚·赛兰斯(Sylvia Silence)的建议了。她警告我们说:"也许一天就像十年那样漫长。现实本来是无法清晰划分界限的,但是,你必须找到一个点给现实划上这么一条分界

---

[7] David Damrosch et al., eds., *The Longman Anthology of World Literature,* Volume E, 911 之关于 Ichiyo 的导言。

[8] ranco Moretti, "Conjectures on World Literature", *New Left Review* 1 (2000): 55–67.

	乔伊斯	普鲁斯特	利斯佩克托	泰戈尔	普列姆昌德	樋口一叶
总　　量	7691	3077	355	278	20	17
年平均量	192	77	9	7	0.5	0.4

图表 3　　1964 到 2003 年间研究乔伊斯等人的著作及论文

线来。"(《芬尼根守灵夜》)[9] 而我们要划的不是一条线,而是许多条线。其中,有的线将相互冲突的民族和文化联系起来,有的线是新划出来的比较研究的线,它打破了世界文学中长期割裂超经典与反经典之间关系的界限。

（王文华　译）

---

[9]　此句为译者翻译。原文为："Though a day be as dense as a decade", she warns us, "you must, how, in undivided reawity draw the line somewhawre."

东方主义与世界文学机制

[美国]阿米尔·穆夫提

> **导 读**
>
> 阿米尔·R. 穆夫提（Aamir R. Mufti）在哥伦比亚大学攻读博士学位期间师从爱德华·萨义德，主攻文学和人类学，现任加州大学洛杉矶分校比较文学系副教授。他的研究领域包括：殖民与后殖民文学（重点关注英国和印度文学，尤其是19、20世纪乌尔都语文学）、马克思主义与美学、法兰克福批评理论、小民族文化、离散与置换、难民与庇护权、人类学史等。著有《殖民地的启蒙：犹太问题与后殖民文化危机》（*Enlightenment in the Colony: The Jewish Question and the Crisis of Postcolonial Culture*，2007），合编《危险的联络：性别、民族与后殖民视野》（*Dangerous Liaisons: Gender, Nation, and Postcolonial Perspectives*，1997）。本书所收的这篇文章发表于《批评探索》（*Critical Inquiry*，Spring 2010），以印度文学为例探讨了世界文学与后殖民主义研究的关系。

什么是世界文学？

当前世界文学概念的复兴似乎缺少了非常重要的东西：东方主义的问题。爱德华·萨义德的《东方学》蜚声文坛，成为探讨全球范围内各种文化关系的基础性文本。最近又兴起了一场讨论，旨在把文学理解为全球普遍现实，但从这一讨论和对其宗旨的热衷程度来看，《东方学》的概念核心以及相关文献资源的细节似乎并未发挥重要作用。

帕斯卡尔·卡萨诺瓦（Pascale Casanova）的《文学的世界共和国》（*The World Republic of Letters*）也是这种情况。该书探讨了现代早期欧洲文学空间的兴起及其在随后四个世纪里在欧陆以外的扩张。[1] 该书的整体框架基于对国际文学空间发展过程中三个重要阶段划分的认同，也基本符合本尼迪克特·安德森（Benedict Anderson）《想象的共同体》（*Imagined Communities*）中的年代划分。首先是国际文学空间的起源期，指14至17世纪欧洲国家的形成期，这些国家在该时期经历了语言本土化的拓展与不平衡的发展过程。接下来是转折和大规模扩张的时期，她再次依照安德森的分期，指出"语文学–词素革命"（"philological-lexigraphic revolution"）开始于18世纪晚期，之后便是各种民族传统的广泛传播。[2] 卡萨诺瓦指出，兴起于18世纪末、19世纪初的新文学实践出现在欧洲世界文学空间之内，这种新实践与语言的新概念和语言及其使用群体的关系紧密相连，处在大规模转型和扩张的形态之中。第三个，对卡萨诺瓦而言也是世界文学空间持续扩张的时期，与二战后去殖民化的历史"事件"相关。

我选择一个最容易使人产生重大误会的概念作为问题的切入点：卡萨诺瓦认为，非西方文学文化在世界文学空间的影响力在20世纪中期的去殖民化时期初露端倪。从她的这一论述来看，卡萨诺瓦没有认识到世界文学空间拓展与调整的真正本质，在后来欧洲文学空间发生的语文学革命进程中她才意识到这一点。只有通过语文学知识革命，非西方的文本传统才能真正以宗教或世俗的文学形式首次出现在国际文学空间（形成于近代欧洲，是处在当时兴起的本土传统及其逐渐变化的适用范围和国际文学空间结构二者之间的一种对抗性结构）之中，这一变化是在东方古典语言的"发现"、语言谱系的发明（其基本形式延续至今）以及波斯、阿拉伯、印度等语言的作品越来越多地被翻译和吸收到西方语言等过程中实现的。她几乎完全通过阅读赫尔德（Herder）而了解了这一时刻，将其误解为欧洲内部文化地图的重绘，而不是全球性质的重组。在这个意义上，正在出现的语文学知识的星群将全世界的语言和文化视作其最终客体，这方面我们最熟悉的知识来自萨义德在《东方学》中对它的解读。众所周知，赫尔德在18世纪70年代的著述中，包括《论语言的起源》（*Treatise on the Origin of Language*），开始脱离18世纪占据主导地位的语言起源观，即将语言的起源和发展看做人类历史的一部分；这里，我们只要考虑一下与赫尔德同时代的卢梭（Rousseau）、孔迪亚克（Condillac）和门德尔松（Mendelssohn）的著作就可以得出这个结论。与他们不同的是，赫尔德认为人类智力总是采取历史形式，只有

---

[1] Pascale Casanova, *The World Republic of Letters*, trans. M. B. Debovoise (Cambridge, 2004).
[2] Ibid., p.48.

在语言中,而且是在特定时间、特定地点的特殊语言中才能具体实现。有关思想局限于语言的某些观念的兴起和接受产生了一系列影响,从世俗《圣经》阐释法的形成最终到浪漫主义有关历史与想象观念的产生,甚至在一个多世纪后,对英美人类学具有奠基意义的文化相对主义——弗朗兹·鲍亚士(Franz Boas)和马林诺夫斯基(Bronishlaw Malinowski)都继承了德国赫尔德传统的某部分作为自己的知识构架,上述知识已众所周知,无需赘述。[3] 我想要说明的是个更加具体的问题:仅关注赫尔德18世纪70年代早期的作品——它们是在东方主义的语言和文化多样性正式融入欧洲思想-语文学界之前发表的——使得卡萨诺瓦在论述有关(欧洲)世界文学空间变化的问题时没有考虑如下整体性的变化:从18世纪70年代开始越来越多的欧洲读者开始接触东方主义的范式,他们有可能会吸收这些范式。[4] (稍后再来讨论东方主义传播的历史和形态。)

因为卡萨诺瓦忽略了最初的非西方写作传统对刚出现的文学世界地图的影响(事实上很多关于跨国文学关系的著作都论述了这个问题),卡泰·亚辛(Kateb Yacine)、V. S. 奈保尔(V. S. Naipaul)、萨尔曼·拉什迪(Salman Rushdie)这类作家的风格和融入大都市语言与文化的心理就成了非西方作家的典型特征(对卡萨诺瓦而言他们都是如此)。因此,这种混合与杂糅的模式也就成为理解大都市之外的文学作品的最佳方式,而涉及现代非西方文学形成的非常复杂的和难以厘清的种种张力和矛盾则完全视而不见。换言之,我认为我们应该严肃对待那些看似浅显易懂,但在当今众多的批评讨论中未能以一种严谨的方式得以阐释的历史主张,即英语以及其他西方语言与作为文学表征媒介的、处在全球边缘地位的各种语言的深度冲突。这些被边缘化的语言并不是在后殖民时期才首次出现的,更不能说它们是在高度全球化的跨国交流时期才出现的,尤其不能认为它们形成于现代社会初期,不能认为这些语言在同西方语言相互冲突时就会彻底改变其义化形式。

---

[3] 参见 Isaiah Berlin, *The Roots of Romanticism*, ed. Henry Hardy (Princeton, N.J., 2001). Michael F. Brown 最近重新探讨了文化相对主义的人类学概念,参见 "Cultural Relativism 2.0", *Current Anthropology 49* (June 2008), pp. 363–383。

[4] 关于赫尔德之后(18世纪90年代)的印度学研究和翻译,特备是薄伽梵歌(Bhagavad Gita)见 Saverio Marchignoli, "Canonizing an Indian Text? A. W. Shlegel, W. von Humboldt, Hegel, and the Bhagavadgita", in *Sanskrit and "Orientalism": Indology and Comparative Linguistics in Germany, 1750–1958*, ed. Douglas T. McGetchin, Peter K. J. Park, and D. R. SarDesai (Delhi, 2004), pp. 248–251。

语文学革命进程中文化与知识重组的影响是深远的,不仅影响了欧洲知识界,而且也影响了殖民和半殖民社会,更具体地说就是现已纳入这些新知识视野的文本传统。为了理解现已经拓展到全球现实范围的文学关系结构,我们必须要意识到语文学中的东方主义在形成和确立有关划分、评价不同文本形式——现在一律被视为"文学"的东西——的方法与系统中发挥的重要作用。维奈·达沃克(Vinay Dharwadker)在一篇富有创见的文章中提出:"英国和欧洲文学所再现的印度……并非取决于印度材料的'本质',而取决于欧洲文学思想的知识语境。"[5](现在具有普遍性的)文学范畴及其特殊的拉丁词源和谱系标志着不同书写文化的同化过程,如阿拉伯语(adab)(阿拉伯语、波斯语和乌尔都语的词汇)和诗歌(sāhitya)(北印度语和一些印度地方方言的范畴)等术语的使用部分掩盖了这个过程以表示新的文学性。

我在这篇文章中试图提出一些批评方式用以思考新的知识结构对19世纪印度次大陆的语言、文学和文化以及更广泛的身份政治产生的深刻影响。这项研究是对《东方学》的一些观点的回应——也是针对当代许多萨义德研究提出的不同看法,我还会说——东方主义批判最终会将我们带回东方化的空间本身。因为在萨义德看来,东方主义包括现代西方的知识实践,它的出现首次使不同文明星群居于单一世界空间成为可能,其中每个文明星群都拥有自身的传统,每个民族都以自己的方式表现民族"天才"。[6] 萨义德论让·热内(Jean Genet)晚期作品的一篇清晰易懂的文章包含下面这个警句般的句子:"帝国主义是身份的输出。"[7] 对萨义德来说,东方主义是现代西方帝国主义在全世界构建同一性的真理假说的庞大的文化(更加具体地说是语文学)机器的代名词。因此,和其他任何人一样,萨义德对东方主义的批判也指向"所谓第三世界读者",对他们而言,"这项研究在理解西方话语的强势地

---

[5] Vinay Dharwadker, "Orientalism and the Study of Indian Literatures", in *Orientalism and the Postcolonial Predicament: Perspectives on South Asian*, ed. Carol A. Breckenridge and Peter van der Veer (Philadelphia, 1993), p. 160.

[6] Stathis Gourgouris 采用这种方法的早期独创性的研究,也就是把希腊在北欧、语文希腊语的再创造看做殖民事件,并对我影响很大,见 Stathis Gourgouris, *Dream Nation: Enlightenment, Colonization, and the Institution of Modern Greece* (Stanford, Calif., 1996).

[7] Edward W. Said, "On Jean Genet's Late Works", *Grand Street 36, no. 9* (1990), p. 38. 有关热内与萨义德的这篇文章参见 Gourgouris, *Does Literature Think? Literature as Theory for an Antimythical Era* (Stanford, Calif., 2003), pp. 249–291.

位方面向前推进了一步，同时这一理解的范围不再局限于西方政治和处在西方政治影响下的非西方世界。这种强势地位常常被误解为一种掩饰或'上层建筑'。我的目的是为了阐明如下观点：处于支配地位的文化具有难以改变的结构，对前殖民地民族而言尤其如此。将其自身或他者置身于此结构的做法是危险的，但同时也具有某种诱惑力。"在回顾葛兰西（Gramsci）在《狱中札记》（*Prison Notebook*）中提出的主张——必须创建历史进程在批评主体本身留下的"无限踪迹"的"清单"——之后，萨义德总结道，"在很多方面，我的东方主义研究都试图罗列我作为一个东方主体所留下的统治文化的痕迹，这种文化的统治在所有东方人的生活中都是不可抗拒的因素。"因此，与多年来一些粗心读者所说的不同，萨义德东方主义的批评绝没有忽视被殖民者在历史上采取自治行为的可能性，也绝没有将东方主义视为整体化的和绝对的再现体系，相反，它是在自我"批评阐释"过程中对自我进行历史性改造。[8]

萨义德将现代东方主义的兴起置于现代早期西方文化世俗化的普遍过程中。他对这个过程的描述很有意思：

> 现代东方主义来源于18世纪欧洲文化的世俗化因素……然而，即便这些相互关联的因素代表了世俗化的趋势，它也并不意味着人类历史和命运古老的宗教模式和"存在范式"都通通被消除了。绝非如此：它们在刚刚罗列的世俗框架中被重新构建、重新调动和重新分配。任何研究东方的人都必须具有与这些框架相一致的世俗词汇。但如果东方主义提供了这些词汇、概念储备和技巧的话——这恰恰是18世纪末以来东方主义的**所为**，也是东方主义的**本质**——作为这种话语中一股未流泻的潜流，它也保留了**一种重建的宗教的冲动，一种归化的超自然主义。**（*Orientalism*, p.121，粗体为本文作者所加）

因此萨义德的东方主义批判本质上是批评其"归化的超自然主义"，是批评根据想当然的世俗文化逻辑重置人性地图的做法，至于人类集体的摩尼教形态，特别是与基督教社会相对抗的那些社会，就只能理解为一股"重建的宗教冲动。"在这个意义上，可以说《东方学》为处在全球或开放趋势下，面对全世界人类重组中的西方资本主义社会提供了一种文化逻辑。与此相反的是，历史中世俗性与其随之而来

---

[8]　Said, *Orientalism* (New York, 1978), pp.24-25.

的对抗性因素的虚假呈现——一种从根本上来说被本土化了的（即西方），同时在历史中又具有普世性力量机制的形成——萨义德所指明的不仅仅是排除了神学对抗性因素的乌托邦社会和遥远的未来，他也指出了历史"现存影响"之中这些结构与人类逻辑的可能性（*O*, p.45）。萨义德将这种反认同的迫切需要看做传统的世俗批评的任务，关注此时此地，关注复杂而最终无法同化的社会结构，如果不是因为其显而易见的想象性的特征描述，这种社会结构只要求重复。所以，《世俗批评》是一篇非常重要的概念性文章，出现在《东方学》之后的第一部书中，在很大程度上，它被解读为对后者的批评思想所进行的方法论反思。正如我在别的文章中论述过的，在伊斯坦布尔流亡的奥尔巴赫的形象（也是那篇文章的主旨）为世俗批评提供了例证，因为作为一个被取代和驱逐的人物，它标志着远离文化权威的超验化过程、远离文化传播召唤形式、远离"某一民族所接受的宗教权威"因袭形式的某种距离与间隙。[9] 对萨义德而言，东方主义（或广义上的帝国主义）批判是与这种宗教批评分不开的，这种宗教批评包含了所有的文化形式，无论是传统的宗教因素还是传统的世俗因素，它们对权力的诉求是在社会利益结构和历史变革的可能性之外进行的。世俗批评在这个意义上就是一种激进的历史实践，在一些具体细节方面与形而上的理论基础和文化认可相对立，不断地发现社会派生和从属关系，不断明确指出未能将批评思维过程本身隶属于这种批评所导致的"人性"代价。当前的有些读者无法理解萨义德学说的基本观点，他们以自己的方式在人文学科领域发现了正在兴起的"后世俗"的正统因素，即使他们的立场越来越保守，即使他们对《东方学》进行了自私的、惊人的（甚至是非常聪明的）歪曲，他们也不能忽视这本被误读的著作所产生的轰动效应。这种从自身的思想兴趣和目标出发理解萨义德文本的做法越来越偏离萨义德或明晰或含蓄的思想主张和其关联性。[10] 姑且回到东方主义的基本问题上来，我在此尤其关注历史东方主义的意义，因为在19、20世纪的非西方世界，这种文化形式

---

[9] Said, "Secular Criticism", *The World, the Text and the Critic* (London, 1983), p.16. See Aamir R. Mufti, "Auerbach in Istanbul: Edward Said, Secular Criticism, and the Question of Minority Culture", *Critical Inquiry* 25 (Autumn, 1998), pp.95–125. 关于世俗批评和"去先验化"见 Gourgouris, "Transformation, Not Transcendence", *Boundary 2* (Summer 2004), pp.55–79.

[10] Gil Anidjar, "Secularism", *Critical Inquiry* 33 (Autumn 2006), pp.52–77. 简单并不是这篇漏洞百出的文章的众多不足之一。他试图揭示萨义德《东方学》的真正意义，并对萨义德没能意识到这一点感到遗憾，依照他在这部作品中的论述，他应该是个后世俗主义者。很可惜萨义德在世的时候没有对这一观点详加阐述。

的建构和（宗教的、文化的、民族的）传统的可靠性要求联系在一起——在我们此处关注的语言中 turāth、rivāyat 或 paramparā 都指传统——因此这种断裂的出现也伴随着转变的发生。在这个意义上，现代宗教和世俗传统——比如阿拉伯传统和伊斯兰正教或印度文明和印度教——都是东方主义危机的产物，它并没有排除宗教因素，相反，其世俗情结本身产生于他们所迷恋的、大多数人持有的宗教观念。

我想说的是，这是世界文学概念自提出以来就被遮蔽的因素，即在工业革命以及随后的殖民扩张新时期进行的，影响深远的世界文化和社会重构。19世纪20年代末期歌德在垂暮之年提出"世界文学"这个术语时——他最初使用这个术语还是在读了一本"中国小说"之后——它代表一种回顾性的眼光，此时它所要指代的"文学"知识结构的全球性演变早已经成为一个既定现实，包括众所周知的诗人自己的生活，1791年他读迦梨陀娑（Kalidasa）的《沙恭达罗》的译本并深受其影响——这远在19世纪20年代遇到哈菲兹的诗句之前就发生了，对此我将在下文中进一步论述。在歌德最早使用"世界文学"这个术语的《歌德谈话录》出版十多年后，马克思和恩格斯在把资产阶级作为一股全球社会力量兴起和发展的历史叙述中使用了这个术语，相对来说这已经是一个古老的故事了。[11] 我在此关注的是这些演变对被殖民社会本身的影响，确切说，这也是东方主义研究的目标。无论我们把世界文学看做概念组织而不是文学文本的总体（弗兰克·莫莱蒂），还是看做超出"文化起源地"而流通的一种特殊文学（大卫·达姆罗什）——这股张力是这个术语本身所固有的并与它一样古老——我们都不能忽略这一概念所揭示出的正在发挥作用同时又被遮蔽的全球权力关系。[12]

---

[11] Stefan Hoesel-Uhlig, "Changing Fields: The Directions of Goethe's Weltliteratur", in *Debating World Literature*, ed. Christopher Prendergast (London, 2004), pp. 26–53. 歌德最早使用这个术语是在1827年1月31日, *Conversations of Goethe with Johann Peter Echermann*, trans. John Oxenford, ed. J. K. Moorhead (New York, 1998), pp. 164–166. 有关歌德对东方主义和旅行文学的阅读，参见 Walter Veit, "Goethe's Fantasies about the Orient", *Eighteenth-Century Life* 26 (Fall 2002), pp. 164–180, and Fritz Strich, *Goethe and World Literature* (1945; London, 1949), chap. 9. 歌德对哈菲兹和《神曲》的阅读, Jeffery Einboden, "The Genesis of Weltliteratur: Goethe's *West-Östlicher Divan* and Kerygmatic Pluralism", *Literature and Theology 19* (Sept. 2005), pp. 238–250。

[12] 参见 David Damrosch, *What is World Literature?* (Princeton, N.J., 2003), p. 4, Franco Moretti, "Conjectures on World Literature", *New Left Review* 1 (Jan.–Feb. 2000), pp. 54–68。

最后，若要严肃对待现代东方主义诞生之时就形成的重要概念，就要对卡萨诺瓦提出的文学的世界共和国的民族竞争模式进行彻底的修正。无论把世界文学视作单一的概念还是多元的概念，当前对此概念的持续讨论尽管涵盖了内容的丰富，但还是过于保守；这似乎忽略了文学机制在构建现代世界社会关系的等级和身份中所起的作用。广泛传播和异质性的社会文化构成的全球整合已经发生，特别是在这个历史进程的几个最关键时刻，它在这个领域的发生和持续也不成比例。世界文学的概念和实践绝不代表对民族语言、文学和文化认同形式的取缔，因此它的首次出现恰恰伴随着当代西方世界的思维形式，我在其他地方称之为民族思维——也就是西方正在出现的与社会和文化生活民族化相关的思维方式，并指向作为文化社会范畴的民族国家。[13] 我们更重要的任务是理解这个扩展的文学-语文学时刻的确切本质，其中很多相互交叠的写作主体都在历史化的进程中因奉行民族主义而获得了鲜明的个性。文学制度在殖民研究中并没有获得同人口统计和民族志一样的学术关怀，但在新的殖民-民族知识阶层的构成中却扮演了重要的历史角色，这个阶层在殖民社会是通过消灭异质的古代读写文化而形成的。[14]

东方主义与印度文学机制

新东方主义研究在 18 世纪末 19 世纪初西方知识和文学文化界出现的浪漫主义和现代意义上文学的形成中发挥了重要作用，这一点还没有得到充分的认识，但情况也并非总是如此，事实上其作用怎么肯定都不为过。其影响绝不仅限于那些吸收东方的主题、场景或形式为己用的著名的浪漫主义作品——从《瓦塞克》（*Vathek*，1786/1787）到《拉拉·露哈》（*Lalla Rookh*，1817），从《西东诗集》（*West-Östlicher Divan*，1819/1827）、《一个英国鸦片吸食者的自白》（*Confessions of an English Opium*

---

[13] Mufti, *Enlightenment in the Colony: The Jewish Question and the Crisis of Postcolonial Culture* (Princeton, N.J., 2007).

[14] 开创性的历史研究参见 Bernard S. Cohn, "An Anthropologist among the Historians" *and Other Essays* (New York, 1987) and *Colonialism and Its Forms of Knowledge: The British in India* (Princeton, N.J., 1996), and Nicholas B. Dirks, *Castes of Mind: Colonialism and the Making of Modern India* (Princeton, N.J., 1996). 印度殖民时期的英语教学，见 Gauri Viswanathan, *Masks of Conquest: Literary Study and British Rule in India* (New York, 1989).

Eater，1821）到《唐璜》（Don Juan，1819–1824）——它也可以被视作整个文化界域的形成，雷蒙·施瓦布（Raymond Schwab）认为其意义不亚于西方的第二次"东方"文艺复兴。源自亚洲和中东古典语言的作品抵达欧洲并进入欧洲语言作品，对西方数代作家产生了深远影响。自18世纪80年代伊始，梵文作品加入到波斯和阿拉伯作品的行列，很快就取代了二者，在欧洲文学公众当中引发了一场"狂热"。施瓦布的《东方文艺复兴》（La Renaissance orientale，1950）详细追溯和描绘了18世纪末到19世纪末这一文化现象的兴起和发展历程，他甚至把浪漫主义的兴起看做是东方知识革命延伸的"文学反应"。[15] M. H. 艾布拉姆斯（M. H. Abrams）注意到：在施瓦布浪漫主义美学研究经典之作发表几年之后，威廉·琼斯首次在其著作中系统阐述了艾布拉姆斯所说的"诗歌表现理论"，试图把抒情诗确立为诗歌的准则。该理论出现在诗集《诗歌，主要包含亚洲语言翻译》（Poems, Consisting Chiefly of Translations from the Asiatic Languages，1772）的附录中。很多作家都坚持认为浪漫主义的源起与东方学的研究紧密相联。施瓦布、阿布拉姆斯等重要人物都在浪漫主义研究的关键历史时期重申这一看法，但在我们自己的时代，除了个别作家外，很多人将这种观点抛诸脑后。[16]

如今，在19世纪对几个大陆的几代作家和知识分子产生过巨大影响的琼斯也大体上被遗忘了。他在现代东方主义发展的两个时期都发挥了独一无二的作用：首先，他在《诗歌》中创作了一些模仿古阿拉伯、波斯和土耳其的诗歌——其中最著名的是哈菲兹的一段厄扎尔（ghazal，伊斯兰文学中的一种抒情诗）；其次是他编写了《波斯语语法》并创作了《波斯王传》（Historie de Nader Chah）——一部关于18世纪劫掠成性的伊朗统治者的当代波斯历史的法语译本；第三，他于1784年抵达加尔各答之后成为当时正在兴起的梵语研究的主要人物。《亚洲研究》（Asiatick Researches），作为加尔各答东方主义的喉舌（琼斯1788年创办），在欧洲多次重印并翻译出版，其多样化的内容经过通俗出版物的再版和简本得到了进一步传播，成为处在上升阶

---

[15] Raymond Schwab, La Renaissance orientale (Paris, 1950), trans. Gene Patterson-Black and VictorReinking under the title The Oriental Renaissance : Europe's Rediscovery of India and the East, 1680–1880 (New York, 1984), and Said, "Raymond Schwab and the Romance of Ideas", in The World, the Text and the Critic, p. 253.

[16] M.H. Abrams, The Mirror and the Lamp: Romantic Theory and the Critical Tradition (1953; New York, 1971), pp. 87–88. 感谢 Jennie Jackson 为我指出这段话。另见 Moussa-Mahmoud, Sir William Jones and the Romantics (Cairo, 1962).

段的社会名流的媒介工具。萨义德在纪念施瓦布的文章中指出,"传播主要是在大都市进行的:加尔各答提供、伦敦分配、巴黎则过滤和推广。"[17] 如果不总是按照其年代顺序去看,一大批欧美作家,最著名的是歌德,都卷入了这些东方研究的热潮。仅仅在德国,格奥尔格·福斯特(Georg Foster)从琼斯的英译本(1789)转译的德语《沙恭达罗》(1791)掀起了 18 世纪 90 年代所谓的"印度热",这种新知识的标识出现在赫尔德、歌德、施莱格尔、诺瓦利斯等众多作家的著作中,施瓦布将整个时代称作"沙恭达罗时代"(Šakuntalā era)。[18] 把迦梨陀娑当做"印度的莎士比亚"的说法首先出现在德国,标志着梵语文本材料首次融入新的文学范畴,促使《沙恭达罗》于 19 世纪回归印度,印度逐渐兴起的殖民-民族主义知识分子视之为"他们"对世界文学的最伟大贡献。[19] 即使是一个界定模糊、且未被详尽阐述的概念,世界文学从 19 世纪末开始成为民族主义文化的特征。正如泰戈尔在 1907 年首次发表的著名的"世界文学"(Biswasāhitya)演说所示:世界文学被视为各种关系相互协调的舞台,尤其是印度人的普世人性价值观和全球性范围内的普世人性价值相协调的舞台。[20] 泰戈尔颂扬《沙恭达罗》的伟大,将其与《暴风雨》相比较,他的观点与做法部分地受到了歌德的影响。[21] 事实上,自《沙恭达罗》进入东方主义经典以来,它就成为强大持久的现代叙事的基石,描述了这位东方主义者对印度人民自己的过去与传统献上的一份"厚礼"——这个叙事不仅出现在我们自己时代的东方主义正史之中,

---

[17] Said, "Raymond Schwab and the Romance of Ideas", p. 250. Schwab, *The Oriental Renaissance*, pp. 52–57.

[18] Schwab, *The Oriental Renaissance*, pp. 57–64; Garland H. Cannon, Jr., "Sir William Jones and the Sankuntala", *Journal of the American Oriental Society* 73 (Oct.–Dec., 1953), pp. 198–202; and Dorothy Matilda Figueria, *Translating the Orient: The Reception of Sakuntala in Nineteenth-Century Europe* (Albany, N.Y., 1991).

[19] David Kopf, British Orientalism and the Bengal Renaissance: The Dynamics of Indian Modernization, 1773–1835 (Berkeley, 1969). 据我所知,这一言论的最早表述出自琼斯 1787 年学习梵语过程中写的一封信。William Jones, *The Letters of Sir William Jones*, ed. Cannon, 2 vol., (Oxford, 1970), 2: 682, and Cannon, *The Life and Mind of Oriental Jones: Sir William Jones, the Father of Modern Linguistics* (Cambridge, 1990), pp. 274–75。

[20] Rabindranath Tagore, "World Literature", in Selected Writings on Literature and Language, ed. Sukanta Chaudhuri (Oxford, 2001), pp. 138–50. 泰戈尔与东方主义见 Amit Ray, *Negotiating the Modern: Orientalism and Indianness in the Anglophone World* (New York, 2007)。

[21] Tagore, "Shakuntala", in *Selected Writings on Literature and Language*, p. 237.

而且进入了印度民族主义写作的广泛范围,其中最著名的也许是贾瓦哈拉尔·尼赫鲁(Jawaharlal Nehru)的《印度的发现》(*The Discovery of India*):"多亏了琼斯和许多其他欧洲学者,印度才重新发现了自己过去的文学。"[22] 德国在这个过程早期扮演的角色有助于我们把东方主义本身理解为泛欧洲的传播体系,不能简单地认为这一体系是在公然维护殖民状态的合理性,萨义德的批评者们有时错误地把这个观点强加于他。[23]

然而,加尔各答东方主义是在殖民统治不断强化的这一明确历史语境中诞生的,也就是 18 世纪下半叶英国在印度统治的加强,特别是对孟加拉的占领。由于 1757 年普拉西战役的胜利,英国第一次占领了大片居住着农民人口的领土;1765 年获得孟加拉的税收之后,英国感到需要系统了解印度社会,而经济方面的知识在拉纳吉特·古哈(Ranajit Guha)在其 40 年前的《孟加拉国财产规则》(*A Rule of Property for Bengal*)中已经有过详尽描述,它是对知识形式及其被殖民社会的变革中所起作用的开拓性研究。[24] 沃伦·黑斯廷斯(Warren Hastings)在出任印度第一任行政长官时就开始为新的印度研究创造官方和体制环境,二十多年后埃德蒙德·伯克(Edmund Burke)还在指控他的事情上推波助澜。黑斯廷斯是加尔各答兴起的新语文学的第一位重要的赞助人和推动者,琼斯、奈森尼尔·布拉西·哈尔海德(Nathaniel Brassey Halhed)、亨利·托马斯·科尔布鲁克(Henry Thomas Colebrook),查尔斯·威

---

[22] Jawaharlal Nehru, *The Discovery of India* (New York, 1946), p. 317. Cannon, *The Life and Mind of Oriental Jones*, pp. xv–xvii; Kopf, *British Orientalism and the Bengal Renaissance*, p. 275; Thomas R. Trautmann, *Aryans and British India* (New Delhi, 2004); and Nirad Chaudhuri, *Scholar Extraordinary: The Life of Professor the Rt. Hon. Friedrich Max Müller, P. C.* (London, 1974).

[23] Trautmann, *Aryans and British Indian*, pp. 21–22. 萨义德对这些论述的预示和反驳,特别是关于德国与印度非帝国土义的关系,参见 *Orientalism*, pp. 18–19. 德国印度学历史研究的文集参见 Sanskrit and "Orientalism." Suzanne Marchand 迟来的德国东方主义研究无疑会很大程度上改变我们的理解。

[24] Ranajit Guha, *A Rule of Property for Bengal: An Essay on the Idea of Permanent Settlement* (1963; Durham, M.C., 1996). 一个极不寻常却很少引起注意的事实就是这部书在萨义德发表《东方主义》至少十五年前,就已经以怪诞的方式预示了他论点的很多因素。据我所知,萨义德 20 世纪 70 年代进行自己研究创作的时候并不知道这部书的存在,它在 1963 年由 Mouton 出版社出版之后甚至退出了印度争论的语境,当然在《文化与帝国主义》中它提供了全球反殖民的"文化抵制"中最后阶段的主要例证,萨义德称这一阶段为"the voyage in"(Said, *Culture and Imperialism*, [New York, 1993], p. 216.)。

尔金斯（Charles Wilkins）都是他执掌东印度公司时期的职员。[25]

早期这些对梵语文本世界的尝试研究无意中引起一些焦虑，在研究的初级阶段这种研究至少几乎盲目地依赖本土的语言从业者和专家，发展壮大中的东方学研究者所面临的是本土知识的海洋。婆罗门的"神秘性"是琼斯私人通信中经常担忧的，他如何逐渐进入梵语世界的故事也就是他如何赢得他们的信任甚至是爱戴的故事。[26] 欧洲学者兼管理者与人们后来所称的梵学家们的关系构成了早期印度学机构争论的核心，这一机构在经历19世纪20年代的变迁之后幸存了下来。到20世纪的第一个十年，印度语文学已经开始在欧洲本身获得更加坚固的文本基础。18世纪80年代，琼斯和威尔金斯只能在印度学习梵语，而1803年施莱格尔则在巴黎学习梵语。整个18世纪70年代，加尔各答这个新兴的语言研究重点依然是波斯语，而英国人主要依赖波斯语来了解印度历史。[27] 在那些年，早期学者只能逐渐地开始熟悉梵语的文本传统，在此之前，梵语文本的存在一直以来都是传说，有时是狂妄的臆想。[28]

上一代东方主义者在次大陆遭遇的不是单一的书面文化，而是不同的、有时重叠，但经常是相互排斥的、以波斯、梵语和很多地方语言为基础的松散的表达体系，准确地说，同一语言体系包含了诸多的地方性语言。[29] 在此种状况下，他们的写

---

[25] 这个历史时刻具有讽刺意义的是，伯克依赖的有关印度法律改革观点进入到福克斯（Fox）注定失败的1783年印度法案，并成为指控东印度公司、导致黑斯廷斯审判的保留条款的，恰恰是琼斯，他很可能是伯克所关注的法案部分早期草稿的作者。Cannon, "Sir William Jones and Edmund Burke", *Modern Philology 54* (Feb, 1957), pp.165–168. 黑斯廷斯审判以及伯克的作用，见 Dirks, *The Scandal of Empire: India and the Creation of Imperial Britain* (Cambridge, Mass., 2006). Amit Ray 对黑斯廷斯保护下学术、行政的发展进行的精彩描述，Ray, *Negotiating the Modern*, pp.29–53。

[26] 见 Cannon, *The Life and Mind of Oriental Jones*, pp.229–230, and Nehru, *The Discovery of India*, p.317。

[27] 这时期的一些翻译最终来源是梵语文本或一系列文本，比如 Halhed 知名的 *The Laws of the Gentoos* 翻译自梵语原本的波斯语版本，它们通常都经历了不止一次的缩减。Halhed 的波斯原文本身也是对一个孟加拉的婆罗门口述的文字转译。Cannon, *The Life and Mind of Oriental Jones,* p.231, and Trautmann, *Aryans and British India,* p.28.

[28] 琼斯发现《沙恭达罗》之前，听到存在一种 nataka 的写作形式的传说，见 Cannon, *The Life and Mind of Oriental Jones*, pp.273–274。

[29] 前印度的知识体系，参见 "Forms of Knowledge in Early-Modern South Asia", *Comparative Studies of South Asia, Africa and the Middle East* 24, no.2 (2004), edited by Sheldon Pollock。写

作流露出一种成就感，也流露出一种恐惧感，这种恐惧感往往掺杂着一种无法言说的崇敬之情。我认为，我们可以在此谈论一种文学上的崇高，一种面对无限细微和动态差异的、看似规模庞大、繁纷复杂的语言和文化结构。对这些知识发展进行梳理的富有同情心的编年史家，甚至到了20世纪也无法抵制语言的不确定性。加农（Cannon）在描述琼斯开始学习梵语的情形时写道，"他是一个开拓者和引领者，面对着巨大的、未经探索的知识。"琼斯1786年在加尔各答的亚洲研究会成立三周年纪念会上发表了著名的演说，演说中他首次提出梵语、希腊语、拉丁语具有"亲缘性"的主张——印欧语系起源的观点。这次演说本身是为每五举行年一次的讨论会的第一次讨论准备的，旨在详细阐述内容庞杂，用加农自己的话说是"范围宽广"，包括整个古代大陆的比较人类学：[30]

> **印度、中国、鞑靼、阿拉伯和波斯**这五个主要民族在不同时期经历了其自身的分裂，亚洲广袤大陆及众多岛屿都依赖于他们遗留下来的文化遗产：他们都是**什么人**，来自**何处**，**何时**到来，现在定居**哪里**，对他们更全面的了解对**欧洲**世界有何**益处**，我相信这些都会在**五篇**截然不同的文章中体现出来；而最后一篇要表明它们之间的联系和多样性，并解决关键问题，即他们是否同源，那个起源是否与我们通常赋予他们的相同。[31]

琼斯在前往印度途中完成的著名的研究设想的内容也同样相当广泛，囊括了动植物学、天文学、地理学、货币学、考古学等领域。[32] 在这些有关东方发现的早期记录中，"东方"所指的至少不只是"印度"，而是更宽泛意义上的印度、亚洲和东方，是一系列以部分指代整体的概念扩展。只是在后来的几十年中，印欧亲缘性的观念才在殖民统治的文化机器中逐渐发挥重要作用，经过19世纪演变为雅利安征服的成熟理论，在这种理论中，种族、语言和文化不可分割地融合在一起了。[33]

萨拉·苏勒律（Sara Suleri）的经典之作——《英属印度的修辞》（*The Rhetoric*

---

[30] Cannon, *The Life and Mind of Oriental Jones*, pp. 137, 142.

[31] Jones, "On the Hindus", *Discourses and Essays*, ed. Moni Bagchee (New Delhi, 1984), p. 5.

[32] Cannon, *The Life and Mind of Oriental Jones*, pp. 197–198.

[33] Thomas R. Metcalf, *Ideologies of the Raj* (Cambridge, 1997). 雅利安研究到我们今天的时代，已经与右翼印度民族主义政治密不可分，参见 The Aryan Debate, ed. *Trautmann* (Delhi, 2005). 不幸的是，与 Romila Thapar 等古印度历史学家不同，Trautmann 面对印度教徒特质政治化的历史和考古证据和论证依然持有辩护和模糊的观点。

of English India)——探讨了伯克指控黑斯廷斯的著名事件，并将其视为她所说的印度崇高性的具体表现。苏勒律认为，殖民地文化中隐含着崇高的机制，是"殖民地想象必须经历的对印度之新奇的一种过分担忧"。因此，将经验简化为一个名录或指南就成了英-印叙事的"强烈渴望"，这种形式的"规划"就成了面对崇高时的"殖民自我保护"形态。苏勒律注意到伯克坚持的殖民描述的不足，也注意到"在其文化和阐释工具无法充分阐释研究对象时殖民者所经历的痛苦"[34]。漫长的19世纪的众多语文学"规划"（借用萨义德的术语说）缘起于琼斯和同时代人的早期探索，经历了威廉堡学院的语言学发明（我稍后会谈及这一点），并以 G. A. 格里尔森（G. A. Grierson）里程碑式的文化图绘《印度语言学调查》(*Linguistic Survey of India*, 1898–1928)为巅峰，所有这些都离不开他们对这种主观想象的崇高的语文学参与，就帝国统治不同历史时期的当代西方知识体系而言，它也标志着解决次大陆社会文化不可描述性这一难题的种种尝试。

只有在新东方学研究及其广泛的接受中，次大陆在现代才首次被视作单一的文化实体，一种根植于梵语特别是雅利安的吠陀文本的独特的文明。正是在这种新的印度学中，我之前所说的作为民族思维的当代西方思想框架才第一次影响到次大陆的文化和社会。我说得再清楚不过了：印度作为独特的民族文明这一观念最初是在文学领域中提出的，也就是说，是在语文学革命的进程中提出了印度文学的观念。18世纪80年代肇始于加尔各答的这些新研究开始在欧洲知识界传播开来，**是印度民族观念在任何地方的第一次重要传播**。对"印度"传统（由崇高表象和庞大规模组成，包含宗教和世俗因素）的渴求——即虚构的宗教-世俗群体——成了一种大众的集体质询行为，尤其首次唤醒了印度知识分子的存在意识，也使得这一意识开始渗透在其民族思维的进程与方法之中。这种特定的历史意识，这种对语言、文化、社会和历史的新的理解，的确在世纪末印度的精英社会中占据主导地位，但这是个极其复杂的故事，经历了众多学科无数学者的重建和阐释，而且只有在孟加拉印度精英阶层新文化形成过程中才能被理解，是印度乃至亚洲第一个真正殖民的因此也是现代的知识文化，最终被称作孟加拉文艺复兴。

东方学知识在创造殖民地精英过程中扮演的角色，确切说，也就是次大陆第一批印度知识分子所扮演的角色，已经有丰富的文献记载，但大多数理解都局限于影

---

[34] Sara Suleri, *The Rhetoric of English India* (Chicago, 1992), pp. 33, 30, 31.

响的历史编纂范畴。这些阐释大多涉及表面之下潜藏的叙述，正如我之前所说，将文化交易描述为殖民者送给被殖民者的无私礼物，也就是将后者的过去视作历史。现代印度教的两代学者——包括帕沙·查特吉（Partha Chatterjee）、塔班·雷坎德胡利（Tapan Raychaudhuri），还有最近的布莱恩·K. 彭宁顿（Brian K. Pennington）、斯尼瓦·阿瓦穆丹（Srinivas Aravamudan）、阿密特·雷（Amit Ray）和安斯图特·巴苏（Anustup Basu）——都试图摆脱这种影响巨大的殖民叙事，他们试图表明：最著名的加尔各答东方主义学者的翻译作品，比如威尔金斯的《薄伽梵歌》（*Bhagvat-Geeta, or Dialogues of Kreeshna and Arjoon*, 1785）和琼斯的《致命圆环》（*Sacontalá, or the Fatal Ring: An Indian Drama*），以及《印度法机构》（*Institutes of Hindu Law, or the Ordinances of Menu*, 1794），是创造一种不同的殖民社会的行为，并产生了广泛影响。[35] 他们在印度"传统"的构想和实践中获得了重要地位和独特性，与次大陆和孟加拉或其他地方的前殖民文化的权威性和地位几乎没有任何相同之处。现在，宗教写作与世俗写作在形式上被一视同仁。而且，这个过程揭示了新兴的世俗民族和印度宗教之间的相互依赖性。例如，《薄伽梵歌》表达的观念是印度教独特的、核心的经文观念——使甘地在宗教普世主义的公开实践中将它与一神教经文相并列的一种观念，这种概念在此文化语境之外则无法理解。确切地说，将其文本与社会语境相剥离，并在新兴的印度民族传统的核心之中加以重构的东方主义研究过程都是脱离其文化语境的。从较宽泛的意义上说，东方主义把选取的婆罗门文本和实践置于整个次大陆文明的核心，不仅在不同文本的传统之间，而且在不同文本权威的精英形式和大量已有的宗教形式之间建立等级——这些等级在后殖民时代继续帮助繁殖殖民社会秩序的诸因素。现代"撒瓦尔纳"（savarna，字面意义是"同一颜色"）或上流社会印度教的创始人——班津（Bankimchandra Chattopadhyay）、辨喜（Swami Vivekananda）和克沙布·钱德尔·森（Keshub Chander Sen）等人——都是欧洲东方

---

[35] Partha Chatterjee, *Nationalist Thought and the Colonial World: A Derivative Discourse?* (Minneapolis, 1986); Tapan Raychaudhuri, *Europe Reconsidered: Perceptions of the West in Nineteenth-Century Bengal* (Delhi, 1988); Brian K. Pennington, *Was Hinduism Invented? Britons, Indians, and Colonial Construction of Religion* (New York, 2005); Srinivas Aravamudan, *Guru English: South Asian Region in a Cosmopolitan Language* (Princeton, N.J., 2006); Ray, Negotiating the Modern, chap. 2; and Anustup Basu, "Hindutva and Informatic Modernization", *Boundary 2* 35 (Fall 2008), pp. 239–250.

主义的热情读者和忠实信徒。[36]次大陆的这些早期"现代人"敬畏和尊敬的对象——18世纪末到19世纪"印度"传统的欧洲创造者,如琼斯、威尔金斯、科尔布鲁克、马克斯·穆勒(Max Müller)等人就是东方主义者创造印度文学并将其置于已经拓展和变形了的世界文学空间的风向标。我们甚至可以说,获得这种情感结构——对东方主义者的敬畏和尊敬之情——意味着在19世纪不同时期次大陆的不同区域和语言第一次具有了现代意义。

因此,当在19世纪中叶它逐渐出现在这个国家的不同地方的时候,殖民民族主义知识分子发现已经完全形成了印度文学的书写主体、知识主体和民族意义上的语言、文学和文化体系。换句话说,新兴的知识分子显然都受到东方主义的熏陶,并为其构成了现代、西方和人道主义的知识视野。因而,印度的19世纪在文化和知识方面都可以看做本土文化的兴起并在次大陆范围内将其置于新兴中产阶级知识文化核心的一个漫长时期。现代时期民族主义的世俗和宗教类型都拥有这种本土文化的基础,都用其促进传统的本真性,这个共享的基础说明了现代时期政治和文化构型由此及彼的顺利转换——20世纪初从宗教到世俗的转化,以及在我们所处时代的逆向转化。世界文学这个概念本身会逐渐在民族文化中占有越来越重要的地位,不同作家和思想家都不同程度地予以强调,如我在论及泰戈尔时所言,只有这一普遍性的空间(印度人必须置身其中)为印度做出显著的民族贡献时这一目标才能实现。

但我即将详细讨论的,也是我更感兴趣的话题是把殖民地置入世界文学空间的这种模式。对文学与文化问题所提供的明显的民族主义式的解决方案也为次大陆民族与非民族社会想象的矛盾复杂性埋下了隐患,尤其是印度群体与印-巴聚居区的矛盾。其中作为北部方言的乌尔都语(相对于北印度语)可以说在现代时期保留了最显著的语言踪迹。我们且来简要回顾一下《东方消息》(*Payām-e mashriq*, 1924)的例子,这是对歌德的《诗集》作出的一次伟大的波斯语回应,作者——穆罕默德·伊克巴尔(Muhammad Iqbal)——大约是泰戈尔的同时代人,其诗中的"东方"是一

---

[36] Chatterjee, *Nationalist Thought and the Colonial World*; Sudipta Kaviraj, *The Unhappy Consciousness: Bankimchandra Chattopadhyay and the Formation of Nationalist Discourse in India* (Delhi, 1995); Chaudhuri, *The Autobiography of an Unknown India* (London, 1951), and *Scholar Extraordinary*; Raychaudhuri, *Europe Reconsidered*; and Kopf, *British Orientalism and the Bengal Renaissance*.

个整体,主要产生于跨民族的伊斯兰世界。如果说歌德1819年的《诗集》与(14世纪的)哈菲兹诗集在细节上极为相近,说明了欧洲正在出现的世界文学实践,"波斯"的"民族"文学复合体代表比较宽泛的"东方"的话,伊克巴尔的《诗集》就是对歌德世界文学姿态的回应,把印度-波斯(以及引申意义上的印度-穆斯林)文学和神智学复合体置于回应"信息"的核心,而他本人二十多年来始终在这种描述中发挥着核心作用。[37] 在印度大地上的这种世界文学实践,即印度-穆斯林诗人的传统(rivayat),可以追溯到波斯人哈菲兹——这从根本上是一种非民族主义的解决办法——以及印度民族文学复合体中的"本土"文化材料当然会时不时地出现,但却是作为被构建的(而不是主动构建的)因素。

在本文的后半部分,我将详细讨论北方分裂的地方方言,也就是印度-乌尔都语,其历史记录了19世纪兴起的土著化逻辑的一系列影响。但我们首先来考虑早期阐释民族主题的英语背景。以诗人亨利·德罗齐奥(Henry Derozio)为例,他是加尔各答印度学院著名的、极具魅力的文学教师。作为英国、葡萄牙和印度的欧亚混血儿,德罗齐奥在19世纪20年代身陷殖民地印度关于西式教育影响的最早争议之中,或许永远与他的学生的形象联系在一起,他们都是印度上层社会的子弟,以一种公开炫耀的方式在市场上享用酒肉。传统上人们把德罗齐奥看做"年轻孟加拉"一代的领袖,是第一个用英语写诗的印度人。印度学院本身是在印度正统与新式教育之间加以协调的早期尝试之一。但这种新的读写文化立即就与打破偶像与违背世袭规则的丑闻联系起来。阅读文学的新兴实践在此与文本权威的宗教正统构成张力对抗。仅在四十年后,帕沙·查特吉(Partha Chattejee)就在他对班津的阅读中表明,这种看似无法超越的张力对殖民地印度的某些地方的某些特定阶层而言,已经成为遥远的记忆;查特吉认为,班津既是19世纪后半叶兴起的孟加拉文学的主要人物,也是现代印度新正统的重要奠基人之。[38]

德罗齐奥英语模式的经典文献在他19世纪20年代写的诗歌中得以重现,但却又含混不清。《塞莫皮莱》("Thermopylae")当中的"野蛮部落"是敲打欧洲大门的波斯人还是征服了波斯古代邻居的欧洲人?"斯巴达的后代"是在保护欧洲防范亚洲的部落,还是为亚洲的后代树立榜样告诉他们何以"在死亡中赢得自由"?《奴隶的自由》中"爱国者之剑"是英语语言馈赠的礼物还是用来抵抗英语的武器?但对

---

[37] 有关歌德与哈菲兹,见 Einboden, "The Genesis of Weltliteratur"。
[38] 参见 Nationalist Thought and the Colonial World 第三章。

我们而言更重要的或许是德罗齐奥诗歌中出现的语言，这种语言与当代文学中的东方主义传统相吻合。例如，琼斯的印度诗歌，特别是献给印度万神殿里神灵的赞美诗在发表后广为传诵，这些诗歌分散在自 1799 年起之后二十五年中出现的不同版本的诗集中。德罗齐奥反复援引印度的一个黄金时代。如下面这首"献给印度——我的祖国"：

> 我的祖国！在你过去岁月辉煌
> 你的眉头环绕着美丽的光环，
> 你是神灵受人崇尚。
> 如今那崇尚何在，也不见了辉煌？
> ……好吧，让我纵身跃进过去的时光，
> 从滚滚流逝的时代里
> 带回那几块残存的碎片，
> 人类的眼睛也许再也看不到它的高尚。[39]

这里，印度的民族情感源自西方，事实上源自英语的文学模式，它本身就是新文学与东方主义文学研究融合的结果。某种本质上的模糊性在早期，确切地说是民族文学的文本中就已存在，揭示出民族文化对殖民知识结构摇摆不定，模棱两可的依赖程度——为何在"本土"后代人的眼中"印度"似乎就成了飘满"崇高残骸"的海洋？

这里我想要探讨的历史轨迹——从 18 世纪末新东方主义的诞生到 19 世纪进程中断断续续、区域间不平衡发展的殖民-民族主义知识分子阶层形成开始——远不是线性的或单向的，不能说与任何历史必然性的观念相一致。它所展开的社会领域在不同层面上充满了各种矛盾和张力。最重要的是，这种吸纳观念和实践的同化过程最终指向人数不多的阶层，主要由前殖民地的精英而不是底层的人民大众构成，并把后者转变为民族阐述的通俗客体。这些知识分子最终会用这种民族情结，包括我们刚刚在德罗齐奥诗歌中看到的印度黄金时代的神话，来抵抗殖民统治。此外，总体而言，对那些在 19 世纪末摆脱帝国而独立发展的文化，帝国的君主们所持的态

---

[39] Henry Louis Vivien Derozio, "To India-My Native Land", in *Early Indian Poetry in English: An Anthology: 1892–1947*, ed. Eunice de Souza (New Delhi, 2005), p. 6. 琼斯诗歌，参见 V. de Sola Pinto, "Sir William Jones and English Literature", *Bulletin of the School of Oriental and African Studies*, University of London 11, no. 4 (1946), pp. 686–694。

度是模棱两可的,要么以一种无私指导的姿态,要么以粗暴鄙夷的态度对待这些"废话连篇"的阶层,这两种做法都在吉卜林(Rudyard Kipling)的作品中有所体现。但民族主义知识分子选择性地挪用东方主义的作品,或出于反讽的效果[40],或出于自身可见的利益,都不会在任何方面减弱独特的东方主义教育作为泛-次大陆"印度"阶级的兴起的意义。

我在本文集中讨论以梵语为中心的、由多种方言构成的印度语系时,首次采用了本土化逻辑对各种方言加以整理,它对殖民统治下的文化和社会领域,以及当代众多本土语言语的构成都发生了深远的影响。但东方主义对印度语言和文学的创造实际上被理解为是由两部分构成的、非同步的综合体。首先是对印度群体的同化(琼斯和他的同时代人以及他们作品所引发的更广泛讨论),其次是在早期印度学首次发生重大转变之后通过大规模的多元进程而形成的现代本土语言。东方主义的印度"进程"的第二阶段涉及那些年出现的一系列殖民机构,包括加尔各答的威廉堡学院、马德拉斯的圣乔治堡学院和孟加拉塞兰坡的施洗使团——后者用多种印度本土语言从事大量的印刷活动,为很多印度语言和方言发明了活版印刷。殖民文化中本土化的双重进程的建构性影响——一方面是传统的梵文化、另一方面现代本土语言的发明——使印度-波斯文明迅速衰败和消失,它曾经覆盖了与次大陆宗教相关的知识阶层的无数文化分支,而今其世界主义形式只能以非本土的、精英的,因而也是外来的形式出现。

语言领域本土化过程中最典型的例子就是努力为正在形成的民族空间建构语言和文学中心的尝试,即以本土语言为幌子创造现代"纯粹的"印度民族语言(suddha),这一点不足为怪。如果按我们的意图把现代乌尔都语描述成最明显地携带已经消失的印度-波斯文化踪迹的北部方言,那么本土化的概念就有助于我们澄清自19世纪中叶以来乌尔都语所处的特定环境,即与新兴的民族实践相矛盾的一系列语言、文学和社会实践。更重要的不仅仅是如下这一问题:印度传统是由现代印度的宗教政治身份造就的;另外一点同样重要:知识、语言、文化轨迹的迁移导致次大陆新兴的城市中产阶级中产生了**两种差异越来越大的社会群体和社会想象**,每个群体都具有新的标准化的宗教身份,其中之一认为自己拥有经典的梵文或者更广泛意义上的

---

[40] Rosinka Chaudhuri, *Gentlemen Poets in Colonial Bengal: Emergent Nationalism and the Orientalist Project* (Calcutta, 2002).

"印度语"传统,而另一个则因为无法复制并认同传统的主张,因此在自己和他人看来都不太具有印度性。现代印度出现的两极化的宗教政治身份以及与之相关的北部本土语言的独特而相互敌对的两种形式——即现代北印度语和乌尔都语——本身就对更宏大的进程具有决定性意义,加速了印度在20世纪中叶印度宗教系的最终分裂,因此也加速了其殖民发展。这个历史判断不能与更加普遍的、具有民族主义色彩的、将政治分裂的责任"归咎于"英国分割统治政策的传统相混淆。但是,如果不考虑次大陆的殖民统治状况,就无法理解文化、社会和政治领域里的分裂。本土与外来、印度教与穆斯林教的整个辩证关系对19世纪后半叶的文化史具有如此决定性的意义,它从一开始就在缓慢而广泛的文化和知识调整与重构过程中发挥了作用。

东方主义与"印度斯坦语言"

倘若我们暂且回到卡萨诺瓦介绍的内容分析上来,至少两个层面上的相互影响关系是非常重要的:首先,这种语言与文化的冲突可以被视作19世纪次大陆民族文学空间为获得优势地位而斗争的证明,这个文学空间(发展中)的政治气候是殖民国家的政治结构发展所决定的;其次,这个民族文学空间自身的出现不可避免地融入了正在向全球大规模扩张的国际文学空间。当然,在很大程度上,印度的这一进程和欧洲18世纪中叶开始的语言文学的发展相类似——从遍及整个欧洲大陆的民间故事到"吟游"传统的发现。[41] 著名的"伪造"丑闻,如麦克弗森-奥西恩(Macpherson-Ossian)式的论争,揭示出所有民族传统的语文学研究的创新性本质。但印度情形的矛盾之处在于:我们所知的与现代化不可分割的语言本土化进程——在欧洲之外可以看到这类语言革新运动,如中国的"五四"白话文运动,日本的"文言一致"运动(genbun ichi),埃及和大叙利亚的阿拉伯-穆斯林文艺复兴(Nahda)——导致了两种而不是一种通用语的产生。更准确地说,这一进程使同一语言复合体,即同一印度北部方言形成了两种语言形式。事实上,它们是同一"正统言语"(kharī bōlī)在词汇上有很大差异的两种不同语言形式。从形态学上看,这一"正统言语"

---

[41] Katie Trumpener, *Bardic Nationalism: The Romantic Novel and the British Empire* (Princeton, N.J., 1997).

是西部的乌塔普拉德什（Uttar Pradesh）和东部的旁遮普（Punjab）方言分支。蒙兀儿（Mughal）势力范围的军队和苏菲派将其确立为印度北部的通用语——在正出现的民族文学空间中，为了拓展其使用范围，获得全社会的认可，这两种语言彼此冲突，相互竞争。人们无法为这个更具包容性和矛盾性的语言形式命名——无论是北印度语、乌尔都语还是印度斯坦语——都受制于这个矛盾本身。因此，掌握其中任何一种语言都不是简单地学习这种语言，而是学习如何共享这种相互竞争的语言场域的方式。

不能把乌尔都语简单地看做另一种印度语言，从某种程度来看，过去200年历史现实的一部分确定无疑地证明：在印度语言与文学的本土化构建过程中它恰恰造成了某些特殊的障碍，那些致力于构建民族文学或文学史的人不得不绞尽脑汁应对这些反复出现的障碍。[42] 在这方面，我们可以简要回顾乌尔都语的关系史，即作为北部方言的种种语言实践和文本主体与在民族文学和文学史中发挥重要作用的本土极端性的关系。从兴起到公元第一个千年的初期（梵文文化在次大陆世界获得文化秩序霸权），乌尔都语的一个特点是极端性，这一特征在殖民–民族主义文化中获得了全新的价值和功用性。当今世界最重要的梵文学者谢尔登·普罗克（Sheldon Pollock）将这种两极性译为英语的"世界主义／本土主义"，并非常清晰地分析了如何用这种两极性说明梵文与公元一千年末兴起的地方方言的关系。[43] 然而，自19世纪初以来，这个概念的两极对立就让步于我试图在此描述的本土化逻辑，并在东方主义–民族文学中发挥了核心作用。如在苏尼蒂·库玛·查克拉巴提（Suniti Kumar Chatterji）的奠基性著作中，这一概念在北印度语–乌尔都语的竞争中完全发挥了"世界性的"和"本土性的"（分别阅读"梵文"和诸如北印度语这样的"新印度雅利安语言"）功能和导向作用，凭借本土语言的影响力以抵抗乌尔都语和更广泛的印度–波斯文化领域中的混合语和异化形式。就此概念性结构的两极性而言，在当代南亚，任何试图对不同文化形式中的语言文学关系加以概念化的尝试——如 G. N. 戴维斯（G. N. Devis）在其代表性著作《健忘症之后：印度文学批评的传统与变革》（*After Amnesia: Tradition and Change in Indian Literary Criticism*）一书中就试图构想一种

---

[42] 乌尔都作为有意识地反对本地性行为的论述见 Amrit Rai, *A House Divide: The Origins and Development of Hindi-Urdu* (Delhi, 1984)。

[43] Sheldon Pollock, "The Cosmopolitan Vernacular", *Journal of Asian Studies 57* (Feb. 1998), pp.6–37.

能抵制和超越他所称的殖民文化"认知障碍"的文化批评实践——都会被其形式的不规则所阻碍,这种不规则似乎是乌尔都语内在的特点。[44]

理解东方主义第二阶段也就是"本土化"阶段的最重要的制度背景是威廉姆堡学院,它体现了加尔各答东方主义史上自琼斯时代以来的第一次转变,值得我们从学科角度予以更详尽地考察。(这在萨义德对加尔各答东方主义发展的论述中完全没有提及;见 Orientalism, pp. 77–79.)这所学院成立于 1800 年,是培养东印度公司未来职员的第一次制度性尝试。如果总督黑丝汀斯是东方主义的第一阶段也就是梵文阶段的主要庇护人,那么,威尔斯利(Wellesley)就是第二个阶段即本土化阶段的支持者。在世纪初的几年里,一些欧洲辞典编纂者和翻译家,包括约翰·吉尔克里斯特(John Gilchrist),爱德华·沃宁(Edward Warring)和施礼传教士威廉·凯里(William Carey)等人和当地助理一起,包括米尔·阿门(Mir Amman),米尔·谢尔·阿里·阿夫斯(Mir Sher Ali Afsos),拉鲁奇·拉尔(Lalluji Lal)和拉拉姆·巴素(Ramram Basu),确立了印度几种地方语言的标准化写作方式。[45]学院的组织结构将人员分为欧洲"教授"、"教师"和本地书记员(munshis)两种,因此这种划分也就明确体现了智力水平极为不同的文化、主体性和社会世俗性——来自牛津等大学的代表西方最"先进"的当代人文主义教育形式的欧洲知识分子指导本土的书记员从事各种各样的工作,后者经历过蒙兀儿帝国末期的传统培训方式,在印度第一所正规的"现代"教育机构中工作。[46]

学院推行的语言和文学在印度北部影响尤其深远。在 1800 年获得印度斯坦语教授头衔的吉尔克里斯特的明确指导下,这些人为东印度公司年轻的新英国职员编写语言教科书,即用两种不同形式的印度北方方言撰写的大量散文,这两种方言分别是北印度语和印度斯坦语,吉尔克里斯特视其为印度语和穆斯林语言,一种强调

---

[44] G. N. Devy, *After Amnesia: Tradition and Change in Indian Literary Criticism* (Hyderabad, 1995), p. 59. Sniti Kumar Chatterji, *Indo-Aryan and Hindi* (1942; Clcutta, 1960), chap. 3.

[45] Koft, *British Orientalism and the Bengal Renaissance, and Sisir Kumar Das, Sahibs and Munshis: An Account of the College of Fort William* (New Delhi, 1978).

[46] Das, *Sahibs and Munshis*; Kopf, *British Orientalism and the Bengal Renaissance*; and Muzaffar Alam and Sanjay Subrahmanyam, "The Making of a Munshi", *Comparative Studies of South Asia, Africa, and the Middle East* 24, no. 2 (2004), pp. 61–72.

梵语的词汇来源，另一种强调波斯语和阿拉伯语。[47] 以这种方式把宗教、语言和文学联系起来，吉尔克里斯特事实上再现了至少是自 18 世纪中叶以来的比较广泛的英－印话语方式。在最初的几十年里，英国人常用摩尔人（Moor）指代印度的穆斯林，用 Moor's 表示他们使用的语言。琼斯本人在 1786 年的演说中，区分了"印度斯坦语"和"巴夏语"（"Bhasha"），而包括凯里在内的塞兰坡传教士们也加盟学院，讲授梵语和孟加拉语，并已经开始在他们的出版物中区别北部方言的两种不同变体。威廉斯堡学院是最早给这两种具有宗教差异的语言变体确立标准的例子。这些著作出版时都把本地人列为作者，这个事实至少标志着在印度确立特定文学空间的工作已经取得微小的进展——同仅在 20 年前琼斯和同时代的匿名"专家"们开始的事业也相差甚远。威廉斯堡学院代表了根据民族思维方式对阿洛克·赖伊（Alok Rai）所说的北印度"无穷变化的共同语言"施加某种秩序的尝试。[48] 对学院确立的关于"北印度语"和"印度斯坦语"叙事的批评接受史（包括这些高度殖民化的文本进入和塑造北印度新兴本地文学文化的模式，它们进入学校和大学教学的教学大纲，对新文学史作品的经典化过程）尚有待书写，严谨的比较语文学也试图把这些早期的殖民地语言文学规划——尤其是塞兰坡和威廉姆堡学院的文本——与不同程度上摆脱了殖民地制度的当代文学实践并置起来。

正如沙姆苏尔·拉赫曼（Shamsur Rahman Faruqi）所表明的，印度斯坦这个词在本土文化中没有固定的传播方式，当时的诗人和传记作家都有一系列的名称——包括 rēkhta（"分散的"或"混合的"），zabān-e urdū-e mu'allā（发表在显贵的住所／宫廷的演讲），Hindavi（印度斯坦语）、Hindui（印度语）甚至是 Hindi（印地语）——都指代他们的创作语言，这些语言都不同程度地或类似于或不同于各种方言和语域——巴克哈语（Braj-bhasha 或 bakha,）、阿瓦德语（Avadhi）和博杰普尔语（Bhojpuri）等等。不妨以印沙安拉·汗·英沙（Inshallah Khan Insha）的《克塔奇王后与乌塔班王子传说》（*Kahānī Rānī Kētakī aur Kuñvar Uday Bhā kī*；1803？）为例，该书的创作年代与威廉堡学院的叙事是同时代的，但它的社会背景却与当时兴起的殖民国家的社会轨道和时代相差甚远，它产生于悠久的土著传统，但在 20 世纪印

---

[47] Sadiqur-Rahman Kidwai, Gilchrist and the "Language of Hindoostan" (New Delhi, 1972). 吉尔克里斯特是亚洲研究会的成员，1783 年抵达加尔各答，一年之后琼斯到达并成立了研究会，他是该研究会第一期《亚洲研究》（1788）的成员。

[48] Alok Rai, *Hindi Nationalism* (New Delhi, 2001), p.24.

度民族主义的自我构想中却起到了不可忽视的作用。[49]英沙故事的印度经典化至少是矛盾的，因为他一般被看做乌尔都传统最伟大的奠基人之一，尤其是他的波斯语散文《精致的海洋》（Daryā-e latāt, 1808）就试图确立北方方言的正确用法（bon usage）的规范，是理解19世纪早期北印度语言实践的范围和等级制最丰富的资源。英沙的后一篇文章在印度文学史上不断受到责难，并被作为乌尔都语同北印度主流语言关系密切的证据。[50]但在这个故事中，英沙似乎从相反的意图开始：将本土语中所有源于阿拉伯、波斯和土耳其语的"外来"词汇清除出去并将其作为语言能力的一种展示。当然，这种语言的自负后来为北印度民族主义所挪用："一天，我想讲一个故事，除了印度斯坦语，不能混合任何其他话语方式……无论是外来语言（bāhar kī bōlī）还是本土语言（gañvārī）都不能用。"本土语言的说法本身就很能说明问题，我们知道作者认识的一位备受尊敬的老者曾表达了对这种语言冒险之可行性的怀疑，其中"印度斯坦语的特性（Hindavi-pan）不应当去除"——即不能被"外来"词汇所取代——"但巴克哈语不会自行涌入。"[51]这篇文章的写作一定程度上脱离了完全本土化的殖民逻辑（写于世纪之交不在英国主权控制之内的勒克瑙），一种完全不同的文化逻辑似乎发挥了作用。寻求"印度斯坦语特性"固有的危险（即在克里波利方言中剔除波斯语和阿拉伯语词汇，将其视作精英们使用过的语言的做法）便是巴克哈语的盛行，而这种语言本身被视为"乡土"语言（英沙傲慢的回答当然是说他能够克服这一危险的挑战）。换言之，我们现在视为乌尔都语的语域就是克里波利语纯洁性和社会权威的保证，而这个语域的延续则以"印度斯坦语特性"为标志，这两种形式不能都被视为巴克哈语的通俗和"乡土"形式。当代威廉堡学院所进行的本土化（和异化）所依照的殖民逻辑在英沙的文章中不见踪影，相反，他的文章也显示出了高雅和乡土或粗俗语言之间的冲突。从较长远的历史观点来看，我们可以说威廉堡学院的规划打破了语言的连贯性，造成这一现象的根本原因是国家东方主义内在的对真理追求的必然性以及由宗教差异导致的、五花八门且混杂着本土因素与外来因素的各种口头语言和书面语言。之后，以本土流行语形式出现的印地语

---

[49] Vijayendra Snatak, *Hindī adab kī tarīkh*, trans. Khursheed Alam (New Delhi, 1999), p. 214.

[50] Rai, *A House Divided*. On Amrit Rai's polemical use of Insha, see David Lelyveld, "Zuban-e Urdu-e Mu'alla and the Idol of Linguistic Origins", *Annual of Urdu Studies 8* (1993), pp. 71–81.

[51] Inshallah Khan Insha, *Kahānī Rānī Kētakī aur Kuñvar Uday Bhān kī*, ed. Maulvi Abdul Haq (Aligarh, 1975), pp. 11–12.

受英沙文本的影响，作为持续历史发展进程中的一部分它理所当然包含了威廉堡学院的叙事方式，但它又因此而彻底曲解了这个历史时刻的断裂性，抹杀了殖民地国家本土化的逻辑同语言和文化上具有差异性和等级性（这些观念依然存在于次大陆社会的各个文化群体）的前殖民逻辑之间的联系，因此也就遮蔽了它们之间依然存在的巨大鸿沟。

因此，现代北印度语在冲突和竞争中形成，竞争的一方是乌尔都语，这种语言以非土著语为幌子希望摆脱民族空间；另一方是北印度语的一系列方言。从根本上说，北印度语对这些语言的态度是模棱两可的，一方面希望这些语言融入自身的前历史，但是作为前现代的、已被本土语言替代的语言形式，它们又无法满足现代世界的语言和审美需求。对布拉吉语（Braj）而言尤其如此，它和乌尔都语同是18世纪和19世纪初北部语言区的两种主流文学传统，但如今只能以大众所能接受的"优美"表达方式出现在北印度的民族主义文化中，准确地说，其世俗性与民族的历史时代不相吻合。[52] 北印度的早期民族主义者只能把克里波利语看做恰当的方言——准确地说，看做唯一恰当和真实的形态学基础——具有讽刺意味的是，它是以乌尔都语形式出现的，是已被确立并被官方视为经典的克里波利语现代性的结果。从1837年开始，它就作为一种殖民语言而为北印度法院所使用。换言之，由于现代北印度语与乌尔都语具有相同的形态学基础，它沿袭了18世纪末蒙兀儿时期以及19世纪作为殖民地语言标准化进程中形成的正确用法（bon usage）的层级结构，又把从乌尔都语划分出来的布拉吉语归为原始的本土口语。我们甚至可以说"北印度语"出现的时候"乌尔都语"正处在本土化的进程之中。

因此，语言区分和重新归类的过程是渐进艰苦的过程，无论如何都不是线性的。关于这个事实的评价，我们可以以一位语言历史学家记录的1847年发生的关于语言冲突的一件小事为例。贝拿勒斯学院的一群印度学生——该学院在短短的四十年后就成为北印度语运动的中心——在回应其恼怒的英国教师有关语言课程的批评时指出，因为存在着无数的口语形式，他们不知道他所讲的纯粹北印度语是什么，同时他们还指出，如果按老师的要求净化他们的语言，他们必须知道应该去除哪些词汇，他们还必须学习阿拉伯语和波斯语。即使这个故事是不足凭信的，但对于理解语言本土化的逻辑却是非常有用的；对使用本族语的人而言，发现真正属于自己语

---

[52] 这个观点得益于Rshmi Bhatnagar 2008年MLA的精彩演讲和我们随后的谈话。

言的道路是迂回曲折的,恰恰要经过被认为是外来和异化的路径。作为语言和文学语域竞争者的乌尔都语和北印度语的形成过程伴随着独特的、相互冲突的宗教认同,呈现了多层次、具有主观偶然性和动态性的语言现实在二元对立的结构中大规模重构的过程。[53] 只是到了19世纪晚期——当同乌尔都语具有相同的形态学基础的克里波利语,在词法上已经梵语化的北部方言逐渐在一部分知识分子当中成为唯一合法的通用语之后——北印度语和乌尔都语才获得了现在所具有的差异和意义。作为文学和语言复合体的后殖民语言学绝不可能远离语言辩证法的影响,辩证法现在依然是它的构成因素,而且只有借助辩证法才能继续发展。

最后,任何试图解释作为文学语言的乌尔都语和北印度语的当代社会处境的尝试都必须面对一个矛盾的事实,准确地说,任何一种文学史都会将其现代起源追溯到威廉堡学院的叙事,这种叙事不是为印度的读者,而是为东印度公司年轻的英国职员准备的语言文化训练。它们在最初发表几十年后才与乌尔都语和北印度语读者见面。甚至在30多年后,勒佳布·阿里·贝格·舒鲁尔(Rajab Ali Bed Suroor)《奇异志》(*Fasāna-e-ajā'ib*, 1831?)的华丽语言恰恰是为了抵制所谓的对话体和威廉堡学院派呆板的语言风格。试图为这两种截然不同且相互独立的历史赋予意义的最根本行为——这里我想到的是19世纪末和20世纪初穆罕默德·侯赛因·阿扎德(Muhammad Husain Azad,乌尔都语)和拉姆昌德拉·舒克勒(Ramchandra Shukla,北印度语)——也说明了他们对这种殖民和东方主义逻辑的依赖。[54] 那么,在一种真实的意义上,我们使用"自己的"语言读写的文学传统——我现在的身份是北印度–乌尔都论争中形成的"乌尔都语"的使用者——是为了殖民统治的目的而创造的。当下融汇在千差万别的文学史客体中的种种因素,表面看起来清晰明了,似乎

---

[53] 这个故事是 Christopher R. King 讲的,见 *One Language, Two Scripts: The Hindi Movement in Nineteenth-Century North India* (New York, 1994), pp.90–91; Alok Rai, *Hindi Nationalism*, pp.65–66. 前殖民北部方言的表现性参见,Sumit Guha, "Transitions and Translations: Regional Power and Vernacular Identity in the Dakhan, 1500–1800", *Comparative Studies of South Asia, Africa, and the Middle East* 24, no.2 (2004), pp.23–31。

[54] 关于 Azad,见 Shamsur Rahman Faruqi, "Constructing a Literary History, a Canon, and a Theory of Poetry: *Ab-e Hayāt* (1880) by Muhammad Husain Azad (1830–1910)." *Social Scientists* 23 (Oct–Dec.1995), pp.70–97. 有关 Shukla,见 Milind Walkankar, "The Moment of Criticism in Indian Nationalist Thought: Ramchandra Shukla and the Poetics of a Hindi Responsibility," *South Atlantic Quarterly* 101 (Fall 2002), pp.987–1014。

都是独立存在的,今天批评的任务至少是对它们进行梳理并重新构建。因此,当前文学语言身份构建中一直存在的克服殖民逻辑的批评任务,就与抵制北印度语和乌尔都语形形色色同一化的任务不可分割,它们本质上都是殖民的和东方主义的,并带有宗教的独特性和自治性。

此外,这种世俗批评的任务不仅适用于一些具有异质性的历史的想象,而且也适用于与之相对立的当代语言文学的状况本身。因为创造两种独特语言身份的艰苦的历史过程——正如我之前试图表明的,这项历史性任务首先是由东方主义者,然后是由印度民族主义者(和穆斯林分裂者)承担——仍在继续并且还没有完成。尽管近一个世纪以来次大陆大文化圈内的语言和文学经历了无数次分化的尝试,承受了无数同一化的压力,乌尔都语和北印度语在整个介质和形式范畴内部仍然紧密关联——不论是口语形式还是所谓宝莱坞的北印度语影片都是如此,但最重要的是文学创作本身。乌尔都语对高雅和国际化的渴望也是北印度语与生俱来的目标。两者透过误解的迷雾相遇——毕竟至少在巴基斯坦,将乌尔都语作为民族语言的制度是通过切断它与墨守成规的贵族精英的几乎所有联系才确立的,现代标准的北印度语几乎无法等同于任何真正流行的口语形式——但这都不能抹杀它每天都在发生的事实。在这个意义上,仍然可以将北印度语-乌尔都语描述为同一形式的矛盾因素,矛盾越激化——在众多地域实现的千差万别的民族化过程——(处在矛盾中的)独特性就越明确和新颖,尽管更加脱离了社会经验的现象层面。

总之,东方主义可以理解为全球范围内语言、文学和文化重构的一系列过程,在同一性和可评估性的角度影响到异质性的、分散的、被视为文学的写作实体的同化过程,这一过程根本上改变了其内部的分配和连贯性、认可方式和其发源地范围内更广泛的社会秩序与社会想象之间的关系。因此,就历史所认可的形式而言,世界文学从根本上说是交换的概念(即马克思和恩格斯所说的资产阶级社会的概念)——也就是将模糊不平等的占有过程重新构造成透明的、所谓的自由和平等的交换和交流过程。拉丁语的文学(literature)和西方语言的一系列同源词以及南半球语言中的一些转译词(或直译词)现在都为理解世界范围内的口语-文本表达提供了主导的、普遍化的**但绝非纯粹的词汇**。我分析印度东方主义进程,尤其是北印度语-乌尔都语的例子,就是为了说明这是个持续进行的、开放式的过程,是晚期资本主义世界的一个决定性逻辑,因此,最好也把东方主义批判看做开放式的、持续进行的,而不是一劳永逸完成的既定事实。

全球英语和本土语

我上面考察的北印度语－乌尔都语的冲突在很多层面代表了相当特殊的，即便不是绝对独特的历史轨迹，也反映了印度本土语言更普遍的历史境遇以及它们同作为文学语言和文化体系的英语的关系，反映了更加广泛的、现已是全球性的现实（其中一些在较少或者不同程度上适用于一些其他西方语言，尤其是法语，但是我完全回避这个问题以便重点探讨英语）。由于把南半球的语言（包括以前广延而分散的书写文化）限定于狭隘的想象性的种族民族区域，英语现在成了全球性交流的唯一媒介。[55] 这一戏剧性变化的很多征兆——我在随后将详细论述——都可以在其直接源出社会之外的文学作品的流通模式中看到。举一个具体的例子，一百年前，从东巴尔干半岛中经安纳托利亚和波斯所属地，包括紧邻的中亚和阿富汗地区，直到跨越次大陆北部的广袤无垠的社会里，至少有一些知识分子直接接触到源语言文本——也就是波斯、阿拉伯或奥斯曼土耳其语。今天，印度、巴基斯坦、伊朗或土耳其的读者却只能借助英语翻译阅读彼此的文学（或从英语转译），因此只可能接触到受到宗主国认可的作品。例如，绝大多数翻译成印度本土语言的世界文学作品都译自英语。纳吉布·马赫福兹（Naguib Mahfouz）获得诺贝尔奖这一事件以及随后其作品的大量翻译当然有助于将现代阿拉伯文学首次介绍给众多西方读者，但对曾经属于波斯阿拉伯地区的很多读者而言，情况依然如此。现代文学性的构建恰恰是通过割裂昔日的波斯和/或阿拉伯联系而实现的——依照现代标准，最有戏剧性的例子恐怕是共和国早期的基马尔主义语言"改革"时兴起的北印度语和土耳其语（这两种语言在很大程度上都是在现有语言形式中民族主义的去波斯化形成的）。伊克巴尔被视为巴基斯坦观念的奠基人，他大部分的诗歌创作是在20世纪上半叶用波斯语进行的，但今天的情况却大不相同了，巴基斯坦的作家们，更不用说广大的读者了，应该完全可能接触过原文或乌尔都语译本的《在德黑兰读洛丽塔》（*Reading Lolita in Tehran*），但却几乎完全没有意识到波斯语影响下的当代伊朗文学。但这些大多都是表面现象，印证了我所关心的语言、文学和文化深层的结构变化，而这也是殖民帝国及其东方化逻辑的悠久遗产。正如我所详细论述的，西欧语言扩张的整个问题，或更确切地说，他们对非西方写作文化的同化问题——我在此视为东方主

---

[55] 这是斯皮瓦克的术语，见 Gayatri Chakrovorty Spivak, *Death of a Discipline* (New York, 2003).

义的进程——在关于当代世界文学空间的兴起和扩张的论述中（如卡萨诺瓦的论述），以及在关于文学语言多样性的英语文学或全球英语框架的讨论中都被忽略了。

萨尔曼·拉什迪（Salman Rushdie）几年前发表的、现在众人皆知的、关于英语和印度本土语的言论或许在不经意间进一步澄清了当代的形势。在一篇介绍独立后印度小说选的前言中，拉什迪为读者提供了他经过深思熟虑后的观点，即当代印度文学中唯一有意义的作品是用英语写的："**使用英语**的印度作家……的散文创作，已经证明比用印度 16 种官方语言创作的大多数作品都要强大和重要……的确，这种新的仍然迅速发展的'印度-盎格鲁'文学代表了印度对文学世界可能做出的最有价值的贡献。"[56] 当然，至少十几种地方语言是重要的文学文化，有一些已拥有千年的写作史，拉什迪对此不可能全然一无所知。拉什迪的评论以真心的挫败感结尾。而这个选集的编者经过绞尽脑汁的搜寻后，最终不得不承认，这些语言中的文学作品没有任何价值。拉什迪告诉读者，这一普遍规律之外的一个特例是乌尔都语短篇故事——萨阿达·哈桑·曼托（Saadat Hasan Manto）写的《托巴特辛镇》（*Tōbā Tēk Siṅgh*），其译本最终收入该文集——但考虑到这个故事在次大陆的普遍流行程度以及早在十年前纪念独立四十周年时候就已改编成电影在英国第四频道播出的事实，收录这些作品的做法并不是最初的选择，也并非反复斟酌的结果。

准确地说，借用 19 世纪早期有关殖民统治和教育的帝国大辩论的术语，拉什迪提出的并不是东方主义、而是英语学者的观点。[57] 如果他的观点中有麦考利（Macaulay）的影响，也绝不是偶然。麦考利 1835 年就做出了西方文学相对于东方文学而言更值得赞赏的著名论断，表现了欧洲面对亚洲属国时所固有的**殖民逻辑**。例如，他对东方学者在本土教育中继续使用亚洲语言和写作传统的做法持批评态度，并非常明确地重新提出了东方主义重构世界文学体系的术语，并将"东方文学"包括在这个体系之内：麦考利在著名的《印度教育备忘录》（*Minute on Indian Education*）中写道，"我已经准备好用东方主义的学识来评价东方主义者本身。"麦考利的言论恰恰表明了殖民时代权力间的相对等级和差异，一方是欧洲语言尤其是英语，另一方是亚洲和中东的主要语言，以至于"一个资料齐全的欧洲图书馆的单

---

[56] Salman Rushdie, introduction to *Mirrorwork: Fifty Years of Indian Writing, 1947–1997*, ed. *Rushdie and Elizabeth West* (New York, 1997), p. viii.

[57] 关于这个历史辩论，参见 Kopf, *British Orientalism and the Bengal Renaissance*, and Eric Stokes, *The English Utilitarians and India* (Oxford, 1959)。

个书架"就能放得下值得品评的"印度和阿拉伯的所有本土文学"。[58]拉什迪的评论把麦考利的判断更新到21世纪——从准确的意义上讲,考虑到现在的**全球逻辑**,印英小说就是通过这个逻辑在近些年来作为印度真正的或正在获得认可的文学而传到外界的。拉什迪的《午夜的孩子》(*Midnight's Children*)首度向世人介绍了英印资产阶级在新自由派重新构建印度经济伊始怀揣的国际野心,在世界文学体系中确定了英语和印度本土语作为印度文学表达媒介的正常关系。印英小说在近些年来伴随着文化资本的累积,成为一种国际形式和传统,英美的编辑们常常屈尊造访印度主要城市,疯狂地寻找下一部重要的原创小说,下一部《唯物之神》(*God of Small Things*),这个过程已成为胸怀大志的年轻英语作家生活的常规部分,在所有具体的方面影响到文本创作。诸如拉什迪的这类评论描述了千差万别的具体情境、差异巨大的象征资源以及次大陆英语和各种本土语言的归化过程——包括印度和巴基斯坦公认的民族语言、北印度语和乌尔都语,其区域涵盖全球,包括南亚本身。[59]确切地说,英语通过其文化产品在世界文学空间的流通(拉什迪的"图书世界"),把母语是英语的知识分子身份塑造为民族的而不是区域性的了。

重要的是,这些言论试图否认以英语为母语创作的小说在印度(或许可以加上非洲)等地的语言环境的异质性——亚洲和非洲英语(或就这一点而言,法语)从没有超出语言他者的听觉范围——这种异质性通常作为所谓的异域乐趣之一包裹在形式之中,最著名的是拉什迪自己的作品,他富有特点的"印度式"英语呈现出作者和小说反复描述为孟买街头的印度斯坦语的话语模式。[60]本土语这样出现在英

---

[58] Thomas Babington Macaulay, "Minute on Indian Education"(1835), in From the East India Company to the Suez Cnal, vol.1 of Archives of Empire, ed. Mia Carter and Barbara Harlow (Durham, N.C., 2003), p.230:"我不懂任何梵语或者阿拉伯语。当我做了为正确估计它们价值所能做的一切,我阅读了最著名的阿拉伯和梵语作品翻译,我在这里和家里都同熟知东方语言的人进行过交谈,我已经准备好用东方主义的学识用于对东方主义者本身的评价。我从没有发现他们其中的任何一个会否认一个上等欧洲图书馆的一个书架就足以等同整个印度和阿拉伯的本土文学。"

[59] 对这些不平衡情况的分析,参见 Francesca Orsini, "India in the Mirror of World Fiction", in *Debating World Literature*, pp.319–333。

[60] 最近发表的小说一个重要的例外是阿米塔夫·戈什(Amitav Ghosh)是《加尔各答染色体》(*Calcutta Chromosome*),该书恰恰是对抗本土语在英语实践中幽灵似的存在。Bishnupriya Ghosh, *When Borne Across: Literary Cosmopolitics in the Contemporary Indian Novel* (New Brunswick, N.J., 2004)。

语小说中的模式是通过族群化的同化来掌控语言（和社会）异质性的尝试。在全球文化体系的名义下，它被包装成语言的多样性，英语世界的精英阶层希望在相互平等的条件下参与其中，这是一个无法反向思考的不平衡过程；也就是说，我们也无法想象如下这一情形：将英语有效地同化在本土小说话语中。历史上，英语主义（麦考利等人）和东方主义（琼斯等人）被看做帝国主义论争中的对立双方，事实上，他们代表了同一个殖民逻辑的两个不同时刻。这个逻辑重新印刻在我们当今的后殖民时期，在某个层面上表现为英语和本土语的（不平等）权利、表现性和价值的争论，这一争论已经不仅仅局限于次大陆的民族-国家之内，也出现在全世界。[61]一方面，英语的文学表达作为时代性的历史归化进程的终端产品，作为纯粹多样性的范例，已被包装进世界文学体系——包括西方的英语系；另一方面，印度语言，尤其具有民族化形式的乌尔都语和北印度语，坚持它们真正的民族表达方式以对抗外来的英语。事实上，这两极的任何一端在晚期资本主义世界的全球化文化逻辑中都不能实现其目的。这两种框架都没有将印度本土语言本身理解为"现代性的呼唤"，呼唤进入英语和其他占据主导文化地位的欧洲语言的文化体系。[62]尽管拉什迪把流放和错位的主体性视为英语小说的主要问题，但事实上，对我们理解本土语言文学传统本身同样是恰当的，甚至更为深刻。

在今天的世界文学空间的不同层面上，身处全球大都市语言和南半球语言的断裂和各种力量关系之中，我们应该如何重新探讨世界文学这个概念呢？如果要严肃对待东方主义灿烂夺目的历史瑰宝的话，我们应该超越多样性的吸引——正如我所讲过的，东方主义促使后者的语言和文本传统首次出现在前者的结构范畴中——我们需要的世界文学概念（以及讲授世界文学的实践）应当揭示出"多样性"本身的运作方式——不管是民族的、宗教的、文明的、还是大陆的——都需要对殖民主义和东方主义提出质疑，尽管它恰恰出现在文学同　性的层面。我们讲授世界文学时应该讲的内容正是这些力量和同化的权力关系。重新思考世界文学概念及其我们所处时代的有效性（或无效性）——我认为这仍然是个开放问题——这项任务所固有的普遍主义应当直面语言的异质性，而这个概念本身应当远离多样性的遮蔽，远离

---

[61] 的确，Amit Chaudhuri 也自己编选文集回应拉什迪的论断，扩展囊括了拉什迪忽视的本土语文学作品，*Picador Book of Modern Indian Literature*, ed. Amit Chaudhuri (London, 2001)。

[62] 我借用了 David Scott 在不用语境下使用的短语。David Scott, *Conscripts of Modernity: The Tragedy of Colonial Enlightenment* (Durham, N.C., 2004).

不同语言文化内部和外部的标准化和异质化的影响。显然,这种批评任务不能只采取莫莱蒂(Moretti)提倡的"远距离阅读",但也不能采用本来意义上的细读。我们需要**更有价值**的文本细读,既要从高度地方化的视野,又要从全球视野重视语言和文本在不同社会现实层面上的世俗性。在这个意义上,萨义德自《东方学》之后的研究其实不是拒绝语文学,而是激进的语文学研究——也就是说,呼吁对语言以及文学、文化和社会中的语言体制形式进行彻底的历史理解。在这个意义上,语文学是萨义德设想的世俗批评实践中不可或缺的因素。或许可以这么说,东方主义之后对这种语文学的阐述是我们时代人文批评最核心、最紧要的任务。

(尹星 译 / 王国礼 校)

翻译研究与世界文学

[美国] 劳伦斯·韦努蒂

> **导 读**
>
> 劳伦斯·韦努蒂（Lawrence Venuti）是世界最知名的翻译理论家之一，也是颇有成就的翻译实践者，出版过多部 19 世纪到 20 世纪意大利小说的英译本。现任坦普尔大学英语教授，著有《翻译的陷阱：差异伦理学》(1992)和《译者的不可见性：翻译史》(1995)，还主编了一部百科全书式的文集《翻译研究读本》，由劳特里奇出版社出版。韦努蒂认为译者扮演着非常重要的角色，是文化和时代之间沟通的主要桥梁；他提出的"异化"理论是对普遍接受的"归化"理论的一个重要补充。在下面的这篇文章中，韦努蒂结合翻译理论和教学法强调了翻译研究本身对翻译实践和译作文学分析的重要性。

翻译界定世界文学

没有翻译，世界文学就无法进行概念界定。在世界大部分地区，在大多数历史时期，只有一小部分读者能够理解两三种语言。因此，从读者的角度看，所谓世界文学与其说是原文作者创作出来的作品，还不如说是翻译过来的作品，——这些译本将外文文本翻译为读者所处的某一具体群体所使用的语言，通常是标准地方语或者多语状况下的主流语言。因此，翻译促成了文学文本的国际接受。

同时，翻译本质上是一种本土化的实践过程。翻译过程中的每一个步骤，从选择原文文本开始，包括翻译过程中所采取的话语策略的形成，以及译文在另外一种不同的语言和文化中的传播，都是通过译文文化环境中的价值、信仰以及观念来间接得到表达的。翻译绝不是对原文文本的复制，而毋宁说是对原文的改写，这种改写所书写出来的对原文文本的解读，能够反映译文接受者理解到了什么，文本的什么内容引发了他的兴趣。即使译者所力求达到的是一种严格的形式对等和语义对等,他的译作依然是一种改写。原文文本在其所属文化中所展现的复杂多样的意义、价值及功能,会使得任何翻译都无法实现对等,即使这个译者希求通过为译文接受者展现不同的意义、价值和功能来达到这种对等。正是由于这种翻译中发生的增益或者损失所占的比重千差万别,所以才使得翻译被建构成为一种研究的对象,它相对地独立于原文文本,但总是与译文的接受环境不可分割地联系在一起。

因此,翻译深化了当前世界文学的概念。如果说世界文学"以最古老、最得天独厚的民族文学传统与新近出现的、相对薄弱的文学传统之间存在巨大差异为其特征"[1],那么,翻译发挥巨大作用的跨文化关系在任何历史时刻都不仅仅是不对称的,而且也是有等级高下之分的。主流文学传统之所以能够占主导地位或者中心地位,是因为它们扎根于深厚广泛的文化传统,积淀了深厚的文化声望,而从流文学传统[2]则处于被主导和边缘的地位,相较而言,它们的发展受到了限制。处于从属地位的文学通过将主流文学传统中的文本和作品翻译过来,引进自身作家先前没有使用过的文学形式和手法,将主流文学传统所带有的声望转移过来,从而达到增加自身文学资源的目的。也正因如此,主流文学传统中的文学所做的翻译工作较少,因为它的形式广泛,手法多样,能够独立发展。而一旦主流文学传统进行翻译的时候,它就会将自身的文化传统赋予原文文本,它所起到的作用是"奉献式"的。当它所翻译的文本来源于从流文学传统的时候情况就尤其如此。[3]

尽管如此,译者所采用的翻译模式却并没有"引进"、"转移"这些词汇表面上显得那么简单直接。处于中介位置的文学形式和手法有时会介入到原文文本与译文中间,并发挥举足轻重的作用。20世纪早期加泰罗尼亚作家,如约瑟普·夏纳(Josep Carner),一方面致力于通过翻译英国维多利亚和爱德华时期的小说来促使加泰罗尼亚文学现代化,另一方面他们同时在法国文学中寻求指导,他们采用法国的文学批评范畴,甚至是法国的翻译策略,来决定选择翻译那些小说[4]。阿尔弗雷德·伽拉

---

[1] Pascale Casanova, *The World Republic of Letters,* trans. M. B. DeBevoise (Cambridge, MA: Harvard University Press, 2004), p. 83.

[2] 主流文学传统,原文为 major literatures,从流文学传统原文为 minor literatures。——译注

[3] Pascale Casanova, *The World Republic of Letters,* p. 135.

[4] Silvia Coll-Vinent, "The French Connection: Mediated Translation into Catalan during the Interwar Period", *The Translator,* 4/2 (1998): 204–228.

尔德（Alfred Gallard）1930 年创作了加泰罗尼亚版的约瑟夫·康拉德小说《台风》（*Typhoon*, 1903）。在创作过程中，他在词汇和句法上模仿了法国作家安德雷·纪德（André Gide）1923 年所创作的小说风格[5]。从翻译的角度而言，主流文学传统也可能会表现出类似的依赖性。有人向美国的出版商提议翻译阿根廷作家豪尔赫·路易斯·博尔赫斯（Jorge Luis Borges）的创意非凡的小说，但是他们对此一直予以回绝。但是，到了 1950 年代，法国著名加利玛出版社（Gallimard）出版了他的作品的译本，一些由西方大都会中心的出版商构成的国际组织向他颁发了福门托奖（Formentor Prize），此后美国出版界对他的作品的态度才发生了改变。[6]

因为翻译所面对的一般都是译文接受方当时所处的特殊环境状况，因此，翻译所涉及的跨文化等级差异，就比主流文学传统与从流文学传统之间简单的二元对立关系复杂得多。20 世纪初中国作家鲁迅也曾从法国寻找原文文本，希望这些文学作品能够有助于中国文化的现代化。但是，1903 年，他选择翻译的是儒勒·凡尔纳（Jules Verne）的科幻小说《从地球到月球》（*De la terre à la lune*, 1865），因为这部小说以娱乐的方式来普及和推广科学知识，因此，有可能吸引广大读者的兴趣[7]。鲁迅不顾主流西方经典小说，而选择一个处于当代法国文学边缘的作家和文类，他的做法揭示了法国文学传统中的等级差异[8]。因此，从流文学传统可能会通过翻译对主流文学传统提出质疑，他们提出的问题也许会包括诸如经典的形成等问题。从流文学传统也许还会与其他从流文学传统之间相互进行翻译，从而探索同处于从流文学的地位而具有的改革自身文化的可能性。1909 年，鲁迅与他的弟弟周作人合作出版了一部翻译小说集。由于他们的目的是通过文学翻译改变中国在世界政治关系中的从属地

---

[5] Silvia Coll-Vinent, "The French Connection: Mediated Translation into Catalan during the Interwar Period", pp. 219–223.

[6] Suzanne Jill Levine, "The Latin American Novel in English Translation", in Efrain Kristal (ed.) *The Cambridge Companion to the Latin American Novel* (Cambridge: Cambridge University Press, 2005), p. 310.

[7] V. I. Semanov, *Lu Hsün and His Predecessors*, trans. Charles J. Alber, White Plains (NY: M. E. Sharpe, 1967), p. 14.

[8] Arthur B. Evans, "Jules Verne and the French Literary Canon", in Edmund J. Smyth (ed.) *Jules Verne: Narratives of Modernity* (Liverpool: Liverpool University Press, 2000), pp. 11–39.

位,因此,他们就从那些已经获得世界声誉的从流文学作品中进行挑选[9]。他们的翻译小说集收录了诸如俄罗斯象征主义作家列尼·安德烈耶夫(Leonid Andreyev)以及波兰历史小说家亨利克·显克维奇(Henryk Sienkiewicz)等人的作品。

同样,人们通常将世界文学视为一种特殊的综合了外国素材和本土素材的文本,而翻译同样也使这种考察世界文学的做法复杂化了。这一认识的提出,其根本宗旨在于解释小说之类的西方文学体裁是如何传播到东半球或者南半球等其他地区的从流文学传统中去的。这种认识在本质上包含着"这样一个三角:外国形式,本土素材——本土形式。简化一下就是:外国情节,本土人物,以及本土叙事方式"。这里,本土叙事者的评论在采纳外国文学形式时可能会变得"很不稳定"[10]。这种认识的目的就在于对原文作品加以描述。按照这种认识,人们认为,通过构成原文作品的素材可以非常清晰地断定其来源到底是外来的还是本土的——这种观点实际上并不能得到文本分析上的支持,因为文学文本一般都是异质性的文化产品。而翻译更加彰显了这种异质性,因为译者的措辞实际上就是一种解读行为,它会改变原文文本。这种改变,不仅决定于接受文本的语言和文化,而且还决定于对这一原文文本的解读,因为这种解读本身就包含着对原语文化的认知和了解。因此,翻译行为内在具有的本土化倾向可能会改变"外国"、"本土"之类范畴的本质,因为这些范畴本身是由接受它们的读者及其文化环境解读出来的。

翻译在形式和语义上的获益界定了世界文学,这种获益,没有文本细读,没有对细节的分析,详细考察原文到译文所发生的改变,是根本无法觉察到的。距离阅读的重点在于"手法、主题、转义"之类的"细小"的文本特征,或者"体裁"、传统以及文化"体系"等"宏大"结构,有助于我们对世界文学的理解,即一种复杂的、在历史中不断发展的、主流与从流传统之间形成的跨文化关系的集合体[11]。但是,假如我们让一个文本,作为分析单位,在细读与粗读这两极之间完全消失,这对于我们是毫无裨益的:文本不仅将细节上的文本特征与大的结构联系起来,展现它们在文学意义和文化意义上的相互依存关系,同时,文本还可以展现翻译在建构世界

---

[9] Irene Eber, *Voices from Afar: Modern Chinese Writers on Oppressed Peoples and Their Literature* (Ann Arbor, MI: U. of Michigan Center for Chinese Studies, 1980), p.10.

[10] Franco Moretti, "Conjectures on World Literature", in Christopher Prendergast (ed.) *Debating World Literature* (London: Verso, 2004), pp.148–162.

[11] Ibid., p.151.

文学的过程中所发挥的作用。细读"必然依赖于一个非常小的经典"的观点是错误的。问题的关键是,细读的对象依然局限在非常有限的经典原文作品上。我的观点是,这是非常不审慎的,因为其根源在于,我们过分简单地相信作者的独创力,从而导致其他二级创作,如翻译,遭到边缘化。我们可以通过远距离阅读的方式来分析大量的翻译作品,这样我们就可以审查一下交流模式是如何影响接受方的文学传统的。但是,我们也可以通过细读单个的译文来考察对原文的具体解读是如何决定这种影响的。并不是每一个文本都可以称作是世界文学,因为并不是每一个文本都能够展现外国文学传统的影响,而且,也许最为重要的是,并不是每一个文本都得到翻译。假如我们意识到这一点,这里提出的这一方法论问题也许就更加可信了。

翻译中的外国文学经典

我们可以先通过提出一个系统观照的做法来展示一下如何采用远距离粗读与近距离细读相结合的方法来认识世界文学。正如翻译理论家冀东·图里(Gideon Toury)认为的那样,译作从来就不会将原文文本本身再现出来,它所展现出来的只不过是原文文本的间接表达,或者说重现,这种对原文文本的间接表达包含了译文接受文化的标准和价值观念[12]。更确切地说,原文文本以及重现这一文本的译本在各自的文化中都具有各自的"标准体系",或者说价值体系,它们在各自文化传统中可能处于中心地位或者边缘地位,或者说,经典地位或者非主流地位。译文在译文接受文化中所处的地位,决定了它对原文文本是什么样的重现:处于传统边缘的新兴前卫的创作手法,它所产生的译文很可能会与处于中心地位的主流手法具有鲜明的差距,新兴手法会更加激进,实验性更强,而主流手法则更加保守,更倾向于维护经典。

图里认为,译文的接受文化的价值观也可以在选择所要翻译的原文文本的时候发挥举足轻重的作用,而且只要译者对原文文本进行的一系列选择背后存在某种模式和规律,那么,通过分析一定数量的译本我们就可以推导出这些翻译背后的"翻译方针"来[13]。但是,翻译模式只是一种局部而非全面的东西。这一点我们可以从

---

[12] Gideon Toury, *Descriptive Translation Studies and Beyond* (Amsterdam: John Benjamins, 1995).
[13] Ibid., p. 58.

两个方面来理解。首先，它们对来源文学的重现是不完整的，因为一种文学永远都不会是作为一个整体被全部翻译过来，它只是有选择地被翻译过来，而且在文本选择上也主要倾向于接受译本的文化，因为翻译的决定往往都是由接受者做出的，而且在通常情况下只有译文文化的价值观念可以接受的文本才会被选中。结果，外国文学传统中的经典范式，在翻译中并借助翻译得以形成。而且这些经典可能会固化为一些固定的外国文学经典的再现模式，这些模式在不同的程度上都与这些在外国文化中建构出来的文学经典存在差异。

一种文化，如果能够长期固定地出版一定数量的翻译文学，那么，通过考察这种文化我们就能够看到上面提到的这一情况。我这里就拿意大利举例来说吧。二战后，意大利出版业的发展越来越依赖翻译。到 1950 年代初，意大利每年百分之十六的出版物都是翻译作品。1980 年代，这个数字增长到百分之二十，到 1990 年代这个数字达到最高点，百分之二十五[14]。2008 年，意大利出版的成人阅读书籍达到 49767 种（不包括儿童图书和学校使用的教材），其中 10046 种（20.1%）都是翻译作品[15]。在过去的六十年里，意大利每年出版的百分之五十到六十的出版物都是从英语翻译过来的。从英语翻译过来的作品数量如此巨大，我们不免会问：在意大利，翻译过来的当代美国小说的经典到底是什么？是什么样的价值观催生出了这样的经典？

我下面提供的数据都采自最近出版的统计意大利图书出版状况的《商业图书目录》(*Catalogo dei libri in commercio*, 2006) 一书，这些数据虽然还不能算是非常精确，但也足以概略地说明意大利在翻译美国作品时的大致取向以及意大利经典的大致轮廓。翻译作品的普及说明，翻译作品不仅从商业角度来看一直以来都是很有活力的，能够在意大利图书市场上销售，同时，无论是从精英文化还是从大众文化的角度看，翻译作品在意大利读者眼中具有多种价值。这一点我们可以从如下情况中就可以看出：一些作品几十年前就翻译出版了，但是到现在依然在不断重印。

美国畅销书的译本在意大利市场持续活跃。目前丹尼尔·斯蒂尔（Danielle

---

[14] Turi, Gabriele "Cultura e poteri nell'Italia repubblicana", in Gabriele Turi (ed.) *Storia dell'editoria nell'Italia contemporanea* (Firenze: Giunti, 1997), p. 408. Giovanni Peresson and Cristina Mussinelli "The Sale and Purchase of Translation Rights in the Italian Market", *Publishing Research Quarterly* (2009) 25: 255.

[15] Peresson, Giovanni Rapporto sullo stato dell'editoria in Italia, 2010, Milano: Ediser/Associazione italiana editori. pp. 62–63.

Steel)的作品有 57 种被翻译为意大利文在意大利销售,斯蒂芬·金(Stephen King)的作品有 55 种,汤姆·克兰西(Tom Clancy)的作品有 28 种,约翰·格里森姆(John Grisham)的作品 20 种,安妮·莱斯(Anne Rice)15 种,其中有一些是在 1970 年代就出版了的。翻译作品成功的部分原因归功于这些小说的体裁——浪漫小说、恐怖小说、惊险小说。这些小说迎合了大众的品位,使读者能够对作品中的人物产生同情式的认同感,并从中获得间接参与到小说故事情节中的快感[16]。但是,由于原文作者加工处理的素材,无论是故事的背景还是主题,——这些背景和主题有些还是历史方面的或者是针对具体的话题的,都是美国所特有的,它们之所以能够迎合大众的口味,这都跟美国文化在 20 世纪后半叶在意大利所积累起来的象征资本之间存在着密不可分的关系。部分地由于这种文化象征价值,意大利读者对那些采取现实主义手法描述美国文化问题和社会问题的精英小说很感兴趣,虽然这里也有"事不关己、我心悠然"的因素存在,但至少对部分读者来说确实存在这种情况。因此,乔伊斯·卡罗尔·奥茨(Joyce Carol Oates)的作品现在有 22 种被翻译为意大利文,菲利普·罗斯(Philip Roth)的作品有 18 种,雷蒙德·卡佛(Raymond Carver)和安妮·泰勒(Anne Tyler)分别有 14 种。正是由于这种翻译模式的存在,美国作家所做的实验叙事文体在意大利处于边缘地位,这也是预料中的事。请对比一下这些数字之间的差异是多么惊人吧:在意大利图书销售商那里,唐纳德·巴塞尔姆(Donald Barthelme)的作品,他们可能只会库存 3 种,罗伯特·库弗(Robert Coover)2 种,威廉·加迪斯(William Gaddis)2 种,威廉·加斯(William Gass)1 种,凯西·阿克(Kathy Acker)1 种,而戴维·马克森(David Markson)的作品则连 1 种都没有。

在意大利文翻译作品中,当代美国小说的经典范式主要采用的是各种形式的现实主义和特殊的文化主题。可以说,这在某种程度上与美国文化中这类小说的经典范式之间存在着重合的地方,从学院派的学术定义来说尤其如此。但是,有些类型的作品,最为显著的是处于边缘地位的实验主义作品,就没有被包含之内。但是,在意大利文学经典范式中,处于中心地位、超越精英小说、在销售市场上完全可以与畅销小说相抗衡的大量作品,有的是与垮掉的一代相关的文学作品,有的是探究美国边缘社会不按传统规范生活的一些人的生活,有的则属于冷酷的犯罪小说类型。目前翻译为意大利文的小说中,查尔斯·布考斯基(Charles Bukowski)的作品

---

[16] Pierre Bourdieu, *Distinction: A Social Critique of the Judgement of Taste*, trans. Richard Nice (Cambridge, MA: Harvard University Press, 1984), p.32.

有39种。杰克·凯鲁亚克（Jack Kerouac）的小说33种，威廉·S.巴罗斯（Williams S. Burroughs）的小说22种，詹姆斯·艾罗瑞（James Ellroy）的小说20种，爱德·马克班（Ed McBain）的小说18种，约翰·芬提（John Fante）的小说17种，爱德华·邦克（Edward Bunker）的小说8种，这也是他创作的所有作品。凯鲁亚克和芬提两人的作品则有点与众不同。他们的作品都被商业出版商蒙达多利（Mondadori）放在了文学经典系列"高潮"（"I Meridiani"）中，他们一方面把这两位作家归为可以与荷马、但丁、莎士比亚、歌德、波德莱尔和乔伊斯之类的作家平起平坐的西方文学经典名家的行列，另一方面，也把他们放在与海明威、菲茨杰拉德、庞德、福克纳类似的美国文学经典作家的行列。

意大利将这些作家归为经典作家所依据的价值评价标准，除了美国文化在意大利读者中所积累的声望以及他们能够投合意大利大众对现实主义叙事作品的审美情趣外，当然也包含意大利商业出版界对利润的追求，这在世界上任何地方都是一样的。但是，除此之外，文学创作由于具有其特殊的体裁和主题，因此显然还存在更为重大的问题。意大利的文学经典范式赖以存在的根本基础在于，他们对一种特殊的浪漫个人主义的执着偏爱，他们珍视坦率的自我表达，他们珍视自由自在，不愿受任何社会规范的约束，他们甚至可以蔑视中产阶级的道德规范，言行举止都不合社会道德和法律规范。

这里，有一点非常重要，那就是，我们这样突出强调翻译的重要性，请大家不要以为这是一种错误、有待修正的观点。我们的这种强调恰恰表明，译者在翻译一部作品的时候加入了他自己的独特的译读（interpretants）。所谓译读，这既是一个对等（语言差异所允许的在形式和语义上的对等程度）的概念，也是一种小说话语（一种适合描述犯罪行为的自然主义）的概念，因此，译者在翻译过程中经过推敲措辞创造出的译文就会是一种独具神韵、意蕴精微的解读。如果我们对文本背景未加详细审查而将译者的某种遣词运句视为谬误，那么，我们就是在无意识的情况下认定另外的一种解读才是正确的衡量标准。这种做法是很成问题的，因为没有任何一种翻译能够完整、精确地、在形式和意义上对原文毫无增益的情况下忠实再现原文文本。不仅如此，这种做法还会剥夺译者为处于接受文化中的读者解读原文文本的权利。处于翻译中的外国文学经典，虽然毫无疑问地在某种程度上具有独特鲜明的特征，而且在读者心目中塑造了典型的文学范式，但是，这些文学经典依然依赖于某种相对来说一以贯之的翻译方针和策略，这种翻译策略会对接受文化中的文学传统产生决定性的影响。

将关注焦点集中在翻译上,就是要非常具体实在地对文学研究进行重新界定。翻译作品的生产、流通以及接受,不仅仅是一个跨越国界的行为,同时也是在将文本植入到全球的网络之中。当然,这些全球网络不仅会因受到各个民族文学传统的影响而发生变化,同时也向我们揭示出,民族文学传统是通过与其他国家的文学传统之间的联系建构起来的。这些网络会随着历史从一个时期到另一个时期的演变而发生转变,而且,随着我们越来越走向 21 世纪,随着印刷和电子媒体的快速发展和日趋成熟,这些网络会不断成倍增加,并相互重叠。同一个原文文本可能会翻译为多种语言,并经过不同程度的改造使其更适应接受文化的价值观念。要想理解翻译在创生世界文学过程中的作用,我们就既要审查译本对原文文本进行的解读,同时也要审查各种翻译模式在接受文化中所产生出来的文学经典范式。要想有所创建,要想提出深刻的发现,我们在进行这种审查的同时还必须对翻译作品进行远距离的粗读和近距离的细读,从而探索经典范式与解读之间的关系。对于大多数读者来说,即使我们依然正在学习如何阅读翻译文本,学习在阅读的时候如何将翻译文本当做翻译文本,将翻译文本自身当做一个文本——这里,非常重要的是,翻译文本是独立于它们所翻译的原文文本的,——我们依然可以说,翻译文本构成世界文学。

(王文华 译)

三 | 世界文学与中国

- "世界"文学经济中的中国文学
- 前进与后退:"世界"诗歌的问题和可能
- 世界与中国之间的文化翻译:
  有关诺贝尔奖得主高行健定位的问题
- 反思世界文学中的"世界":
  中国大陆、台湾,东亚及文学接触星云

"世界"文学经济中的中国文学

[美国] 安德鲁·琼斯

> **导读**
>
> 安德鲁·琼斯（Andrew F. Jones）任美国加州大学伯克利分校东亚语言与文化系教授，研究方向包括音乐、电影、中国现当代小说、儿童文学、大众文化等。代表作有《像刀子一样：中国当代流行音乐中的意识形态与文类》、《留声中国：摩登音乐文化的形成》（2001）等。本文选自《现代中国文学》（*Modern Chinese Literature*）1994年第8卷。在本文中，琼斯从自己作为汉学家和翻译家的职业视角，以中国先锋小说的英译及其在美国图书市场的营销为例，探讨了世界文学与中国文学的关系，对世界文学话语中包含的西方文化霸权进行了批判。琼斯写作此文，起因于宇文所安对北岛诗歌英译的评论，与收入本书的宇文所安论文构成有趣的对话。

近年来，跨国文化得到了人们的密切关注和赞誉，也引起了人们的警惕。媒体和学界都常常援引"全球村"一词，伴随着信息高速公路、大众文化岔道口、数据流和全球金融网络。[1] 对于研究中国当代文学的学者来说，这个转折既是（或者应该是）受到欢迎的，又是令人沮丧的。受欢迎，是因为其自身和历史都显示，中国现代文学是跨国文化接触的复杂产物。那么，跨国文化理论只会增进和丰富我们对中国现代文学发展和当代文学创作前景的理解。但是，它又是令人沮丧的，因为虽然作者、批评家和译者都热切盼望中国文学能在跨国文学经济中"向上活动"，

---

[1] 比如，跨文化研究协会 (Society for Transnational Cultural Studies) 期刊《公众文化》（*Public Culture*）的发刊宗旨就提出要反思和报道关于"将城市、社会和国家卷入更大的跨国和全球政治经济中的文化大潮"的研究。

可是**现实中的**[2]中国文学显然属于"全球村"边缘的某种"文化聚居区"。我将在本文中论证，这个"文化聚居区"四周的高墙正是"世界文学"堆砌（并维持）的，而**它本应将其推倒**。

当然，"世界文学"是个时髦术语：经常被使用，极少被定义。在崭新的精装书（尤其是来自遥远国度的作品的英译本）封面上溢美的推荐语上，这个词冲我们扑面而来。在这些作品的评论者看来，这个术语代表了极高的赞许："借助这本书，谁谁谁置身世界文学的巨人之列。"它的用处亦非局限于图书销售。无论是文学翻译者，还是对在美国大学里的区域研究、各种国别和比较文学系讲授和评论这些书的学者批评家来说，"世界文学"都是一个不可或缺的范畴。

世界文学的主要问题之一，就是很难追溯其地理或时间的界线。毕竟，世界文学理应依据其没有界线的特点来进行定义。然而，在日常对话中，"世界文学"的"世界"似乎常常恰恰开始于英美和西欧的边界之外。然而，这个定义往往受到（含蓄的）质疑。《世界文学：人类经验文集》（*World Literature: An Anthology of Human Experience*）这本大学教科书于1947年首次出版，其内容包括"中国人、日本人、印度人、波斯人、阿拉伯人、希腊人、罗马人、西班牙人、意大利人、法国人、德国人、荷兰人、挪威人、瑞典人、俄国人、南美人、澳大利亚人、英国人和北美人的言论"。[3]然而，这种令人钦佩的包容性却由于来自非西方的**当代**文学的明显缺席而产生缺憾。[4]与之相对，《当代世界文学》（*World Literature Today*）这个创立于1927年的刊载文学资讯和评论的学术期刊，则接受"关于世界所有主要及许多次要语言的近期文学"的文章，强调"任何地理区域内的当代作家和文学运动"。近些年来，许多批评家在使用这个术语时，都不仅用来指代各种国别文学，也用来指代非白人作者用具有殖民力量的语言（主要是英语和法语）写下的许多离散、"边界"和"跨国"文学。[5]

---

[2] 粗体均为原文作者所加。——译注

[3] Arthur Christy and Henry W. Wells, eds., *World Literature: An Anthology of Human Experience* (New York: American Book Company, 1947), viii.

[4] 文集收录了英美和欧洲现代主义作家的很多作品，而仅收录了中国、印度和阿拉伯文学的古典传统作品（只有极少例外）。

[5] 克里斯汀·罗斯（Kristin Ross）最近在加州大学圣特克鲁斯分校的"世界文学与文化研究"课程的讨论中，便在这层意义上使用了这个术语。正如罗斯等人指出的，导致这种倾向的因素既包括对传统文学经典本质和价值的广泛争议，又包括对当前文化生产和消费的全球化的高度意识。参见 Ross, *Critical Inquiry* 19 (Summer 1993), pp. 666–676。在英美语境下,(转下页)

在本文中，我仅从"世界文学"话语与美国对中国当代文学的翻译和接受的关系，以及前者对后者的影响，来探讨"世界文学"话语。我之所以选择这条相对迂回的道路，是因为我本人就翻译和研究中国文学。从这个意义上讲，本文在尝试分析我自己涉猎（和共谋）的话语，它既问题重重又挥之不去。世界文学的概念根本上起源于歌德的著作，迄今为止几乎未曾变化。从歌德最初的（并且公然以帝国主义的方式）构造的概念，到我这里讨论的关于中国文学在"世界文学"中所处位置的当今论争，世界文学的话语（虽然有着人文主义的外表）中充满了经济比喻。我认为，这并非偶然。往往，世界文学为西方与他者之间的（经济和[6]文化）资本的（几乎永远是不对等的）交换、占有和积累提供了场所。相应的，这些复杂的交易则依附于翻译活动。

世界文学的焦虑

对于任何有兴趣思考中国当代文学与"世界文学"的关系的人来说，宇文所安引发争议的论文《什么是世界诗歌：全球影响的焦虑》都是一个引人深思的出发点。[7]宇文所安是一位研究中国传统诗歌的学者，他在1990年11月的《新共和》上发表了一篇评论，评论的对象是中国大陆著名作家北岛的诗歌英译本。[8]宇文所安的文章虽然本是篇书评，但他对他所谓的"世界诗歌"进行了广泛而深入的探讨。在宇文所安看来，北岛的诗歌具有"可替换性"，剪断了扎在特定国别和语言的语境里的根基。宇文所安认为，北岛的诗歌并非依赖于具有明显中国特色的韵律、词汇或音乐效果，而是由一种最容易翻译为外国语言的诗歌媒介构成，即意象。他认为，"可

（接上页）这些文学包括非裔美国文学、亚裔美国文学、墨西哥文学，以及后殖民地及移民作家（如 Salman Rushdie, V. S. Naipaul, Bharati Mukherjee, Timothy Mo, Kazuo Ishiguro）用英语写作的文学。

[6] 粗体为作者所加。——译注

[7] 参见 Stephen Owen, "What is World Poetry?: The Anxiety of Global Influence", *The New Republic*, November 19, 1990, pp.28–32. 对该文的评论文章包括奚密的中文论文："差异的忧虑：一个回响"，《今天》, 1, (1991), pp.94–96. Rey Chow. *Writing Diaspora: Tactics of Intervention in Contemporary Cultural Studies* (Bloomington: Indiana University Press, 1993), pp.1–6。

[8] Bei Dao, *The August Sleepwalker*, trans. Bonnie S. MacDougall (London: Anvil Press, 1988; New York: New Directions, 1990).

替换性"的问题在于,"这些诗歌完全可以译自一位斯洛伐克、爱沙尼亚或者菲律宾诗人。"[9] 但这并不是说"世界诗歌"的译作完全脱离了国别来源。相反,它是"英美或法国的现代主义的另一版本",装饰着明智的(永远是可译的)"本土色彩"的斑块,因其"温暖的民族性"而销售给全球(即英美)读者。[10] 宇文所安补充道,往往,中国现代文学的读者对政治而非诗歌更有兴趣,他们寻求的在阅读到诗人被极权统治"迫害"及其"政治美德"的过程中间接体验到的刺激感。[11] 最终,"世界诗歌"的历史与西方帝国主义扩张的历史紧密相连。像中国这样的国家的"新诗"都必然源自西方(浪漫主义和现代主义)模式对早期诗歌传统的取代:

> 我们这些国际读者中的英美人和欧洲人在阅读诗歌的译作,而这些诗歌最初的诞生则源于其作者阅读我们的诗歌的译作。[12]

这些有争议的观点一经发表,就引起了美国及海外的许多批评家关于中国文学的激烈争论。1991年,研究现代中国诗歌的学者奚密用中文在《今天》(Today)杂志上发表了对宇文所安文章的回应,题为"差异的焦虑"。奚密所持的异议主要在于,宇文所安的论述使用了二分法,因此是有问题的,他时常在中国和西方之间、在传统和现代诗歌之间划出"清楚固定的界线"。[13] 在奚密看来,这种二分法使宇文所安忽略了几个重要问题。一方面,宇文所安未能注意到中国古典文学中的主题和技巧在戴望舒等现代中国诗人的作品中一再出现。另一方面,他低估了西方诗歌形式进入中文并根据本土需求进行积极利用的过程所具有的极大复杂性。她断言,从根本上讲,这种二分法在逻辑上是自相矛盾的:宇文所安既批评当代中国诗歌与西方没有区别,又忽视了其历史和文化的具体性:

> 一方面他对现代诗之历史文化感的贫乏表示失望;另一方面他又颇轻视现代诗社创作及阅读上不可或分的种种历史因素,并以此作为指责诗人

---

[9] Stephen Owen, "What is World Poetry?: The Anxiety of Global Influence", *The New Republic*, November 19, 1990, p.31.
[10] Ibid., pp.28–29.
[11] Ibid., p.29.
[12] Ibid..
[13] 奚密:《差异的忧虑:一个回响》,《今天》,1,(1991),第94页。——作者注;本文中所引皆为奚密的中文原文,在此感谢奚密将原文寄给本文中译者。——译注

的理由。他认为当代诗人是为了"自身利益"而写作。[14]

近来，周蕾（Rey Chow）在论文集《写在家国之外》(*Writing Diaspora: Tactics of Intervention in Contemporary Cultural Studies*)的序言里发表的对宇文所安观点的批评，则显出重点有所改变。周蕾没有抨击宇文所安用地理上的两分法否认差异的存在，而是担忧他对中国传统的推崇以及相应的对中国当代文学的"鄙夷"会加速东亚研究中根深蒂固的东方主义。[15]周蕾在文中一再特意地强调宇文所安的"汉学家"身份，批评他由于自己研究对象（传统中国）随着现代性的出现而消逝，而处于一种"忧郁性迷乱"：

> 宇文所安鄙夷"新诗"的根本原因是一种失落的感觉，以及随之而来的对其知识分子立场的焦虑……就汉学家与他深爱的对象"中国"之间的关系而言，忧郁由于中国文化的现存成员这个第三方的出现而变得更加复杂，他们为汉学家提供了将其（对传统中国的）失落外在化并指责别人的方法……像北岛这样的"第三世界"的作家现在不以被压迫者的形象出现，而是压迫者，他们由于夺走了"第一世界"汉学家的钟爱之物而开罪于后者……宇文所安真正想抱怨的是，他是一个疯狂的世界秩序的受害者，在这个秩序面前唯有像他那样闷闷不乐的无能为力才是通向真理的唯一道路。[16]

虽然周蕾和奚密的批评尖锐有力，但她们都未能领会宇文所安对世界文学本质的洞见。宇文所安指出世界文学的创作和消费背后隐藏的**结构上的不对等**，对于任何想要解构持续影响中国文学在美国语境下的翻译、接受和销售的东方主义话语的人来说，他提出的问题都是至关重要的。我认为，宇文所安的贡献在于将"世界诗歌"置于西方文化霸权与所谓"第三世界"的对峙这个更大的问题中。当然，这种霸权直接表现在跨国文学市场上"主要"和"次要"语言的不同价值上：

> 使用当今时代占统治地位的语言写作，即带着对一种文化霸权将永远存在的坚定信念来写作，这是一种奢侈。但是来自其他国家、使用其他语

---

[14] 奚密：《差异的忧虑：一个回响》，《今天》，1,(1991)，第96页。引自周蕾文章第2页，奚密的英译。

[15] Rey Chow. *Writing Diaspora: Tactics of Intervention in Contemporary Cultural Studies* (Bloomington: Indiana University Press, 1993), p. 3.

[16] Ibid., pp. 3–4.

言的许多诗人必定……梦想着被翻译。"[17]

相应的,这种不平等性以系统的形式得以**制度化**,在这个系统中,国际(即西方)认可、文学奖和利润丰厚的图书合同的赠与都取决于用"次要"语言写作的作品是否能通过翻译很好地进入"主要"语言。宇文所安指出,诺贝尔奖就代表着这样的过程:"如果诺贝尔奖颁发给了一位诗人,那么这位诗人作品的成功翻译必然是一个重要的、甚至起决定作用的因素。"[18] 那么,为了获得国际认可,非西方的诗人必须创作不仅本身具有文学价值,并且具有可译性的文本。在现实层面上,这个要求往往造成这样的语言,它总是已经符合占统治地位的英美欧洲文学模式和价值观,正是因为这样,它才被翻译为主要的西方语言。相应的,这些价值观和模式被认为是普遍的,这便造就了宇文所安所说的"文化霸权的根本"。[19]

宇文所安继续指出,英美欧洲文学传统的文化霸权是西方帝国主义的直接产物。比如,中国现代文学本身就是中国与西方相遇后诞生的,中国在西方的"文化自信"和"军事科技力量"面前"蒙羞",迫使其(以西方文本的翻译为媒介)吸收了西方文学形式。[20] 宇文所安敏锐地指出中国知识分子如何通过借鉴西方以脱离他们眼中"失去生命力的"传统,而他的主要忧虑则是任何这样的"跨文化交流"本质上被过度决定(overdetermined),都是有问题的:

> 本世纪的中国诗歌通过与西方现代主义诗歌接触继续成长;正如任何单向的跨文化交流一样,接受影响的文化总是处于次要位置。它永远会显得有点"落后于时代"。[21]

---

[17] Stephen Owen, "What is World Poetry?: The Anxiety of Global Influence", *The New Republic*, November 19, 1990, p. 28.

[18] Ibid., p. 28.

[19] Stephen Owen, "What is World Poetry?: The Anxiety of Global Influence", *The New Republic*, November 19, 1990, p. 28. Talal Asad, "The Concept of Cultural Translation", in James Clifford and George E. Marcus, eds., *Writing Culture: The Poetics and Politics of Ethnography* (Berkeley: University of California Press, 1986), pp. 157–158. 该文对"强大的"和"弱小的"语言的区分在翻译理论中的意义做出了有趣的评论。

[20] Stephen Owen, "What is World Poetry?: The Anxiety of Global Influence", *The New Republic*, November 19, 1990, pp. 29–30.

[21] Ibid., p. 30.

我在下文中会详细谈到，这种动态持续作用于中国文学译本在美国图书市场的销售和接受。

最后，也许也是最引人深思的，宇文所安探讨了翻译如何在跨国文学经济中的文化资本交换中起到媒介的作用。宇文所安断言，虽然系统本身存在着不平等，像北岛这样的诗人不仅能够把自己的诗歌销售给渴望"政治美德"和容易消化的"本土色彩"的英美读者，还能将国际认可转化为国内的文化资本。相比任何其他观点，这个观点引起了宇文所安的批评者们最大的愤怒。奚密花了很大精力来证明北岛绝不可能迎合国际读者。[22] 当然，她是正确的。至少在北岛最初被作为政治诗人和民主运动积极分子的时候，他的写作是不可能迎合国际需求的。相应的，周蕾愤怒地指责"一位哈佛大学的教授指控来自'第三世界'的男人和女人向西方出卖自己"，而他却尚未能认清其自身"制度投资"的本质。[23]

这些批评都很有力。宇文所安的语调常常带着权威（甚至是控诉），并且他的批评仅仅针对一位诗人，这也有失公正。虽然存在这些问题，我仍然认为他关于"国际，即西方读者的认可的力量和后果"的论述是非常重要的，因为它精辟地揭示了跨国文学经济的复杂性。[24] 如此一来，该文启发人们深思翻译（作为文化资本的榨取、交换和*创造*的机制）在这种经济中的作用。具有讽刺意义的是，宇文所安的描述也许同样加强了这种对"来自'第三世界'的男人和女人"不公的洗牌方式。因为用宇文所安的话来说，唯有在西方霸权之下，才会发生这样的情况：

> ……通过写作极易翻译的诗歌，借助于有天赋的译者和出版商，他完全可能在西方获得在中国无法获得的绝对的声誉。相应的，正是外国（西方）的广泛认可使他在中国获得声望。这样一来，就出现了奇特的现象，一位诗人因为易于翻译而成为本国的顶尖诗人。

---

[22] 奚密：《差异的忧虑：一个回响》，《今天》，1，(1991)，第 96 页。Stephen Owen, "What is World Poetry?: The Anxiety of Global Influence", *The New Republic*, November 19, 1990, p. 32.

[23] Rey Chow, *Writing Diaspora: Tactics of Intervention in Contemporary Cultural Studies* (Bloomington: Indiana University Press, 1993), p. 2.

[24] Stephen Owen, "What is World Poetry?: The Anxiety of Global Influence", *The New Republic*, November 19, 1990, p. 30.

歌德与世界文学

歌德于 1827 年首先创造了世界文学（weltliteratur）的概念，并在去世前几年对其进行了重点阐述。正是因为歌德对这个问题最初的建构迄今为止几乎未曾改变（也未曾受到挑战），我们有必要重审其潜在的假设，并检验其中反复出现的比喻。有趣的是，通过这样的检验，我们意识到宇文所安文中所探讨的跨国文学市场的每一个可疑动力（problematic dynamics）都在歌德最初的建构中有所呼应。此外，歌德对世界文学广泛的人文主义倡导不断被他用来阐述愿景的经济比喻削弱。

乍一看，这个愿景会吸引大部分外国文学译作的批评家和消费者。在歌德看来，世界文学的使命是通过增进相互理解、欣赏和宽容来推进人类文明。歌德写道："这并不是说，各个民族应该思想一致；而是说，各个民族应当相互了解，彼此理解，即使不能相互喜欢也至少能彼此容忍。"[25] 为了达到这个目标，歌德幻想建立一个由作家和学者组成的国际共同体，他们投身于"共同的行动"，追求建立在对"人性本质"共同理解基础上的"普遍的宽容"。[26] 在这样一种普遍化的图景下，国别和文化的差异下属于斯特里克（Strick）所谓"普遍的、永恒的人，国家和种类仅仅是其不同版本（variants）和方面。"的确，在歌德看来，正是这些差异促进了国际合作：

> ……一个国家的特点就好比它的语言和构词，它们促进交流，甚至使之成为可能。确保达成普遍宽容的方法，就是完全保留每个人或群体的特性，记得一切世界之最都是全人类的财产。[27]

然而，歌德对差异感到的焦虑凸显了其乌托邦的普遍愿景之下隐藏的反乌托邦的帝国主义。[28] 在此，我在序言中所谈到的世界文学的位置问题变得重要起来。虽然歌德使用了普遍性的修辞，人们很快看清，世界文学大多数时候是欧洲的现象。

---

[25] Fritz Strick, trans. C. A. M. Sym, *Goethe and World Literature* (New York: Hafner Publishing Company, 1949), 13.

[26] Goethe, as quoted in Strick 13–14.

[27] Goethe, as cited by Strick 14–15.

[28] 这种对保存差异的渴望隐射了宇文所安所观察到的情况："世界诗歌"的读者要求文本中包括"精心限制的'本土色彩'"和"语言的国旗"，如果没有这些，这些文本在本质上来说都是源自英美欧洲的。

斯特里克在批评这一倾向时，无意中凸显了歌德话语核心潜伏的帝国主义：

> 今天的人们在谈话中完全不区分世界文学与欧洲文学——这是一个严重的错误。因为欧洲并非世界。歌德在探讨自己关于世界文学的观点时，有两段话显示出他在思考这个问题。第一段话做出了这个区分："如果我们敢于宣称欧洲文学的存在，甚或世界文学。"第二段仅仅是说："欧洲，也就是说，世界文学。"……可以这样解释他的自相矛盾：在歌德看来，世界文学首先是欧洲文学。它正在欧洲自我实现。欧洲文学，即欧洲的各个文学和人民之间的交换和沟通的文学，是世界文学的**初始阶段，世界文学将从这些开始，扩展到越来越广阔的圈了里，最终形成囊括世界的系统**。世界文学是一个有生命的、成长中的有机体，可以从欧洲文学的幼芽成长发展，在架起沟通东西方桥梁的《西东合集》里，歌德本人开启了将亚洲的世界融入其中的任务。[29]

将亚洲世界融入其中，则建立于一种奇特的劳动分工上。"世界文学"的欧洲版本需要一些当代作家和学者"齐心协力"，歌德从西方到东方的桥梁上的交通是单方向的。在《西东合集》里，歌德没有与近东或远东的同时代人深入交流，而是撷取了一位13世纪波斯诗人哈菲兹的诗歌财富，他所阅读的是著名东方主义者约瑟夫·冯·哈默尔的德文译本。[30] 事实上，歌德"对东方的执迷"（用斯特里克的话来说），是期望通过理解"东方对普遍和统一的感受"，将自己融入"东方对消除自我的渴望"中，从而"作为一个欧洲人重新出现"。[31] 简言之，歌德的理解充满了经典的东方主义修辞，即将（本质化的）差异投射到被动的东方，以满足西方旁观者自我迷恋的需要。

歌德的愿景的"普遍性"由于他使用的经济比喻而被进一步削弱。当然，这些比喻与他的愿景潜在的帝国主义有很大关系，尤其是涉及到翻译活动的内容。在歌德看来，世界文学是"智识的交换，是民族间的观念交通，是各国将自己的思想

---

[29] 粗体为我所加。Fritz Strick, *Goethe and World Literature*, p. 16.

[30] 在谈论一组受中国古诗启发而创作的、题为 Chinesisch-deutsche Tages-und Jahreszeiten 的诗歌时，歌德也展示了类似的绝技。见 Fritz Strick, *Goethe and World Literature*, pp. 150–151.

[31] Fritz Strick, *Goethe and World Literature*, pp. 143, 149.

财富带来交换的文学市场。"[32] 歌德表明，译者是交通协管员："每个译者都应该被视为一位协管员，致力于促进这全世界的思想交流，并以推进这场普遍的贸易为己任。"[33] 这段话终究基于德国的优越感，它支撑着歌德的计划。用安托瓦纳·贝尔曼（Antoine Berman）的话来说，歌德希望将"德国语言和文化看做世界文学的优势媒介"，作为（歌德自己的话）"所有国家提供其商品的市场。"[34] 简言之，歌德希望德国借助翻译作品成为世界文学市场的集散地，文学原始材料在那里被转换成德文，从而销售给其他（主要是欧洲）国家以盈利。

显然，在这样的比喻面前，歌德的乌托邦主义分崩瓦解了。如果世界文学被视为国际规模的文化资本交换，那么盈利与亏损的问题就必然会出现。什么样的作品会在世界市场上走红？由谁来建立和确保价值标准？[35] 这些标准是否会不可避免地使文学生产者迎合"市场需求"？世界市场在哪里？除此之外还有别的市场吗？如果世界文学可以用国际交通来比拟，那么是否有贸易不平衡呢？有剥削吗？是否某些国家供应特定种类的产品呢？发展中国家是否为"第一世界"的发达文学经济体提供原材料？最后，是否可以提出一种文学生产和贸易的跨国经济体固有的依赖理论？

话语术语需要人们为"世界文学"的实践创造理论，这大概已经不言自明。这种理论尝试用布迪厄（Bourdieu）的观念解释世界文学的现象，他的观念结合了文化和语言资本。[36] 在用这些术语来探讨中国当代文学在世界市场中的位置之前，我想先探讨一下翻译在这个经济体中所扮演的角色。

---

[32] Strick, p. 5.

[33] Goethe, 引自 Antoine Berman, *The Experience of the Foreign: Culture and Translation in Romantic Germany* (Albany: State University of New York Press, 1992), p. 57.

[34] Berman, p. 56.

[35] 宇文所安也谈到这个问题："西方读者一般欢迎北岛诗歌中非政治的维度,视之为一位'世界诗人'理应拥有的宽度的更完美的表现……我与之交谈过的中国的'新诗'读者则倾向于喜欢北岛早期更入世的政治诗歌,并倾向于责备其从政治转为更私人的思考。谁决定在一位诗人的作品中,什么是有价值的,什么是好的倾向——西方读者还是中国读者？谁的许可章分量更重？" Owen, p. 31.

[36] 布迪厄关于文化资本的观念首次形成于他的 *Outline of a Theory of Practice*, trans. Richard Nice (Cambridge and New York: Cambridge University Press, 1977). 他在 Gino Raymond 翻译的 *Language and Symbolic Power* (Cambridge: Harvard University Press, 1991) 这本论文集中进一步阐释了关于语言资本和语言市场的社会-文化作用的相关理论。

在传统翻译理论中,译者往往被视为代理,为译入语所属的国家和语言实体服务。这种观念在德国浪漫主义的翻译和翻译理论传统那里显得尤为突出,而歌德的作品就是源于此。在施莱尔马赫、威廉·冯·洪堡和歌德的著作中,翻译被视为代表德国占有"外国艺术和学术财富"。[37] 这种占有在本质上是帝国主义的,因为其目的在于"将它们结合成宏大的历史整体,像它们过去那样,并安全地保管在欧洲的中心和核心。"[38] 翻译不仅将德国置于世界市场的中心,还使德国语言从中受益,因为通过适应外国文本的结构,译入语得以丰富自身。洪堡写道:"一门语言变得多丰富,一个国家就变得多富有。"[39] 尼采在谈及罗马翻译的希腊著作时,则用了一个绝妙的警句来总结了作为占有的翻译:"翻译即征服。"[40]

相比之下,译者能在翻译过程中提升原著的价值,这一点则并非显而易见。在使一个无声的文本能为他的同胞所理解的过程中,译者单枪匹马地创造了文本对目标读者的"使用价值"。当然,这个"使用价值"也是该文本在世界文学市场上的"交换价值"的基础。接着,译者对原文本进行"加工",正如发达经济体中的工人加工从发展中国家进口的原材料,使之成为将在开放的市场上出售的产品。这个观点在一些翻译理论中得到共鸣,这些翻译理论断言翻译不仅重述原文,还完成、扩展甚至取代原文。

此外,译者创造的文化资本往往反弹到原文上,使其获得某种威望、继承,在某些情况下,反映并促进了其作为世界文学的经典化。当然,这就是宇文所安谈到作家由于易于翻译而在本国获得称誉时,所指的跨国资本流动。

最后,关于译者本身。在翻译理论中,译者几乎总被视为"中间人",夹在译出语与译入语之间,在文本的需求(忠实)和目标读者的需求(叛逆)之间。所以,译者是协调者。在这个被经济比喻过度决定的领域(就出版行业而言则是真实的经济压力),译者也是承包人和"中间人",他必须成功地把产品销售给目标读者,同时从这项活动中获得某种(经济的或者象征性的)利益。

---

[37] Friedrich Schleiermacher, "On the Different Methods of Translating", in Rainer Schulte and John Biguenet, eds., *Theories of Translation* (Chicago: University of Chicago Press, 1992), p. 53.
[38] Ibid., pp. 53—54.
[39] Humboldt, "Introduction to Agamemnon", in *Theories of Translation* 57.
[40] Friedrich Nietzche, "On the Problem of Translation", in *Theories of Translation* 69.

两重天：销售中国现代文学

我现在要探讨关于世界文学市场中的中国文学问题的两篇文章。1990年，詹纳（W. J. F. Jenner）和迈克尔·杜克（Michael Duke）——两人都是现当代中国小说的译者——在一本题为《两重天：近期中国文学及其读者》(*Worlds Apart: Recent Chinese Writing and its Audiences*)[41]的文集中相继发表了两篇文章。这两篇文章都具有明显的承包人性质，因为它们都试图诊断中国文学在美国"世界文学"市场里地位相对较低的原因，同时又提出重新看待这个问题的方法。简言之，这些文章为了提高中国当代文学在"世界"（即美国和欧洲）图书市场的文化资本，提出了销售策略。然而，遗憾的是，两人都未谈及宇文所安指出的、处于该市场核心的结构限制。

詹纳（Jenner）在《无法逾越的障碍？关于英译中国文学的接受的一些思考》的文章开头，便对销售中国文学所存在的问题进行了开诚布公的讨论。为了打入世界市场，中国文学的译者需要给读者带来"不同，更好，或者更便宜的"书籍。[42]"更便宜"很快就被忽略了，"更好"步其后尘。在此，詹纳跟随宇文所安的脚步，抵制单向的文化交流，以及总是已经成为过时的西方模式衍生品、因此沦陷于无止境的、徒劳的追赶游戏的中国文学：

>……英语世界的读者所获得的往往并非比他们自己的、本族的文学更好或者不同的文学，而是对19、20世纪西方模式的低劣的模仿和改编。为什么一个对20世纪二三十年代中国感兴趣的人要花工夫去阅读曹禺、茅盾和巴金呢？当人们可以阅读伊夫林·沃的讽刺作品的原著时，为什么要去读钱钟书的《围城》呢？[43]

---

[41] 詹纳的文章题目为"Insuperable Barriers? Some Thoughts on the Reception of Chinese Writing in Translation."杜克的文章题目为"The Problematic Nature of Modern and Contemporary Chinese Fiction in Translation."两篇文章都收在 Howard Goldblatt, ed., *Worlds Apart: Recent Chinese Writing and its Audiences* (Srmonk, NY: M. E. Sharpe, 1990).

[42] W. J. F. Jenner "Insuperable Barriers? Some Thoughts on the Reception of Chinese Writing in Translation", Howard Goldblatt, ed., *Worlds Apart: Recent Chinese Writing and its Audiences* (Srmonk, NY: M. E. Sharpe, 1990), p. 180.

[43] W. J. F. Jenner, "Insuperable Barriers? Some Thoughts on the Reception of Chinese Writing in Translation", p. 181.

那么剩下来的便是"差异",或者詹纳所谓"氛围"。比如,沈从文之所以被推荐为可能在销售上获得成功的候选人,主要就是因为他对湖南乡土生活所做的"异域"描写具有"浓郁的氛围"。看起来,这一推荐回到了宇文所安关于"本土色彩"的可销售性的评论。沈从文是为数不多的曾被认真考虑过授予诺贝尔文学奖的现代中国作家之一,这也许是颇具意味的。

在用了好几页文字严责现代中国小说翻译质量的低劣之后,詹纳用能增加其话语权威(并增加其储备的文化资本)的极具家长作风的术语,对中国作家和英语世界的读者重申其对差异的"请求"。这段话值得长篇引用,因为它恰恰重新扮演了宇文所安文中所强调的霸权文学关系:

> 接下来,我们在中国写作的朋友们,恳请你们在写作时不要想着外国人。既然中国文学开始拥有更多国外读者,就存在着作家为国外读者而非国内读者写作的危险。我们说英语的人反响最热烈的文学,恰恰是那些明确为中国读者而写的文学……
>
> 所以请不要为我们写作,为你们最初的读者写作吧,让我们来选择(使用的标准也许在你们看来非常奇怪)对于我们这些无知的说英语的人,什么是可以理解的。千万别操心我们在想什么。没有英语世界的作家会为了他们在中国的地位而失眠,而这似乎是值得效仿的好榜样。
>
> 从国外拿走你们喜欢的任何东西,但为了你们的目标仅仅取走你们需要的吧。对外国模式的盲目效仿不太可能带来外国认可……[44]

中国作家(而非其西方同事)会因为"我们说英语的人"认为什么是好的作品而失眠,这正是问题之所在!"我们"在为外国作家赋予价值的过程中使用的"奇怪的"标准,看上去,正是詹纳恳求中国作家通过避免国际市场压力导致的"盲目效仿"来保存的"差异"。简言之,他要中国作家忽略"我们的"需求,恰恰是为了满足这些需求。

迈克尔·杜克的文章《中国现当代小说英译本的问题本质》所谈到的问题也大

---

[44] W. J. F. Jenner, pp.194-195. 詹纳在文章结尾,用不相关、不准确而且是典型东方主义的方式来探讨汉字内在的缺陷,有如雪上加霜:"汉字的古典形式极为丰富和微妙,但作为表达新思想的方式几乎是无法使用的……几乎没有四十岁以下的人能够掌握它们。用传统字体写作的白话……是否也是一个封闭的无法自我更新的系统呢?"

致相同。又一次,文章对中国小说的译者如何提升其创作文本的"国际地位"提出一系列建议。[45] 文章开头探讨了与其他一些赢得了国际读者的外国小说相比,中国小说为何缺乏独特的艺术感。这一弱点被归因于中国作家"过分"关心"社会现实"、政治主题,而不是"(创作)有着持久艺术韵味的完美的文学作品。"[46] 中国现代文学具有纪实价值(见证了20世纪中国的社会和政治现实),但这并非国际读者捧起川端康成、加西亚·马尔克斯或者巴尔加斯·略萨(Vargas Llosa)的小说时所寻求的东西。杜克继续写道,这个问题在1949年后的文学那里格外突出,"创意写作"受到毛主义的"严格要求"的约束。[47] 最终,国际认可的匮乏部分归罪到译者身上,译者未能达到"国际"读者的标准,而这些标准(似乎)中国文学本身就未能达到。杜克继续写道,唯有(有待中国作家所受政治约束的松弛)中国文学变成"对个体想象的探索……的卓越的艺术表达",使"超越语言和文化界线的对普遍人性真理的表达"成为可能,这些难题才能得到解决。[48] 又一次,我们遭遇了对英美欧洲价值标准的普遍性的断言,而这是极具霸权特征的。回应歌德自己对世界文学的建构,杜克总结道,这些(本地的)标准是中国文学开启"与世界文化的有意义的对话"的前提条件。

销售中国先锋文学

仅仅两年之后,我们就发现杜克采取了一种截然不同的策略。他于1991年发表在《当代世界文学》上的论文"走向世界:当代中国小说的转折点"("Walking Toward the World: A Turning Point in Chinese Contemporary Chinese Fiction")描述了近些年间在中国崭露头角的许多年轻的先锋作家,文章结尾乐观地宣布:"我希望这篇对最杰出的当代中国小说的简短概述让读者确信,中国小说显然已经在世

---

[45] Michael Duke, "The Problematic Nature of Modern and Contemporary Chinese Fiction in Translation." In Howard Goldblatt, ed., *Worlds Apart: Recent Chinese Writing and its Audiences* (Srmonk, NY: M. E. Sharpe, 1990), p.200.

[46] Ibid., p.201.

[47] Ibid., p.204.

[48] Ibid., p.218.

小说的队伍中占据一席之地,并让他们迫不及待地想要阅读更多的译本。"[49] 是什么导致了这样显著的转变呢？简单的回答是,诸如莫言、苏童和刘恒(以三位已经在美国由商业出版社出版的作家为例)等新的实验作家——不论他们是无心还是有意——比他们的许多前辈更适合"国际文学评价标准"。中国当代文学作品获得了更多接受,这可以归因于无数外部因素,而其中并非最不重要的一点,就是由1989年事件引发的大众对中国的好奇。然而,真正的差别在于这些实验作家所写作的小说中。具有承包人性质的中国小说译者不再需要用对西方现实主义小说的苍白而过时的模仿来侍奉西方读者。相反,中国新出产的实验作家依赖复杂的文学技巧(往往取自阅读现代主义"世界小说"的译本),类似法国新小说和美国后现代小说的形式实验,以及类似拉美魔幻现实主义的,对奇幻的、往往异域的、虚幻世界的描写。此外,在他们的许多作品中,都有着前所未有的频繁的(极具卖点的)性和暴力场面的描写。

当然,我对这些作家的略显浅薄的简短描述并非要反映这些文本"真正"的内涵,而是想说明它们对杜克所谓外国小说的"隐含读者"——所谓"国际读者"可能具有的吸引力。然而,不幸的是,中国小说在国际市场上价值的上升,并没有将其弹出"世界文学"的困境,而是使其更深地陷入西方(话语的和金融的)霸权主宰的经济里。

葛浩文(Howard Goldblatt)英译的莫言《红高粱家族》的销售和接受就是一个很好的例子,因为它显示了歌德对世界文学最初建构的结构矛盾如何与我们相伴至今。[50] 莫言的小说(事实上他的很多虚构作品)聚焦于描述山东省神奇的高密乡。[51] 然而,小说英译本的副标题是"一本关于中国的小说"。这一行动典型地代表了该小说的营销和评论方式。由谭恩美(Amy Tan)和夏伟(Orville Schell)(选择他们是因为他们身为中国"权威"的地位)撰写的推荐广告使我们确信,莫言有资格进入

---

[49] Michael S. Duke, "Walking Toward the World: A Turning Point in Chinese Contemporary Chinese Fiction", in *World Literature Today*, Vol. 63, no. 3 (Summer 1991), p. 394. 杜克的文章将最热情的赞誉留给了一位作家——苏童——杜克当时正在翻阅他的作品。我想提及这点与我关于作为承包人的译者的论点并非毫不相关。在这个意义上看,他的希望(让他们迫不及待的想要阅读更多的译本)至少可以部分的被读作一种营销策略。

[50] 参见 Mo Yan, Howard Goldblatt, trans. *Red Sorghum: A Novel of China* (New York: Viking, 1993).

[51] 当然,在莫言的高密乡与福克纳神秘的南方景色之间,存在着有趣的相似。

世界文学的级别,他的高密乡既有特色(读作有异国情调/与众不同),又是"普遍的"。威尔伯恩·汉普顿(Wilborn Hampton)在为《纽约时报》评论此书时表示赞同:

> 在《红高粱》中,莫言通过许多生动的人物形象——比如单五猴子、花脖子、冷麻子、曹梦九——向西方读者介绍了陌生的中国乡土文化。到最后,这些人物和莫言一起将东北高密乡稳稳地置于世界文学的版图上。[52]

这类比喻的使用频繁得几乎令人哑口无言,这是令人震惊的。仿佛只有一种方法来谈论(或销售,甚或阅读)中国当代文学,与这种方法紧密相连的是一种不成文的普遍观念的不断回收利用,即认为外国小说能够简化为差异与普遍性的二分法。汉普顿使用版图为喻,也遥相呼应了歌德的帝国主义。到底是谁把高密放入世界文学的版图:莫言,他的听起来具有异域色彩的人物,还是评论者本人?高密之所以被纳入世界文学的版图,是否部分因为其与福克纳笔下神秘的约克纳帕塔法县有着潜在的相似?最后,高密的到来是否预示着中国其余地区也即将"入编"?

我们能怎样与这些比喻斗争?作为一位译者/承包人,我本人正参与到另一位实验作家余华的销售中,因此我仅能指出这些问题的困难程度,尤其在出版界的环境里。同任何霸权结构一样,"世界文学"的话语通过提供象征和金融资本来强迫他人妥协(有时我们甚至不知道它发生过)。倘若不愿妥协,或者用来推销作品的语言无法打动商业或大学出版社编辑及其对"国际读者"的武断判断,那么后果很简单——译作将不能出版。如果译作最终被接受出版,它们的推销方法基本上无一例外的不为作者和译者所控。

我想通过说明衍生的问题仍然是个重要问题,来进一步指出杜克关于中国当代文学已经加入世界文学行列的观点是有问题的。正如宇文所安所说,中国现代文学(由于与西方单向接触)陷于一种"次要地位:它总是显得有点'落后于时代。'"早期批判现实主义如此,实验小说也同样如此。在中国语境下,对小说自我反思的使用是引人深思的(且有策略性),在美国编者、批评家和读者看来则可能是对后现代小说的过时改编。对中国语境的忽视往往伴随着我们在詹纳对中国作家"保持差异"

---

[52] Wilborn Hampton, "Anarchy and Plain Bad Luck", *The New York Times Book Review*, April 18, 1993.

的"请求"中所目睹的那种家长作风。比如，余华小说中的形式实验、危险的反人文主义和令人困扰的暴力为他在中国批评家那里赢得了声誉，也许使他被视为"我们时代最狂妄的挑战者"，一位"随着每部新作的诞生变得更加成熟的作家，注定将在中国文学史上占据漫长的篇幅。"[53] 然而，在一家大型商业出版社的一位编辑眼里，余华的挑战可能显得温驯，甚至孩子般的天真：

> 我认为这位作家的作品集不会在这里吸引大量读者。我主要的批评是这些作品看上去出自一位非常年轻，几乎是青少年的作者。这让我想起我读过的第一部小说，甚至是西方作家的作品。当然，场景发生在中国，这使它们变得有趣，但我仍然摆脱不了它们源自一位青少年作家的印象。也许他写作这些作品时正处于那个年龄，而他的其他作品也许会反映出更多的成熟感……[54]

我想，这个例子的作用就在于为在美国语境里批评和翻译中国当代文学的人们指出一个方向，使他们避免在其日常活动中促进"世界文学"的话语。我所思考的是我在本文中曾提到的一个论点——歌德的"欧洲文学"要求一群当代作家和批评家有"共同行动"，而他的"世界文学"则建立在非西方的同时代人的缺席的前提上。我们急需打破这危险的循环，美国的中国文学批评家不仅要持续地仔细关注中国批评家的言论，还要开始思考促进对话甚至"共同行动"的方法，来避免加速系统在单一方向性的泥潭中沉陷。

最后一个建议也是关于我们如何努力消解在跨国文学关系中占据统治地位的单一方向性。对许多中国作家而言，尤其是像余华和苏童这样的实验作家，台湾和香港代表着比美国重要得多的市场。这个现象与白洁明（Geremie Barmé）所谓的"中国先锋作家的头办化"相联系。[55] 一方面，他们的作品缺乏政府支持（部分由于政治的多变），另一方面，他们的作品在日益市场化的经济中难以盈利，因此大陆的实

---

[53] 第一条评论来自陈晓明"胜过父法：绝望的心理自传——评余华《呼喊与细雨》"，《当代作家评论》1992/4, 4。第二条评价来自 Zhao Yiheng, "Yu Hua: Fiction as Subversion", *World Literature Today*, vol. 65, no. 3 (Summer 1991), p. 415.

[54] 个人交流，1993 年 11 月。

[55] Barmé, "The Greying of Chinese Culture", in Kuan Hsin-chi and Maurice Brosseau, eds., *China Review 1992* (Hong Kong: The Chinese University Press, 1992).

验作家、艺术家、电影导演和音乐家往往被迫将作品卖给在大陆进行文化生产的台湾和香港投资者，从而维持生计。[56]（相应的，这些投资者往往将这些产品——尤其是电影——重新包装并出售给西方观众）。这些艺术家既使自己的作品迎合这些其他的中国市场（往往通过凸显"本土色彩"和"政治迫害"），同时又借助国外的名声和市场价值而在国内获得某些声望，这种现象呼应了我全文中所探讨的主题。同时，这种现象显示，我们可以，并且必须努力理解跨国文化经济，不仅要理解其（应该承认，是无处不在的）西方霸权版本，而且要理解说中文的世界里文化和金融资本的复杂流动。

（刘倩 译）

---

[56] 比如，远流和麦田这两家台湾出版公司在近几年间就购买并出版了许多实验小说。

前进与后退:"世界"诗歌的问题和可能

[美国]宇文所安

导 读

宇文所安(Stephan Owen)现任哈佛大学东亚语言与文明系教授,他的研究领域包括中国古代诗歌和散文、中国文学理论和文学批评。主要著作有《初唐诗》、《盛唐诗》、《追忆》等。本文选自《现代语文学》(*Modern Philology*)2003年5月"世界文学"特刊。宇文所安1990年发表过一篇论述北岛诗歌英译的文章,认为北岛诗歌通过英译而成为"世界诗歌",却剪断了扎在特定国别和语言的语境里的根基。该文发表后,引发了广泛的争议。本文延续和发展了这个话题,指出抒情诗与民族语言有着极为密切的关系,一旦诗歌被翻译成其他语言,进入"世界文学"的领域后,诗歌的价值是否能得以保全,这是个值得深思的问题。他认为当代诗歌仍然主要在国别语言的环境中运作,而全世界的文化权力并非均衡分布,欧洲中心主义的评判标准仍然存在。

十多年前,我为《新共和》(*The New Republic*)写过一篇关于北岛诗歌译本的书评。书评原本没有标题,但编辑自作主张添加了一个致命的题目:"世界诗歌"。这篇书评在当代中国诗人和诗歌研究者那里引发了不小的反响,其中有不少是愤怒的。[1] 书评的论点很简单,其实只是略微涉及北岛的诗歌,将其作为一个案

---

[1] Stephen Owen, "World Poetry", a review of Bei Dao's *The August Sleepwalker*, trans. Bonnie McDougall, *New Republic* (Novermber 19, 1990), pp.28–32. 来自中国的较早评论中,最著名的是奚密的"差异的忧虑——一个回响",《今天》(1991年1月),第94–96页。也见 Rey Chow, *Writing Diaspora: Tactics of Intervention in Contemporary Cultural Studies* (Bloomington: Indiana University Press, 1993), pp.1–4; Gregory B. Lee, *Troubadours, Trumpeters, Troubled Makers: Lyricism, Nationalism, and Hybridity in China and Its Others* (London: Hurst, 1996), pp.93–101; Huang Yunte, *Transpacific Displacement: Ethnography, Translation, and Intertextual Travel in Twentieth-Century American Literature* (Berkeley: University of California Press, 2002), pp.161–182.

例，来探讨用英语等"国际"语言以外的语言创作的当代诗歌这个更大的问题。在所有文学形式中，抒情诗与民族语言的特性联系最紧；同时，只要抒情诗人被视为诗人和读者组成的国际共同体的一部分，就存在语言可替代性的压力。由于国内认可需要国际认可作为其补充，文学文本不仅需要被翻译，还需要宣称其本质价值即使在翻译中也依然存在。同电影对白字幕一样，小说往往能避免这些潜在的麻烦。然而，这对抒情诗提出了一个特殊的问题，往往，这个问题通过以下的假设得到解决，即，无论一个译本多么杰出，一定存在着更加杰出的原著，有时在对开的页面上，但更通常仅能在主要研究型图书馆里找到。对所有译诗做这种绝对断言有着显著的问题：可能对诗歌译作充满信心的读者或批评家在面对译作时会稍微推迟自己的判断和愉悦感；对我们来说，诗歌似乎存在于他处。要想摆脱对诗歌意义的古怪的双重化，即认为诗歌有着他在的、更重大的意义，唯一办法就是为抒情诗寻找一个不依赖任何特定民族语言的新身份。对抒情诗来说，这是一个令人苦恼的可能性，但却不失为有趣的可能性。

  这期《现代语文学》一百期纪念特刊的主题似乎提供了一个合适的场合，让我们得以重审这些问题十多年来持续的变迁。核心问题是诗歌价值是怎样/能怎样跨越语言界限而得以建构。也许正因为抒情诗与民族语言及用特定民族语言写作的诗歌史之间的联系，它才会在世界诗歌的语境中遇到问题。我想略微追溯一下旧观点，然后考察在过去几十年间情况发生了怎样的变化，最后，虽然这可能显得有些奇怪，但我会绕道而行，探讨我最熟悉的诗歌，中文诗歌。

  我愿意承认，当代诗歌仍然主要在国别文学和国别语言的语境中运作。如果说国际认可是一种压力，那它只是以不同程度、用不同方式在国别文学的边缘产生作用。据我所知，它完全不对英语诗歌施加压力。文化权利并非均衡分布，用英语（或法语）写作的诗人凭借其语言共同体的普适性而拥有无忧无虑的自信。"国际认可"意味着某些文化中心的认可，并且以英语或其他国际语言为载体。对一个年轻的韩国作家来说，被翻译为塔加拉族语并在马尼拉获得声誉，无疑会带给他成就感，但相比被译为英语或法语并受邀至纽约或巴黎而言，前者就会黯然失色。这是不公平的，但这是事实。文化全球，正如金融全球，是有资本的，但文化全球的资本在人口统计学意义上的全球分布则更为不均。

  在特定的国别文学内部，认可和文学评价的结构与现代及之前的时代大致是相同的。已获得认可的诗人和批评家的圈子发掘新诗人，有时也发掘被忽略的旧诗人。

大学生和青年知识分子有自己最钟爱的诗人，这些诗人有时进入国别文学中更为形式化的认可结构中去（可能是由于大学生和青年知识分子进入了国内文学界）。有时，有的国内机制认可做出了持久贡献的诗人——桂冠诗人，永久的或短暂的——接受这个荣誉礼物之人的态度则往往是模棱两可的。成名诗人的作品被收入文集和文学史中，有时长期存在，有时则转瞬即逝。收集各种国别语言的旧书可以积攒大量近几十年来的诗集，并从中观察诗人命运的显著变化。为了知名度和生存而进行的竞争——即通常所说的"经典化"——是一个问题，很少有人愿意将其作为当代诗歌的社会学问题来探讨（虽然在过去的学术讨论中这是个平淡无奇的论题）。

真实或虚构的演员或许为给欧洲王室表演而获得无上荣耀，但国际认可在诗歌批判的政治和经济里是个相对较新的因素。这种认可并不一定指翻译，但往往是指翻译。国际认可和翻译可以为小说家带来丰厚的经济报酬；对诗人，带来的只是声望。国际认可的完整结构是复杂的，但在许多作家的文化想象中，它首先表现在诺贝尔文学奖上，而且尤其突出。许多国家的年轻诗人都被鼓励去争取它，获得该奖的作品不仅马上被翻译，并且被研究，供人们探讨当前世界文学所处的位置，以及什么样的事物受到推崇。该奖已经成为其创立之初时未曾预料的文化权力，这可能也是所有声名卓著、历史悠久的制度的共同命运。

20世纪下半叶，随着世界日益一体化，诺贝尔奖进入到用主要欧洲语言（包括俄语）写作的文学核心圈子之外的文化共同体。在这个有了更多竞争者的领域里，有一个因素开始凸显。虽然我对诺贝尔评奖委员们的讨论并不知情，但我强烈怀疑这也是他们考虑范围内的一个因素。这便是假定的代表权："现在轮到X国的一位作家获得诺贝尔奖了。"我曾多次听到并读到这句话，仅仅是"X"这个国籍变量发生了改变。在中国这种情绪由来已久。各国文学界都感到他们最好的作家之一应该入选，代表他们与来自其他国家的诺贝尔得主并肩而立。奥林匹克是国际竞争结构的另一个极好范例，而与之不同的是，获得或者未获得诺贝尔文学奖都并非自明的价值判断。

在这个语境中，代表（representation）的问题在于由谁来选择代表。我们在后文会用更多篇幅来讨论这个问题；在此，我们只需认识到，这个对想象中的"世界之最"的选择其实是由一个遥远的国度的一小撮人做出的。如果别国的作家获得了诺贝尔奖，那么本国的文学界会阅读这位作家的作品，然后期待自己的作品在次年获得成功。然而，如果诺贝尔奖获得者虽然潜在地代表了某个特定的国别文学，却在本国并非家喻户晓或受到文学界和读者的广泛推崇，那么这些人会突然意识到自己在世界文学中并无置喙之地。

　　这样，想象中被代表的权力很容易变成自我表现的要求。不仅全球文化界并不存在这样的结构，而且很难想象这样的结构能够建立。然而，这却构成了不可协调之价值观相遇的很好的范例。我们易于理解，为何某个特定国别文学的作家和知识分子们并不喜欢本国文学仅仅因为几个瑞典人做出的选择而扬名海外，虽然他们考虑周全甚至如履薄冰，但这个选择可能忽略了他们看重的所有作家。与此同时，想到可能存在诗人"联合国"，每个诗人由制宪国家的作家协会选出，他们轮流担任当年的全球桂冠诗人，这个想法也让人不寒而栗。在此，一些无法调和的合理价值观发生了冲突。

　　自从文学出现以来，文学原著和译作就一直在跨越文化和国家的界限。虽然如此，许多国别文学仍然有着与众不同的历史和价值观。因此有必要考虑国际价值结构会是何种面貌。既然文学是口味的问题，这个词组有着多重意义，那我就用食物为喻，虽然我不确定这仅仅是个比喻，还是对一个在多重层面上运作的价值观结构的实例化。我需要一个地点，在那里国际性食物聚集到一起。如果我在一个购物中心的美食广场发现了这个地点，我希望这不会使对文学尤其是诗歌的讨论过于掉价。

　　美食广场的某些规则需要在购物中心规划的语法体系下运行。任何一个购物中心完工之前，规划者都会设计一种结构来呈现各种食物种类，其中一大部分是广泛认可的国际品种。在计划阶段，不同的个人或连锁店可能会通过竞争来代理某一品种（决定由谁来代表某个品种的权力则落在购物中心规划者的无形之手中）；而一旦结构得到实现，对顾客注意力的竞争就会从任何特定种类内部相对质量的竞争转移到不同种类之间的竞争。顾客可能选择光临"意大利"快餐店（匹萨、意大利面、千层面）、中餐馆、印度餐馆、日本餐馆、墨西哥餐馆、纽约熟食店、汉堡店，或者兜售"健康食品"的小摊。我想大多数读者都熟悉这些品种和花样。购物中心的面积决定了选择的多少，人们可以预测出随着购物中心的扩大将会逐级增加的种类。并非所有国家的菜肴都有所体现，只有那些有顾客的才会出现。

　　在观察这样一种文化结构时，我们应该注意到那些被人们习惯性排除在外的可能性，它们总是被排除，以至于逐渐成为隐形。相同种类餐馆之间的竞争并不常见。从层级性的质量鉴别到同一层面对某一种类的偏爱，这是个口味的问题，借用这个短语的多重意义之一。我们不难看出这与美国文化有所类似，但它也已成为国际性的形式。

在此有所体现的有限的国别菜肴中，每一种在其本土语境中实际上都由大量地区风格构成，而这些地区风格往往彼此迥异。虽然人们可以在大城市中见到主打他国地方菜系的高级餐馆，普遍的文化现象是，地方差异会被国别特色取代，但这种国别特色的菜肴只有相对一系列其他国别菜肴才可以存在。正如民族-国家本身，一国菜肴仅仅在其国界之外才具有清晰的整体性。这种菜肴的国别特色进一步根据该购物中心或餐厅所处位置的地方口味而进行协调。在中国并没有"中国菜"；只存在地区菜肴、本地菜肴和跨越地区的特殊菜肴。在中国以外，中国菜的确是存在的，但是在波士顿、布拉格和马德里都是不同的。

在任何一国菜肴（作为地方菜肴的集合）中，都有在别的国家人们普遍食用的许多东西，如果不是在全球都普遍食用的话。你打碎一个鸡蛋并将其在一个热的平底锅里翻转，发生的事情是相同的，不论在哪一个国家里打碎这个鸡蛋，无论该国的文化史有多漫长。国别菜肴也包括在另一个国家中没人愿意食用的菜肴和食物，除非那些决心拓展其味觉的心胸开阔的知识分子。这些极端——过于普通或者过于异域——都在美食广场的摊位里没有容身之地。同大多数面向美国顾客的中餐馆，美食广场的中餐馆不卖馒头（实际上就是面包而已），也不卖猪肚丝或海蜇。为了相应地反映不同的食物种类，包括国际性的食物，美食广场的菜肴需要在差异的舒适边缘求生存，提供塑料刀叉供人使用。

用商业性的大众文化形式来类比高雅文化活动，这可能近乎讽刺，但不失为有效的还原模型，为具有历史差异的不同文化提供了具有实践价值的评估结构。同诺贝尔奖委员会一样，大学生们听说过的文学仅仅是那些拥有天才翻译家和学术中间人的文学。这样的文学既不能过于普通，又不能过于异域；它必须存在于让目标读者感到舒适的差异的边缘。当人们尝试对研究欧洲文学的学者（更不用说学生了）谈论非西方文学传统时，本来显得有些讽刺的美食广场的类比，就变成纯粹的实用主义。当人们探讨源自中国、日本、印度次大陆或伊斯兰世界的文本时，人们探讨的是拥有像欧洲任何已知或未知事物一样深邃历史的文化；而这些文化的成员也熟知欧洲文化史。要研究任何一种这样的文学文化都需要毕生的精力。

我们的美食广场食品分布图与设计一门世界文学课程并非相隔万里，甚至与设计一门提出重要文化难题的国别文学课程也并非遥不可及。模式并非相同：我们结合大学体系的宏大期望修订我们的模式。我们对学生消费者的口味和期望值提出的挑战，可能超过一个美食广场里中国或印度餐馆对饥饿的顾客提出的挑战。即使是有难度的，我们会尝试包含在一个文化中受到重视的文本，不过我们为它们加上的调料可能会略有差别。这些差别是重要的。但是在表面之下却存在着建构全球文化或世界文学的难题；它实际上总是在当地"某处"建立的，创造出一种使易于发现的差异边缘得以被勾绘和本质化的相称结构。这并非美国或欧洲的地方问题；中国人对西方的概括往往也忽略历史和地区的差异，使之成为一个仅存在于中国文化版图上的想象实体。

研究单个国别文学的批评家和学者拥有奢侈的单纯：他们可以阅读一组诗歌，然后判断诗人 X 是最好的。如果诗人 X 能够维持这种判断，他或者她就可能成为经典。在此，这位诗人越过了激进意义上的有效判断（想想 20 世纪前半叶人们为了摆脱弥尔顿做出的努力吧）。但是，这位经典诗人成为演变中的价值观的组成部分，并被用来评判其他诗人。真正经典的诗人不能在不毁坏整个系统的情况下被分离出来。莎士比亚并不是无可争议的伟大诗人——他在法国新古典主义批评家看来肯定不是——然而，他的作品随着历史变迁逐渐具有了某些价值，这些价值在连续的历史中被用来评判其他作品。当那些作品成为经典，它们就定义了一系列文学价值，结果就是这些价值看上去是自明的。

这是国别文学中价值形成的旧模式，的确，莎士比亚在国别文学的最初想象中起到了重要的作用。我们的美食广场模式暗示了价值观结构的重要变化——我们认为，这个变化是美食广场的基本规则之一。与其询问 A 类别中的诗人 X 是否优于 B 类别中的诗人 Y，我们宁愿假定诗人 X 和 Y 各自在逐渐的类别中都是最好的（这个假定是有问题的，假使诗人 X 和 Y 都被我们注意到，是因为他们都能进入一个系统中，在这里他们都能够被理解并且被比较）。我们不能够说 A 类别要比 B 类别更好；我们也许喜欢中国牛肉和花菜胜过印度咖喱鸡，但我们不能说前者更为优越。当新保守主义者宣称西方文明更为优越（而不问这个类别是如何和何时被建立起来的），自由的学界受到了诽谤：人们仅仅是偏爱看华兹华斯；并非人们认为华兹华斯比杜甫要优越。在美食广场的层面上谈这个可能有些愚蠢，但对不同价值观的可能性的认可，则是通往理解看起来自然而然的价值观的历史性的重要一步，无论是由怎样的天真和习惯使然。

这将我们带回到诺贝尔奖。即使有着表现不同国别文学的压力，诺贝尔委员会的判断都声称是价值判断而非偏好。如果诺贝尔委员会选择了一位罗马尼亚作家而不是中国作家，这个选择不可能意味着罗马尼亚文学比中国文学更优秀。我们如何解释呢？这位作家比那位作家更优秀。但是将来自不同文化的作家进行比较难道不是由来已久的由于未能理解语境和文化差异而导致的失败尝试吗？

我们需要强调这个事实，在任何国别文学里，人们都不会因为宣称某一位作家比另一位作家更优秀而感到犹豫或难堪。并且，存在着与国际文化权力结构完全类似的国内文化权力结构。广西壮族自治区的一位年轻诗人与北京大学最受欢迎的诗人有着迥异的立足点。唯有在比较不同国别文化的层面上，在无论多么晚近才建立的民族-国家层面上，规则才会发生改变。在这个层面上，比较的价值判断变得问题重重。而每当诺贝尔委员会作出一个决定，他们就遭遇到这些问题。他们试图在新世界里玩文学评判这个老游戏。

普遍的全球价值结构的代价是全世界大多数人都必须遵照游戏规则（包括文学规则），然而这些规则既非他们自己创立，又不容他们置喙。这是个沉重的代价，但在许多领域，相对于获得的好处，这个代价又是值得的。在大多数全球价值判断的场所，为"世界的其他人"代言的那些人至少是参与其中的：奥林匹克委员会、世界球场、联合国，等等。然而，在文学尤其是诗歌中，国别语言的问题仍旧是个难以消化的差异的余孽。

一位俄罗斯空中交通管制员必须说英语，而一位印度尼西亚飞行员必须能听懂，这是不公平的。然而，我们理解，空中交通管制员和飞行员必须使用一种双方都能听懂的语言，而且我们都对他们能相互理解感到无比感激。寻找能够反映世界诗歌的共同平面则是另一码事。如果我们决定通过翻译来进行，实际是我们必须如此，我们就打开了潘多拉的麻烦盒子，使这项工作本身都成为问题。假想我们跳过这一步，接受我们必须通过翻译来理解这个现实。那么谁有足够的能力来评论和评判？是否应该局限为译入语的本土语言使用者？如果我们有一部译自日语的著作，为什么一位懂英语的阿拉伯人就不如以英语为母语的人有资格来评判它？在这些译诗中，人们在读什么——英语，还是诗歌中的思想和意象？

谈到那些象征全球文学价值的奖项，我们就会回到谁在做选择这个问题上。高行健获得诺贝尔文学奖在中国和中文网站上引发了强烈的反响。政治起到了一定作用。高行健反对中国政府，深受一些流亡人士和台湾人的推崇。当然，中国政府对这个选择的反对是由于政治原因。然而，中国知识分子普遍的负面反响的原因却要深刻得多。[2] 高行健自称是一位国际作家,从各种用意看来,他指的都是用中文写作的欧洲作家。他的戏剧在北京曾经名震一时,但之后的作品几乎不为人知。政治因素在这其间起着重要的作用;但同样被考虑授予诺贝尔奖的北岛的诗歌虽然同样具有政治敏感性,却在中国知名度极高。还有不少在中国广为人知且深受爱戴的作家也曾不时被考虑授予诺贝尔奖。现在结论变得明显起来,异常清晰地显现在授予高行健诺贝尔奖这个决定上:这是欧洲的决定,而不是中国的决定,正如人们通常说到的术语,"瑞典奖项"。中国新近出现了一种意识,即只存在当地建构的文学和诗歌,而不存在由欧洲或美国的某个中心根据其自己的价值观协调和评价出来的世界文学或世界诗歌。

我们在此遭遇到无法解决的问题——除非将问题本身和产生这些问题的文学之历史制度化都弃之不理。一旦我们放弃我们习以为常的关于诗歌的某种叙事,我们会发现一些有意思的问题。

1990年以来发生的变化当然是网络的急剧扩张,以及其文本的流动性、巨大的存储能力(科技上的"博闻强记的富内斯"[3]),位于虚拟空间而非日常地理位置的中心的增长、民主的缺乏判断,以及利益集团。在此诗歌获得了新的奇特的生命。人们仅需要上网搜索"土耳其诗歌"或"印地语诗歌"等。统一字符编码标准的执行解决了非罗马文字上网的重大问题。流亡和移民人群一直以来就多在文学中扮演着重要的角色;他们在网上也很活跃,但有了新的变化:来自流亡/移民人群的作品与来自祖国的作品立刻混杂在一起,而且往往不可辨别。人们往往无法辨别一个网站到底起源于哪里(雅虎中国倒是有个有趣的功能,让人们仅仅搜索来自中国的网站,但这个功能恰好表明除此之外无法辨别出这些网站)。

在互联网上,我们清晰地看到脱离了民族-国家的国别语言社区的复苏。虽然更多集权国家寻求对其政治层面的控制,正如中国近来对无证营业网吧的取缔,从长期看来这是一项无希望的举措。政治和淫秽是明显最受关注的打击对象,但诗歌也是一个。文学评判的显著的权威等级被具有无形会员资格的利益集团取代,其终

---

[2] 由于政府的强烈反对,公众媒体中很少有对高行健的评论;大多数反响在决定做出后短期内在网络论坛上出现,同时也出现在私人对话中。

[3] 阿根廷小说家博尔赫斯(Jorge Louis Borges)所著的短篇幻想小说《博闻强记的富内斯》(1942),其主人公是一个叫富内斯的小男孩,他拥有超人的记忆力。——译注

端散布各地。定义文学史和文学经典的民族-国家的文化界消失了（它们也有自己的网站），取而代之的，是不断变换文本和作者的非物质的中世纪精神，他们的工作地点是极具本地色彩的电子空间。在这个空间里，不再有人背井离乡，罗马化的意第绪语诗歌在电子村落里继续存在。

没有哪位能够宏观把握国别文学的批评家或学者会忍心剥夺祖母们用其最喜欢的语言写作诗歌并寄给遥远友人的权力。然而，假如这将是诗歌的未来（即使这与融入国别经典之前的中世纪诗歌有些相似之处），这些批评家和学者可能会感到困惑。当我在精心设计的土耳其网站上阅读某人的诗歌或近期的诗集，我完全不知道这些诗人在土耳其国内文学界享有怎样的声誉（如果有声誉的话）。

我们有时在这里看到获得国际读者的希望。网站提供了作品的英文简介，有时也提供翻译。在某种程度上，这是搜索英语关键词的作用。如果人们用国别语言进行关键词搜索，人们原以为会像洪水般涌出的链接事实上是一个小池塘。如果说抒情诗因其与特定语言的联系而抵抗全球化的话，其相对简短的形式则使之成为最适合互联网的理想形式，并且正在那里繁荣发展。

在这里，我们也许会想到，在寻找世界诗歌的时候，我们一直在寻找错误的东西。我们想要诗歌变得重要到可以帮助定义和代表一国文化，能够为经典作家锦上添花，其最杰出者可以与其他国别文学中的最杰出者并列出现在全球视野里。它们可以为学界当代诗歌课程提供资源。我们想要一个文学的奥林匹克，亦即美食广场的神圣化。我们可能需要多多少少改变一些判断，但我们不想要每种语言都有一万个诗人和几万首诗歌，以及埋头上网的一群人群。世界文学的概念本身就有赖于国别文学机制整合、推荐、给我们代表的持续力量。一旦我们废除了那个结构（奥林匹克和其他跨国机制的结构），一旦我们认出亲自拜访我们的天才流亡诗人，我们就必须开始阅读网络和当地出版物。

研究当代诗歌的人懂得，当代诗歌既是美学活动也是社会活动，这很不幸。如果我们欣赏出现在德国的敢于冒险的当代中国诗人，却不了解同样富有诗歌冒险精神的北京的当代诗人，我们就会沦为以西方为核心的、愈发令人困扰的名望游戏中的中间人。

如果说在美国，我们对世界文学或世界诗歌格外有兴趣，那么这主要是我们本国当地和帝国文化的功能之一。提供给我们世界诗歌材料的国别文学界在世界大多数地方都生机盎然。这些地方也有着自己的中心和外省，自己的层级和经典化过程；

它们有着国家奖项、认可和地位的复杂结构，仍然履行着宣布声望的功效。我们可能会发现它们无视的天才，但这些天才在我们当地的价值观历史中才得以显现。

国内认可系统是我们过去所知的诗歌运作方式，并且很好地在诗歌写作的泥淖里为我们发掘出值得记住的诗人。它不是一个糟糕的系统，如果我们能理解其历史性和历史偶然性的话。在此，我作为该系统中的一个特定国别文学的中间人，将要指出中国近来出现了一些真正值得拥有国际关注的诗人，比如北岛和更晚近的于坚。具有讽刺意味的是，拒绝世界诗歌和国内文学机制的于坚，却恰恰因此赢得了自己的声望。

否定当然包括否定的对象：即使是最真心拒绝世界诗歌的人也仍然滞留在其宽广的权限之内。然而，是否存在着另一个层面，在那里诗歌得以在可想而知的国际关注的表层之下繁荣？留意不能提及的事情，我可能会再次遭受同事们愤怒的抨击。但是，"诗歌的世界"，即事实创作出的、被全世界欣赏的诗歌，同"世界诗歌"一样，需要得到些许关注。

虽然我将主要讨论中国的情况，但我要描述的情况遍及亚洲的古老文明，只是在不同国家有不同的方式。在此需要一点文化史的背景。在 19 世纪晚期和 20 世纪，欧洲文化，包括欧洲诗歌，与亚洲的伟大文明相碰撞。这两大文明都有着历史悠久、源远流长的本土诗歌。影响和改变的过程在许多迥异的文学文化中都极为相似。首先，人们尝试扩展古老的本土诗学来适应现代的情况。接着就出现了往往用自由体写作的"新诗"，它拒绝韵律、意象、诗歌语言以及旧诗的社会道德。新诗的创作者往往是受过西式教育的知识分子，或者是受到西方影响最强烈的主要城市中心的知识分子。在一些国家，本土的高雅诗歌完全消失了——比如在使用汉语进行高雅诗歌创作的韩国和在土耳其。在这两个国家里，语言改革都是激进的。到了今天，从中国到日本到阿拉伯世界，新诗已在各地扎根；它已经成熟并发展了自己的历史。当我们思考世界诗歌的时候，我们总是在考虑这些国家的新诗。

也许我们会接着问：那往往激发人们深厚情感、其写作承载了重要文化威望的旧诗怎么样了呢？这个问题的答案根据国家有所不同，正如新诗与持续被写作和受到欢迎的古诗之间的关系一样。比如，乌尔都语的格扎尔诗歌明显是作为一种严肃的形式在持续繁荣，在传统和现代性之间取得了令人欣慰的折中。在日本，现代俳句和现代和歌作为传统诗歌的自治领域繁荣发展，虽然受到极大的挑战，但也有得到认可的现代大师。虽然新诗人看待这些诗歌时往往带着些许鄙夷,但它是日本诗歌受到认可的一部分,在20世纪一直如此,在当前的新世纪中也将继续。甚至进入了现代日本文学的英文选集。它展现了"现代古典诗歌"这个矛盾语所存在的张力:一边是传统诗学,一边是新的主题和语言,两者之间进行着辩论,其互动中也有某种愉悦。

在中国,新诗与现代古典诗歌之间的张力比任何地方都大。"新诗人"及其代言人既对当代新诗感到鄙夷,又感到较古老的古典诗歌享有的广泛喜爱所构成的威胁。新诗在受政府支持的作家协会、大学和教科书(且不论翻译为其他语言和在国外学院的体现)中被制度化;但许多人都对毛泽东写的一些古诗耳熟能详。中国作家协会的官方诗歌刊物《诗刊》有古诗专栏,但从本质上来讲它是一个新诗刊物。新诗拥有其热情的崇拜者和杰出的诗人。同时,新诗爱好者非常清楚许多人并不喜欢新诗,并且私下里承认许多人仍旧写作古诗,甚至比新诗更多。如此一来,虽然在制度上几乎完全占据统治地位,新诗在争取国内接受时,往往面临着比争取国际认可时更为尴尬的局面。

对那些在中国之外阅读过中国现代诗歌的人来说,古诗的持续繁荣和受欢迎程度是一个精心保守的秘密。它主要存在于省会城市,而这些城市恰恰代表了中国的大部分。它并非北京和上海的年轻知识分子的诗歌。现代古典诗歌写作者中技术更发达的那些人建立的主页和年鉴显示,有很多期刊都致力于当代古典诗歌,其中有些从"文化大革命"结束后就开始长期并且规范地运营;即使庞大的哈佛大学中国图书馆也没有太多这样的刊物,并且大部分都没有人阅读,一旦寄来就被稳当地移到仓库里。

新诗人也许会批评现代古典诗歌与现代现实脱节。但中国古典诗歌向来与日常生活的点点滴滴相联系——甚至是联系过于紧密。随便打开这类期刊中运营最长久的一种,《当代诗词》第4期(1984),我发现一首仿效12世纪先辈做的宋词,其副标题是:"1980年10月5日,我接到儿子的长途电话,以学外语的名义要一台录音机,我作这首诗来责备他。"几页之前,我还看到另一首仿效另一位12世纪抒情诗人的古诗,副标题充满愤怒:"听闻日本教育局修改教科书"(关于删除日本在中国作战的证据一事)。还有对各种电视连续剧做出反响的知识渊博的长篇诗歌。然后还有一首令人难忘的长诗,描写邻居用三洋牌电器装备新家;在暖屋派对上,这位邻居被警察带走(由于致富过程中犯法),客人奔走如"受惊的天鹅",诗歌结尾暗指流行歌手邓丽君:录音机不懂得离人的痛,仍在唱着:"何日君再来?"[4]

---

[4] 《当代诗词》第4期(1984):7。

仿效邓丽君的歌写作的这行诗会让每位稍受过教育的中国读者想到9世纪的一首著名诗歌。我们不禁要问："到底是怎么回事？"

虽然当代古典诗歌很大程度上是情景性的，如《江西诗词》这样的期刊的近期刊物倾向于避免20世纪80年代早期的相对愤怒的情景。然而，该杂志的确为爱国主义的喷薄提供了一个发泄口，也供人们写诗来纪念假期参观的景点。对于中国的高层精英分子来说，这样的诗歌有时是令人难堪的。

从中国古典诗歌的延续甚至复苏这个现象里，我们可以看到无法妥协的价值观的碰撞。我们立刻能够看出新诗支持者鄙夷现代古典诗的原因。虽然有很多诗歌用古典诗歌的标准来看是很不错的，但它们总是毫无疑问地带着假日作诗的气息。这种诗歌让人想到年迈的绅士从事某种即将失传的手艺，正如这些人即将消逝一样（这些诗歌中的确常写到年迈的绅士）。与人们的预期相反，手艺并未失传，作者们往往是年轻的女性。

我们还看到，许多人很享受写作这种诗歌的过程，用它来面对生活中的跌宕起伏——这种古老的手艺通过感人的或幽默的方式来面对现代现实。这种诗歌显然有着为数不少的读者群体。这些期刊并非徒有虚名。《当代诗词》（虽然有着普适的刊名，这其实是广州当地的期刊）的创刊号印数36000，在两个月内售罄；第二期降低到33600册，但也足以使任何当代诗歌刊物出版商羡慕了。[5] 大部分新诗刊物哪怕是政府支持的主要刊物，印数也远远达不到这个数量。

对我这样既喜欢较早的古典诗歌又喜欢包括中国新诗在内的世界诗歌的人来说，不可协调的价值观的冲撞尤其尖锐。现代中国古典诗歌与唐宋时期的经典诗歌基本是同一类型。站在现代古典诗歌的制高点回顾，我们看见唐代诗人虔诚地指导其子孙，表达其对当下政治事件的反应，描写他们假期游览过的景点。一千二百年前的假期已经生了铜锈，也留下不少评论。昔日的诗歌让我们心旌荡漾的原因——用共同的诗歌观念来谈论生活的具体事件——正是同样的诗歌在今日的延续让我们困惑的地方。这些诗歌不会进入我制定的世界诗歌课程表；原因之一就是它们需要过多注释。这些诗歌永远不会被呈给诺贝尔奖委员会，他们不会知道该怎么理解它们。许多写古诗的诗人都生活在国外，但我无法想象他们中的任何人会自诩为流亡诗人。正如他们唐宋的先辈，写作古典诗歌的人从事其他事业来谋生——即使他们最热衷的事情是诗歌写作。作为职业的"诗人"似乎仅局限于那些写作新诗的人。

---

[5]《江南诗词》每期销售2万册。《江南诗词》(1989,2) 第一页。

现代中国古典诗歌的写作者无法获得资助；大学院校不会为了让他们继续写作而提供支持。在诗歌世界里，他们是隐形的，除了在中国那帮古典诗歌爱好者们那里。这些诗歌中很多是受雇于出版商的写作，但也有很多有价值的东西——仅仅在我们仍旧称为诗歌的某种古典事物那个单独的领域里才是"有价值的"。

有时人们认为当代诗歌的写作是困难的。如果说中国人以外的读者很难欣赏现代古典诗歌，那么有必要指出，当代诗歌的困难，正如其自由，事实上受到许多不成文规定的约束。这些规定，正如许多国际法规，事实上都是在西方制定的。它们现今已在许多国家变得自然而然；它们被拓展了，并且不再是舶来品。"世界诗歌"的确可以存在，只要我们懂得它并非诗歌世界的全部。其他种类的诗歌在世界诗歌的领土之外顽强地生存着。它们是供内部消遣的诗歌。

现代古典诗歌刊物往往包含散文部分，既谈论当代古典诗歌的问题，又谈论特定的作家。《江西古典诗词》不久前重新刊登了舒芜的一篇序言。他是中国文学界一位重要人物，但人们不会料想到会在1998年的一部当代古典诗歌集里读到他的序言。从这篇序言来看，舒芜对自己的这个角色也颇感惊讶。在追溯了其出色的古典文学家学渊源之后（提醒我们这赋予他的威望，即便他是一位为白话写作奠基的作家），舒芜惊讶地表示这些诗人写得"很好"，指的便是他们对读者在古典诗歌中寻求的技巧的掌握。他对于文集既收入年轻人的诗歌，又收入在另一个时代受教育的年迈绅士的诗歌，则相对不那么惊讶。舒芜是职业作家和知识分子；他发现这些古典诗歌的作者包括"一位空军飞行员、一位电工和首都机场的一位女性工作者"。虽然美国人可能会更加质疑保险公司经理写的诗，但是一位电工写的诗作为可能性所具有的魅力更胜于其现实。在中国语境下，知识分子之外的人的诗歌写作是有分量和共鸣的，在前现代语境和共产党领导下的现代语境中均是如此。这里的问题是电工们写作的是什么样的诗歌：古典诗歌。

舒芜非常了解古典诗歌写作是得不到官方认可的。不会有写作古典诗歌的二十四岁青年被视为"重要的年轻诗人"。文学界把声誉留给写作新诗的人。他带着历史上似曾相识的敬意总结道，这些人仅为对艺术的热爱而写作，因为写作带给他们快乐。

这篇序言是个美妙的时刻，此时，基本上支持新诗的中国文学界的一员站出来直面古典诗歌的持续存在，更准确说是持续繁荣。他感到不安，却也不失愉快。他抨击了在杂志上普遍出现的具有情境主题的古典诗歌——也许他读到了那位批评打来长途电话要录音机的儿子的父亲的诗歌。如果舒芜将要被迫承认现代古典诗歌存在的话,他将会要求人们写作"纯粹诗歌"和"严肃诗歌"。他提供了现代古典诗歌"最佳作者"的长名单,并归结道,也许最好的古典诗歌应该被囊括到现代诗歌史中,这话在这个语境中显得非常激进。

当然,现代古典诗歌从未成为"现代中国诗歌史"的一部分。很早就公认了它的死亡。格外有趣的是,舒芜可以列出相当长的一份现代古典诗歌"最佳写作者"名单,从民国早期到现在。我们意识到,他显然读过他们的作品,并且相当熟悉。通过承认这点,舒芜公开了自己的秘密,暗示所有这些他可能喜爱的诗人也许可以被视为"严肃的",被视为中国诗歌的一部分。

以上讨论并非想为现代中国古典诗歌,或者现代和歌、俳句和格扎尔做一个概括。我们的兴趣在于国别文学的性质,以及诗歌如何以不同的方式在国别文学之外寻求生存。只要这些文学具有现代意义下的国别性,它们就存在于国际语境之下。通过它们(或者更明确地说,与它们相对抗的,正如流亡诗人或者于坚所代表的"民间诗"),的确存在着丰富多彩的世界文学。它可以获得奖项和学界的认可。这些诗歌可以进入大学的课程大纲和许多国家的世界诗歌选集。这种诗歌有着自己的经典、层级和叙述模式的改变,我们称之为文学史。

然而,还有其他一些诗歌在无形中繁荣昌盛。有时,这些诗歌的读者比学院诗歌的更加热情。它们在互联网上。就中国的情况而言,虽然古典诗出现的频率日益增长,主要是新诗。年轻诗人把自己的作品放到网上并获得回应。他们拥有读者和粉丝。文本复制的准确性不确定。

还有更古老的诗歌的世界,在全球化的当代诗歌视野之外欢快地延续着。网络上的新诗作者一般不阅读新古典诗歌,而新古典诗歌的作者对新诗也不太感兴趣。除了在文学界和学术界,并不存在统一。诗歌自顾自地奔向许多方向。网上的新诗和更古老的诗歌(有时在网上,但主要在专门的期刊上)都仅仅属于民族语言社区。有一天我们会看到它们都怎样地展现自己,以及我们的新世纪里诗歌存在于什么地方。也许诗歌无处不在。

(刘倩 译)

世界与中国之间的文化翻译：
有关诺贝尔奖得主高行健定位的问题

[美国] 张英进

导 读

张英进，美国斯坦福大学比较文学博士，现任美国圣地亚哥加州大学文学系比较文学与文化研究教授。研究领域包括中国文学和比较文学、华语电影视觉文化、城市研究、文化史等。已出版《现代中国文学和电影中的城市》、《影像中国》和《中国民族电影》等中英文著作。本文选自杂志《同心圆：文学与文化研究》(Concentric: Literary and Cultural Studies) 31卷2期。本文从四个方面探究了诺贝尔奖获得者高行健在"世界"文学与"中国"文学中定位的困难。作者将高行健视为一位穿梭于语言和种族界限之间，并且在他的"现代主义"著作中整合了多种文化元素的文化译者，揭示了他一方面想坚持自己的创意、个性与超越的主张，另一方面又要使其作品符合进入世界文学所需要的可译性和"普遍性"要求的两难之境。

高行健与文化翻译：迁移，流放，超越

一个脆弱的个体、一个孤独的作家面对世界发出声音——我认为这是文学的本质。从古到今，从中国到外国，从东方到西方，文学的本质从未改变。

——高行健：《没有主义》，第11页

一位在中国后毛泽东时代的先锋作家和1988年之后受人尊敬的中法文学家、艺术家，高行健（1940年生）获得了2000年诺贝尔文学奖。这一消息震惊了世界汉

语文学界，因为他的受奖如此特殊：尽管高行健的作品在中国大陆自1989年以来就禁止出版，2000年以前其中文版作品在海外的销售也差强人意，他的文学作品（尤其是戏剧）却被频繁地翻译成欧洲各国语言并上演，20世纪90年代他在欧洲而不是东亚获取许多的认同[1]。正如方梓勋（Gilbert Fong）在1999年所说："高行健已作为第一位中国剧作家被迎入世界剧场。其作品在国外实际上比在国内上演更多，在法国，德国，比利时，意大利，美国和中国大陆以外的华人社会，比如中国香港、台湾和新加坡。"[2][3] 换句话说，高行健逐渐成为欧洲文化舞台上的一分子，也就成为所谓"世界剧场"的一分子了。就是这种"迁移"——或者更准确地说，是其作品通过翻译和演出发生的迁移，突显出对其在"世界"文学与"中国"文学中定位的困难。

我在本文中探究了对高行健定位的四个方面的问题：高行健与文化翻译；高行健与中国现代文学；高行健与世界文学；高行健与中国诺贝尔奖情结。我提出我们可以把高行健看做是在多重文化中工作的人，不仅仅是欧洲和中国文化，现代和古代文化，还有城市与农村文化，精英与民间文化，中原和长江地域文化，儒家与佛道文化。[4] 作为文化译者，高行健坚持把自己放在边缘，或者边界位置，从而他能获取在中心位置不能得到的、不可信的或是被禁止的新的角度和体验。作为在源语言文化与目标语言文化之间促进交流的文化中间人，他从外国文学中吸取了新鲜的养分丰富了中国文学，并且复兴了本土的民间传统来推动他所觉察到的后毛泽东时代疲软的创造力。

从这个角度来看，高行健作为一名文化译者出现，他把欧洲现代主义（尤其是

---

[1] Geremie Barme, "A Touch of the Absurd—Introducing Gao Xingjian and His Play The Bus Stop." *Renditions* 19–20 (1983), pp. 373–377; Kwok-Kan Tam, *Soul of Chaos: Critical Perspectives on Gao Xingjian* (Hong Kong: Chinese UP, 2001), pp. 311–338; Julia Lovell, "Gao Xingjian, the Nobel Prize, and Chinese Intellectuals: Notes on the Aftermath of the Nobel Prize 2000." *Modern Chinese Literature and Culture* 14. 2 (Fall 2002), pp. 1–50.

[2] Gilbert C. Fong, *The Other Shore: Plays by Gao Xingjian* (Hong Kong: ChineseUP, 1999), p. x.

[3] 高行健的戏剧在亚洲、欧洲和美国的演出记录可参见刘再复：《高行健论》，台北：联经出版社，2004年，第323—359页。

[4] 对高行健来说，中原文化本质上是儒家文化，并且在中国几个世纪以来已经制度化了，而长江文化包括楚文化（上游地区）、巴蜀文化（中游地区）、吴越文化（下游地区）。除了这些亚民族文化，高也提到渤海沿岸的海岱文化。见高行健：《没有主义》，香港：天地图书有限公司，2000年，第180页。

在先锋剧场和实验小说中)介绍到后毛泽东时代的中国(如他1982年的戏剧《车站》)。在其故土大地上席卷一切的现代化与城市化的狂潮中,高行健"重新发现"了本土孕育的文化和生态价值(如他1984年的戏剧《野人》);他坚持对存在的追寻,以此反对世界各地愈演愈烈的无意义的商业文化生产(如他1986年的戏剧《彼岸》)[5]与意义从一种语言翻译为另一种语言时产生的迁移相似,高行健从城市到农村以及在这之后从中国到法国的身体迁移,也与他在创造性写作和其作品在国外演出中所产生的新观念的语言迁移相对应。

如果"迁移"这个词仍指行走于不同地方的主观自由(像高行健常说到的他1983年为期5个月,沿着长江进行的15000公里的远游),那么"流放"这个词听起来是负面的,因为它受到身体运动和迁移"终点"的限制。但是,流放(也就是身体被放置于异域)并没有使作为文化翻译中心的语言迁移失去资格,并且高行健的流放为其获得了一个全新的创作视角。在花了7年时间创作《灵山》(1990)之后,他承认在1989年远离中国的地方完成这部500多页的小说已结束了他的乡愁:"一旦与被称为祖国的地方分离,我就有距离来以更冷静的头脑开始创作",[6][7]换句话说,高行健并不把他被流放于法国的状态作为损失或剥夺,而是作为一种收益或获利。他达观地坚持:"一个能完全认识自我的人总是处于流放的状态。"[8]在形而上的层面,生命终究是一种流放。

显然高行健已抵抗住流放所带来的潜在破坏性冲击,并能运用他自己更清晰和更富洞察的判断力来写作。显而易见,"冷静"这个中文词有更宽泛的语意(相比如冷峻、严肃、沉着、平静),应和于当他预见到一种"冷的文学"时头脑中那种品质。对他来说,"冷的文学"是摆脱了政治和商业的操控,没有为国家、民族或人民说话的欲望,而致力于为非功利的存在或生存而写作[9]。在高行健的超然的创作观念中,"冷的文学"最终只是个体的承担,只为作家的语言和意识负责。

从迁移到流放,高行健从未放弃超越传统界限(例如政治、意识形态、民族、文学)的承诺。作为一个文化译者,他摆脱了狭隘的国家主义利害关系;但是像许多其他

---

[5] 高行健:《高行健戏剧集》,北京:群众出版社,1985年,第84–133页,第200–283页。
[6] 高行健:《没有主义》,香港:天地图书有限公司,2000年,第15页。
[7] 高行健在1982年夏天于北京开始写《灵山》初稿,该书于1989年9月完成于巴黎。
[8] 高行健:《没有主义》,香港:天地图书有限公司,2000年,第154页。
[9] 同上,第18–20页。

译者一样，他又因对源语言文化和目标语言文化皆"不忠实"而饱受诟病。对他获诺贝尔奖的异议证明了（我在结尾部分将会回到这点）高行健在中国现代文学的地位正被无情地挑战。引用一段学术性的总结来说明，"许多中国知识分子和作家……奇怪为什么诺贝尔奖委员会，第一次把该奖授予一位用中文写作的作家时，会颁发给了一位在流放中的，其'中国性'受到质疑的作家，因为他放弃了他的祖国而成为一名法国公民。"[10] 这受质疑的"中国性"值得进一步的讨论。

高行健与中国现代文学：混合、创造、个性

> 我在《灵山》中所追求的是另一种中国文化，另一种小说的概念和形式，也是另一种现代中文的表达。
>
> ——高行健：《没有主义》，第114页

在2000年，在对高行健获诺贝尔奖的争论爆发之前，"中国现代文学"这个术语就已经带来诸多争议，在欧洲比在中国和美国更甚。在欧洲，即便是一名经验丰富的学者也会质疑中国现代文学的"可译性"，把中国文学作为劣等产品的代名词，其原因是中国现代文学中所出现的那几十年之久的污染、模仿或全然抄袭。杜博妮（Bonnie McDougall），中国现代文学的西方先驱学者和译者之一，1992年在丹麦奥尔胡斯大学召开的会议上呈上了一篇有异议的论文，《外在影响的焦虑：创意、历史和后现代性》，[11] 她指出由于"效法的冲动"（即"很大程度上非自发地采用西方的观点"）、"追求正确"、"时代精神的谬误"、"模仿和真实性"（如"一种社会人类学"或"一种对事实的剽窃"），还有"国内外的教条"诸多因素结合起来，中国现代文学"总体上是如此令人沮丧的平庸"[12]。在以一种慷慨激昂，事实上是很不耐烦的态度列举了这些因素之后，杜博妮得出了结论："20世纪80年代的中文写作缺乏创

---

[10] Kirk Denton, "Editor's Note", *Modern Chinese Literature and Culture* 14.2 (Fall 2002), pp. iii–vi.

[11] 杜博妮作为现代华文文学译者的早期工作，参见 Bonnie S McDougall, ed. and trans, *Notes from the City of the Sun: Poems by Bei Dao* (Ithaca: Cornell UP, 1983); *Paths in Dreams: Selected Prose and Poetry of Ho Ch'i-fang* (Queensland: U of Queensland P, 1976)。

[12] Bonnie S McDougall, *Fictional Authors, Imaginary Audiences: Modern Chinese Literature in the Twentieth Century* (Hong Kong: Chinese UP, 2003), pp. 228–232.

意"[13]。鉴于目前没有有效的解决方法,她给中国作家开出了这样一个处方:"文学的放弃(作为一种精英文化的形式,一种自我证实的创造性善举,一种对命令顺从的响应)可能是更卓越的选择[14],姑且不论她的傲慢,杜博妮传达的信息是响亮而明确的:如果中国现代作家不能做到"有创意"(像西方的术语定义的那样),那么他们最好保持沉默,并且全然放弃他们的文学事业。

一方面,高行健是20世纪80年代早期受西方影响的现代主义的著名中国实践者,而杜博妮对这一时期中国文学缺乏"创意"的全面批判也可以应用到他的身上。无可否认,高行健对作为"精英文化的一种形式"和"自我证实"的创造性实践的文学坚持,与杜博妮开出的处方正好相反,并且在这种关系中最具讽刺意味的是,正如诺贝尔委员会的新闻稿中明确显示的,高行健"自我证实"的精英立场实际上是帮助他赢得世界最令人垂涎的文学奖项的最关键因素之一(瑞典文学院)。另一方面,杜博妮对中国现代文学口若悬河的攻击不值得一一反驳,因为她只是简单重复根深蒂固的欧洲偏见,即把中国现代文学看做主要是"过时的西方模式衍生物,从而被宣判为一种永远的,徒劳的追赶游戏"[15],但杜博妮把中国现代文学放在东西方文化互动的框架内引出了一个事实,那就是创意和身份的问题不能不受制于阐释的西方中心的国际政治,特别是在跨国主义和全球化时代。

杜博妮的批评表现出的另一讽刺之事是,高行健和杜博妮在一定程度上一致认为中国现代文学正在经历某种危机。高行健认为,"中国现代文学的危机"——这起源于打破旧习的五四运动——在四个方面表现出来:(1)大规模欧化;(2)越来越严重的表达匮乏;(3)接受不合文法的句子和蹩脚的新造词;(4)越来越忽视源自中文四声的押韵和节奏。[16]高行健关于中国现代文学处于"危机"中的论点可笑之处在于,对许多批评家来说,他的诸多作品也是"欧化的",他的一些中式表达是"不合文法的",他许多的新创造又很"蹩脚"。高行健的地位从杜博妮随意排斥中国现代文学的攻击中凸显出来,是在于高行健选择了一种先发制人的姿态,确定了这些"问题"的

---

[13] Bonnie S McDougall, *Fictional Authors, Imaginary Audiences: Modern Chinese Literature in the Twentieth Century* (Hong Kong: Chinese UP, 2003), pp. 228–232.

[14] Ibid., p. 237.

[15] Andrew Jones, "Chinese Literature in the 'World' Literary Economy." *Modern Chinese Literature 8. 1–2* (Spring-Fall 1994), p. 184.

[16] 高行健:《没有主义》,香港:天地图书有限公司,2000年,第113页。

根源，并且通过持续的有自我意识的文学创作来寻求"补救"。像他在无数场合清楚说明的，他不排斥"语言游戏"，因为语言迫使他游戏（他至少与汉语和法语两种语言玩游戏）；更确切地说，他愿意"在语言的牢笼中跳舞"以探测创作自由的界限。[17]

我们应该看看高行健与文学语言游戏的方式。他说，《灵山》的部分目的是"用中文表达一个现代人多层的认知"并以"语言流"的形式来呈现这种认知。高行健特别把欧洲现代主义作家（如普鲁斯特、乔伊斯和弗吉尼亚·伍尔夫）尊为他创作灵感的来源，把让角色的心理进程"短路"的趋向视为中国现代文学的弱点[18]。为了克服这样的弱点，高行健在其作品《灵山》中就结构、风格和习语方面进行了创新。他构思了一种语言结构，其中一个主体采用了四个代词及变异（或说是迁移，来唤起之前设置在文章中的一个形象）：从"我"（在现实世界行走）到你（在想象世界周游），再到"她"（主体无法交流的他者），再到"他"（"我"的异化形式）。在高行健的构思中，"代词为角色"的可互换的自由[19]对应于准许它们相互观察和反映的自由，更进一步对应于中国哲学传统，比如道家和禅宗所灌注的自由。因此，《灵山》可被看做一篇冗长的"独白"，随着主体沿着长江流域进行实在的和想象的旅行，它以一种详尽的游记的形式呈现出来。[20]

如果《灵山》的语言结构对普通中国读者来说过于现代或是西式，高行健通过杂糅如游记、笔记、传奇、寓言和神话等不同的传统中文写作形式和风格以求达到平衡。再者，他借鉴了他称为"活语言"（即民歌和地方传说）的形式以丰富现代习语。他也注重写作中的声音和节奏来完善对汉语的使用：他常常靠录音来帮助写作，并宣称对部分初稿已修改过20遍。[21]

作为他精心构思的结果，《灵山》成为一部在高行健看来有助于表达一个现代人的多层认知的综合体（或是杂交体）。但是高行健的"创意"在文化翻译中（即吸收多元的、时而显然是不可调和的西方和东方的源泉）可能会引起争议，因为与其说他发明不如说是再创造或是更新了传统的中国主题、主旨、神话诸如此类的东西。

---

[17] 高行健：《没有主义》，香港：天地图书有限公司，2000年，第114页。

[18] 同上，第139页。

[19] Mabel Lee, "Pronouns as Protagonists: On Gao Xingjian's Theories of Narration." Tam, ed., pp.235-256；刘再复：《高行健论》，台北：联经出版社，2004年，第147-156页。

[20] 高行健：《没有主义》，香港：天地图书有限公司，2000年，第173-176页。

[21] 同上，第172页。

正如金介甫(Jeffrey Kinkley)已经令人信服地证明过,在文学主题、技巧、策略和哲学思想方面,高行健的《灵山》与沈从文(一位以乡村故事闻名的现代作家)的作品有着不可思议的相似性。据说高行健和沈从文都对楚文化有浓厚兴趣,"一种异域情调的、原始的、或是多民族的中国文化",它的来源可追溯到屈原和楚辞的传统。正如金介甫所说:

> 两位现代作家都对原始的东西有兴趣:民间故事、民歌和宗教,包括启发《楚辞》创作的萨满教。现代作家们反感儒家的孝道,并且作为现代主义者,他们混合与重塑流派;以文学技巧做实验;探究文学的异国风味,自我,自我之中的存在,灵魂——这灵魂如此破碎所以让它用不同声音言说。[22]

金介甫的研究证实了高行健的创意在于从多种混合的文化元素中吸取灵感并在他的作品中建构一种小说形式的杂交性。然而,尽管有杂糅和创意的问题,高行健在"个性"上的立场是不容置疑的。"作为一个流放作家,"他写道,"我在文学和艺术创作中救赎自己。"[23] 他承认,像《灵山》这样的作品支撑他追求"一种新鲜的文学,一种基于东方人民的认知和表达方法,但也沉浸于一个现代人的意识中的现时代文学"。[24]

然而,高行健自我宣称的以中国或东方文化为基础和他被誉为的"超越"国家或文化的界限,不能不引来更多的问题。而他使用"东方的"来指称他"认知和表达的方法",他拒绝指定"现代人"的性别和国籍,而理所当然地赋予这个现代人超验的存在。毫不奇怪,他的批评者已对他进行指责,他们挑战他现代人的本质男性或男性中心的观念,暴露了他对女性颇有问题的(或,对于一些人来说,甚至是"憎恶女性的")描述。[25] 这种对他似乎中立的性别立场的挑战,再加上以上提到的对

---

[22] Jeffrey Kinley, "Gao Xingjian in the 'Chinese' Perspective of Qu Yuan and Shen Congwen", *Modern Chinese Literature and Culture* 14.2 (Fall 2002), p.131.

[23] 高行健:《没有主义》,香港:天地图书有限公司,2000年,第9页。

[24] 同上,第107页。

[25] Gang Gary Xu, "My Writing, Your Pain, and Her Trauma: Pronouns and (Gendered) Subjectivity in Gao Xingjian's Soul Mountain and One Man's Bible." *Modern Chinese Literature and Culture* 14.2 (Fall 2002), pp.99–129; Carlos Rojas, "Without [Femin]ism: Femininity as Axis of Alterity and Desire in Gao Xingjian's One Man's Bible." *Modern Chinese Literature and Culture* 14: 2 (Fall 2002), pp.163–206.

他"中国性"的争议（以及由此延伸，他对东方文化的主张），进一步表明高行健自述的"超越"立场无法阻止将他批判性定位或重新定位到有明确界限的中国文学或世界文学的任何一方。

高行健与世界文学：中国性，普遍性，怀疑论

> 一个作家既不代表一个国家的文化，也不代表一个国家的人民。
> ——高行健：《没有主义》，第15页

在瑞典斯德哥尔摩大学教学期间，罗多弼（Orbjorn Lodén）在一篇题为《有中国特色的世界文学》的文章中宣布："一种'世界文学'将来自不同文化的因素整合为一个有机整体，超越了其全部组成部分，现在已成为主要的文学潮流，充满生机，成长迅速。"[26] 注意到这种"超越"的品质，罗多弼把高行健包含进这一新兴的世界潮流，并且觉得"应该把《灵山》作为有中国特色的世界文学来看待"[27]。与杜博妮认为中国现代文学基本是"模仿"和"平庸"的悲观的看法形成鲜明对比，罗多弼表示了乐观的态度："中国文化曾经非常杰出，但现在受到褊狭的弊病的折磨，所以很少有比出现世界文学的一流作家更富有希望的事情了。现在高行健加入了这一行列，北岛也是。还有会更多的人加入进来。"[28][29]

罗多弼对高行健和北岛的分类没有回答为什么他在标题中要选用"有中国特色的世界文学"这个短语——这明显是模仿当前中国官方"有中国特色的社会主义"政治体系的指称。这让我们重回到之前关于现代中国诗歌和宇文所安（Stephen Owen）勉强称作"世界诗歌"的两者关系上的争论。宇文所安在1990年评论北岛诗集《八月的梦游者：诗歌》（恰好是由杜博妮翻译成英文）时曾经感到不安，因为北岛有把西方读者放在脑中来写作并放弃历史悠久的中国诗歌的表达方式（例如习

---

[26] Torbjorn Loden, "World Literature with Chinese Chacteristics: On a Novel by Gao Xingjian", Tam, ed., p.258.

[27] Ibid., p.273.

[28] Ibid., p.274.

[29] 罗多弼的乐观基于他自己这样的信念："通过世界文学的全球化，多样性会幸存，并丰富起来，V. S. 奈保尔，大江健三郎，萨尔曼·拉什迪，德里克·沃尔科特和其他作家提供了对此怀有希望的好理由。"（第273页）

语、意象、象征）而喜欢用易于翻译成英语的表达的趋势。宇文所安认为北岛对"世界诗歌"（即写出后能成功传播的诗歌）的尝试在西方文化中获得了可译性（包括可接受性和易接近性），但是也有失去孕育于中国诗歌传统中丰富的创意之危险。宇文所安评论道："尽管它不受任何地方历史的约束，'世界诗歌'毫无意外地变成了英美现代主义或法国现代主义的版本，"两者都是"一种地方传统……而理所当然地被认为具有普遍性"。[30][31]

无独有偶，达姆罗什（David Damrosch）在《什么是世界文学？》的前言中引用了宇文所安对北岛的评论。在达姆罗什看来，宇文所安对西方"文化霸权"的批判也许是合理的，但是他对"世界诗歌"的批评是起反作用的，因为不论作家或译者的目的如何，"世界文学作品在它们进入广义的世界时开始了新的生命"。达姆罗什写道，对学者们更重要的是"仔细研究作品在它们的翻译中和在它新的文化背景中发生重构的方式"[32]。达姆罗什对世界文学的三重定义在此值得详细引述：

1. 世界文学是民族文学的椭圆形折射。[33]
2. 世界文学是在翻译中获益的作品。

---

[30] Stephen Owen, "The Anxiety of Global Influence: What Is World Poetry?" *New Republic* 19 (November 1990), pp. 28–32.

[31] 对宇文所安立场的批评，参见 Rey Chow, *Writing Diaspora: Tactics of Intervention in Contemporary Cultural Studies* (Bloomington: Indiana UP, 1993), pp. 3–4；奚密：《差异的焦虑：一个回应》，《今天》1991 年第 1 期，第 94–96 页。

[32] David Damrosch, *What Is World Literature?* (Princeton: Princeton UP, 2003), p. 24.

[33] 椭圆形折射（elliptical refraction）是达姆罗什（David Damrosch）借用光学术语"椭圆形反射"（elliptical reflection）自创的一个短语。所谓"椭圆形反射"，是指在一个椭圆形空间里，一个焦点上的光源会通过反射作用重新聚焦到第二焦点上，从而形成双焦点。这种光学上的椭圆形反射现象，可参见网络上的图示：http://s1.sinaimg.cn/middle/557d2546gb57673e19c90&690 达姆罗什在其《什么是世界文学》一书中，把世界文学定义为"民族文学的椭圆形折射"（World literature is an elliptical refraction of national literatures），意在说明"原语文化和宿主文化（the source and host cultures）各自提供一个焦点，从而形成一个椭圆形空间，一部作品作为世界文学存在于此，和两种文化都有关联但并不受制于任何一方"。达姆罗什之所以把"椭圆形的"（elliptical）与"折射"（refraction）混搭，生造出一个没有科学根据，但却深刻揭示了世界文学本质的隐喻，意在表明民族文学在进入世界文学空间时，不是简单、直接的"反射"，而类似于穿越了一些介质（例如语言、文化、时间、空间等）的"折射"；民族文学透过介质"折射"成为世界文学，与它本源的样子已经大为不同。达姆罗什这一新的世界文学观念，对重新思考比较文学的研究对象、范围和方法，有重要的参考价值。——编者注

3. 世界文学不是一套经典文本，而是阅读的模式：是以一种超然的态度与外在于我们时间和地域的人类社会进行交往的一种形式。[34]

达姆罗什把世界文学定义为"一种阅读模式"（包括翻译）和流通（包括接受），突出了在当代世界文学研究中过程（或运动）的重要性大于内容（或意义）。而他的第二项定义赋予北岛和高行健"世界文学"作家的资格，他们的作品在翻译中进入了欧洲语言系统（他们的翻译究竟获取了什么需要进一步探究，但这不是本文讨论的范围，）达姆罗什的第一个定义提醒我们——相似于用于此章引言中的高行健的陈述——北岛和高行健都无法代表中国文学。事实上，他们被允许进入世界文学的行列引发了关于他们作为"中国"作家的合理性的争议。对于北岛，我们可以修改罗多弼对高行健的描述并问问是否北岛曾经写过"有中国特色的世界诗歌"或是"有世界特色的中国诗歌"——或者只是一种像宇文所安所说的简单的"世界诗歌"。无论如何，一旦一个中国作家进入世界文学的行列并与其他时空的读者发生主要联系（如达姆罗什的第三个定义），"中国"和"世界"就会产生一种紧张的——或者说尴尬的关系。

要进一步探究这种紧张关系，我们可以思考一下方梓勋就高行健提出的问题："他的作品中有本质的'中国性吗'？他是否像许多当代旅居海外的中国作家一样，仍然在中国的艺术和文化传统中找寻灵感？"[35] 除了"本质的"这个词，金介甫对方梓勋的回答应该是肯定的，因为他的研究已经确认丰厚的楚文化传统各个方面，从文学到哲学再到种族，已灌注于高行健的《灵山》中。高行健自己承认民间和边缘文化对其作品的影响，尽管他倾向于一种"超然"的立场，主张没必要仅仅是为了书的销量而表现国家或民族文化元素："对一个作家来说重要的是超脱，重新创造，而不是以卖祖先留下的遗产为生。"[36]

高行健坚持创新是超越民族文化的证明，这最终获得了诺贝尔委员会的肯定。随后的评价中，本质上最重要的不是他的所谓"中国性"（尽管在授奖审议中分量很重），而是他作品的"普遍价值"："通过它的复调音，它对不同流派的融合以及写作的细致，《灵山》复活了德国浪漫主义关于世界诗歌的崇高概念"（瑞典文学院）。

---

[34] David Damrosch, *What Is World Literature?* (Princeton: Princeton UP, 2003), p.281.
[35] Gilbert C. Fong, *The Other Shore: Plays by Gao Xingjian* (Hong Kong: ChineseUP, 1999), p.x.
[36] 高行健：《没有主义》，香港：天地图书有限公司，2000年，第15页。

诺贝尔委员会的评价立即引出了问题。这德国浪漫主义的"世界诗歌"（universal poetry）是宇文所安笔下当代"世界诗歌"（world poetry）的前身吗？怎样的"世界性"或者世界的特质保证了一部世界文学作品的"普遍价值"？对于高行健，一位批评家指出其知名的"普遍性"——比得上或令人回想起一个杰出的欧洲文学传统——更多的是存在于他20世纪90年代的戏剧，而不在小说中，因为"高行健追求中立和普遍性，回避中国的背景和人物"，[37] 这可能是近期发生的迁移。[38]

如果高行健的"普遍性"和"中立"紧密相连，那么他的"中立"（即不完全是中国的也不完全是西方的）会是源于深刻的怀疑论的一种特殊类型。不奇怪诺贝尔委员会赞许高行健是一位"敏锐的怀疑论者"，而在罗多弼看来怀疑论是《灵山》的特色。通过《灵山》中的沉思：历史是谜语，历史是谎言，历史是废话，历史是预言，历史是比喻，历史是心态，历史什么都不是——"历史原来怎么读都行，这真是个重大的发现！"[39]，高行健把自己的怀疑论——他的普遍性的特别证明——指向中国历史。暂且不论其"中立"，高行健的"普遍性"是基于他对近期中国历史的体验上的，他不愉快的经历加深了他的怀疑立场，并且讽刺的是，这种怀疑也使他远不能做到完全"中立"。

高和其他中国作家的区别在于他仍然对自己的小说理念保持怀疑，他通过对话者发出预期的（因此也是先发制人的）对《灵山》批评的声音："你把游记、道听途说、感想、笔记、备忘录、非理论性的讨论、不像寓言的寓言拼凑在一起，再抄录点民歌，加上一些你自己发明的传奇类的胡说八道，你居然就称它为小说！"[40]。通过这样的例子，高行健同他用语言表达的东西保持了距离。经过仔细分析，他的怀疑论是和语言与人类存在相关的，正如柯思仁（Sy Ren Quah）对高行健90年代的存在主义戏剧的评论所言：

> 人想成为他言说的主人，却可笑地成为它的奴隶。《生死界》中的女人表达了她的痛苦与绝望。《夜游神》中的梦游者表现得傲慢，却是可悲的。《对话与反诘》中的男子流露出无助和无力。言说的无意义关联着存在的虚无，

---

[37] Gilbert C. Fong, *The Other Shore: Plays by Gao Xingjian* (Hong Kong: ChineseUP, 1999), p. xviii.
[38] 这些后期的戏剧包括《生死界》(1991)，《对话与反诘》(1992)，《夜游神》(1993)，《周末四重奏》(1995)。
[39] 高行健：《灵山》，台北：联经出版社，1990年，第500—501页。
[40] 同上，第452—453页。

这通过强烈的感情表达出来了。[41]

柯思仁的评论与方梓勋对高行健作品的评价意见相似——"言语后面的不可知蕴含了真正的人性,语言的荒诞与生存的荒谬相同"[42]。如果这个论点为真,那么高行健的文化翻译就不仅仅是意义从一种语言到另一种语言的迁移,更重要的是意义对语言的超越。一个这种超越的瞬间出现在《灵山》的结尾处,高行健的冥思通过叙述者恍惚的诉说表达出来:"窗外的雪地里我见到一只很小很小的青蛙,眨巴一只眼睛,另一只眼圆睁睁,一动不动,直望着我。我知道这就是上帝"。[43]这是高行健一直想要做到的"超越":"文学作品之超越国界——通过翻译又超越语种,进而越过地域和历史形成的某些特定的社会习俗和人际关系,深深透出的人性乃是人类普遍相通的"[44]。然而,高行健也许超越了国界和语种(作为一名中法作家,现有多种语言版本的作品),但他仍然发现自己无法超越历史。他在语言和人类存在上超然的立场可能是说服了诺贝尔委员会来接受其作品的"普遍价值",但这种接受——已将其作品由"中国文学",如果不说是提升,也是转化为"世界文学"——这是以西方对中国现代文学长期的不认同为基础的,这样的历史在当代中国知识分子中产生了一种特殊的"诺贝尔奖情结"。

高行健与中国的诺贝尔奖情结:政治、合法性、身份

> 我不属于任何一个政治或文学的派别,我也没有任何的主义,包括民族主义和爱国主义。
>
> ——高行健:《没有主义》,第 9 页

如前所述,2000 年瑞典文学院对高行健的接受并没有解决长期困扰中国知识分子的"诺贝尔奖情结"。早在 1989 年,蓝温蒂(Wendy Larson)和理查德·克劳斯

---

[41] Sy Ren Quah, "Performance in Alienated Voices: Mode of Narrative in Gao Xingjian's Theatre", *Modern Chinese Literature and Culture 14: 2* (Fall 2002), p.93.

[42] Gilbert C. Fong, *The Other Shore: Plays by Gao Xingjian* (Hong Kong: ChineseUP, 1999), p.xvi.

[43] 高行健:《灵山》,台北:联经出版社,1990 年,第 505 页。

[44] Gao Xingjian, "The Case for Literature", *Nobel Lecture, Stockholm. 7 December 2000.* Trans. Mabel Lee. PMLA 116.3 (May 2001), p.596.

(Richard Krauss)就注意到中国作家在国际文学政治舞台上的困境:

> 中国艺术能加入"世界文化"中来吗?如果我们用诺贝尔奖的种族忽视记录作为指导的话,回答是"时候未到"。……然而在诺贝尔奖的角逐中,中国,同任何一个第三世界国家一样,永远不会赢。寻求瑞典人的认可最终使西方成为"世界文学"的鉴定者。……中国获奖的机会可能最终决定于它在一小群对它的文化、历史或政治知之甚少的欧洲人眼中作为一个国家的重要性。[45]

到2000年末,中国作为一个国家的重要性在国际上的影响越来越大,发展中的市场经济最终获得了瑞典文学院的认可,但是这种承认有着一种讽刺的转折,因为这个奖项授予了一位海外华人,一个"持不同政见"的流亡作家,一个提倡与官方批准和商业倾向文学产品相反的"冷的文学"的推动者。虽然中国政府对这一获奖消息的反应是消极的,世界各地的中国知识分子和作家却不同,他们认为高行健是诺贝尔获奖者国际盛宴上的中国代表。

这里我们面临两个问题:第一是肯认政治(politics of recognition)长期都将奖项给予西方人而不是非西方人,第二是高行健作为中国作家的合理性和他身份的真实性。因为肯认政治在国际文学舞台上有着利害关系,官方的权力构成和西方给非西方以认同的合理性没有从根本上改变,中国因此没有真正赢得诺贝尔奖。[46] 史书美(Shu-mei Shih)在对这种权力构成的批判中,揭示了她称作"肯认技术"的逻辑正在世界上广泛运作着:"肯认政治涉及将普遍性给予不寻常的东西——也就是说,高行健的作品不寻常,因为这些作品的特殊性,超越了特殊而达到普遍"。[47] 暂不论超越的普遍性那被夸大的价值(这在上一部分已作讨论),史书美强调,实际上,高行健和其他诺贝尔奖得主的例子说明,民族性的东西是富有生机的,并且在诺贝尔奖的入选名单内。要在肯认政治中超越国家和世界这两个主要类别,史书美建议把"华语语系"(Sinophone)作为一种比中文更大更兼容并包的类别:"诺贝尔委员

---

[45] Wendy Larson and Richard Kraus, "China's Writers, the Nobel Prize, and the International Politics of Literature", *Australian Journal of Chinese Affairs 21* (January 1989), p.160.

[46] Kwok-Kan Tam, "GaoXingjian, the Nobel Prize and the Politics of Recognition", Tam, ed., pp.1–20.

[47] Shu-mei Shih, "Global Literature and the Technologies of Recognition", *PMLA119: 1* (January 2004), p.25.

会对高行健的肯定应该是对华语语系的肯定,而不是对中国文学的肯定"。[48]

史书美认为"华语语系文学"这一概念有很大前景,这和高行健的情况紧密相关:

> 作为一种组织类别的华语语系因为超越了国家的界限,为这样一位作家提供了可选的理论,它存在的理由是流放、散居、少数人化(minoritization)和杂合的状况,使它拒绝融入中国也拒绝进入居住地。[49]

毫无疑问,虽然并不像民族文学或世界文学那么普及,但史书美对"华语语系文学"的概念化引入了肯认政治的一种不同形式。从"华语语系"的角度看,绕开高行健作为一名"中国的"作家是否合理的激烈辩论,而去探究其作品在世界上,不仅仅是在华语社会的接受是有道理的。正如本文在一开始陈述的,把高行健作为一名文化翻译者。其作品通过迁移并在流放或离散的情况下获取意义,可能更能了解他。在这分析中,高行健的身份危机可能并未揭示其作品不确定的混合性,而更多的是揭示了批评语言在接纳和阐释产生于瞬息万变的全球化世界的新的文化产品时的匮乏。

回到中国的诺贝尔奖情结,会发现一种根深蒂固的、持久的地缘文化焦虑:作为一名中法作家,高行健并不代表中国大陆或大陆以外的任何一个华语语系的地域。讽刺的是他自我标榜的超然于国家政治的"中立"和他文学视野的"普遍性"使他获得诺贝尔奖之后在中国台湾和香港受到读者的钟爱。同样讽刺的是高行健可能受益于自己在中国的不幸冷遇,因为这种政治上的冷遇可能增加了他的国际文化资本,并且加强了他在世界文学中的地位。地缘文化政治在全球化时代揭示了高行健挣扎于他对创意、个性和超越的主张和当代文化生产和"世界文学"的流通对可译性和普遍性的要求之间。

尽管都在谈论高行健的普遍性和超越性,其作品的流通最终和西方对中国文化的想象相联系。蓝诗玲(Julia Lovell)在广泛考查诺贝尔奖争议之后说:"只要全球事务中仍然把国家当做主要的考虑部分,并且知识分子们依然是世界上各国的舆论制造者,那么民族身份和文学的联系就会保持对全球意识的有力控制——哪怕是在

---

[48] Shu-mei Shih, "Global Literature and the Technologies of Recognition", *PMLA 119: 1* (January 2004), p. 27.

[49] Ibid., p. 26.

中立的瑞典"。[50] 不管愿意与否，事实就是高行健是第一位出生于中国的诺贝尔文学奖获得者。这里仍然有尖锐的讽刺：尽管他在 1992 年宣称我们的时代是个没有主义也没有偶像的时代，他自己却成了偶像，一位"世界文学"的偶像，在他获得诺贝尔奖后，其作品在海外华人社会立即就广受欢迎，他也在得到光荣的承认后在中国香港和台湾还有其他地方进行主旨演说而享有声誉。

"我表述，故我在"[51]——不幸的是，高行健这个被多次引用的表述并没有一劳永逸地确定他的身份，因为它暴露了他存在本质的不稳定性，只要其作品传播了，不论是以原版还是翻译的形式，他就不止存在于他的表述，也存在于别人（包括瑞典文学院）对他的表述。作为一位不寻常的成功的中国和世界之间的文化翻译者，高行健终要面对的是语言，其文学作品的所有意义，他的语言表达，他对存在的追寻。"文学就其根本乃是人对自身价值的确认，书写其时便已得到肯定"[52]。我必须要补充的是，这样的确认与肯定，不仅仅来自他自己的书写，也来自他现在的任何原文或译文的——必然也是将来的——读者的书写。

（崔潇月 译）

---

[50] Julia Lovell, "Gao Xingjian, the Nobel Prize, and Chinese Intellectuals: Notes on the Aftermath of the Nobel Prize 2000", *Modern Chinese Literature and Culture 14.2* (Fall 2002), p.44.

[51] 高行健：《没有主义》，香港：天地图书有限公司，2000 年，第 111 页。

[52] Gao Xingjian, "The Case for Literature", *Nobel Lecture, Stockholm. 7 December 2000.* Trans. Mabel Lee. *PMLA 116.3* (May 2001), p.595.

反思世界文学中的"世界"：
中国大陆、台湾，东亚及文学接触星云

[美国] 唐丽园

> **导 读**
>
> 唐丽园（Karen Thornber），哈佛大学比较文学系副教授，2006年博士毕业于哈佛大学东亚语言与文明系，主要研究方向是东亚文学及文化，已出版的专著包括《骚动的文本帝国》（2009）、《生态模糊性：环境危机与东亚文学》（2011）。本文系作者专为本书提供。作者以《台湾万叶集》、《古都》、《藤野先生》等作品的互文性，以及莫言与大江健三郎等作家的友谊等事例，论述了20世纪东亚区域文学独特的"星云"接触现象，认为对其进行研究，有助于打破世界文学观念在实践过程中产生的欧洲中心主义迷思。

比较文学这一学科已经从几乎只关注欧洲文学转而包含世界其他区域的文学，即便如此，该领域却在许多方面强化了欧洲中心主义，这是极具讽刺意味的一点。西方文学被安稳地置于该学科的核心，人们不仅将西方文学单独看待，而且还把诸如拉丁美洲、非洲、中东和东亚、南亚以及东南亚等地区的文本视为"外围"。[1] 只有少数比较文学学者，特别是研究欧洲帝国主义诞生以来的文学作品的学者，会讨论非西方文本间的区域内部甚至跨区域联系。不出所料，用西方语言创作的非西方作品比用非西方语言创作的作品获得了更多的关注，即使后者在数量上远远超过前者。而西方文学作品往往是评价其他文本的标准。

---

[1] "西方文学"这个术语本身在其他因素中对同质与等值的指涉就是有问题的。这里仅仅指普遍认为的欧洲和美国的文学，最多再加上加拿大文学。美国文学是比较文学领域相对的迟到者，加拿大文学在一些圈子内依然被边缘化。

正如其名称所显示，"世界文学"尽管长期以来用于指称公认的欧洲经典名著，较之"比较文学"，前者仍然更易于涵盖非西方文学。比如大卫·达姆罗什（David Damrosch）把世界文学看做"一切以译本或原著形式流传到其本土文化以外的文学作品。……唯有当一部作品频繁出现在其本土文化之外的文学体系里，这部作品才真正拥有了作为世界文学的有效生命。"[2] 这一定义不仅涵盖流通于西方国家间或西方与其他文化间的作品，也包括那些不熟悉非西方语言的西方读者无法读到的作品。理论上，缺乏来自西方译者和读者们的关注并不会妨碍一部创作被视为享有"作为世界文学的有效生命"——可能一部印地语作品的马拉雅拉姆语和泰米尔语译本已经广为流传，而不是其西文译本。[3] 而实际上，在非西方地域内部和非西方地域之间的文化接触，尤其是过去几个世纪的接触所受到的关注远远少于西方显著参与其间的那些文化接触，往往西方是作为源头（例如中国文化对欧洲文学作品的接纳和转化），但也作为目的地（例如欧洲文化对中国美学的吸纳）。目前关于世界文学的争论——包括近期由伦敦大学亚非学院（SOAS）于2011年6月发起的讨论"世界文学研究方法：超越欧洲中心主义批评方法的问题"，即恰当地批评了把以亚洲、中东和非洲语言创作的文学作品频繁边缘化为"地方的"或者"外围的"这一现象。[4]

尽管世界文学领域最近有所发展，也渐孚众望，但是它显然还须具备对文学、文化和民族更多元的理解。的确，当今学者们面临的最大挑战之一即整合与重塑"本土"和"全球"的概念，前者当前被视为非西方文化产品的主体，后者主要为西方作品或者拥有西方读者的非西方作品。分析非西方文学作品在区域内和区域间的交互作用，尽管不是解决一切问题的办法，也是帮助世界文学摆脱徘徊不去的欧洲中心主义并接近区域中立性的一种途径。从而使西方不同地域或西方与非西方之间的文化接触不再比那些仅仅旁及西方或根本不涉及西方的文化交流受到更多的重视。

20和21世纪的东亚文学因缘便是极好的例证。我们越是考察现代中国大陆、

---

[2] David Damrosch, *What is World Literature?* (Princeton: Princeton University Press, 2003), p. 4.

[3] 很明显，印度的民族和官方语言有不同寻常的多样性，国内的流通也是不同文化间的流通。

[4] 这一边缘化现象在世界范围内发生。Sukrita Paul Kumar 和 Malashri Lal 悲叹亚洲的书店里，往往西方文学的译著比亚洲其他地方文学译著储藏更丰富，而亚洲文学作品又常常是更多见于西方书店和图书馆里。See. Sukrita Kumar and Malashri Lal, "Introduction", in Sukrita Kumar and Malashri Lal, eds., *Speaking for Myself: An Anthology of Asian Women's Writing* (New Delhi: Penguin, 2009), pp. xix–xxviii.

台湾，日本，朝鲜半岛的民族与文化，就越能发现它们之间的深刻关联的多样性和复杂性，并越发明白，按国家或语言来分割东亚文学作品会妨碍我们理解该区域充满活力的文艺创作。[5] 同样，对于20世纪东西文化交流和20世纪末21世纪初东亚区域内大众文化流通，传统的比较文学和世界文学研究并未充分考察整个（后）（半）殖民时代的东亚文化转换。[6] 诚然，除了几个突出的例外，在殖民时代和1945年以后的东亚，与西方文本的联系多于东亚区域内部的文学交流。然而，在那些最持久而最具活力的20世纪和21世纪早期的东亚文艺关系中，有一些并非从单个东亚国家内部发展出来的，也并非源自东亚与西方文学的交流，而是源自中国大陆、台湾，日本，朝鲜半岛的文学交流。[7] 学者们近年来已对日本作家村上春树在中国大陆、台湾，日本和朝鲜半岛获得的巨大成功进行了广泛的探讨。但是我们应该把"村上现象"视为长期文化动力的著名例子，而非一个全新的现象。[8] 中国大陆、台湾，日本、朝鲜半岛和中国台湾的文学界互动在日本帝国（1895–1945）时代非常活跃，在日本战败和中国大陆、台湾和朝鲜半岛非（半）殖民化后短暂降温，而后又作为文艺交

---

[5] 除非另作说明，这章中提到1948年以后的现象时，Korea这一术语是指韩国与朝鲜。

[6] 他们也没有正确对待现代东亚文学与文学界的多重交互影响，并且也错误对待了拉美、南亚和东南亚，中东和非洲的交流，我在我近期的两部书 Texts in Turmoil 和 Reimagining Regions and Worlds 中对此进行了分析。

[7] 东亚对印度的诺贝尔奖得主泰戈尔的强烈兴趣也是很重要的。

[8] 最终，突出村上春树风潮的主要是它受到的批判性关注；学术界对价值数百万美元的20世纪末和21世纪初东亚区域内部流行文化风潮的关注蔓延到村上热上了。另外还有其他的文学风潮，比如朝鲜半岛在20世纪60年代的川端康成热 [单是那十年间就翻译出版了15个版本的《雪国》(1935–1957)]，还有大江健三郎20世纪90年代在朝鲜半岛的大热 [那十年《饲育》(1957) 有7个版本的翻译，《个人的体验》(1964) 有6个版本的翻译]，讽刺的是他之后获得了诺贝尔奖，却不是在东亚内部流行文化流通大潮的背景中发生的。更多关于战后朝鲜半岛翻译日本文学的信息可参见以下书目：Kim Hŭng-gyu, *Hanguk munhak pŏn-yŏksŏji mokrok* (Seoul: Koryŏdae Minjok Munhwa Yŏn-guwŏn, 1998); Yi Myŏnghŭi, "Ilmunhak pŏn-yŏksŏ ŭi pyŏnch'ŏn kwajŏng e kwanhan yŏn-gu: 1895–1995 nyŏn ŭi 100 nyŏn-gan ŭi Ilmunhak pŏn-yŏksŏ e kwanhayŏ", *Kyŏnghŭi Taehakkyo Taehakwŏn Il-ŏ Ilmunhakgwa 7* (July 1997), pp.70–87; Yun Sang-in et al, *Ilbon munhak pŏn-yŏk 60 nyŏn hyŏnhwang kwa punsŏk: 1945–2005* (Seoul: Somyŏng Ch'ulp'an, 2008). 川端康成和大江健三郎也被广泛翻译成中文。Kuroko Kazuo and Kan Dunwen, *Nihon kin-gendai bungaku no Chūgokugoyaku sōran* (Tokyo: Bensei Shuppan, 2006), pp.59–63, 69–87；王向远：《二十世纪中国的日本翻译文学史》，北京师范大学出版社，2001年，第411–412, 418–420页。

流的关键渠道而得以复苏。[9]

在东亚,同在世界大多数地区一样,文化与文化产品经常处于动态之中,在艺术、伦理、地理、语言、政治、意识形态和时间内部与其间相互纠缠渗透。如此,它们便创造了文化转换的流动空间,在此,文化转换是指"(它们)的同化、改编、拒斥、模仿、抵制、丢失和最终转变的诸多不同进程。"[10] 文化转换既肯定文化资本与文化权威,同时又破坏它们。文化转换总是需要协商的力量,因此它在帝国与后帝国时代尤其活跃。在19世纪和20世纪西方和日本帝国时代及之后,(后)殖民、(后)半殖民的和其他被征服的民族与他们的(前)宗主国的民族参与并改造了彼此的文化与文化产品。他们往往打破两分法与边界,创作出抵制、合作与默许的引人入胜的结合体。[11]

普拉特(Mary Louise Pratt)把文化转换定义为"接触区"(contact zone)现象,她造出这一术语来描述"不同文化相遇、碰撞和相互纠缠的社会空间,往往处于高度不对称的支配与从属关系"[12]。更具体地说,普拉特所理解的接触区是:

> 帝国相遇的空间,此前地理和历史上相分隔的民族发生接触并建立持续的关系,这当中往往包含了强迫、极端不平等和难以应付的冲突[13]。

---

[9] 参见我在《骚动的文本帝国》中对的殖民时期东亚区域内部文化动态的大量探讨。Karen Laura, Thornber, *Empire of Texts in Motion: Chinese, Korean, and Taiwanese Transculturations of Japanese Literatur* (Cambridge: Harvard-Yenching Institute Monograph Series, Harvard Asia Center Publications Program, 2009).

[10] See. Anuradha Dingwaney, "Introduction: Translating 'Third World' Cultures", in *Between Languages and Cultures: Translation and Cross-Cultural Texts*, Anuradha Dingwaney and Carol Maier, eds. (Pittsburgh: University of Pittsburgh Press, 1995), p.8; Fernando Ortiz, *Contrapunteo cubana del tabaco y el azúcar* (Caracas: Biblioteca Ayachucho, 1987), p.xi; Phyllis Peres, *Transculturation and Resistance in Lusophone African Narrative* (Gainesville: University Press of Florida, 1997), p.10; Mary Louise Pratt, *Imperial Eyes: Travel Writing and Transculturation*, second edition (New York: Routledge, 2008), p.7; Ángel Rama, *Transculturación narrative en América Latina* (Mexico: Siglo Venintiuno Editores, 1982).

[11] 19和20世纪的帝国是人类历史上规模最大、最有组织、最有规范性的政体。到20世纪早期,他们共同控制了地球表面的主要领土。

[12] Mary Louise Pratt, *Imperial Eyes: Travel Writing and Transculturation*, second edition, (New York: Routledge, 2008), p.7.

[13] Ibid., p.8.

现代东亚的艺术交流主要在两种方式上区别于普拉特和其他学者探讨的区域。[14]这并非日本帝国及其后时代独有的特点，这些差异显露了对（前）不平等权力关系，尤其是在帝国和后帝国空间中的文化转换分析不足的地方。首先，殖民地的艺术碰撞绝不是只出现在地理、历史和文化上有距离的民族之间（即，中国大陆，台湾，日本，朝鲜半岛相对于对美国和欧洲），相反主要是有长期关系的邻邦之间的交流。内部混乱和美国与欧洲对中国的压迫，伴随19世纪末日本作为殖民势力的崛起，剧烈影响了而非造成了东亚民族和文化的接触。其次，东亚区域内部的接触并未复制帝国主义话语推崇的或者（后）（半）殖民地人民所预想的不合理的非对等性。鉴于这些接触通常具有模糊性、持续变化的内部动态以及模糊的边缘，这些接触的空间最好被称为"星云"（nebulae/nebulas）而不是"区域"（zones），因为区域所指的是拥有清晰界限的不同地区。

艺术接触星云这一术语由此指涉来自（之前）不平等权力关系的文化中的舞蹈家、戏剧家、音乐家、画家、雕刻家、作家和其他艺术家的互动，及其对彼此的创作进行文化转换的空间。艺术接触星云最有活力的子集之一是**文学接触星云**，这个活跃的地带既是有形的，又是创造性的，包括读者接触（readerly contact）、作者接触（writerly contact）和文本接触（textual contact）。各种文化转换模式相互缠绕，在一定程度上取决于语言接触并往往涉及旅行。在这样的背景中，"读者接触"指阅读来自与自己的文化/民族处于（前）非对称权力关系的文化/民族的创作（具有审美意图和想象性的文本）；"作者接触"指来自（前）相互冲突的社会的作家们的互动；"文本接触"指对这种环境中的创造性文本进行文化转换（挪用流派、风格和主题，还

---

[14] See. David L Curley, "Maharaja Krisnacandra, Hinduism, and Kingship in the Contact Zone of Bengal", in Richard B. Barnett, ed., *Rethinking Early Modern India* (New Delhi: Manohar Publishers and Distributors, 2002), pp. 85–117; Madeleine Dobie, "Translation in the Contact Zone: Antoine Galland's Mille et une nuits: contes arabes", in Saree Makdisi and Felicity Nussbaum, eds., *The Arabian Nights in Historical Context: Between East and West* (New York: Oxford University Press, 2008), pp. 25–49; Karsten Fitz, *Negotiating History and Culture: Transculturation in Contemporary Native American Fiction* (New York: Peter Lang, 2001); Green, Renée. ed. *Negotiations in the Contact Zone* (Lisbon: Assírio &Alvin, 2003); Noreen Groover Lape, *West of the Border: The Multicultural Literature of the Western American Frontiers* (Athens: Ohio University Press, 2000), pp. 1–18; Pickles and Rutherdale; Susanne Reichl, *Cultures in the Contact Zone: Ethnic Semiosis in Black British Literature* (Trier: Wissenschaftlicher Verlag Trier, 2002), pp. 1–8, 40–45.

有通过相关的，有时是伴随发生的，阐释、改编、翻译和互文的策略来对单个的文学作品进行文化转换）；"语言接触"指与（前）殖民或被殖民地区的语言相互作用。

殖民时代的东亚文学内部接触主要集中于重构受难、关系和机构的概念[15]，而1945年以后的东亚文学接触则主要参与建立文学正统性和文学社团。殖民主义是一个民族向另一民族屈服的最卑微的形式之一；也是一个民族践踏另一个民族文化的一种最无情的方式。伴随半殖民主义的支离破碎的政治、经济和文化的统治也会导致剥削并要求屈从。在大多数情况下，（半）殖民压迫并未随非殖民化而结束，因为直接的统治往往被更隐蔽的控制形式所取代。在帝国及后帝国时代发展的文学接触不断根据艺术和地缘政治发展重新协商正统性；作家们努力在区域和世界文学舞台上提升自己的地位。

东亚的有创造性的艺术家们通过交谈及对彼此作品的讨论、翻译和互文来宣传和建立作家、读者、作品，以至民族的社团。东亚文学团体，尤其是那些1945年以后的文学团体，并非通过压抑殖民和战争时代的悲剧而得以繁荣，而是通过把为这些悲剧赎罪变成焦点。东亚之外，漫长的非殖民化进程、殖民国作为二战胜利联盟的地位，且不说前殖民地相对缺乏公认的文化遗产，都在实际上确保了大多数新独立的后殖民地的文化、经济和政治方向仍然集中于前欧美宗主国。典型的情况是，前宗主国对前殖民地仍保持着影响力。另一方面，东亚国家迅速发展出彼此大相径庭的政治、经济、甚至是文化的参考点，而这是由冷战界定的（美国和西欧对日、韩与中国台湾；苏联对朝鲜与中国大陆）。最终，这种重新定位使（半）殖民的记忆变得非常强烈，无论这种记忆是怎样建构的；日本未能为殖民和战争时期的暴行进行恰当的赎罪终于引发了一发不可收拾的敌对情绪。[16] 东亚内部的文化和文学交流在这样的环境中不仅得以幸存并且繁荣发展；作家和作品争夺地位，强调暴行，商讨赎罪，并且面对动荡的经济、政治和社会状况联合起来建立了社团。

---

[15] Karen Laura Thornber, *Empire of Texts in Motion: Chinese, Korean, and Taiwanese Transculturations of Japanese Literature* (Cambridge: Harvard-Yenching Institute Monograph Series, Harvard Asia Center Publications Program, 2009).

[16] 20世纪80年代以后，这种对日的敌对情绪在中国大陆、台湾和朝鲜半岛被当做一种政治工具来转移对不稳定经济状况的注意力。

协商正统性[17]

阶层、挑战阶层和拒绝挑战是世界范围内大部分后（半）殖民文学接触空间的特色。寻求肯定、争取建立文化正统性反映出受到认真对待的渴望及对其在后（半）殖民区域中的地位之焦虑与不安。文化关系总体不像（半）殖民时期那样不对称。但是后（半）殖民地作家们，尤其是在前宗主国受教育并以其语言进行写作的作家，频繁被迫维护其个人和文化的正统性。对他们来说，来自前宗主国的作家往往会削弱后（半）殖民地的同行的力量，与之争夺文学正统性，有时甚至质疑他们书写自己经历的权利。

战后东亚文学接触空间的作家互动往往比其他任何地方都更少阶级性而更具互惠性，作家们基本上都尊重彼此的个体性。东亚内部的文学批评和翻译也很少像其他后殖民地区那样关注正统性的维护或拒斥。另一方面，东亚内部的互文关系又常常引起两败俱伤的地位谈判，尤其是涉及经典作品和作家时。

像《台湾万叶集》（1981—1993）这样的作品明确地鼓励与日本作品的比较，既是为了矫正这些日本作品中对后殖民文学作品可感知的轻视，也是为了建立本土文学正统性。中国台湾作家朱天心的中篇小说《古都》（1996）则以稍有不同的风格与其日本前辈建立动态联系；它突显了后殖民与后宗主国地区的不同，从而凸显了备受赞誉的日本前辈与后殖民文化的有限联系。日本作品对当地备受好评的前辈同样充满焦虑；一些作品，包括太宰治的中篇《惜别》（1945）和中田昭荣的小说《爱·悲哀·启程之歌：鲁迅、鸥外、索菲亚、明石、滔天与日俄战争》（《爱と哀しみと旅立ちの歌：理迅、鸥外、ソフィア、明石、滔天と日露戦争》）都由于既建立日本为前殖民地说话的合法性，又颠覆前殖民地的叙述权威而让之前的作品失真。正如这些文本所显示的，协调区域文学合法性自20世纪40年代起，到21世纪初为止，都一直是战后亚洲作家所关注的问题。

由中国台湾医生孤蓬万里（吴建堂）编著的《台湾万叶集》收录了大约1400首台湾作家写的日语短歌。[18]在殖民时期的台湾创作日语诗歌和散文是普遍的活动，

---

[17] 以下部分主要来自我的文章《正统性与共同体》。See Karen Laura Thornber, "Legitimacy and Community: Traveling Writers and Texts in Post-1945 East Asia", *Paradoxa* 22 (2010), pp.7-39.

[18] 孤蓬万里从20世纪70年代开始收集台湾诗人写的短歌，1981年在台出版《台湾万叶集》第一卷，第二第三卷分别于1988和1993年出版；日本出版社集英社于1994年发行了2卷本的《台湾万叶集》。

尽管官方禁止用日语写作，这一活动一直持续到非殖民化之后。但是这种作品很大程度上被日本作家和编辑们所忽略，包括编纂收录了在1925年到1975年间写成的日语短歌的20卷本《昭和万叶集》的编者。虽然有大量（半）殖民时期的短歌诗人，收录在《昭和万叶集》里大约1500名的作家中，只有少数几个不是日本人。《台湾万叶集》这个标题所具有的互文性明确地将这个文集与《昭和万叶集》及日本现存最古老的诗集，即18世纪的《万叶集》并置，以此来维护中国台湾作为经典日本诗歌的学习者和创作者的文化正统性。诗集将特定的地点（台湾）与时代（昭和）相对照，主张将台湾视为正统的文化中心。鉴于日本与中国关系正常化，这变得尤其重要；由于日本开始承认中国政府（1972），台湾作家表达了对此中隐含的台湾政治与文化资本降级的失望。

《台湾万叶集》公开挪用了《万叶集》的某些部分以积极面对《昭和万叶集》。在前言中，孤蓬万里宣称在诗集选录的诗人们"从《万叶集》中借用了短歌的形式以抒发他们生命的呼吸。"[19] 孤蓬万里在这里暗示，虽然诗人们受益于早期日本文学作品，但是当代台湾的创作仍然具有自主权。他主张，正如他们20世纪的日本同行一样，台湾短歌诗人们一面勤勉地学习着日本经典作品，一面又拒绝被它们奴役。[20]《台湾万叶集》宣称了台湾作家应在《昭和万叶集》这样的诗集中获得一席之地。在20世纪晚期与日本争夺正统性是对殖民时期关系的重演，如以前一样把台湾人置于对他们的东亚邻居不断追赶的地位上。

孤蓬万里所编诗集致力于通过接纳日本文学作品并纠正其对台湾文学作品的轻视来获取后殖民文学认可。相反，朱天心的《古都》通过构建差异、挑战日本前身和突出它们与台湾的有限相关性来做到这点。正如具有互文的标题所表明的，中篇小说《古都》与日本作家川端康成的小说《古都》(1962) 动态地发生互义关系，这是诺贝尔奖委员会1968年授予川端康成诺贝尔文学奖时所引用的三部作品之一。朱天心的小说也包含了对该日本同名小说的引喻的和命名典故。叙述者明确交织了来自多个前身的话语，但着重强调了她与川端康成小说的互文。朱天心对川端康成小说的积极重构引发了战后日本和台湾的比较，为台湾文化产品开创了一片天地。

---

[19] Kohō Banri, ed. *Taiwan Man'yōsh* (Tokyo: Shūeisha, 1994), p. 11.
[20] 孤蓬万里自己曾在20世纪40年代早期和著名日本的《万叶集》学者犬养孝一起研究过《万叶集》，犬养孝也为《台湾万叶集》写过序，并在其中与《万叶集》的原作相联系，但总体上他的论述把台湾人说成是被动继承了日本的文学华彩。

川端康成的小说讲述了一个年轻女人（千重子）的故事，她出生就与自己的双胞胎姐妹（苗子）分开，多年后又短暂重逢。这篇小说交织了千重子与自己的环境达成妥协的挣扎和对京都及其诸多寺庙、神殿和节日的抒情描述。这部台湾小说重构了其日本前身描绘的血脉的冲突，将其描绘成文化身份、物理空间和文学空间的相遇。"你"，叙述者，一名二代中国大陆人，是一个20世纪90年代的台北和京都的漫游者，她阅读过来自世界各地的文本，包括日本文学和地图。她在现代的台北迷失方向，把京都描绘为一个更令人神往却仍就问题重重的地方。

朱天心的《古都》通过巧妙地插入九页川端康成小说内容，在尊重日本的文化资本（京都这个城市和布迪厄 [Bourdieuian] 意义上的文化资本）的同时，建立了台湾的文学资本（正统性）。川端康成小说的许多片断散见于朱天心小说的中间部分，用破折号隔开，它们关涉千重子的破碎身份。千重子的情感转移与"你"的情感转移相对照，这已超越了个体：川端康成小说中不同家庭之间的女人成为朱天心互文中不同文化之间的女人。最终，台湾的《古都》揭示了其日本前身无法描述台湾的复杂并且更为痛苦的经验。

台北在朱天心小说中被不断描述成迷宫似的丛林。过往，不论是个人的还是文化的，都越来越难寻觅，地图与记忆仅仅让人愈发迷惑；荒谬的是，台北唯一真实的支撑是它殖民时期的建筑物，而它们正在被新的建筑飞快地吞噬。来自世界各地的当代凌乱建筑、消费品和文化产品使台湾人觉得越发懊恼；对如"你"这样的二代大陆人来说，"古都"事实上存在于中国大陆，而它在京都的幻影增加了这座日本城市的魅力。然而虽然"你"在京都寻找到一些安慰，即便在那里她魂牵梦萦的记忆也无法让她找到家的感觉；她体会到的京都与川端康成小说描绘的截然不同，这并非因为它是前宗主国的一部分，而主要是因为她的家庭状况和战争。

在这部台湾中篇小说里，对家庭的焦虑变成了对城市与文化身份的焦虑，没有归属的精神创伤被放大；"你"调用了其日本文学前身，尤其是它对千重子的焦虑和她的朋友关于她背景的质疑的重点描述，以此来强调川端康成小说不适合表达台湾的体验。叙述者在她小说四分之三的地方引用了川端康成小说的结尾，以此来凸显这部日本小说的不完整性（从台湾视角）："千重子扶着格子门，一直目送她远去。苗子没有回头。千重子的额发上，飘洒下几点细雪，不一刻就化尽了。市街依旧在沉睡，大地一片岑寂。（全文终）——《古都》。飞机于上午十点起飞了。"[21] 这部日

---

[21] 朱天心：《古都》选自《古都》，台北：麦田出版社，1997年，第210页。

本小说被静音了,其主体被驱逐被替代却留下痕迹来提醒读者它的不连贯,而台湾小说则随着"你"乘飞机回到台湾而延续下去。通过在书的结局之前引用川端康成的结尾,这部台湾中篇小说指出日本叙事不适合引领台湾的文化工程。

对川端康成小说的随机引用表明,台湾文本既从属于其尊崇的日本文化产品,又坚持维护台湾创作的正统性。这些引用也反抗了东亚,包括中国大陆和台湾对川端康成的痴迷。川端康成并不仅仅是东亚第一位诺贝尔文学奖得主,他还在中国大陆和台湾有着明星般的地位。他的《古都》尤其备受好评。当朱天心1996年发表其小说时,川端康成的作品已至少六次被翻译成中文,比任何一种西方语言都多。在21世纪,这部小说仍旧是中国大陆和台湾的人们最热衷于改写的文化作品。《古都》的叙述者因此大胆对在其原产国以外风靡甚至增殖的文学作品进行了解剖。她声称其小说比穿上中国服装游行(译本)的日本作品(川端康成的小说)更适合当代台湾。[22]

《台湾万叶集》和朱天心的《古都》都在建立台湾创作正统性的同时重新肯定了日本文化资本。但它们的互文性在并未否认日本文学正统性的情况下也宣布了日本文学前身的不足——不管是故意的(《昭和万叶集》)还是无意的(川端康成的《古都》)。[23] 相反,太宰治的《惜别》和中田昭荣的《爱之歌》以严重降低中国文学权威的方式互文了中国文学巨擘鲁迅的名篇《藤野先生》(1926)。《藤野先生》是最广为人知的对鲁迅20世纪早期在日本留学生涯的中文记载之一,它描述了日俄战争时期鲁迅作为一名学医的年轻人在仙台的经历。它刻画了医学院的老师,他的解剖学老师藤野源九郎,和极其乐于助人、富有同情心的同学们。但并非所有在日本的人都是如此善良,鲁迅的一些同学无情地嘲弄他并指责他考试作弊。他们不但批评中国和中国人,还兴致勃勃地观看日本人处决中国间谍的幻灯片。

朱天心的《古都》强调了台湾经历和日本经历的不同,与之不同的是,《惜别》和《爱之歌》使用了交互喻形性(interfigurality)和名称的与引喻的典故来歪曲鲁迅对其经历的描述。这样做便暗示了即使是中国现代文学的奠基者之一也不能准确叙述自己的故事。这个故事由于涉及年轻的中国知识分子与日本人的关系,因此具有

---

[22] 朱天心的小说曾受日本读者的欢迎——《古都》在2000年被翻译成日文——但它并不像川端康成的小说在中国大陆和台湾受到的欢迎那样享有声誉。关于日本对台湾小说《古都》的接受,以及20世纪晚期日本对台湾文学的兴趣,参见黄英哲和张季琳著作。

[23] 《昭和万叶集》不同,川端康成的小说不是明显有意忽略其他文化产品。

了更令人困扰的指涉：日本作家在重塑"藤野先生"的形象时，将鲁迅对日本人的感激之情放大，比鲁迅自己的描写要更为突出。在构建中日团结的失真情节时，战后的日本作家自相矛盾地缩小了中方的作用。

《惜别》是受日本内阁情报局和日本文学报告会的委托而写的；在1944年，这些组织让太宰治创作一部表现"独立与亲善"的作品。这篇中篇小说描述了这些现象，但是却是通过一开始就损坏鲁迅的故事而达到目的。太宰治的叙述者描写了一名记者由于不满《藤野先生》一文而找到这位日本老医生，其回忆录构成太宰治中篇小说的主要部分。在《惜别》的结尾，叙述者通过插入《藤野先生》中的较长篇幅来对鲁迅表达敬意，即这位中国作家仍从藤野先生这位日本老师临别赠与的照片中得到灵感那一段。这样，他暗示即便这位医生的故事比鲁迅的文本长好几倍，但仍然不能完全代替鲁迅的文本。更复杂的是在结尾部分，他提到鲁迅要求把他的散文收录在其作品的日译文集中，而的确也这样做了很多次。这里太宰治描述了一位受人尊敬的日本翻译者的美好形象，他询问并遵循了这位备受爱戴的中国作家的愿望。然而引用鲁迅的话"我的作品随便选就行了"[24]是令人困扰的，尤其是紧接在他承认日本老师给了他力量来写下那些最受争议的文章之后。通过对鲁迅的话进行巧妙的重述，作者把他变为一个依靠日本人来获取灵感并出版作品的人。通过对《藤野先生》的互文和极大扩展甚至歪曲了一些主要场景，《惜别》在把鲁迅描写为中日和平和理解的象征的同时，也把鲁迅对日本智慧的依赖描写得远高于实际。

同样，在《爱之歌》的前言中，中田昭荣提到他一直对鲁迅弃医从文充满好奇，但是他越了解鲁迅的经历就越想书写鲁迅及其同代人面临的困难[25]。结果他写了一部关于来自各国的革命者们的长篇巨著。《藤野先生》对友谊的描写非常简略或者完全没有，但是《爱之歌》则把鲁迅与日本人的友谊大大戏剧化了。例如，在中田昭荣的作品中，鲁迅和他的日本朋友要凄凉地面对即将到来的离别："杉村的眼里，铃木的眼里，山崎的眼里和鲁迅的眼里都噙满泪水。"[26]这些年轻人接着到照相馆拍了纪念照。相反，《藤野先生》的叙述者只谈到与藤野先生一个人的告别。通过挪用和歪曲20世纪早期中国最重要的声音之一，《惜别》和《爱之歌》质疑了中国叙事的

---

[24] Dazai Osamu, Sekibetsu, *Dazai Osamu zenshū 7* (Tokyo: Chikuma Shobō, 1990), p. 127.

[25] Nakata Shōei, *Ai to kanashimi to tabidachi no uta: Ro Jin [Lu Xun], Ōgai, Sofia, Akashi, Tōten, to Nichiro sensō* (Tokyo: Ikuhōsha, 2001), p. i.

[26] Ibid., p. 494.

正统性,尽管它们同时也在强调中日亲善。它们揭示了鲁迅去世许久之后,人们对其作品仍然感受到的着迷与不安。[27] 它们也隐含了建立东亚社区的愿望。

建立社区

《惜别》和《爱之歌》通过对《藤野先生》进行如此的互文,而动摇了它们所设想的团结。但这些叙述的基本前提是无论文化或政治的鸿沟有多深,个体应该而且实际上也能够联合,这是战后东亚内部文学接触的特征。从非殖民化早期开始,对文学以及人类联盟的渴望就成为作家间的互动、对其他地区文学的讨论(往往包括翻译的类文本)、还有东亚内部翻译和互文的特点。焦点随时间而转移。战后前几十年的文学接触非常重视联盟的形成,通过挑战殖民经验和冷战联盟来形成有别于世界政治领导们预想的未来。针对日本对殖民和战争时期的暴行进行赎罪,近来的读者、作者和文本接触已经表达了一致的态度。

东亚内部文化联系远远比官方关系恢复得迅速。日本对中国作家郭沫若1955年12月访日表现出的兴奋之情与那十年中国对日本知名作家的热情欢迎显示出中日文学界经久不衰的联系。[28] 这样的战后互访常常伴随着对文化产品的重估,以突出东亚内部文学合作。例如,20世纪30年代中期,当时身在日本的中国文学大师巴金激烈抨击了日本文化,并声称日本文学不值一看[29]。但当他于1980年4月访问

---

[27] 鲁迅同藤野先生的关系在日本引起了广泛关注,关于这一主题有许多专著以及对鲁迅和藤野先生故事的重述。

[28] 郭沫若在日本的三周里与老朋友见面并在日本各城市结交了新朋友。他的欢迎与告别晚宴由多个日本组织主持,后者有 1000 名左右的日本人参加。(刘德有:《郭沫若日本之旅》,丸山诚译,东京:さいまる出版会,1992 年;吕元明:《日本文学论释:兼及中日比较文学》,长春:东北师范大学出版社,1992 年,第 412–418 页。)日本人对 20 世纪 50 年代中国的印象参见 Nakano Shigeharu, "Beijing, Shanghai no hon'ya", in *Nakano Shigeharu zenshū 23* (Tokyo: Chikuma Shobō, 1978), pp. 522–525. 在殖民时期中野重治与一系列中国和韩国的作家成为朋友。参见 Karen Laura Thornber, *Empire of Texts in Motion: Chinese, Korean, and Taiwanese Transculturations of Japanese Literature* (Cambridge: Harvard-Yenching Institute Monograph Series, Harvard Asia Center Publications Program, 2009), pp. 52, 183–184. See also Shimamura Kagayaki, "Nakano Shigeharu no 'Chūgoku no tabi,'" *Ajia yūgaku 13* (February 2002), pp. 19–29.

[29] 巴金:《极端不恭敬的话》选自《巴金选集第 12 卷》,北京:人民文学出版社,1986 年,第 511–515 页。

日本时，他透露自己事实上将20世纪早期的一些日本知名作家尊为师长[30]。也许，正如巴金之前的评论是源自于对日本帝国主义计划的愤怒，这些后来的评论是因为他想作一位友好的访客，以及他对中国当代文学作品的失望，而非出于对日本作家的无上景仰。即便如此，这些陈述提醒人们东亚内部创作互动的深刻的复杂性与模糊性。战后东亚作家及作品在个人关系与文学的文化转换方面显得团结一致，不单在于他们谴责日本的暴行及日本对暴行的抵赖，而且也赞扬彼此在各方面的姿态，从革命热情到坚定立场，再到明确传达时代精神和不公正事件时的文学上敏捷性。

翻译家们，包括1945年以后改造了该区域其他地方作品的东亚译者们，总是倾向于书写能在一定程度上引起当地读者共鸣的作品，这些作品要么让人感到熟悉，要么有异域风情，更多的时候是两者皆有。然而，同样引导了战后东亚内部的大量译作的，则是对理解和效仿的渴望。理解和效仿的对象并非某种特定的风格流派——这在20世纪早期是常见的现象——而是情感、行为和个体。战后初期中国和朝鲜文学翻译尤其如此。最明显的是，增加理解和促进效法的渴望影响了依照冷战联盟而建立的文学团体。在这点上中国和朝鲜互译的作品尤为突出。例如，领导了朝鲜近五十年的金日成明确提倡学习和翻译现代中国文学，并透露了如郭沫若、蒋光慈和鲁迅等作家的作品对他本人思想的影响："我们在中学时代，在阅读马克思列宁著作的同时，还读了包括（鲁迅的）《阿Q正传》（1921）在内的许多革命小说，……通过这些作品，我们更清楚地认识了当时社会的腐朽状况，更加坚定了投身于革命斗争的决心"[31]。同样，在20世纪50年代中国翻译了大量殖民时期的朝鲜革命文学，还有新建国的朝鲜的作品。在这些作品的前言和导言部分里，中国翻译家和评论家们都特别强调朝鲜人民的勇气。

翻译的动力正如当初积极支持冷战联盟一样，如今积极地挑战它。例如，战后日本对现代中国文学的翻译最初是源于对半殖民时期中国文学界的坚定与勇气的佩服，译者们往往用其对比日本创作圈的逆来顺受，后者在战争中先是处于日军领导下，而后又被美国的统治（1945–1952）。中国文学的研究者和翻译者们包括鲁迅的著名译者竹内好就曾批评日本文学界既鼓吹军国主义，又不反抗美国的压迫。即便

---

[30] 巴金:《文学生活五十年》选自《巴金选集第1卷》,成都：四川人民出版社,1982年,第1—12页；"Kinoshita Junji to no kaiwa", in Ōbayashi Shigeru and Kitabayashi Masae, eds., *Ha Kin* [Ba Jin] *shasaku shōgai* (Sendai: Bungei Tōhoku Shinsha, 1999), pp. 326–341.

[31] 杨昭全:《中朝关系史论文集》,北京：世界知识出版社,1988年,第526页。

在日本作家对中国 20 世纪 50 和 60 年代的中国革命文学感到失望时，他们仍然将鲁迅等中国作家视为积极抵抗国内外压迫的典范。[32]

战后初期几十年内，东亚内部的文本互文也致力于建立反抗殖民经验和冷战联盟的团体，构建抵抗和革命的关系网。与之相反的是，近几十年的互动则聚焦在形成声讨日本在殖民时期和战时暴行的关系网。只有在 20 世纪 60 年代，随着日本暗中卷入越战，日本的知识分子才开始表达对日本未能为 20 世纪早期对中国大陆、台湾，朝鲜半岛所犯罪行悔过的担忧；到了 20 世纪 80 年代这种焦虑更加强烈。中国对日本赎罪的要求也推迟到 80 年代，当时中国共产党进行了反日爱国主义的宣传，而之前冷战的需要和对媒体的严格控制都转移了对日本的注意力。[33][34]

关于赎罪的话语在东亚尽管有所延迟，却比在其他任何一个殖民地都更为突出，这主要是因为日本在二战中战败，以及反对在当地建立冷战联盟。[35]在过去几十年间，官方和大众都在谴责日本未能对殖民时期和战时罪行进行恰当的致歉。[36]这些历史的张力也对东亚作家及作品的接触造成了影响，但战后最初的时期是个例外，这些张力并没有妨碍文学交流，反而成为其组成部分，甚至对其有所促进。中国大陆、台湾和朝鲜的作家、作品继续表达对日本殖民和战争时期暴行的愤怒。但他们一般会把日本作家和作品视为同盟，共同揭露日本的暴行，迫使日本政府真心悔过。在这方面尤其引人深思的作品包括日本作家石川达三的中篇小说《活着的士兵》(生きている兵队，1938) 的近期中文翻译和中国作家莫言在小说《蛙》(2009) 中对中日艺术家友谊的描绘。

---

[32] Noboru Maruyama, "Lu Xun in Japan", in Leo Ou-fan Lee, ed., *Lu Xun and His Legacy* (Berkeley: University of California Press, 1985), pp. 232–239.

[33] He Yinan, "History, Chinese Nationalism and the Emerging Sino-Japanese Conflict", *Journal of Contemporary China* 16:50 (2007), pp. 1–24.

[34] 这个现象最明显的例子是对中国作家阿垅的小说《南京》(1939) 的审查，这是首部，也是 50 年来极少的以 1937 年南京大屠杀为主题的小说之一。虽然南京的破坏现在看来是重大事件，在中国当代文学中提及不多却非常重要，出于各种原因国共两党在 80 年代以前都压制相关创作：阿垅的《南京》直到 1987 年才在大量删节和重命名为《南京血迹》后出版。《南京血迹》在 1994 年被翻译成日语，由阿垅的儿子写序。

[35] 战胜国不太可能为它们的罪行负责，那些文化、经济或政治关系相对独立的国家也不太可能。

[36] Alexis Dudden, *Troubled Apologies among Japan, Korea, and the United States* (New York: Columbia University Press, 2008); Jennifer Lind, *Sorry States: Apologies in International Politics* (Ithaca: Cornell University Press, 2008).

基于石川达三的亲身经历和他对参与 1937 年南京大屠杀的士兵们的采访,《活着的士兵》描绘了一个排的爱国士兵,他们在战场屠杀中国人,残忍地谋杀无辜平民,强奸中国妇女,抢劫中国住宅和商店。石川达三的中篇小说在日本发行前夕被禁,对战时的读者来说它只是一个题目而已。但多亏了东亚内部读者和作者的广泛接触,它在战时以多种译本在中国流传。[37] 20 世纪 80 年代,中国不再禁止对南京进行文学描写,钟庆安和欧希林于 1987 年在北京出版了《活着的士兵》的中文译本;接着又有朱天心的母亲刘慕沙于 1995 年在台北出版的译本。这些译本比战时的译本更接近石川达三的原著,描绘了更为可怖的战争场面。

石川达三的小说因为粉饰日本在中国的军事活动而在东亚受到批判。然而其中文译者则强调了该书既承认对中国犯下的罪行,又提倡中日和解的双重角色的重要性。正如钟庆安和欧希林在他们的序言中评论的:

> 书中有关部队杀人、放火、抢劫的描述,虽然距离日军实际上的所作所为相距甚远,但在当时日本法西斯的白色恐怖下,却是极难能可贵的。这部著作是日军侵华暴行,尤其是南京大屠杀的有力见证。……当您读完这部著作之后,您不会对石川达三先生肃然起敬吗?您不认为石川达三先生不但是一位优秀的作家,而且还是一名勇敢的反法西斯斗士吗?……我们为有这样的日本朋友而衷心高兴。……如果这项工作对中日友好有所裨益,我们就不胜欣慰了。[38]

刘慕沙也同样在她的序言中强调,"时至今日,日本政府部分愚昧之士,屡屡试图篡改侵华及屠杀中国人民史实,像这样出自日本文学大家笔下的一部揭露日本侵华暴行的小说,或者更具历史见证与时代意义。"[39] 虽然石川达三的作品与许多叙述暴力的故事相比是相对温和的,它毕竟对抗了日本对其战时在华军事行动的否认。中文译者们真心相信让中国读者读到这篇小说会对日本的赎罪和中日亲善做贡献。他们的序言,作为翻译不可或缺的一部分,把石川达三的文本从对日本战时在华军事行动的揭露变成了对日本道歉的明确主张。

---

[37] 与之不同的是,该小说直到 1954 年才被翻译成西方文字,长谷川辉的世界语版本在东京出版。唯一的西方语言的翻译是 Zeljko Cipris 2003 年的英文译本。
[38] 钟庆安、欧希林:《译者的话》选自《活着的士兵》,北京:昆仑出版社,1987 年,第 4-5 页。
[39] 石川达三:《活着的兵士》,刘慕沙译,台北:麦田出版有限公司,1995 年,第 8 页。

对日本在东亚暴行的失望同样也影响了作家之间的个人互动,包括诺贝尔奖得主日本作家大江健三郎和中国著名作家莫言,二人从20世纪90年代就结下友谊,并景仰对方的文学作品。在2002年,大江健三郎与莫言一起去了其老家山东高密,为日本NHK电视台录制纪录片,这一事件广为人知;大江健三郎此行也有机会和莫言的姑姑交谈,并被她的故事所吸引。

莫言在《蛙》(2009年12月)中提到了这次拜访。这部小说讲述了他做乡村医生的姑姑辛勤的一生。她在国家计划生育政策的指令与老百姓为人父母的渴望、重复怀孕和被迫流产的现实之间辛苦回旋。与莫言许多其他作品一样,《蛙》首先被翻译为其他亚洲语言:2010年被翻译成越南语的《青蛙》(*Éch*),这距它在中国出版还不到一年,而后又于2011年5月翻译成日文的《蛙鸣》。预计在2011年8月出版的法语译本,将是该小说第一次被翻译为西方语言。日本的出版社对莫言极为崇拜,以至于在小说封皮上多次宣称他是"最接近诺贝尔奖的亚洲作家",呼应了大江健三郎2000年在莫言《师傅越来越幽默》的英译本(*Shifu, You'll Do Anything for a Laugh*)里的评论,他说"要是让我来选诺贝尔文学奖获奖者,我就选莫言"。

在《听取蛙声一片》,即台湾版《蛙》的前言中,莫言明确表达了对计划生育政策的苦恼。同样,在封面上宣布是禁书的日文版的后记中,莫言的日语译者吉田富夫赞扬莫言极为直接地捕捉了中国文学长期以来的禁忌话题。在这些类文本中,莫言和吉田富夫也提到大江健三郎访问中国和他在《蛙》里的一代人中扮演的重要角色,在吉田富夫看来,这必定会吸引日本读者。[40] 但从东亚内部的视角来看莫言的小说,尤其有意思的是,五个部分的每一个都是以叙述者蝌蚪写给他的朋友日本作家杉谷义人的信开头。第一封信阐述了杉谷义人2002年在中国拜访蝌蚪和他的姑姑;蝌蚪暗示,是杉谷义人对他姑姑的好奇和想要更多地了解她的渴望最终启发了他来描写她的生活。《蛙》是半白传小说,但比小说中刻画的作家们的确切身份更重要的,是小说描述了有着这样令人不安的传统的东亚内部文学友谊,这并未在该小

---

[40] 《蛙》的中国大陆版和台湾版同一个月(2009年12月)在上海出版,既没有前言也没有后记,封面内页一篇简短的对莫言的评论列出了他的一些其他作品,它们被译成的其他语言,还有它们获取的诸多国际奖项。这简短的摘录只是暗示了作品的力量,指出《蛙》是莫言酝酿十余年、笔耕四载、三易其稿、潜心打造的一部"触及国人灵魂最痛处的长篇力作"并且"毫不留情地剖析了当代知识分子卑微的灵魂"。简介也没有提到大江健三郎,只提到由剧作家蝌蚪写给日本正直的作家杉谷义人的四封长信。

说的中日类文本中作出强调。随后的叙述透露了杉谷义人的父亲是一位军队指挥官，他抓了蝌蚪的姑姑和她家人，包括她祖父，一位有名的中国军医。杉谷义人不愿让这样的宿怨影响他们的友谊，因此为其父辈犯下的罪行向蝌蚪道歉；蝌蚪不仅赞赏山谷义人这样做，把他称作日本人和中国人共同的典范，而且断言杉谷义人和其父都是战争的受害者。在另一封信中，蝌蚪叙述了他的姑姑特别渴望能和杉谷义人再次交谈并且力劝他回中国："姑姑每次见到我都会提到您，她真诚地希望您再来。……姑姑还说，她心中有许多话，不能对任何人说，但如果您来了，她会毫无保留地告诉您"[41]。另外蝌蚪还肯定杉谷义人如果再到中国大陆访问，将会受到中国作家们的热烈欢迎。

蝌蚪介绍了这样一位日本作家，他的父亲是曾经伤害过他家人的日军指挥官，他是一名对日本战时对华行径的批判者，他挚爱的朋友，家人的潜在知己，他手稿的第一读者，事实上引燃了自己创作的火花。蝌蚪由此证实了中日两国在文学和其他方面的友谊的可能性。他给日本和中国作家施加了很大压力；他们将为过去道歉并接受道歉，然后建立个人的和职业的团体，当这些团体达到足够的数量时，过往就不再可能被重复。蝌蚪在一部主要聚焦中国计划生育政策带来的创痛的小说中做到了这些，指出了正视过往错误的迫切性：如果旧创尚未痊愈，人们对新病就不会充分关注，受到的折磨也就会更严重。就像互文性一样，该文本对一名外国作家的描写说明了文学家能够穿越文化鸿沟给彼此带来灵感而不必牺牲创造者的身份或正直的人格，这与日本文本对鲁迅的表现形成鲜明对比。

大江健三郎在1994年获诺贝尔奖演讲时谈到与东亚其他地区作家的团结，他说："我与韩国的金芝河，中国的郑义和莫言这样的作家并肩而行。对我来说，世界文学的兄弟情谊就在于这样的具体关系。"更重要的是，在1995年与金芝河的谈话中，大江健三郎说道："我并不认为这是日本人获得了诺贝尔奖或者说这个奖给了日本……我并非以日本作家的身份接受了这个奖，而是以一名亚洲作家的身份接受了它"[42]。虽然许多东亚知识分子并不会像大江健三郎这样果断地完全抛弃民族身份，但是大江健三郎创建亚洲文学等领域联盟的渴望则是战后无数作家作品共有的。关于这个问题，莫言说得尤其精彩，他在2009年法兰克福书展开幕式发表了如下评论：

---

[41] 莫言：《蛙》，上海：上海文艺出版社，2009年，第219页。

[42] Ōe Kenzaburō and Kim Chiha, "An Autonomous Subject's Long Waiting, Coexistence", *Positions 5: 1* (Spring 1997), p. 287.

> 我们来参加这次书展是为了实践歌德的世界文学观念,在开展交流和对话的年代,作家间的交流和对话绝对是必需的。坐在一起做面对面的交谈是交流,阅读彼此的作品也是交流,而且是更重要的交流……让我重复我说过多次的话:作家有国籍,但是文学没有疆界……让我们允许文学扮演它在增进国家、民族和个人之间交流的重要角色。也让我们在这个对话和交流的时代,参与其中并扮演好自己的角色。[43]

莫言有些夸大其词了——并非所有作家都有明确的国籍,也并不是所有文学都无疆界。但他的主要观点是正确的。正如他自己的小说《蛙》所表明,文学团体并非乌托邦。相反,它们是动态的、多样的,时而是人们争取并能够获得正统性和尊重的混沌场所。现代东亚文学接触星云已经有规律地反抗(后)殖民理论家们人为造成的分界,虽然这些分界对生活和工作的影响非常真切。

在过去二十年间,关于1945年以前东亚内部文学接触的学术成果有所增长,然而大多数时候,学术话语继续排斥后(半)殖民时期东亚内部文学空间。许多这样的接触星云都被地缘政治分界成功地遮掩。直到20世纪晚期,还存在着这样一些强硬的主张:认为中国和日本不可避免地被主要意识形态和经济断层所分隔;认为日本和朝鲜相对孤立,完全不会由于新殖民的原因而相互依存,更不用说渴望相互依存;认为台湾仅仅是中国大陆的一个门户,其本身没有太多值得探究的艺术文化。但是随着冷战紧张关系的松弛,各国放宽了对大众文化进口与区域和全球旅行的限制。此外,东亚各国政府积极提升国际上对本国文化的兴趣,还致力于通过在该地区内外设立语言课程和学生交流项目来加强本国人民的世界主义意识。所有这些发展都促使我们更全面地考虑从殖民时期到现在于东亚内外发生的多样的并且往往是充满焦虑的文化转换。最后,我们应该加强区域中立化并把这世界构想成无数复杂而引人入胜的,有着各种结构的文学网络,其中一些会加强,而另外许多则会挑战文化、民族、语言以及学术的边界。

(崔潇月 译 / 刘倩 校)

---

[43] Mo Yan, "A Writer Has a Nationality, but Literature Has No Boundary", *Chinese Literature Today* 1:1 (Summer 2010).

结　语
世界文学观念的嬗变及其在中国的意义

[中国] 刘洪涛

导 读

　　作者为北京师范大学文学院比较文学教授，博士生导师，比较文学与世界文学研究所所长，兼任 Chinese Literature Today 杂志及《当代世界文学》（中国版）常务副主编，中国比较文学学会理事。曾任剑桥大学英语系访问学者（2004–2005），北京师范大学文学院副院长（2006–2010）。著有《湖南乡土文学与湘楚文化》（1997）、《沈从文小说新论》、《荒原与拯救：现代主义语境中的劳伦斯小说》（2007）、《徐志摩与剑桥大学》（2007）等著作，主编有《外国文学名著导读》（2009）、《欧美文学简史》（2010）、《窗观华年：苏联文学进修班、研究班纪念文集》等。

　　刘洪涛从21世纪初年开始关注世界文学问题，致力于探讨比较文学与世界文学学科之间的关系，梳理总结中国的世界文学理论与实践遗产，译介国外世界文学理论，建构中国文学与世界文学的联系。先后发表过《世界文学：学科整合与历史承担》、《中国的世界文学史写作与世界文学观》、《世界文学观念在50–60年代中国的两次实践》等论文，著有《二十世纪中国文学的世界视野》（2010）。在2008年，还组织召开了"当代世界文学与中国国际学术研讨会"。

　　"结语"以此书所收论文为主要依据，梳理了世界文学观念的嬗变史：歌德的世界文学观念有三层含义：世界主义理想；文学跨国流通的现实描述；民族文学在世界文学中扮演的角色。早期学者从不同侧面丰富和发展了歌德的世界文学观念，提出了世界文学的多元起源说，世界文学本质的人性–人类性反映说或民族文学精华说，弱势民族文学在世界文学中地位不平等说；认为世界文学研究有助于建立文学的全球观，且可依靠研究译本来实现。全球化时代的世界文学理论受到沃勒斯坦世界体系理论的深刻影响，致力于探索近代世界文学体系形成和发展的过程，研究世界文学体系内部中心与边缘的不平等关系，研究东方主义在这种中心-边缘关系的建构中发挥的重要作用。中国文学处于世界文学体系的边缘，世界文学话语是一把双刃剑，使用它，会削弱还是加强中国文学在全球文学中的地位，仍有待进一步探讨。

自歌德1827年首次提出"世界文学"观念起，这个用以描述超出民族、国家界限之文学整体图景的观念，就不断激起作家、学者讨论和研究的热情。尤其是最近十余年，随着全球化趋势的加剧，以及比较文学"危机说"再次浮现，世界文学观念的讨论和研究出现了新一轮热潮。180多年来，世界文学观念常说常新，不仅有力地促进了全球文学的一体化，对民族、国家文学构建在全球文学中的有利地位贡献卓著，还对世界文学与比较文学学科的发展产生重大影响。

20世纪20年代，明确的世界文学观念即已在中国产生，并被广泛应用到实践活动中。作为亚洲后发国家，世界文学观念一百多年来一直召唤和激励着中国文学走向世界的梦想，而作为学科的世界文学也发展成一门显学，其繁荣兴盛的程度，在世界上恐怕没有国家能出其右。总结中国的世界文学理论与实践经验，构建有中国特色的世界文学话语体系，是一项重要的学术课题。

收入本书的18篇文章，从纵向看，涵盖了世界文学观念的发生发展史；从横向看，不仅有欧美学者的世界文学论述，还包括了东方学者的论述，因而有较广泛的代表性。考虑到本书的针对性，我们还选编了一辑"世界文学与中国"文章，这些文章创造性地应用世界文学话语，多角度讨论了中国文学与世界的深刻联系。本书中的文章，绝大多数都是第一次翻译介绍给中国读者。编者相信，本书的出版，必将对中国学术界更广泛地汲取国际学术成果，促进中国的世界文学与比较文学研究的发展大有裨益。在此结语部分，编者对选收文章的要点做一些介绍，并对其背景和意义加以简要说明，期望有助于加深读者的理解。

一、世界文学观念的发生及早期形态

本书第一辑"起源"包括歌德的11段谈话和5篇文章，反映了世界文学观念的起源和早期面貌。

歌德是德语"世界文学"（Weltliteratur）一词的创制者，也是第一个明确提出世界文学观念的人。歌德关于世界文学的论述集中在1827–1930年间，归纳起来有三个要点：其一，世界文学是一个对话和流通的平台，各民族文学可以通过进入这个平台相互交流、取长补短、相得益彰。其二，世界文学是一个合乎世界主义的理想，能够推动各民族文学逐渐打破孤立割裂状态，影响融合而形成一个有机的统一体。其三，世界文学是彰显民族文学价值的场所。歌德就站在德国的角度谈论世界文学，他渴望本民族文学在推动世界文学形成过程中扮演"光荣的"、"美好的"角色，对其他民族文学（例如法国文学）所处的优势地位则十分敏感。

《世界文学的出现：歌德与浪漫派》一文，选自约翰·皮泽《世界文学的观念：历史和教学实践》（2006）一书的第二章。文章系统梳理了歌德提出世界文学观念的欧洲政治与文学背景，将歌德的世界文学论述置于具体的历史语境之中。皮泽指出，歌德提出世界文学观念与拿破仑战争结束后欧洲的大环境有密切关系。在拿破仑战争期间，德国民族主义情绪高涨，知识界普遍相信，一个自由统一的德国不久将摆脱法国的占领而出现。但拿破仑战败之后，重新划分欧洲列强势力范围的维也纳会议召开，奥地利外交大臣梅特涅力主建立欧洲均势体系的政策取得成功，维持了奥地利与普鲁士两强并立的局面，击碎了德意志民族寻求统一的雄心。德国国内的民族主义热潮由此陷入停滞，原本就因缺乏统一民族身份而根深蒂固的世界主义意识重新抬头。歌德从积极的方面看待这种超民族的世界主义意识，认为它能缓和，甚至平息民族主义情绪中的沙文主义因素。此外，战后神圣同盟统治下的欧洲，虽然政治倒退，封建势力复辟，但在经历多年战乱后，也出现了难得的和平共处局面，地缘政治同质化，交通条件显著改善，翻译活动增多，跨国文学交流和流通日益频繁。这些都为世界文学的诞生提供了绝佳的政治和知识氛围。

皮泽同时指出，歌德的世界文学观念只包括欧洲文学，这是基于在歌德时代，滋生世界文学的条件——文学的跨国流通——仍然局限于欧洲大陆。从这个意义上讲，歌德的世界文学观念并不是欧洲中心主义的，也没有东方主义的问题，而是他所处时代世界文学现实的反映。至于歌德预想德国人将在世界文学中扮演重要的角色，也是以与其他民族平等对话为前提的，最终将使所有参与者受益。

在歌德的有生之年，世界文学观念已在国内外引起反响；19世纪30年代之后，世界文学在欧洲已经成为一个公共话题。1848年，马克思、恩格斯在《共产党宣言》中呼应了歌德的世界文学观念，认为随着资本输出和世界市场开拓，不仅物质生产，而且精神生产逐渐成为世界性的,"民族的片面性和局限性日益成为不可能,于是由许多民族和地方的文学形成了一种世界文学。"马克思和恩格斯将世界文学看成是资本主义世界市场形成过程中,各民族文学走向普遍联合的一种必然趋势。

1886 年,英国著名比较学者波斯奈特出版了《比较文学》一书,其中有大量篇幅讨论世界文学问题,波斯奈特有三点创见值得注意:其一,他触及到世界文学的多元起源问题。他认为世界文学起源自四大文明古国希腊 – 罗马、希伯来、印度和中国,它们是各自独立生长的,不存在影响关系。其二,他从这四个文明古国的文学中,归纳出各自的世界文学精神,这种世界文学精神由民族特性凝练而成,与其他文明中的世界文学精神具有可通约性,但和而不同;第三,他还认为文学的发展与社会进化同步,是从简单向复杂、从城邦到国别再到世界的发展过程。波斯奈特的世界文学观破除了世界文学单一发展观,即西方中心论,把东方的中国文学和印度文学作为世界文学的重要起源,扩大了世界文学的范围,这是了不起的创见。

以《十九世纪文学主潮》闻名的 19 世纪丹麦著名批评家勃兰兑斯,在 1899 年写的《世界文学》一文,则从欧洲小国的视角,讨论了世界文学观念在实践中引发的问题。作为北欧小国的大批评家,他首先提出小国进入世界文学时面临不平等待遇。他指出,并不是所有民族文学的作品都能够进入世界文学殿堂,世界文学只属于少数杰作。在这方面,法、英、德等大国具有最大的优势。而用其他欧洲语言写作,"都会在对名誉的追逐中被置于明显不利的地位。"原因是翻译,小国语言文学作品更少有机会被翻译成主要世界语言。认识到翻译是进入世界文学的重要媒介,体现了勃兰兑斯的远见卓识。此外,正是基于对世界文学中不平等秩序的反感,勃兰兑斯指出,通过翻译进入世界文学的作品并不一定都是真正的杰作,因为翻译会使作品的思想性和艺术性受损。勃兰兑斯批评一些作家为了进入世界文学而迎合所谓"世界趣味",失去了乡土和民族气息。他认为越是民族的,就越是世界的:"今天,文学变得越来越民族化。但是我不相信民族性和世界性是不可融合的。未来的世界文学会更加有趣,民族的烙印越是被强烈地彰显,就越是有特色。"

印度诗人泰戈尔在 1916 年发表的《世界文学》一文,以他一贯充满激情的语言,丰富的比喻,表达了对世界文学的诗性理解。泰戈尔从普遍人性的角度理解世界文学,认为只有当作者的内心意识到人类的思想并在作品中表达人性的痛苦时,其作品才能被置于世界文学的殿堂;只有当作家表现了人类共同的情感和普世的价值,他的文学才是世界文学。在泰戈尔的观念中,世界文学没有民族之分,没有地域之别,没有先来后到,只要作家表现了超越个体生命的人类全体永不止息的意义和价值,他的创作就是世界文学。泰戈尔又将世界文学比喻为一座神殿,不同民族、不同时代的作家都发挥其才能,将其创作融入这座神殿的建造中。有瑕疵的部分被不断拆除,留下那些最精粹的部分,以符合神殿的整体设计——而这座世界文学的神殿,供奉的就是普遍的人性。

郑振铎是中国最早系统论述世界文学的学者,他于1922年发表的《文学的统一观》一文,把人类文学看成一个统一的整体,认为这种整体性来自于"人类本能的同一观",来自于文学是"人类全体的精神与情绪的反映"。文学虽有地域、民族、时代、派别的差异,但基于普遍的人性,文学具有了世界统一性,这就是世界文学。把普遍人性视为世界文学统一性的基础,并非郑振铎独创,但在五四新文学的背景下,这样的世界文学观反映了五四新文学渴望与域外文学建立广泛联结,从"人类性"的高度思考民族文学发展方向的思想。

同样值得关注的是,郑振铎在文中论述了世界文学研究的重要性及可能性。他认为,既然人类的文学是"全体的统一的",研究文学就应当以"全体的文学"为立场,打破阻隔文学统一研究的国别限制,"以文学为一个整体,为一个独立的研究对象,通时与地与人与种类一以贯之,而彻底的全部的研究。"郑振铎还设定了这种总体研究的具体任务,即"综合人类所有的文学作品,以研究他的发生的原因,与进化的痕迹,与他的所包含的人类的思想情绪的进化的痕迹的。"五年后的1927年,郑振铎出版了中国第一部世界文学通史类著作《文学大纲》,为他设定的从整体上研究人类文学找到了一个有效的途径。

郑振铎还意识到世界文学研究面临的一个永恒困难:文学反映了普遍的人性,却没有统一的语言;一个人即便万能,也无法通过原文阅读全部的世界文学作品,更遑论研究。但郑振铎认为可以借助译本,因为文学是可译的,"文学书译得好时,可以与原书有同样的价值;原书的兴趣,也不会走失。"即便是中等程度的译者,"也能把原书的价值与兴趣搬到译本上来。"他鼓励研究者"可以不疑惑的尽量的自由使用一切文学书的译本"。此外,郑振铎还谈到在大学设置世界文学学科的问题,他认为大学中已有的比较文学学科有局限性,只能"取一片一段的文学而比较研究之",不能取代把文学作为统一整体的世界文学研究。

二、全球化时代的世界文学观念

第二辑收入 8 篇文章,时间跨度从 1952 年至 2010 年,反映了二战之后近 60 年世界文学观念变革的脉络。

著名比较学者埃里希·奥尔巴赫(Erich Auerbach)的论文《世界文学的语文学》(1952)发表在二战结束后美苏两大政治集团冷战的背景下。作者意识到,二战后苏美两大政治集团的对立桎梏了人类丰富的生活,人类的一切活动都集中表现为欧美模式或苏联模式,使用的语言也前所未有地单一化。作者指出,世界文学是普遍人性的反映,也是人类交流的结果,它产生的前提,是人类多样性的存在。但今天,随着人类生活日趋标准化,世界文学也趋于单一。表面上看,世界文学似乎实现了,但离歌德倡导的世界文学观念的精神却远了。奥尔巴赫倡导用语文学(philology)研究来纠正这种偏向。语文学是历史比较语言学的别称,用在此文中,意指对构成世界文学源头的古典语言(如希腊语、拉丁语、希伯来语等)文学的研究。奥尔巴赫认为,寻着这些古典语言文学的脉络,就能够发现欧洲文化丰富的内在关联,从而打破民族隔阂与国别界限,将世界文学重新建立在多样统一的基础之上。

艾田伯是中国学界非常熟悉的法国比较学者和汉学家,广博知识,视野开阔。他的《是否应该修正世界文学的概念》发表于 1974 年。艾田伯对当时西方的世界文学理论与实践不满,他列举了多种世界文学年表、书目、作品选、研究资料,指出其徒有"世界文学"之名,却充满了西方中心主义偏见,比如严重忽视东方文学,崇拜民族文学偶像,把绝大多数国别文学描述成从属几个所谓伟大的、具有原创性的文学等。艾田伯认为西方学术界这些狭隘的世界文学观念,背离了歌德的初衷,"不过是强调资产阶级思想和基督教价值观的著作而已。"艾田伯力主将世界文学研究的范围扩大到东方文学。作为对世界文学无限性与个人生命有限性矛盾的回应,艾田伯提出两种接近世界文学的方法:专业的和业余的。专业的世界文学学者应该更加努力地工作,而业余爱好者可以"按其口味、爱好、道德标准和智力来限定自己的研究范围。"他举例说明业余研究的有效性:一些作家不懂中文,但他们弄懂并消化了部分道家理论。艾田伯把业余爱好者的方法,称为"一种人文主义研究文学的方法"。

20 世纪 70 年代,世界体系理论(World System Theory)兴起于美国,对世界文学观念产生重大影响。以美国著名社会学家伊曼纽尔·沃勒斯坦(Immanuel

Wallerstein)为代表的世界体系理论的核心,是把人类社会看成一个由结构性经济联系及各种内在制度制约的、一体化的体系,以此作为考察社会发展变迁的分析单位。这是对20世纪50、60年代兴盛的以民族国家为分析单位,研究人类社会发展变迁的经典现代化理论的反拨。沃勒斯坦认为,现代世界体系的基本面是资本主义经济体系,由劳动分工和商品交换形成的经济链条,将各个国家、地区牢牢地黏结在庞大的网络中。除了一体化,现代世界体系还具有不平等的特点。这个体系由中心区、半边缘区和边缘区三个层级构成,各个层级的利益不是均等的,而是通过体制性剥削,以保证中心区获取最大利益,而边缘区总是处于被剥削的境地。现代世界体系是一个动态的过程,它形成于15-17世纪的欧洲,三个层级也主要在欧洲。到19世纪末20世纪初,现代世界体系已经扩张到全球,成为真正的现代世界经济体系。按照沃勒斯坦的划分,英、美等发达国家居于体系的中心,一些中等发达国家属于体系的半边缘区,大批落后的亚非拉发展中国家处于体系的边缘区。收入第二辑的弗朗哥·莫莱蒂(Franco Moretti)的《世界文学猜想》、帕斯卡尔·卡萨诺瓦(Pascale Casanova)《作为世界的文学》、艾米丽·阿普特(Emily Apter)《世界文学体系》,都应用了沃勒斯坦现代世界体系理论,探讨了近代世界文学发展的若干规律和结构性问题。

帕斯卡尔·卡萨诺瓦(Pascale Casanova)现任法国巴黎艺术和语言研究中心研究员,她的《文学的世界共和国》(*The World Republic of Letters*)在1999年出法文版,2005年出英文版,在西方学术界产生了重大影响。收入本书的《作为世界的文学》一文,发表于2005年,浓缩了她的《文学的世界共和国》世界文学思想的精华。

卡萨诺瓦从沃勒斯坦的世界体系理论受到启发,认为存在一个扩展到世界规模的文学实体,即世界文学空间,它不是全球各个民族国家文学的总和,而是一个通过文学生产和流通相互联结在一起的巨大结构。这个世界文学空间有三个重要特征:第一,世界文学空间的形成是一个历史过程。它首先出现在16世纪的欧洲,法国和英国是其最早的诞生地。18世纪以来,特别是到了19世纪,它在中欧、东欧、北美得以巩固和扩张。在整个20世纪,它扩展到亚洲、非洲和南美地区,真正具有了全球的规模。第二,世界文学空间既依赖政治经济的世界体系,也具有一定程度的自治性。如在19世纪末和20世纪初,法国尽管在经济方面较欧洲其他国家相对落后,却是西方文学的中心;美国在20世纪强大的经济领先地位没有使它成为世界文学艺术的领导者;而当代拉美的政治经济很薄弱,却有四个作家获得诺贝尔文学奖等。卡萨诺瓦同时指出，世界文学空间中，不同民族文学的自治程度有高低，时间也有先后。第三，世界文学空间是不平等的，有中心和边缘之别。那些世界文学空间中历史最悠久的区域，也就是文学自治程度最高的区域，大多集中在欧洲，他们的文学资本积累得最为雄厚，从而形成中心。在文学自治程度最低的一端，是新来者，也是最缺乏文学资本的区域，往往集中在亚洲、非洲等边缘地区。后者要获取国际声望，就必须追赶欧洲的现代性；如果远离它，则会被宣布过时。整个世界文学空间的根本结构，都是围绕着中心与边缘对立的两极组织起来的，从而形成了文学资本的不平等占有和分配。卡萨诺瓦描绘了近代以来世界文学的基本格局和走向，揭示了世界文学空间隐秘的权力运作机制。他提醒读者，中心权威的影响虽然强大却往往隐迹于无形，以至于让边缘地区某些获得认可的作家产生幻想，以为统治结构消失了，或中心与边缘的权力关系颠倒了，这其实不过是幻想。世界文学空间充满从边缘走向中心的竞争，却只会加强，而不会削弱其恒定的结构。

弗朗哥·莫莱蒂（Franco Moretti）是斯坦福大学英语和比较文学教授，他的《世界文学猜想》发表于2000年，引发了广泛的讨论。受进化论和世界体系理论影响，莫莱蒂把近代以来的世界文学看成一个不断进化发展的体系，这个体系有中心，有边缘，其权力关系是不平等的。文学的进化发展总是从中心向边缘运动，是一个不断扩散的过程。各个民族国家文学的发展，受制于它们在整个体系中的位置。距离中心越近，其文学越具优势，支配性越强。反之，则处于受支配的劣势地位。但处于边缘地区的文学不是完全被动的，它会对来自中心的形式进行选择和改造。因此，边缘地区的文学总是西方形式与本土原料折衷、适应的结果。

莫莱蒂论文对世界文学的论述，给人印象最深的，是它用"树"和"波浪"比喻世界文学运动的两个基本规律。"树"取的是达尔文关于物种起源和进化的树状结构，指物种在进化过程中，由一而多，不断衍生分叉，从而形成一个个家族系列。"波浪"的比喻取自水流运动所具有的覆盖性、吞噬性的特点。树描述了事物从统一性到多样性的发展；波浪则相反，描述了事物在发展中，由不断吞噬多样性而达致统一性。莫莱蒂认为，与语言、文化、技术的发展相同，世界文学的发展，也是树和波浪的交错运动，其产物必然是合成的。

劳伦斯·韦努蒂（Lawrence Venuti）是美国著名翻译家和翻译理论家，他2010年写的《翻译研究与世界文学》一文，探讨了翻译在建构世界文学体系中发挥的作用。韦努蒂同意达姆罗什的意见：世界文学是由翻译文本跨国流通形成的，没有翻译就没有世界文学。但韦努蒂并不把翻译看成原作的复制，而看成是对原作的改写，它融入了译文文化环境中的价值、信仰以及观念，是独立于它所翻译的原文文本的。这意味着世界文学的流通，不纯粹是转移主流文学声望和价值，对从流文学进行渗透和改造的过程，还是一个主流文学在从流文学中被"增值"和重新创造的过程。此外，尽管主流文学与从流文学之间的翻译从来都不是对等的，主流文学作品被翻译得更多，但从流文学也往往显示出翻译的自主性：在通常情况下只有译文文化的价值观念可以接受的文本才会被选中；从流文学还可能通过翻译对主流文学传统提出质疑；而不同的从流文学之间进行翻译，从而绕开了主流文学。这些情形说明，主流文学传统与从流文化传统之间的关系，不仅仅是对立的，单向的，而是要远为复杂。

达姆罗什是一位在世界文学理论与实践方面都卓有建树的学者。他在 2003 年出版的《什么是世界文学？》一书中，把世界文学定义为离开起源地，穿越时空，以源语言或通过翻译在世界范围流通的文学作品。这一定义，得到国际学术界广泛的认可。他还积极致力于扩大世界文学的构成和范围，努力挖掘世界文学的东方资源，探讨世界文学教学与阅读方法。他发表于 2006 年的《后经典、超经典时代的世界文学》的一文，揭示了全球化时代世界文学经典的恒定性和变化规律，探讨了世界文学的教学策略。

达姆罗什指出，自 1995 年伯恩海默（Bernheimer）主编的《多元文化时代的比较文学》出版以来，美国学界对世界文学的理解获得了真正意义上的改善，欧洲中心主义被打破，世界文学经典的范围扩展到亚洲、非洲、拉丁美洲等地区。诺顿、朗文、贝德福特版世界文学作品选的最新版本史无前例地收入了来自全世界数十个国家的 500 多位作家的作品，就是一个有力的证明。但达姆罗什统计了美国现代语言协会出版的《现代语言学会书目》（*MLA Bibliography*）所收 1964—2003 年间研究不同作家的论文数量和比例后，发现经典的范围虽然扩大了，但旧的经典作家地位并没有动摇。达姆罗什由此提出经典的三层次说：超经典（hypercanon）、反经典（countercanon）和影子经典（shadow canon）。超经典指的是那些在过去的几十年里一直保持着自己的地位或者甚至地位越来越重的"大"作家。反经典指非主流的、有争议的作家，他们使用非主流语言创作，或者虽然使用大国的主流语言，但隶属于非主流的文学传统。影子经典指那些被超经典遮蔽的小作家，他们越来越隐身退去，消失在超经典的背影里。达姆罗什的统计表明，超经典作家，像如莎士比亚、荷马、乔伊斯等,他们的地位是不可动摇的。反经典作家可能在某一个时期红极一时,但随着时间的流逝,他们会声誉下降,在经典的边缘徘徊,地位并不稳固。而影子经典随着时间的流逝,最终会彻底淡出读者的视线。由于课时的限制,所以世界文学课堂总是被超经典霸占着。东方文学,包括中国文学在其世界文学作品选集中的地位,极有可能是反经典,只是昙花一现,到最后还会淡出西方读者的视线。对超经典霸权的批评再多,却无法改变其独霸的现实。

针对世界文学教学课时有限,三种经典态势无法根本改变的现实,达姆罗什建议加强超经典和反经典之间的相互连通性,用比较为它们提供一个"文学域"。这种比较可以是一国的,也可以是跨区域、跨文化的。通过比较,打破世界文学中超经典与反经典之间的界限,使它们相得益彰,既扩大了学生的阅读范围,又加深了学生对作品的理解。

阿米尔·穆夫提(Aamir R. Mufti)是后殖民主义理论家爱德华·萨义德的学生,现任加州大学洛杉矶分校比较文学系副教授。他的《东方主义与世界文学机制》(2010)一文研究了世界文学体系建构中东方主义发挥作用的细节。穆夫提认为,卡萨诺瓦所说非西方文学文化直到20世纪中期才首次有效地出现在世界文学空间的认识是狭隘的。事实上,从现代早期开始,东方古典语言文学就持续不断地被翻译和吸纳到西方语言文学中来,在建构世界(欧洲)文学空间中发挥了关键作用。穆夫提进一步指出,欧洲帝国主义在全球扩张过程中形成的非西方语言文学知识体系,不仅为己所用,还输出到非西方国家,对这些国家的现代语言文学的生成,起到了决定性作用。就像印度现代民族国家的形成和发展过程中,印度对自己传统文学的发现,知识精英的产生,"印度文学"概念的形成,北印度语-乌尔都语的创制,英印小说的繁荣等等,都是东方主义影响的结果。甚至连对东方主义作品的挪用和反讽,都无法挣脱东方主义的桎梏。从这个意义上说,穆夫提把东方主义理解为"全球层面上语言、文学和文化重组的一系列过程,影响到把异质和分散的写作实体同化为文学的同价和可评估性平面"。由此可推,现代世界文学体系的形成,是东方主义双向运作的结果。

三、世界文学体系与中国文学

第三辑"世界文学与中国"中的四篇文章,从不同侧面,探讨了全球化时代的世界文学体系中,处在"文化边缘区"的中国文学遭遇到的困境,以及走出困境的种种策略。

汉学家、翻译家安德鲁·琼斯的《"世界"文学经济中的中国文学》发表于《中国现代文学》(*Modern Chinese Literature*) 1994 年 8 卷 1–2 期,以中国当代文学在美国的翻译和接受为例,对世界文学话语中包含的西方文化霸权进行了反思。

琼斯认为,歌德提出世界文学观念时,虽然表达了增进不同民族相互理解、欣赏、宽容,推进人类文明的愿景,但同时又把世界文学当成西方与他者之间进行永不对等的经济和文化资本交换、占有和积累的场所,对世界文学的理解充满了东方主义修辞,是以帝国主义方式构造的一个概念。琼斯将对世界文学话语的批判引入中国文学领域,指出当前中国文学在跨国文学经济中,并没有向上活动,而是处在全球村边缘的某个文化聚居区,这个聚居区四周的高墙正是世界文学话语堆砌的。以中国现当代文学,包括先锋文学在西方的行销为例。这种行销走的都是"差异性"与"普遍性"结合的路子,强调既有中国本土经验,又满足普世价值,借以提高在"世界"(即欧美)图书市场的文化资本。琼斯认为,这样的行销策略,不仅无法打破世界文学话语高墙的围困,无助于改善中国文学处于全球村边缘文化区的命运,反而更深地陷入西方霸权(话语的和金融的)主宰的经济里。原因是为了被西方认可,非西方的作家必须按照西方的文学模式和价值观进行创作,还要使语言具有可译性。琼斯呼吁当代的作家和批评家应该采取共同行动,避免在其日常活动中推动"世界文学"的话语,努力改变跨国文学关系的不平等性,促进文化资本的合理流动。

宇文所安的《前进与后退:"世界"诗歌的问题和可能》一文发表于《现代语文学》(*Modern Philology*) 2004 年 100 卷第 4 期。作者沿用了他在 1990 年讨论北岛诗歌可译性问题时,使用的"世界诗歌"概念,即为了使诗歌容易被全球(即英美)读者理解,诗人有意在创作时弃用有明显中国特色的韵律和词汇,而采用最容易翻译为外国语言的诗歌媒介——意象,使之更具可译性。同时,为了迎合英美读者对差异性和政治美德的渴望,还精心装饰了"本土色彩",并表达适度的政治抗议。在宇文所安看来,这样的世界诗歌剪断了扎在特定国别和语言中的根基,成为"英美或法国的现代主义的另一版本",是西方文化霸权借世界文学话语扩张的明证。诗人北岛正是借助这种"世界诗歌"策略，成功地获得了国际认可；而这种国际认可又反过来，提高了他在中国的声望。

在本文中，宇文所安延续"世界诗歌"话题，但有不少重要修正。最主要的一点，是他降低了批判世界诗歌的调门。宇文所安认识到，在所有文学形式中，抒情诗与民族语言的特性联系最紧，也最难翻译。因此，用非国际语言写作的诗歌，要想获得国际认可，进入世界文学门槛，往往需要为其找到一个不依赖任何特定民族语言的新身份，因而走世界诗歌之路不失为一种有效的选择。但相较世界文学空间，宇文所安更看重国别文学空间。他强调，当代诗歌仍然主要在国别文学空间运作，其中有新诗，也有传统的格律诗；以纸本传播，也通过互联网社区，它们数量庞大，生机盎然。

华裔美国汉学家张英进教授的《世界与中国之间的文化翻译：有关诺贝尔奖得主高行健定位的问题》发表于台湾的英文杂志《同心圆：文学与文化研究》2005年31卷第2期。作者通过梳理高行健获得2000年诺贝尔文学奖之后引发的广泛争议，讨论了其身份定位的疑难，揭示了全球化时代中国文学与世界文学之间的复杂关系。

自高行健获诺贝尔文学奖之日起，对他身份的质疑就没有停止过。反对者认为，他放弃了他的祖国而加入法国国籍，因而不是以中国作家的身份获奖，也无法代表中国文学；他的众多作品虽然以中国为背景，并融入了大量中国传统文化和区域民间文化的成分，但并没有本质的"中国性"。与此相映成趣的是对高行健作品"超越性"或"普遍性"的强调。诺贝尔文学奖授奖词肯定他的作品具有超越国界、语言和意识形态的"普遍价值"。更有不少正面的评论认为，高行健践行了世界文学的理想，预示着"一种'世界文学'将来自不同文化的因素整合为一个有机整体，超越了其全部组成部分，现在已成为主要的文学潮流"。还有论者从流散文学、华语语系文学等角度，论述了高行健进入世界文学的角度和具体形态。但也有论者认识到，不管是否定还是淡化高行健中国身份的论述，都无法抹去他与中国的高度关联性。如汉学家蓝诗玲（Julia Lovell）就认为，只要国家仍然是全球事务中的行为主体，民族身份与文学的联系就牢不可破；显而易见，中国身份是高行健获奖的重要因素。高行健在中国大陆受到的政治冷遇，增加了他的国际文化资本，并且加强了他在世界文学中的地位；获奖后在台湾和香港地区掀起的"高行健热"都说明了"中国因素"的重要作用。

张英进在文章中，没有就高行健身份定位的争议，给出一个明确的答案。他只是通过广泛的引述，凸显了高行健存在本质的不稳定性，并认为一个中国作家只要进入世界文学行列并与其他时空的读者发生联系，"中国"和"世界"就会产生一种紧张、尴尬的关系。这凸显了后发国家民族文学在世界文学体系中遇到的普遍困局。

哈佛大学比较文学副教授唐丽园写于 2010 年的论文《反思世界文学中的"世界"：中国大陆、台湾，东亚及文学接触星云》试图以区域文学内部的交流为例，破除世界文学话语中，欧洲中心主义的迷思。按照西方的世界文学话语，世界文学的形成从欧洲开始，然后逐渐地扩展到其他区域。因为占据了所谓"源头"的优势，西方文学于是被安稳地放置在世界文学的中心区域，而拉丁美洲、非洲、亚洲等地区的文学，则被置于边缘区域。唐丽园认为，这样的世界文学话语应该被打破，新的世界文学研究必须采纳对文学、文化和民族更多元的理解。

唐丽园在本文中具体考察了日本作家太宰治的《惜别》和中田昭荣的《爱之歌》对鲁迅散文《藤野先生》的呼应，台湾诗歌选集《台湾万叶集》与日本《昭和万叶集》、台湾作家朱天心的《古都》与日本小说家川端康成的《古都》之间的互文关系，以及日本作家大江健三郎和中国作家莫言之间的互动等案例，由此发现，哪怕在政治隔绝最严厉的时期，东亚文学内部也能突破国家或语言的分割，进行深层次的接触和交流，并且没有出现帝国话语推崇的所谓不合理的对称性。作者把这种平等的、彼此混合、边缘模糊的文学接触空间称为"星云"（nebulae/nebulas），认为现代东亚文学的接触星云创造了一个文化转换的流动空间，一个相对独立的文学共同体。唐丽园期许如此分析非西方文学作品在区域内的交互作用，有助于整合与重塑"地方的"和"全球的"概念，为世界文学找到一条摆脱欧洲中心主义并接近区域中立的途径。

选编《世界文学理论读本》的想法起于 2010 年初，当时是有感于国内外对世界文学理论研究的冷热差距，以及能够反映国际学术前沿成果的中文资料的匮乏。我与达姆罗什教授早在 2008 年 10 月北师大召开的"当代世界文学与中国"国际学术研讨会上相识，有了这个想法后，要找一位国际合作者，在第一时间就想到了他。当时还担心他可能太忙，无暇顾及此事，没想到很快就收到了他的回复。后来他又建议请曾在哈佛访过学的清华大学英语系尹星博士加盟。一个国际团队就这样组成了。在两年的合作过程中，我们通过频繁的通信和聚会，就遇到的各种问题进行了坦诚的交流，大家分工协作，各尽其职，合作非常愉快。

中美是全球开设世界文学课程最多、层次最为丰富的两个国家。从历史来看，我们都是欧洲中心主义的受害者。在全球化时代，中国文学一派繁荣，却没有能够在世界文学的层面充分体现出来，在跨国文学经济活动中仍处于劣势。当国人为此深感焦虑之时，来自美国的声援最多，支持也最为有利，在舆论和市场行销诸方面都是如此。我们有太多的理由加强彼此的合作，共同促进世界文学体系朝着更加多元、平等的方向发展。希望这样的中美合作模式今后会更多，成果更加丰硕。

各位译者在百忙中提供了优秀的译稿。范大灿、胡玉龙二位老师慷慨同意使用他们的译文。孟华老师对此书约稿提供了帮助。吴永安、杨俊杰博士解答了本书中几个术语的翻译问题。王国礼、刘倩二位博士审校了本书部分稿子，李慧娟同学也做了一些编辑工作。在此向他们表示衷心的感谢。另外，此书的出版还得到"中央高校基本科研业务费专项资金"资助，在此一并致谢。